ハヤカワ文庫JA

〈JA1423〉

少年トレチア

津原泰水

早川書房

8489

目次

第一位相　風聞《ふうぶん》　25
第二位相　追躡《ついじょう》　122
第三位相　崩落《ほうらく》　336
あとがき　513
解説／千街晶之　517

少年トレチア

主要な登場人物（年齢は初出時）

楳原《うめはら》崇《たかし》　大学二年生（19）
楳原《うめはら》あかね　崇の妹　小学六年生（11）
岩倉《いわくら》有希《ゆき》　崇の恋人　大学三年生（20）
拝島《はいじま》竜介《りゅうすけ》　崇の友人　浪人生（19）
三池《みいけ》礼於奈《れおな》　竜介の恋人　短大一年生（18）
新宅《しんたく》晟《あきら》　小学生（10）
佐久間《さくま》七与《ななよ》　映像作家志望の女性（26）
呉　麗玲《ウー・リーリン》　七与のルームメイト（24）
蠣崎《かきざき》旺児《おうじ》　漫画家（47）
蠣崎《かきざき》芙美《ふみ》　旺児の別居中の妻（38）
蠣崎《かきざき》雄平《ゆうへい》　芙美の息子（5）

日本放送の番組《ザ・ワイド》のための取材ヴィデオテープから

場面――一九八八年九月十五日、東京都緋沼《ひぬま》市新興衛星住宅団地（通称緋沼サテライト）F区の住人長嶋圭子《ながしまけいこ》が、自宅の駐車場で、前夜隣家で発生した殺人事件についての質問に答えている。駐車場を被ったポリカーボネイトの波板を打つ雨音が、延延と背景に響いている。

長嶋圭子は五十代くらいの主婦。テレビによる取材を予期していたのか、卵色のポロシャツに地味な縦縞《たてじま》模様のエプロン掛けという服装だが、薄化粧をし、頸《くび》には硝子《ガラス》かなにかの玉を連ねたネックレスを巻いている。言葉にはすこし栃木か茨城あたりの訛《なま》りがある。質問者は《ザ・ワイド》のレポーター野辺山《のべやま》さくら。しかしかの女《じょ》の姿は画面には一度も入ってこない。

長嶋圭子（長）　期日だ、と叫んでたんだと思うのよ。

野辺山さくら（野）　奇術？

長　期日、期日。

野　期日だ、ですか。

長　期日までにお支払いくださいとかの。

野　期間の期に、日にちの、期日ですね。

長　だと思うんだけど。

野　そうはっきりと耳にされたわけですね。

長　がたんってね、どたばたって大きな音がしたもんだから、あたし、あらまた夫婦喧嘩かしらって思って。

野　喧嘩は、よくなさってたようすでしたか。

長　普通のご夫婦ですよ。普通の、仲のいい、よくふたりで買いものとか、ルナパークで見かけて挨拶してましたよ。

野　喧嘩の回数は、多いかなという感じでしたか。

長　さあ。でも若いあいだって、週に一度や二度はするもんでしょう？

野　はや。（肯定と否定が混乱したものと思われる）

長　かっとなっちゃったら、そのへんにある軽いもの投げつけたりしてね、怪我させる気はなくっても。

野　そういう、物を投げ合うような喧嘩を？

長　（頭を振って）　おうちの中のことは、あたしは。

野　期日だという声を聞かれたのは、その大きな音がした後なんですね？

長　だから、あらあと思ってあたし、窓を開けたら、カーテンごしに人が動きまわってるのが見えて、お隣さんどうしちゃったのかしらと思ってちょっと見ていたら、そういう声がして。

野　ゆうべも雨でしたよね。

長　降ってましたよ。

野　それでもはっきりと聞き取れたわけですね、期日だ、と。

長　奇術だ、にあたしもはじめは聞えたんですけどね、それはでも喧嘩のときの文句にしては変でしょう。

野　ええ、変です。

長　怒鳴る？　奇術だあ、なんて怒鳴るかしらね。

野　ふか。（笑い声）

長　あたし、それはいくらなんでもおかしいんじゃないかと思いましてね、今朝しばらく考えてて、あ、お金のことで、借金のことで喧嘩してたんだわって。だったら辻褄が合うでしょう。期日だ、と怒鳴って怒りだす人がいても不自然じゃないわよね。

野　じゃあ、だれかお客さんがみえていたような感じで。

長　それはわかりませんけど。

野　だれの声でしたか、期日だ、というのは。

長　ご主人じゃ。（頭を振る）

野　奥さん？

長　（沈黙を置いて）・違うでしょう？

野　女性の声でしたか。

長　違いますよ。でもこどもみたいな、ちょっと高い感じの。男の子の声。

野　ほかにはなにか、声は聞えましたか。

長　それでしばらくすると、奥さんのきゃあっていう悲鳴が聞えて、あたし慌てて一一〇番したの。主人が見にいこうとしたんですけど、怖いからって引き止めて。

野　悲鳴とその前の声は。

長　ぜんぜん違う声。別の人。

野　逃げていく人影とかご覧になりませんでしたか。

長　いいえ。あ。

野　（勢いこんで）ご覧になりました？

長　でも見間違いかも。

野　とにかくお話しいただけますか。

長　（背後をふり返って）いえ奥さんの悲鳴が聞えるちょっと前にね、あの裏口のほうに、ちらっと白い感じの影が見えたような気がしたのね。

野　あちらですね。

長　でも車が通ったときも、そんな感じにちらっと見えますでしょう。

野　車の音は聞えましたか。

長　まあ雨が降ってたし。

野　車の音はしなかったんですね？

長　（首を傾《かし》げて）それよりあなた、ご主人てけっきょくなんで亡くなったの？

野　絞殺だそうですよ。

長　あらまあ、絞殺って頸を？

野　（聴取不能）

長　まあ。

附記――《ザ・ワイド》の枠内でオンエアされたのは、長嶋圭子が「期日だ」という声および白い影に言及している部分を編集した数秒のみ。これはその後、他の複数の番組に流用された。なお話題となっている事件は現在も未解決で、重要参考人に認定された被害者の妻藤原《ふじわら》早《さ》知子《ちこ》は、依然行方不明のままである。

緋沼市中央公園管理所の管理日報より

【日付】（一九八八年）10月7日金曜日
【記録者】小《こ》出《いで》芳彦《よしひこ》（印鑑）

（四項目省略）

【特記事項】石丸《いしまる》警備保障より報告書あり。以下その概略。

昨深夜2時頃、鳥類園内に6～7人の児童を発見。1人を逮捕。

白鳥舎の金網に切断箇所あり。6羽の白鳥のうち、1羽重傷、1羽死亡、1羽消失。

篠塚《しのづか》獣医師に連絡後、逮捕した児童を詰所にて尋問。

児童は小学校3～4年生の男子。服装は緑と青の横縞のラグビーシャツ（ラルフ・ローレン）、デニムの半ズボン、ライン入り運動靴、靴下なし。住所氏名黙秘。主犯ではないことを主張。

　対話要約
・金網を切ったか／切っていない

・切るのを手伝ったか／手伝っていない
・切断されるところを見ていたか／見ていた
・誰が切っていたか／知らない
・誰が白鳥を殺傷したのか／知らない
・見ていたのではないのか／見ていた
・何人で殺していたか／1人
・その児童の名前／知らない
・名前も知らない子と遊んでいたのか／うなずく
・いつも遊んでいるのか／黙秘
・金網を切断したのもその児童か／うなずく
・緋沼サテライト内の子供か／首をふる
・ではどこの子供か／トレチア
・それはどこか／知らない

篠塚獣医師来園。重傷の1羽を診察。
児童は診察中、隙を見て逃亡。追跡するもサテライトB内で見失う。
白鳥を殺傷した凶器はカッターナイフ。未明、重傷の1羽は出血多量で死亡。以上。
白鳥舎の金網補修。交換許可を協会本部に申請。

附記――緋沼市中央公園は一九八四年、三十六棟の高層マンション（緋沼サテライトA、B、C）、約二千六百戸の建売住宅（緋沼サテライトD、E）、その約半分の戸数を想定した注文住宅建築区域（緋沼サテライトF、G）、ショッピングモール「ルナパーク」「ムーンレット」などと共に、緋沼市新興衛星住宅地区計画の基軸のひとつとして造成された、約二十万平米の公園である。その敷地面積の三割を「いこいの森」と名付けられた雑木林《ぞうきばやし》、一割をボート場付きの人工池「はちまん池」が占め、鳥類園、児童図書館、野外ステージといった文化施設、テニスコート、プール、アスレチッククラブといったスポーツ施設をも擁している。

　それらいっさいが都の外郭団体、財団法人東京都公園協会の管理下にある。石丸警備保障は同協会が園内各施設の夜間警備を委託している、ふたつの警備会社のうちのひとつ。

緋沼サテライト内の幼稚園「清風園《せいふうえん》」保管のカセットテープから

場面――一九九二年十二月。清風園ふじ組の教室内で、保母（当時）の浮田《うきた》裕美《ゆみ》が園児のひとり楳原《うめはら》あかねに、かの女が教室の金魚鉢に投石して破損したかどで質疑している。他の園児たちの声が盛んに被《かぶ》さっており、聴取不可能な箇所が多い。

当時同園では行動上問題が感じられた園児との対話を、父兄との懇談の際の資料として録音しておくことが推奨されていた。しかし実際に懇談に用いたところ父兄にきわめて不評であったため、このテープを最後とし、その後は一本も録音されていない。

浮田裕美（浮）　金魚、嫌い？　可愛いでしょう。

楳原あかね（楳）　かわいい。

浮　じゃあ（聴取不能）するの？

楳　ええとね、あのね、きんぎょばちきらいなの。

浮　なぜ嫌いなの？

楳　ええとね、あの（聴取不能）でるから。

浮　（聴取不能）

楳　ゆがんでるから。

浮　（聴取不能）も死んじゃったよ。

楳　はねてた。

浮　でもそのあとで死んじゃったの。先生、埋めたよ。

楳　どこ？

浮　お庭に。

楳　どこ？

浮　花壇に。

楳　（聴取不能）

浮　あとで見る？

楳　ええとね、あかねちゃんじゃないよ。

浮　嘘。みんな見たって云ってるよ。あかねちゃんが石投げたんでしょう？

楳　なげたけど、ほかのひとがわったんだよ。

浮　本当？　じゃあだれが割ったの。

楳　しらない。

浮　あかねちゃんが割ったんでしょう？

楳　ちがうの。

浮　割った人、見た？

楳　ええとね、しろいひと。

浮　教室のお友達？

楳　（無言）

浮　じゃあ教室にだれか入ってきたの？

楳　（無言）

浮　どんな人？　おにいさん？　おねえさん？

楳　おにいさん。

浮　知ってる人？

楳　（無言）

浮　どこの人？

楳　ええとね、あのね、トレチア。

浮　（聴取不能）

楳　トレチア。

浮　その人が石を投げて割ったの？

椹　（無言）

浮　いくつぐらいの人？　あかねちゃんの（聴取不能）らいの人？

椹　わかんない。

浮　どんな人？

椹　ぼうしかぶってるんだよ。

浮　どんな帽子？

椹　しろとくろ。

浮　縞みたいの？

椹　うえがしろいの。

浮　その人、なんで金魚鉢を割ったりしたのかな。

椹　きじゅつだから。

浮　奇術で割ったの？

椹　いしなげたの。

浮　投げたのはあかねちゃんでしょう？

椹　ええとね、あのね、トレチアがやった。

浮　あかねちゃんは石を投げなかったの？

椹　（聴取不能）たらね、われた。

附記――清風園は緋沼市がまだ農業と洋食器の製造をその主力産業としていた一九五〇年代、浄土真宗専修寺の敷地内にその附属施設として開園。一九八四年、緋沼市新興衛星住宅地区計画に沿って、緋沼サテライト内に規模を拡大して移転した。同様にしてサテライト内に移転した保育施設は他に三園ある。うち一園は一九九二年に閉園。

漫画誌「サスペリア」一九九三年新年号
読者投稿頁「読者の怖～いお話」より

私《わたし》のいとこが通《かよ》っている小学校《しょうがっこう》には変《へん》な噂《うわさ》があるそうです。校庭《こうてい》の隅《すみ》に古《ふる》い木造《もくぞう》のトイレがあるのですが、そこの「大《だい》」のほうに入《はい》っていると、必《かなら》ずだれかがドアの上《うえ》から覗《のぞ》きこむんだそうです。そして「奇術《きじゅつ》だ」と囁《ささや》きかけてくるのです。意味《いみ》はよくわかりません。はっと上《うえ》を見上《みあ》げても、すばやく引《ひ》っ込《こ》んでしまうので姿《すがた》を見《み》ることはできません。外《そと》に出《で》て追《お》いかけようとしても、誰《だれ》もいません。建物《たてもの》のすぐ外《そと》にいた子《こ》に「だれか逃《に》げだしてこなかった？」と聞《き》いても、「だれも見《み》なかった」と言《い》うそうです。

でも大急《おおいそ》ぎで見上《みあ》げたら見《み》えたという子《こ》もいて、それは小学生《しょうがくせい》で、その学校《がっこう》の昔《むかし》の制帽《せいぼう》を被《かぶ》っていたそうです。今《いま》はその小学校《しょうがっこう》は服装《ふくそう》は自由《じゆう》ですが、30年《ねん》くらい前《まえ》には制服《せいふく》があったのです。**〔埼玉県／T・Y〕**

★じゃあもしかして、昔そのトイレで亡くなった……!?

同誌一九九三年四月号
同コーナーより

新《しん》年号《ねんごう》のトイレを覗《のぞ》く少年《しょうねん》の話《はなし》を弟《おとうと》にしたら、弟《おとうと》の小学校《しょうがっこう》（私《わたし》も通《かよ》いました）でも最近《さいきん》よく似《に》た噂《うわさ》が流《なが》れて、話題《わだい》になったと知《し》ってびっくり。同《おな》じように昔《むかし》の制服《せいふく》を着《き》ているんですけど、ただその少年《しょうねん》はトイレとか覗《のぞ》くんじゃなくて、動物《どうぶつ》を殺《ころ》すんです。学《がっ》校《こう》で飼《か》っていたアヒルとウサギ、それによく生徒《せいと》が餌《えさ》をやっていたノラ猫《ねこ》も犠牲《ぎせい》になったんだそうです。朝教室《あさきょうしつ》に行《い》くと、教卓《きょうたく》の上《うえ》にその死骸《しがい》が……。勇気《ゆうき》のある生徒《せいと》たちが残《のこ》ったアヒルを守《まも》るために、夜《よる》、鳥小《とりご》屋《や》を見《み》張《は》っていたら、まさにその晩《ばん》、少年《しょうねん》は現《あらわ》れました。懐中電灯《かいちゅうでんとう》で照《て》らしたら、「キジツだ」と嬉《うれ》しそうに叫《さけ》んで、ものすごいスピードで逃《に》げてしまったそうです。でもその話《はなし》を先生《せんせい》にしたら、「夜《よる》の学校《がっこう》に忍《しの》び込《こ》んだりしてはいけない」と注意《ちゅうい》されてしまったとか。〔**東京都／K・K**〕

★可愛い動物を殺すなんて許せないネ。

同誌一九九三年六月号
同コーナーより

これまで一月号《いちがつごう》と、四月号《しがつごう》の、このコーナーに出《で》てきた制服《せいふく》と、制帽《せいぼう》の少年《しょうねん》は、私《わたし》の学《がっ》校《こう》ではなぜか、トレチアと呼《よ》ばれています。人《ひと》を殺《ころ》すこともあるというので、みんな、とても怖《こわ》がっています。**〔東京都／U・Y〕**

★おいおい、そんな物騒な。ただの噂だと思うけど。

ケーブルテレビ緋沼CATVの番組《カフェ・ド・サテライト》のオープニングコーナー
「はてサテライト」に視聴者から寄せられたファクス　その不採用ファイルから

98／4／9
番組、毎日楽しみに拝見しています。
30代の主婦です。

はてサテライトへの質問というか、
本当なのかどうか、番組で調べていただきたいことがあります。
あるボランティア活動をやっている友人が、
このあいだ、インターネットのどこかで、
人口にたいする行方不明者の比率が、日本一高い町は、
緋沼サテライトだという、文章を見かけたと言うんです。
なんだかゾワゾワするような話で、私はとても気になってしまい、
それを見せてほしいと言って、彼女のお宅にまで行って、
もう一度、インターネットの中を探してもらったんですが、

文章が削除されてしまったのか、見つけだすことができませんでした。

そこでお願いです。

番組で、その真偽のほどを確かめてもらえないでしょうか。

友人が見た情報が本当だとしたら、夜、出歩くのも、

子どもを、外に遊びに行かせるのもなんとなく、こわいような気がします。

サテライトF区　甘い物好きのS子より

第一位相　風聞《ふうぶん》

一

川魚の背のような輝きが、低くねっとりと夜を覆《おお》っている。拝島竜介《はいじまりゅうすけ》はサテライトAの入口でドラッグスターを停《と》めた。車止めこそないものの、さきの遊歩道は故意に路面に凹凸を設けてあり、自動車や単車で進入すると激しい上下振動に見舞われる仕掛けだ。タンデムシートから三池《みいけ》礼於奈《れおな》がするとすべり降り、被《かぶ》っていたヘルメットを投げつけてきて、

「じゃね」

後ずさりながら手を振った。

「素気《そっけ》ねえな」

すると、かの女《じょ》は左の手首を指で叩いて、

「おとうさんに怒られちゃう」

竜介はドラッグスターのエンジンを停め、受けとったヘルメットをミラーに掛け、後ろに蹴りあげた左足でサイドスタンドを下ろした。

ジェット型のヘルメットから頭をひき抜き、黄色い短髪のつぶれを掌《てのひら》で直しながら、遠ざかろうとするＤＫＮＹのジャケットの光沢を追った。

「９号棟まで送る」

「くっつかないでね。ここって必ずだれかが見てるんだから」

「じゃあ裏側を通ろう」

「あ、キスしようと思ってる」

「思ってねえよ」

「じゃあやだ」

「思った。いま思った」

礼於奈はほくそ笑んだ。

サテライトＡの十二棟のうち、サテライトＥとの境界を成す四棟は、背後に中央公園の分園ともいえる細長い緑地帯を置いている。竜介と家族がこの計画都市に移ってきた十五年前は、砂漠の実験農場のように貧相な緑地だったが、成長の早い樹木を選んで植えてあったのだろう、今ではこぢんまりとした果樹園程度にはふぜいがある。闇《やみ》もある。

ふたりは12号棟の手前のスロープを上った。緑地の端に、この十五年間にしぜんと生じた小径《こみち》がある。棟内各戸の玄関側だが、エントランスの構造からいえば、こちらが棟の裏側にあたる。

「熱海《あたみ》さあ、どうする？」

ドゥニームのヴィンテージレプリカ・ジーンズのポケットに、ヘルメットの顎紐をくぐらせた左手の先をつっ込み、右手ではクールマイルドの箱を振り振り、半歩前を行く礼於奈に云う。

「来月に入ったら、祖父《じい》さんが居座っちゃうんだってさ、神経痛の治療で」

礼於奈は歩きながらふり返り、

「拝島の？」

「楪原のだよ」

竜介はターボライターを灯《とも》した。煙を吐いた。

「だってわたし、その人知らないもん」

「だからこんど紹介するって。G区に住んでんだ。なんで知らないかなあ、小学校んときからけっこう目立ってたけどなあ」

「拝島、緋沼第三？」

「あん、サテライトってだいたいそうだろ？」

「わたし、云わなかったっけ。第一」

「そうなのか。え、そういうのあるんだ」

「わたし、ここに移ってきたの六年だったから、卒業まで間がないとそういうのあるみたい。それで中学から藤村《ふじむら》でしょ」

「あ、おれたちとぜんぜん被ってないんだ」

「ずっと知ってたら、恥ずかしくてとても付き合えないよ」

「楪原の女、第三だったよ。女のほうがいっこ上なんだけど、中学もおんなじ青学《あおがく》で」

「じゃあ小学校から大学まで？　近親相姦じゃん」

「そういう表現する。まあ姉弟っぽい感じじゃあるな」

「楪原くんてかっこいい？」

「なんだよそれ。女に騒がれるようなタイプじゃないさ。でも顔はまあまあかな」

「かっこいいんだ。紹介しちゃっていいの？」

た、と竜介は口の中で舌をはじき、たばこを足許《あしもと》に投げた。

「冗談だって」

礼於奈はたち止まり、かれと向きあい、その唇の脇にすばやく口づけた。竜介の両手が、相手の軀《からだ》を不器用に追い求め、ふたつの二の腕をつかまえる。やん、とかの女が声をあげる。

竜介はかまわず、ひき寄せた。肋骨《ろっこつ》のあたりに触れる、矯正下着で固く尖《とが》った乳房の感触を娯《たの》しみながら、緑地の暗がりへと引き込んでいく。レッドウィングの踵《かかと》が異物を察知するや、背中は赤松のいびつな幹に触れた。かれは背中をくねらせ、体重を預けられそうな位置を探した。

「人に見られる」

礼於奈が前のめりの苦しげな姿勢で囁《ささや》く。湿った息が竜介の喉仏をくすぐった。かれは右手を女の脇腹へと滑らせた。

「見てるもんかよ。だれが見てるもんか」

尾骨のあたりを松の表皮にひっ掛けて、左の腕で礼於奈の頭を抱えた。白っぽく化粧された眼の下の、小麦色の頬に唇を寄せた。張子の獣のように顎を揺らして、パールピンクに塗りたくられた唇を追いかける。

「見てる。きっと見てる」

「見えるもんか」

唇を塞《ふさ》いだ。一方で右手を、短いスカートの裾《すそ》に滑らせた。小指のつけ根の膨らみが、太腿の、弱弱しい皮膚と産毛の複雑な感触を得た。やだもう、と礼於奈が竜介の舌を吸いあげながら、咽《のど》だけで発する。かれの指先は腿の内側の、より脆弱《ぜいじゃく》な皮膚へと侵攻する。

母乳を求める犢《こうし》のように意地きたなく自分の舌を吸い続ける礼於奈を、竜介は頭のどこかで嘲笑している。この脂《やに》くさい唾液のどこが旨い？　自分の家に向かって尻をつき出した惨めな姿勢ででも懸命に味わいたいほどの、いったいどんな麻薬物質がおれの体内を満たしているのだろう。そう思いはじめるや、遠慮が失せた。食材を扱うような残酷な手つきでかれは、綿の下着ごしに、礼於奈の性器を揉みしだいた。熟《な》れろ。潰れて、汁を滲みださせて、ぐにゃぐにゃに変形しろ、礼於奈。

　ふと礼於奈がかれの舌を解放する。

「指は入れないで指は入れないでお願い」

と、生温かい吐息を口腔に吐きかけてきた。

「ほんとに処女なのよ信じてないだろうけど本当なの、拝島にあげるからたぶんクリスマスにあげるから」

　竜介の目が細まる。女の頬のあたりを観察しながら、拇《おやゆび》の爪を下着の縁に掛ける。

「お願いお願いやめて嫌いになりたくないから、それにいま穢《きたな》いし」

　むしろかれは拇に力を込めて、生じた空間に人差指を挿し入れた。指先が、粘液に被われた肉と、それを縁どる乏しい陰毛を感じたと同時に、女はかれを樹に打ちつけるようにして身を離して、

「なんで聞いてくれないの」

　ふだんより小声なところが、本気の怒りであることを示している。竜介は樹皮から腰を

あげた。

「悪い、思わず」

「好きじゃないの？　ただで入れる風俗だと思ってんの」

「なんでそうなるんだって。だいいち残酷だろう。生殺しだよ」

「だからクリスマスって云ってるじゃない」

「何箇月さきだよ。それまでにおれが死んだらどうする」

「あんた長生きするわよ。とにかく今日はおしまい。つづきは続篇で」

礼於奈は小径に戻っていった。竜介は左手をまたジーンズのポケットに入れ、硬直した若い男根の感触を、無意味に確かめる。女を追って歩きだした。

右手の指を鼻に寄せる。かすかに小便のにおいがするような気がしたが、それ以上のはっきりしたにおいはない。舐めてみた。糊のような舌触りだけで、これといった味はなかった。粘ついた、塩気のない汗のようなものとしかいいようがない。竜介が追いつくまえに、礼於奈はくるりとふり返り、

「じゃあね」

と云って緑地を離れていった。

みずからを宥《なだ》めるように陽物を撫でる。ここは素直にひき下がっておくのが得策だろう。礼於奈の褐色の影が9号棟に吸い込まれていくのを眺めながら、ふたたびたばこに火をつ

けた。腕時計を見た。午前零時を二分ほど廻っている。この帰宅時刻を、かの女は家族にどう言い訳するのだろう。処女？　父親だって信じないね。

棟の、手近な狭間《はざま》へと斜面を下った。視界の左端にちらりと動くものを見つけて、たち止まってそちらを向いたが、だれもいない。まんまるに剪定《せんてい》された低い植込みが、コンクリートの壁を囲んでいるばかりだ。だれもいない。

　壁を見上げながら、サテライトの人口というのは今、どのくらいなんだろうかと考えた。このＡ区は十八階建てで、一フロアあたり、たしか十世帯、で百八十世帯。最近は空室も増えているというが、それでも平均をとれば一世帯に三人くらいにはなるだろう。とすれば一棟に……五百四十人。それが十二棟ある。六千……まあ六千五百くらいか。サテライトＡだけで六千五百人。Ｂ区はより高層だが、棟数も少ないから似たようなものだろう。Ｃ区の建物の高さはまちまちだ。下方の階が日照を確保できるぎりぎりまで、積木を置けるだけ置いてみたような複雑な構造をとっている。あそこの住人は、もっと確実に多い。一戸建ての地区となるとちょっと見当がつかないが、竜介が暮しているＤ区や、Ｅ区あたりは集合住宅も同然だから、相当な人数が詰め込まれているはずだった。

　ともかく立派な小都市の人口だ。それが整頓上手な女の部屋のタオルみたいに、同じような形に折りたたまれて、最小限の空間にしまい込まれているわけだ。中央公園も勘定に入れれば、緋沼サテライトは、けっして小さな空間ではないが、仮に公園の敷地を各世帯に分配したら、きっと駐車場ぶんの面積にもなるまい。しかも公園は、サテライト居住者のためだけの施設ではない。

十五年前、あたかも忽然《こつぜん》とこの片田舎に現出した、コンクリートとエレクトロニクスとガーデニングの博覧会場。礼儀正しく棲息《せいそく》する、無数の、無名の人人。閑散とした夜の景色がふと異様に感じられ、竜介は急にいらいらと、我慢ならないような気分になった。どこかに爆弾でも仕掛けて、木の葉の下の虫どもを追いたててやりたい。息をひそめ、互いの動きを観察し合うしか能のないやつらを。

見てるもんかと礼於奈に云ったのは、気休めだ。サテライトに暮していて、相互監視の網を逃れている者はいない。十余年のサテライト生活でつくづくと思い知らされてきた。かれのほうが見る側に立つことも少なくない。監視への対抗策はひとつ、見られながら、まわりの意識の盲点に身を置いていることだけだが、それが可能な生活態度を竜介は意図的に脱している。わる目立ちする風体にしろオートバイにしろ、地蟲の同族ではないというかれの矜持《きょうじ》の顕《あらわ》れだった。気にするものか。見ているのはいつも無名のだれかだ。高い壁を見上げた。どこのだれとも知れぬだれかだ。

棟の南に出た。愛車のまわりに小さな影が蠢《うごめ》いているのを見つけ、指先からたばこを落とした。

「……おい」

駆けだす。単車にたかっているのは、小学生くらいのこどもたちだ。幾つもの青ざめた、小さな顔がいっせいにこちらを向いた。

四散していく。一瞬どの影かを追おうかと迷ったが、それよりもドラッグスターが心配だった。元から中古とはいえ、屈辱的なアルバイト生活で流した汗と涙の結晶だ。

近づき、単車のありさまを眼《ま》のあたりにして、げ、と呻《うめ》いた。シートは切り裂かれ、タンクは擦傷だらけだ。スポークやエンジンまわりの部品には、鉄の棒でも掻き廻されたか、奇妙な歪《ゆが》みが生じている。

「畜生」

単車を悪戯《いたずら》されるのは、これが初めてではない。ここしばらくなにもなかったものだから油断した。それにしてもずいぶんと念入りじゃないか。悪質きわまりない。エンジンはかかるだろうか。プラグは……かれは地面に膝をついた。街灯のあかりだけでは細かいところが見えない。かれは舌打ちを重ねた。

「キジツダ」

だれかが背後で云った。風の唸《うな》りのような、細いかすれ声で。

キジツダ……きじつだ……期日だ。

顔をあげた。が、ふり返れない。腰のあたりから、厳密にはきっと肛門から、ふるえが涌きあがって、かれの膝に、背に、肩に達した。後ろ頭から背中にかけてを、弾力に満ちた衝撃が襲った。脳天を風が吹きぬけ、銀色に輝くエアフィルター・カヴァーに顔面からぶつかった。寸前、竜介はカヴァーの上に、平たく歪んだ自分の顔と、その背後に小さく映り込んだ白い影を見ていた。

帽子を被ったこども。

トレチア。

激突は刹那《せつな》、快美の錯覚を生んだ。苦痛はあとから来た。

「おぶ」

反動と同時にそう発したが、なにを云おうとしたものか、かれ自身にも判然としなかった。大勢によって後方から踏みつけられたとしか思えないのに、クロムの鍍金《めっき》面ごしに見えた人影はひとつだった。トレチア。

頭をあげきる前に、二度めの衝撃が訪れた。打撲に打撲が重なることで痛みは濾過《ろか》され、透明度を増した。もはや快美の錯覚はなく、より純粋に、痛い。

攻撃は繰り返された。衝突、衝突、衝突、衝突……複雑な音を耳に聞いていた。外気づたいと思しい軽軽とした音より、頭蓋の振動が直接鼓膜を震わせて生じる、重苦しい音色のほうがだいぶ勝っている。

反動で顔が跳ねあがるたび、愛車の部品は血に汚れ、血に染まっていく。顔の何箇所が裂けているとも想像がつかない。衄《はなじ》だけではない。六度めか七度めか八度めの衝突のあと、ふと間が空いた。反撃の機と感じた。部品の鏡面には、トレチアの歪んだ白い影。

「ぶお」

糞、と叫んだつもりだった。腫れあがった唇とぐらつく前歯がそれを許さなかった。身軽さを自負している。左脚を残してふり返り、背後の影に向かって水平に手刀を切った。空気の手応えだけがあった。視界が本来の半分に減じていることに、そのとき初めて気がついた。右眼が開かない。いや開いている。見えていないのだ。

急な動作が顔面の血行を促進し、これまでで最も重い痛みが鼻面を撫であげた。んお。かれは呻いて表情を歪めた。痛みが増した。涙ぐんだ。左眼を懸命にしばたたいて、視界を掃除する。

……青白い小さな顔が六つ七つ、かれを遠巻きに囲んでいた。小学校の半ばから高学年くらいの、おとなしげな少年ばかりだ。どの顔にも、これといった特徴は見つからない。昼間の光の下で、いたのはどの子かと問われても、きっと他のこどもらと区別できまい。

星のない夜空。棟の黒ずんだ巨影。方形をした無数の眼が、こどもたちの後ろから竜介を瞰下《みお》ろしている。背後で、ドラッグスターを構成するなにかが、かすかに軋《きし》み、次いで別のなにかが大きく、鋭く軋んだ。

項《うなじ》に空気の動きを感じた。ふり返った。

オレンジ色の燃料タンクが膨張《ぼうちょう》していた。いや接近だ。落下してくる。左脚が巻き込まれる。

閃《ひらめ》きのような予測は、一瞬ののち、

現実になった。

現実になった。転倒してきた愛車の重量が、竜介の左の膝とワークブーツに包まれた足首を、かれが生来経験したことのない角度に折った。折れた。同時に臑《すね》が砕けた。ぱん、という破裂の衝撃が、頭蓋に伝わってきた。

「え、わじ？」

竜介はなにかに対して問うた、たぶん自分の左脚に。痛みが来た。ふしぎと最初、それはこめかみに生じた。鈍器を遠慮がちに、こんと打ちつけられたような感覚だった。倍加、倍加しながら、肩に下り、背中を走って、腰骨に、そして潰れた臑へと達した。竜介は声をあげた。

声をあげた。

声をあげた。喚《わめ》きながら、冷えた舗道に尻を落とした。するとまた別種の痛みが、脚と顔それぞれに生じた。鼻息が、視界の下方に血飛沫《ちしぶき》を舞わせた。痛みの群れに対し、顔を仰向け、固く両眼を閉じ、かれは通過を待とうとしたが、じきそれが非現実的な夢想に過ぎないと気づいてしまった。通過する痛みではないのだ。脚は潰れてしまったのだ。絶望感が、瞼《まぶた》の裏側を白く輝かせた。がん……がん……がん……激痛が一定のリズムを発しはじめた。聞える。

聞える。現実音だ。

竜介は目を開いた。夜空を背景に、半ズボン姿の少年が宙に浮かんでいた。

落下した。また現れた。転倒し、竜介の脚を下敷きにしたドラッグスターの上を、飛び跳ねている、軽業師のように高高と、優美に。優美だった、竜介の目には。

少年は跳躍しながら笑っていた。明るい笑い声をあげていた。

白布に被われた学帽、白い開襟シャツ。

トレチアから来た少年。

無垢の悪意。

これから自分が突き落とされる苦悶の深淵を竜介は眺めた。かつて脅かし、傷つけ、殺害した、幾つもの生命が思い返され、今宵、不意に自分がそれらとの同列に置かれたことを知った。あの鳥たちや、猫や犬や……人間たち。かれは泣きだした。赤ん坊のような号《ごう》泣《きゅう》になった。悔恨の嘆きからは程遠い、白痴的な泣き声だった。

思考はとうに放棄していた。濡れて細まった視界の端に、横並びのふたつのあかりが現れ、近づいてきた。苦痛の波は退かない。しかし、いつしかリズムを失っている。

⁂

楪原崇《たかし》が父の書斎からグラス半分くすねてきたマカランの十八年を片手に、コメットの液晶ディスプレイ上のテキストをスクロールさせていると、ドアの向こうで電話が鳴りはじめた。クリックボタンから指を離してフォントの雪崩《なだれ》を鎮めた。

テキスト名は仮に「扉」としてある。崇を推理文壇に導く扉となるかもしれない、次期もしくはその次のメフィスト賞に応募するための大長篇小説の、冒頭部分だ。題名の候補は三つ四つ考えてある。応募段階で、時局を踏まえて最も有利なものに絞るつもりだった。

ほんの冒頭部分とはいえ、四百字詰め原稿用紙に換算すればすでに四百枚を超えている。構想の隅隅まで描ききるためにいったい何千枚ぶんの文章が必要なのか、かれ自身も見当がつかずにいる。だが遅くとも年内には、作業を貫徹《かんてつ》する心づもりだ。筆の速さには自信がある。内容の充実が最優先なのはもちろんだが、速さが武器であることに変わりはない。強力な武器だ。執筆速度が倍なら、デビューのチャンスも倍になる。単純に速度だけの比較でいえば、おれは昔の綾辻行人《あやつじゆきと》の三倍か四倍で飛ばせる。ここ最近のかれの二十倍だ。奥方の新作が莫迦《ばか》売れしていることに甘えて、今はもっと遅筆になってることだろう。追いついてやる。待ってろ、綾辻。

岩倉有希《いわくらゆき》の顔が頭に泛んでいたが、はて、こんな時間に電話をしてきたことがあっただろうか。濃紺にカスタマイズされたメニューバーには、白抜きで「(木) 0:55」とある。

思いたち、ポインタを合わせてクリックすると、表示は「（木）1999.4.1」と変わった。ふふん、と崇は鼻を鳴らした。四月莫迦《エイプリルフール》だ。十九にもなってべつに嬉しくもないが。

階下のホールでも親機が鳴っているはずだった。両親も祖父も熟睡しているらしい。無視しておいて自動応答に切り替わるのを待つか、二階で崇が出るか、妹のあかねが出るかだ。

まず有希からではあるまいと踏み、そのまま放っていたが、コールは十回以上に達しても途切れなかった。あかねも寝てるのか。母がまた、自動応答までの回数を「制限なし」に切り替えてしまったようだ。下手に家族に出られて友人からの伝言が曖昧《あいまい》になるよりは、みずからの耳で録音を確認したいと思い、今の電話機になった当初から短めの回数に設定してきたのだが、最近とうとう母が操作マニュアルの引き方を覚えてしまった。

吐息をつき、顔に被さっていた長い髪を掻きあげて、崇は椅子を立った。インターネットへの接続はケーブルテレビの回線を介して二十四時間自在である一方、電話に関しては保守的な家族のおかげで不自由を強いられている。

ドアの外に出た。子機の充電器は、二階廊下を兼ねたサンルームの壁に螺子《ねじ》留めされている。ひたすら採光ばかり考えて設《しつら》えられた、西面が窓だらけなうえに巨大な天窓まである、約八畳ぶんのいびつな空間だ。

屋内にいながらにして陽光漬けになれるというのは、むろん、ありがたいことに違いない。しかし夏期の日中は、ブラインドカーテンを備えているにもかかわらずひどく熱せられて、人はもちろん家財にとっても過酷な空間と化す。変形し、破損した家財は少なくない。鉢植えはすぐに土が乾いて、何度新しいのを置いても枯らしてしまう。今では家具の大半が運び出され、緑もなく、代わりに折畳み式の物干し台がふたつ置かれている。冬は冬で、この部屋があるおかげで家じゅう暖房が効きにくい。設計にあたった、父に云わせれば「一流の」建築士は、この空間にいかなる夢想を託していたのか。雨の日の快適な洗濯？　それにしては水場がない。

　ドアが開いた音を聞きつけ、トトが階段を上がってきた。ん、と目を合わせてやる。満二歳になる雄のバーニーズマウンテンだ。黒、白、赤茶の三色で、左右対称《シンメトリィ》に、鮮やかに分割された体毛を持つ。同種の他犬に比べて、尻が小さく、尾の根元も細まって見えるのは、そこいらの毛ばかり短いからだ。せんの夏、大型化した図体を家族が持てあまして櫛《くし》による蚤取《のみと》りを怠《おこた》り、かといって薬品も毛嫌いして対策らしい対策をとらずにいたら、ふと顔を間近にすると眼や鼻のまわりに幾つもの黒いものが蠢いているというほどの、蚤の巣窟《そうくつ》と化した。アレルギーが出て、地肌が赤く染まった。痒《かゆ》がって自分で、尻や尾の毛を噛《か》みちぎるようになった。夏が終わるまでに、歯の届く範囲がバリカンをかけたようになった。

　家の中でかれは、一階のホールとこのサンルーム以外への出入りを許されていない。あとは浴室で、外出後や粗《そ》相《そう》のあと脚や陰部を、それから月に一二度、美容のために全身を、崇やその父の手で洗われるのみだ。だからドアの音には敏感で、それまでどこでなにをしていても、開いたドアの前に飛んでくる。かれのホール、かれのサンルームへの、友人たちの来訪を歓迎するため。

父の旧友の家から譲られてきた頃の十五倍にも達した体重を顧《かえり》みず、当時そのままの勢いで飛びついてくるトトを巧みにさばきつつ、崇はＬＥＤの緑の点滅に手を伸ばした。

音が途切れた。

「なんだよもう」

急に、トトが離れていった。対《むか》いのドアが明るく開き、部屋着姿のあかねが出てきた。

「なあんだ」

「なんだってなんだ」

「電話と思って」

「出ようとしたら切れた。起きてたのか」

「ヘッドフォン掛けてたの」

伸びすぎたおかっぱ頭が左右に傾《かし》ぐと、こ、ここ、と骨の音がした。音楽を聴きながらもちゃんと勉強していたのだろう。

再来週、十二歳になる。六年生だ。かつて崇がそうしたように、青山学院の中等部を受験するつもりでいる。

「おにいちゃん、カーネーションの新しいの買ったの」

「ん、買った」

「聴いた？」

「一回」

「どうだった」

「まだよくわかんないな。いい感じの曲はあった」

「ＭＤに録《と》っといてくれる」

「明日じゅうでいいか」

白い顔が小さく上下する。

「わかった」

「あと、セヴンスクロス返した？」

「いやまだ。ドリキャスんなか入ってる」

「どこまでやった？」

「いま鳥類エリア」

電話がふたたび鳴りはじめた。

「おにいちゃん、携帯まだ買わないの」

一段大きくなったあかねの声がそれに被さる。崇は子機を取って、

「まだ。だっておとうさんがさ。はい、楪原です」

「……楪原ぁ、おえ……」

眠たげな、よく呂律《ろれつ》の廻っていない喋《しゃべ》りだが、声で拝島竜介だとわかった。携帯電話からだ。電波の状態はあまり良くない。近くでサイレンが鳴っている。かまわれないことに落胆したようすで、うずくまり、前肢に顎をのせていたトトが、微《かす》かな音を聴きつけていつしか頭を高く上げている。サイレンは、かれの同族の遠吠えに似ている。

「おう。なんだ、酔ってるだろ、竜」

「……急車ぃ乗っへんら」

「なにに」

「救……」

「おまえが乗ってるの？　救急車から携帯かけてんのか」

「…………」

ノイズが続いている。崇はあかねに向かって、

「拝島だ」

「ドラッグスター？」

うなずく崇。あかねは自室に戻ろうとはせず、窓のひとつに近づいてブラインドの角度

を動かし、外を眺めはじめた。まだ話があるらしい。

「……て運ばえへんらよ」

「あ、聞えた。今は聞える。事故ったのか」

「ちゃあう。やらえた」

「なにを。だれに」

「トレ……」

「聞えない。聞えにくいんだ」

「……レチア」

一瞬、顔から血の気が失せたことを崇は自覚し、幼稚な呪文に中《あ》てられた素朴さを恥じた。かれは息を吐き、

「なに莫迦云ってる」

「期日らって」

「莫迦野郎」

「おえ、左脚が滅茶……てて……」

またノイズばかりになった。

トレチアときた。どう笑う？　やられたと云う。不明瞭な発音は、破損し腫れあがった顔面を想像させたが、また泥酔《でいすい》した友人の口調そのものにも感じられる。どっちだ竜。こ

の莫迦。

……莫迦も莫迦、四月莫迦だ。思いきるように、慣れない舌打ちをした。一瞬にせよひっ掛かってしまった。サイレンはどう調達した？　交差点の救急車か。

「早すぎだよ。明日の晩かけてこい」

独《ひと》り言《ご》ちながら電話を充電器に戻した。

「酔っ払いだ」

窓の前からふり返ったあかねに云うと、かの女は口許だけで笑って、

「おにいちゃんも。ウィスキーのにおい」

「おとうさんには云うな」

「ね、外にこどもがいるの」

「中坊だろ、拝島みたいな金髪の。よく夜中にほっつき歩いてるよ。G区の住人じゃないよな。下着でも盗みにきてんのか」

「もっと小さいこども。半袖着て、白い学帽被ってる」

外を眺めているうち、夜に感情を吸われてしまったように、あかねは淡淡《たんたん》と云った。言葉は、崇の心臓を鷲づかみにした。

間もなく平静をとり戻した。きっとまた流行《はや》っているのだ。テレビで人面魚が流行れば、どの小学校の池にもそれが現れる。だれも嘘をついている気はない。普通の魚がそう見え

てしまうだけだ。話を合わせることにした。窓に近寄り、

「どこだ」

「道路。庭の柿の木の……もういない。こっち見てたけど」

「ほんとか。どんな、何歳くらいの」

大きな眼が、崇を見返した。

「小学生と思う。たまに見かける。それより携帯、いつ買うの」

担《かつ》ごうとしているのだろうか。それとも、そうもトレチアを信じきっているのか。

六年生にしては言葉が幼い。突飛で、途切れ途切れで、脈絡がない。頭がわるいわけではないのだ。受験は教師から勧められたというし、一緒にテレビを見ていると、ぎょっとするような鋭い批評を吐いたりもする。過剰な脳の活動が夢想癖を促し、思考の積み上げを阻害しているのかもしれない、そのうち自分とは正反対の小説でも書きはじめるかもしれない、などと思う。ともかく実の妹でありながら、真意をつかむのに苦心する。

「携帯買ってよ。子機、部屋に置きたい」

「だれと話す」

「違うの、友達からかかってこないから。おにいちゃんが面倒くさそうに取り次ぐから、みんな遠慮してる」

「子機増やせばいいって云うかもな、おとうさんは」

「おにいちゃんが出たら同じなの。おとなの男の人が出たら」

おとな、という言葉に胸を衝かれ、崇は視線を揺らした。

「電話代、おにいちゃんが払うつもりでしょう。だったらいいのにねぇ」

「嫌うんだよ、あの世代は。でも、なんとか相談してみよう」

自分は靴下とスリッパを履いているのに、あかねは裸足であることに、かれは気づいた。

二

インラインスケートを履き、本格的な衣装と防具で身を固めた男の子が、三人、たて続けに有希を追い越していった。人間を模した精巧な機械を目撃したようで、思わず立《た》ち竦《すく》み、しばらく動けずにいた。こどもたちは大きく軀を傾け、はちまん池に架かったコンクリート橋にすべり込んでいった。水面の夕陽が、有希の網膜に黒い残像を穿った。

中央公園の造成以前、ここで揺らいでいたのは、八幡川《はちまんがわ》という、生活排水の悪臭に満ちた小川だった。それを堰《せ》き止《と》める一方で、地域一帯に下水道を張り巡らし、流れを最大限、排水から切り離して、いこいの森を南北に分断する、この細長い人工池は出来上がった。

橋より上流側には複数の噴水があり、下流側にはボート場がある。ボートがくぐれぬよう橋の下には柵が設けてあるので、人が噴水を浴びることはできない。水鳥と魚の特権だ。大きな、たぶん鯉《こい》が、よく噴水のあたりから宙に跳ねている。季節によって種類の違う水鳥が訪れ、長期滞在して、またどこかの邦《くに》に帰っていく。滞在中はいつも橋のまわりに身を浮かべるか、かれらのために打たれた杭の上に佇《たたず》むかして、人が投げ入れてくれる餌を待っている。橋は、人工の中洲に繋《つな》がっている。中洲から向こう岸の間を、いま一本の橋が繋いでいる。

本当だ、と有希は思った。こうして岸から見てみると、なるほど中洲のようすはデコイを模している。鳥類園の分園である鸚鵡《おうむ》・小鳥舎は水鳥のうつむいた頭部のように見え、ボート小屋の傾斜した長い屋根は上向いた尾羽に見える。よく手入れされた芝と、複数の細長い花壇が、翼の模様を表現している。花壇は今、三色菫《さんしょくすみれ》のぺったりとした黄や紫に塗りつぶされている。久しぶりの鳥島《とりしま》——サテライトのこどもたちは皆、この中洲をそう呼んでいた。今もだろうか。鸚鵡舎があるからそう呼ばれているのだとばかり、当時からずっと、かの女は信じこんでいたのだが、

「え、鳥の形してるからだよ」

と昨夜、崇と電話で話していて、初めて教えられた。島の姿を脳裡《のうり》に泛べ、図上に自分で加えていた架空の目玉を大きく移動させた。納得した。思いこみというのは面白いもので、かの女は幼い頃から島を生きものの姿に、似ている似ているとは思っていたものの、

前後を逆に見ていた。ふさふさと豊かな尾をした栗鼠《りす》かなにかが、つんと空を見上げているようなイメージで捉えていたのだ。尾が頭だなんて思ってもみなかった。

丸太を地面に固定しただけのベンチに、腰をおろした。最近黒く染めもどした髪を肩の後ろに払い、グルカショーツの裾から覗いた膝を重ねて、その上に頬杖をついた。

近くの、まだ枯れ色を残した芝生の上に、スケート少年たちよりいくぶん年少のこどもらが五六人、同じ側を向いてしゃがみこんでいる。静寂を奇異に感じ、よく見てみると、全員がゲームボーイを握りこんでいた。液晶画面が見やすいよう、皆で夕陽に背を向けているのだ。有希は感心した。モノクロのモデルなら有希も持っているが、今のはずいぶん小さくなったものだ。あれなら持ち歩きやすい。わたしも買いなおそうかな。しかし次の瞬間、べつにやりたいゲームもないし、と考えなおした。

年頭、崇の薦めに従ってｉＭａｃとデジタルカメラを買って以来、パソコンいじりそのものが、かの女の胸躍るゲームになっている。夢中だ。各種コントロール書類の設定、ネットへの接続、リンクを辿っての巡覧、シェアウェアのダウンロードと代金の送付、カメラから取り込んだ画像のフィルター処理、完成した作品を崇に送付すること……初歩的な操作の積み重ねだが、ひとつひとつをクリアするたび、あたかもロールプレイング・ゲームで、貴重なボーナス点を獲得したような気分になる。

ｉＭａｃと、それにまつわる崇の知識に落胆させられたことは、一度しかない。購入した翌翌日、より安くて高性能な新モデルの発売を知ったときだけだ。同時に、旧モデル、つまり有希のものと同じ機種は、五万円もディスカウントされた。そのことに腹を立ててアップルに対し訴訟を起こした旧モデル購入者がアメリカにいると、先日出掛けたパソコン店で、他の客同士が話していた。どうなっただろう。まさか勝訴はしていまいが、気持ちはわかる。

有希の場合、新モデルの性能はどうでもよかった。具体的にどういった差があるのか、そもそもわからない。値段についてもまあ、それが市場原理というものだろうと納得がいく。売れるものは安くなる。無念で堪らないのは、見た目に関することだ。愛機の、透きとおった青緑色の筐体《きょうたい》を綺麗とは思うものの、ちょっと冷たい感じがして、それが大好きなオレンジ色だったらどんなにいいだろうかと想像していたのだ。新モデルには、まさにかの女がイメージしていたとおりの製品が含まれていた。いくらか払ってもいいから、外側だけ交換してもらえないものかと本気で考えている。

「懐かしい？」

背後から呼びかけられた。崇だ。

「といえばね」

ふり返りながら答える。タイミングの良さにみずから満悦し、声をあげて笑った。膝を揃え、ショーツの裾を直しながら、

「どの木も大きくなってるんだろうけど、わたしも大きくなってるからね、あんまり感じない」

崇の、浅葱《あさぎ》色に色落ちしたリーヴァイスがベンチを跨ぐ。

「小六までだっけ」

「うん。だからもう……八年ぶり？　そのくらい」

「そのあいだ一度も？」

「来ないよお、こんな田舎」

「国分寺《こくぶんじ》も変わんないでしょ」

「特別快速が停まります。緋沼って、みんな素通りする駅だよ」

「休日は家族連れが多いよ。駅ビルがでかいし」

有希は眼を動かした。

「サテライトに行楽ってどういうこと。住宅団地に」

「十年前とは人の流れがちょっと違ってて、なんかさ、この一帯の拠点のひとつみたいなイメージが」

「バブルの楼閣《ろうかく》」

「まあ今の景気じゃ、この規模の計画都市も公園も造りようがないからね、希少価値が高まってるのは事実かも」

「来てなにするのかしらね。とりあえずこの鳥島に来て、こどもに孔雀《くじゃく》や鸚鵡を見せて」

「鴨《かも》に餌やって、駅で買ってきたチキン広げてさ」

「立つ鳥、跡を濁して」

「跡を濁して、また電車に揺られて建売りの巣箱に帰っていく。鳥にだけは事欠かない」

「翌朝、通勤電車の窓からちらっとここの緑見て、ああ、早くまた週末になんないかなあって、どう？　そういう人生」

「いいね。まじで悪くないと思うよ」

崇は肩を上下させた。

「拝島くん、その後は」

「じつはおれも、きのうあいつのお母さんと話したっきりで。救急車から携帯かけてきたこと、云えなかったよ。四月莫迦だと思って相手にしなかったんだ、日付が変わってたから。悪いことしたよ」

「まっすぐ行く？　総合でしょう？」

もともと界隈の住人らしく、緋沼総合病院をそう略して訊ねた。うなずく崇。母体となったのは古くから駅前で開業していた個人医院だが、サテライトの造成に伴い、その敷地内に規模を拡大し改名して移転した。昔は有希もよく通った。

このあたりで生まれて育った。しかしサテライトの住人ではなかった。家族四人、駅の裏手にある小住宅地のアパートに暮していた。

　有希が小学校、姉の澪《みお》が中学に上がった頃、サテライトの分譲が始まった。両親はＡ区からＣ区のいずれかへの移転を検討していたそうだ。しかし澪の強固な反対に遇い、見送ることにしたのだという。空に向かい連なって聳《そび》える高層マンションの群れを、澪は建築中から気味わるがって、嫌悪していた。けっきょく一家は手狭なアパートに暮し続け、六年後、澪が東北大学、有希が青山学院の中等部に合格したのを機に、ようやく国分寺のマンションへと越した。床面積は以前のアパートと大差なかったが、澪がいなくなったぶん広広として感じられた。今も両親とそこにいる。澪は仙台《せんだい》で就職し、昨年会社の同僚と結婚した。

　崇のことは、小学生のときからよく知っていた。明瞭には憶えていないが、この公園で知り合ったのは間違いない。小学校内には皆無に近い、男女や学年を超えたこどもたちの交流が、当時、ここにはあった——とでもいえばあたかも牧歌的だが、有希には、夕暮れのサテライトの暗がりにひっそりと息づく、秘密めいたコミュニティといった印象が濃い。けっしておとなたちに知られてはならない。そう思っていた。

　学内で見かければ、ただ幼稚な存在にしか感じられない崇が、放課後この公園で再会すると、自分より年上に見えた。いつも集団の頭か、二番手くらいにふるまっていた。集団の傍観者的位置にいた有希も、かれの指図だけは素直に受け容れていた。

かの女に一年遅れて、青山学院の中等部に入ってきた。美術部の先輩後輩になった。崇は多趣味ゆえに長続きせず、たしか秋まで保たずに辞めていったが、その後も、校内で顔を合わせれば親しく言葉を交わしていた。それぞれが高等部の一年二年のとき、不意に崇のほうから交際を申しこんできた。弟分のようなつもりで接していたから、戸惑ったが、いざそういう目で見直してみると、崇というのは申しぶんなく凛凛《りり》しい少年だった。この少年と自分は、サテライトでの昏《くら》い記憶を共有しているのだと、陶然となった。……

「腹減ってないかな」

崇がベンチを立つ。有希は坐ったまま、

「そうだ、ｉＭａｃ、だめかな」

「筐体の交換？　まだ云ってんの」

「このへんに崇の知ってる店ないの」

「そんなサービスどこもやってないって。なんか食ってから行こう」

「面会時間は何時まで？」

「八時くらいまで大丈夫なはずだよ。命に別状はないっていうんだから、べつに退院を待ってから会えばいいんだけど、ちょっとそれじゃ情がないかと。あ、なにか見舞いも買わないと」

「単車の下敷きってさ、転んで？　転倒したの？」

「馬から落ちて落馬した」

「重ねて訊いただけじゃない。小説を書きはじめてから、やたら言葉尻を捉えたがらない？」

「昔から言葉にはうるさいよ。いや、喧嘩の相手が倒してきたらしい。ひどいことするやつがいる」

「でも相手って」

有希は笑みを含んだ。こども時代の隠語を口にするのは、面映《おもは》ゆい。

「トレチアなんでしょう」

崇はうんざりしたような、苦い表情になり、

「救急車からの電話ではね。きっと直後で、頭がぼおっとしてたんだ」

そう云って、有希がやって来た方向へ芝生を下りていった。有希も歩きだした。たち止まった。背後に強い気配を感じたのだ。ふり返ってみると、ゲームボーイの集団が全員でこちらを見つめていた。みな唇を固く結んでいた。視線に敵意を感じた。ｉＭａｃの話をしていたからだ。みんな欲しいんだ。そう思い、頬笑みを返した。表情を弛めたこどもはいなかった。

駅ビル最上階に入っているピザとパスタの専門店で、軽いイタリアワインと一緒に、崇

はアンチョヴィのピザを食べた。有希は烏賊《いか》墨《すみ》のスパゲティで、歯と唇を黒く汚した。

駅ビルの外は、もうたそがれに覆われていた。商店街の花屋で、有希がオレンジ色がかった薔薇《ばら》を選んだ。高いので数は買えなかった。

緋沼総合病院はサテライトDの入口にある。またはちまん池を経由するのが最も早い。ふたりは公園への石段を下りた。

「だれだっけ」

橋に差しかかったとき、有希が肩を寄せてきて云った。視線が背後を示している。崇はすこし有希の前に出て、かの女をふり返るようなそぶりで後方を見た。びく、と後ろの人物が動きを止め、そっぽを向いた。そのまま欄干《らんかん》に近づいていき、片肘をのせて水鳥を眺めはじめた。突然の前方からの視線に、ただ驚いたと、見えなくもなかった。微妙なところだった。崇たちと同世代の、小太りした男だ。黒いショルダーバッグを提げている。

「知らない」

追いついてきた有希に囁いた。

「わたし、たぶん知ってる」

「こっちにいた頃？」

「うん」

またふり返ってみたが、もはや顔の特徴を見てとれる距離ではない。

「いたっけな。十年も経つと、変わりはてるやつは変わりはてるから。おれも中学から青学に入っちゃったし、その後の近所づきあいがないんだよね」

「どうしてる？」

「鴨見てた」

「花屋出たときもいたよ。偶然かな。偶然かなあ」

左右に首を傾《かし》げていたかと思うと、くるりとまた崇に、

「ね、崇もｉＭａｃ買って」

「まだ云ってるよ。で？」

「わたしのと交換」

「た。金も置く場所もないよ。だいいちなんで古いのと交換しなきゃいけないの。タンジェリンの買えって云うんだろ」

「なにそれ」

「あの色」

「そうそう。五万までなら援助する」

「置く場所がないんだから、おれ、だれかに売るしかないじゃんか。ニューモデルの値段から五万引いたって、それ今の旧いモデルの値段と同じだもん、だれだって新しいの欲しがるよ。売れないよ」

有希は頬を膨らませた。

「あれ買っとけば間違いないって云ったじゃない。責任とれ」

「間違いないよ。なかったでしょ？　でもニューモデルは出る。いつも必ず、より高性能で割安なの。それがパソコン」

「わかってるけど、色数が増えるなんて反則じゃない」

「筐体の色なんかそのうち気にならなくなるって」

「合わせてカーテンまで替えたのに」

「合ってるんならいいじゃない」

「寒寒しいの」

「夏になったらよかったと思うよ」

「冷たい」

有希は崇に花束を押しつけた。

「持って」

「行かないの」

「行くよ。なんでわたしが持ってんのかと思っただけ。崇の友達でしょ」

崇は花束を受けとった。それを肩にのせ、反対の手をポケットに入れて、橋の続きを渡った。ふり返ると、有希はふて腐れたような歩き方ながらついてきている。

冷たい。莫迦か。無理を無理と云われて、冷たい。
持って。それで年上か。気色わるい。

通勤通学者が数多く行き交う鳥島に、この時刻、人影が見当たらないというのはいささか異様といえた。鸚鵡舎もすでに門を閉じ、ボート小屋の扉にも「本日終了」の札が掛かっている。しかし崇の経験からいって、サテライトの生活に、こういう、ふとした孤立は生じがちである。

敷地に対する人口の密度はけっして低い地域ではないし、うまい説明を思いつけずにいるのだが、直感として、どうも人間というのは自分たちで思っている以上に、同時多発的に行動する生きものであるらしい。各各《おのおの》は自分の判断で動いているつもりでいながら、じつは高みから瞰下ろすと、小魚の群れのように同じ方向に同じ速度で進んで、同時に方向転換している。鳥島を、人が通る時はまとめて通るし、通らない時はひとりも通らない。スイッチの切替えは一見唐突で、かつ瞬時だ。だから逸脱してリズムに乗り損ねてしまった日は、幾度となく無人の風景を目にすることになる。

ボート小屋の窓を覆ったステンレスの格子の、下方の一端が幽《かす》かに浮いているのを認め、まだ見つけていないのか、と呆れた。かれが小学生の頃から同じ状態だ。一種の手抜き工事の所産だ。そこの螺子だけはモルタルに刺さっているのみで、まったく利《き》いていない。

格子を壁から浮かせたのは、かつての崇たちだ。その部分をだれかに引っぱらせておけば、小学生の躯だったら、生じた隙間に入り込める。もしサッシュ窓がちゃんとロックされていなければ、夜のボート小屋に侵入できてしまう。そして大概において、窓はロックされてはいなかった。中の受付にも売店にもシャッターが下りているから、侵入したところでなにか得られるというわけでもなかったが、桟橋に出ることはできた。繋留《けいりゅう》されたボートからボートへと渡ることができた。

　ふたつめの橋の向こうに犬連れの散歩者の姿を見て、すこしほっとしたような気分で、足早に斜面を下る。風が涌いて、鳥島の木木がざわつき、水鳥たちがいっせいに羽ばたいた。崇は中洲をふり返った。有希が石でも投げ込んだのだろうか。

　対岸に渡りきったあたりで、莫迦げた意地のはり合いと悟った。すまんまさか直後に、と、適当に下手《したで》に応対していれば済む話だった。それでおれが傷つくわけじゃない。痛いわけじゃない。怒ると脳細胞が大量に死ぬ。そのほうが惜しい。綾辻に負ける。

　たち止まり、ふり返って有希を待った。鳥島の背に、まだ姿は見えない。

　時間に厳格な有希に対して、崇が待つ側に立たされるのは珍しい。それだけに所在ない。この宙ぶらりんな感覚を「扉」の中盤にうまく織り込めないかと考えて、たばこに火をつけた。自分が書いているものはどこを切っても読み手にとって心地よすぎるのではないかという、慢心と小心が綯《な》い交《ま》ぜの懸念が崇にはある。コース料理の、本当はデザートを楽しみにしている人間が多いとすれば、「扉」の構想は、デザートばかりのフルコースかもしれないと薄薄感じはじめている。

カードの数ばかり多くて手になっていないと、ここで悲観的になるのは簡単だ。習慣化した考察は、そういつもの結論に至った。見方を転ずれば、あとは苦みのカードを得るばかりなのだ。道は見えている。見えている。

たばこの燃焼部分の半分が失われて、いまだに有希は姿を現さない。崇はたばこを踏みつけ、橋を引き返しはじめた。

とぷ、と遠くで魚が跳ねた音がした。

⁂

病院に入った瞬間から胸騒ぎがして、どうにも拭えずにいた。建物全体から拒絶されているような感覚だ。理由はわからない。病室は四階にあった。跫音《あしおと》に気を払いながら八人部屋を進んでいくと、右手のいちばん窓側のベッドの傍《かたわ》らに、三池礼於奈の姿があった。初対面だが、年格好からそう判断できた。

患者の顔が見えた瞬間、間違えた、と思った——思いたかった。黄緑色の不出来な粘土細工が、その醜悪さを包帯とガーゼと絆創膏で懸命に被い隠そうとして、隠しきれずにいる。ギプスに包まれた左脚が、天井から吊られて宙に浮いている。両手は無事だったようだが、まるで棺桶の亡骸《なきがら》のように胸の上で組み合わさっていた。はたとひとつの可能性に思いあたり、そこを凝視した。幽かな上下運動が確認できた。

安堵《あんど》。壁の、患者の名札を崇は読んだ。溜息が洩れた。

ぽかんとした顔でこちらを見ている礼於奈に、

「楪原です」

と云って軽く頭をさげ、片手に持っていた花束をつき出した。あ、と女は唇を開いた。椅子から立ちあがり、複雑な表情で頭をさげて、受けとる。花束を胸にもう一度頭をさげて、

「三池です」

崇はうなずいた。

「お名前は、竜から」

「ええと、さっきまでお母さんがいらしたんですけど、いまラジオを取りにおうちのほうに。瞼が腫れあがってて、よく開かないから」

礼於奈はベッドに視線を落とした。崇もつられて怪我人の顔を見た。右眼はガーゼに被われている。剝きだしの左眼は、いまだ視覚を得られぬ胎児のそれのように、膨れあがった瞼の上に辛うじて切れこみが確認できる程度。しかし露出させているということは、右眼よりましな状態なのだろう。

「寝てます？」

崇は小声で訊いた。礼於奈はうなずいた。崇は微笑して、

「タイミングがよかった。ちょっと苦手なんですよ、竜のお母さん」

礼於奈も微笑した。いかにも竜介が好みそうな、派手で、軽そうな雰囲気の女だと思った。いやいや、外見のみで判断してはいけない。すくなくともこうして、眠っている竜介に付き添っているのだ。楚楚《そそ》とした内面を、厚化粧で塗り隠していないとも限らない。

「どういう容態なんですか」

礼於奈は花束を椅子に置き、手で崇に、ベッドから離れるよう指示した。退《しりぞ》いた崇を、すぐそばまで追いかけてきて、囁き声で、

「右眼、もうだめかも。左の脚も、一生松葉《まつば》杖《づえ》かもって」

崇は小麦色の顔を見返した。

「本当？」

女はうなずいた。大きな下がり気味の両眼が潤《うる》んでいる。崇は深い溜息をついた。

「そう」

「らえが苦手やって？」

という声に、ふたり、ぎょっとしてベッドを見る。

「まあいい。来てくれてありゃあと」

「だっておまえのおふくろ、ずっとひとりで喋ってるだろ」

崇が云うと、竜介は腫れあがった唇を弓なりにした。

「あいちち」

「無理して喋るな。ほんとは有希も来るはずだったんだけど」

「喧嘩れもしたか」

「まあな。で、いなくなった。こっちにさきに来てるかと思って」

礼於奈を見た。かの女は首を傾げ、かぶりを振った。竜介に向かって、

「お花、持ってきてくれたよ」

「ろれ」

礼於奈はオレンジ色の花花をつかみあげて、竜介の顔の前につき出した。

「有希が選んだ」

「さんきゅ」

「花瓶、借りてくるね」

礼於奈は花束を持って病室から出ていった。崇は竜介の枕元に立った。

「ひどい面《つら》がますますひどくなったな」

「るせえ」

「いったいだれにやられた」

「電話れいったろ」

「ありえるかよ」

「やあ、信じなひゃいい」

と竜介が語気を荒らげた途端、その口から白いものがとび出し、めくれ上がった上唇に附着した。

前歯だった。細い皮一枚でまだ歯茎と繋がっている。

「やっはい抜けた。しきしょう」

竜介は変形した顔面をますます歪めながら、その歯を歯茎から引きちぎり、瞼の裂け目から涙を滲みださせた。崇は眉を顰《ひそ》めてそのさまを見つめた。やがてかぶりを振って、

「でも竜、ありえないことはありえないんだ。あれはただの、こどものあいだの流行り言葉だよ。悪戯の言い訳に便利だったというだけで、本当はどこにも存在しない。だれも見たことがない」

竜介は咽を鳴らして泣いている。崇はふたたび黙りこんで、幼馴染《おさななじみ》が平静をとり戻すのを待った。そのうち諦めた。

「また来るよ」

とベッドを離れようとした。

「楪原ぁ」

竜介が呼びとめる。崇はふり返った。

「また来るよ」

竜介は手招いた。

「近くに」

「なんだ」

と頭を低めると、竜介は完全な無声音で、

「おえたちが、初えて人間を襲ったの、いつだか憶えてうか」

崇は身を固くした。表情が険しくなる。

「善悪もわからんこどもがやったことだ。忘れろ」

「おえは憶えてう。きっかい十年前の、エイプリうフールら。あの日かぁ、獲物あ人間になった」

「忘れろ。それからトレチアも存在しない」

「キジツダ。きじつ。やっと意味がわかっか。おえたちの期日が来たんら。今度はおえたちが……怯《おび》える番なんらよ」

また嗚咽《おえつ》が始まった。周囲の患者を気にして崇が後ろを見返すと、竜介の吊りさげられた左脚の向こうに、黄薔薇を活けた花瓶を捧げた、礼於奈の姿があった。立ち竦んでいる。

「なんでもない。竜、また来るよ」

礼於奈の顔を見ぬようその背後を通って、崇は病室を出た。

病院の廊下で眩暈《めまい》を起こした。たち止まり、壁に手をついていると、通りかかった車椅子から、

「大丈夫ですか」

と声をかけられた。女の声だった。車椅子を見返すと、しかし坐っているのはパジャマ姿の痩せた老人である。灰色がかった眼で崇をじっと見つめている。

「看護婦さん、呼びましょうか」

眩暈がおさまってきた。崇に呼びかけていたのは、車椅子の背後にいた人物だった。正常な距離感を回復してきた視覚が捉えた貌《かお》に、崇は驚いた。そのまま見蕩《みと》れていた。

美貌、と一言で云いきれるような、明瞭な眉目《みめ》ではない。面長な顔かたち、周辺に拡散したような目鼻立ちに対し、もし竜介ならば、図図しくバランス上の醜悪さを指摘するのではと思われた。どこか焦点の合わせどころのない、夢幻と現《うつつ》との境にあるような、淡い容貌だった。しかし、崇は惹かれた。

「のどかわいた」

と女の背後から幼稚園児ほどの男の子が姿を現し、女が着ているアニエスbかそれふうのカーディガンの袖を引っぱった。

「待ってて」

と女が顔をしかめて窘《たしな》める。子持ちか、と崇は落胆した。落胆など得ている自分が、また可笑《おか》しくもあった。いざこどもと並んでみれば、女はその母親にしか見えなかった。三十。若くて。これまでも、そしてこれからも永遠に、崇とは無縁な存在と思われた。

「大丈夫、大丈夫です。ちょっとくらっときて……睡眠不足かな」

女は安堵したように微笑して、

「でしたら早く建物を出られたほうがいいですよ。ここ気分悪くなりますから、こう傾いでると」

「傾いでる？」

「気づかれません？」

と女は訊ね返してきた。

「ずっといると慣れちゃうみたいですけど、お見舞いの人で具合わるくされる方、けっこう多いですよ。お気をつけて」

女は会釈《えしゃく》すると、また車椅子を押して崇から離れていった。幼児が、飛び跳ねるような足取りでそのスカートを追いかける。

「傾いで……」

まだ壁に手をついたままでいる。建物に踏み入ってからこっち、まとわりついてきた違和感の正体はそれか。云われてみれば、艶やかなリノリウムの床に足をとられそうな気がして、ひたすら壁ぎわばかりを歩いてきた。竜介の病室への、行きも帰りも、廊下の同じ側を歩いている。床の——とかれは頭をあげ、廊下を見渡した——高いほうだ。反対側はなんとなく薄暗く翳《かげ》っているように見え、歩く気にならなかった。電灯の点った廊下の右側左側で、そう明るさに差があるはずはなく、薄暗い、はすなわち、低い、からの変換だったのだと気づいた。落下への、無意識の恐怖が、かれを高い位置へ高い位置へと手招き、壁にぶつかりそうな歩き方を強いていたのである。竜介の姿を求め病室の奥へと進んでいるときも、なんとなく足許が覚束《おぼつか》なく、自分の跫音が気になった。落下感の成せる業《わざ》かと、今はそれも納得がいく。

　緋沼サテライトが出来るのと同時にここに移ってきた病院だから、築十五年。たった十五年で、鉄筋の建築がこうも傾いでしまうものだろうか。

　上着の内ポケットを探って、たばこの箱をとり出した。竜介のように日常的に喫うわけではない。一緒にいる相手が喫えば自分も思いだして火をつける程度だから、銘柄にもこだわらない。だいたいパッケージのデザインで選んでいる。その日の内ポケットの中身は、堅いロスマンズの箱だった。中の一本を抜き、腰をかがめ、壁に添えて床に置いた。

　最初はゆっくりと、しかし徐徐に加速しながら、たばこはみごと反対側の壁まで転がりきった。

重たい。

⁂

かさかさ、くすくす、ふふふふふ、あちらこちらで囁いている。

こどもの声。こどもの声ばかり。

頸《くび》が痛い。

　肩が痺《しび》れて感覚が　　重たい重たい重たい重たい。

無理な　　ない。

　　姿勢で眠っていたから。

瞼を開くと、視界にはただ闇のみがあった。

軀じゅうの皮膚が、ぴりぴりと小さな痛みを帯びている。やがて皮下に痺れるような痛みが入り込んできて、他の痛みを追い散らしてしまった。

唇を開こうとして、頬や顎の皮膚に引き攣れを感じた。口のまわりにべたべたと、なにか貼りつけられてるようだ。梱包用の粘着テープかなにか。

だれ

　　がもう。　　あああ頭が重たい。

この　こどもたち？

テープを剝がそうとして、今度は両腕の自由が奪われていることに気づいた。

後ろ手に縛られている。まさかと思ったが、どう動かしても手首同士が離れてくれない。細くて固いもので強く括《くく》られている。

もがくと、鎖骨の下で乳房が揺れた。衣服の締めつけがない。裸にされている。

脚の不自由にも気づかされた。剝きだしの脚は、膝下と足首の二箇所で縛り合わされていた。衣服を取られ、四肢の自由を奪われ、口を塞がれたうえで、有希は冷たい床に転がされているのだった。

焦り、怯えた。そして頭が、重たあああああい。

いまだ霞《かす》んだ意識のなか、明瞭な記憶の最後の連続《シーケンス》を手繰り寄せる。

花束　　あ

を崇に渡して　五位鷺《ごいさぎ》

鳥島の　崇の後ろ姿

ぎいいい　ボート小屋の門　が見えなくなった。

くすくす　が開く。

視界の端に　小さな影が

背後から　水鳥の羽ばたき　キジツダ

風を切る音　　　　の打撃　　　　　　　　　　が大きくなる。
　　　　　　　　　　　　　で目が見えなく　　　　　　　わたしは殴られた。
　　　　　　　　　　　　　　　　　　　　真暗なの？　　　　　　　　　　陥没
　　　　　くすくす、ふふふ、囁いている。　　　　　　　　　　　　陥没
頭が重たい。　　　　　　　　　　　　　　重たい重たい重たい。　陥没
　　　　　　　　　　　　　　　　　　　　　　　　　　　　　　　　　　の瞬間をかの女は

記憶していた。記憶している自分に気づいた。
　頭蓋が、背後からの打撃によって砕け、内側に沈みこむ感触を。後頭葉が圧死させられる過程の、息苦しさを。わたしの脳は
　　　　　　　　　　　　　破壊された。
　　　　　　　　　　　　　　　　　　　破壊され
　　　　　　　　　　　　　頭が重たい　　　　　た。

　頭にのしかかっている絶望的な重量感の正体を、有希はようやく悟った。痛みだ。
　そのあまりの強大さに、よくは痛みと認識できないまでの。
　　　　　　　　　　　　　　　　　　　　できたあ痛い痛い痛い痛い痛い痛い痛い痛い
痛い
痛い痛い痛い痛い痛い痛い痛いふふふふ痛い痛い痛い痛い痛い痛い痛い痛い痛い痛い痛い

痛い痛い痛い痛い痛い痛い痛い痛い痛い痛い痛い痛い痛い痛い痛い痛い痛い痛いくすくすくすかさかさと枯葉を踏むような囁きが、渦を成し、渦は語りを成す。

「池に、大きな、魚がいるよ」

声は、風の音に似ている。有希には半ば無意味。苦痛にがたがたがたがた全身を震わせながら、懸命に頸を伸ばし、曲げ、その後ろ頭を床に接させんとしている。脳の欠損を皮膚感覚として確認したかった。そうして恐怖の輪郭を辿りたいという欲求に、あらがえるだけの理性はすでに失っている。

「おなか、空《す》かせた魚だよ」

床は遠かった、思いのほか。その距離だけ、頭蓋が大きく陥没しているということだ。接した。崩れてこぼれかけた脳が、ひやりとした。

啞然《あぜん》として、かの女は笑った。

「見えないの、このせい？」

と崇に訊ねた。

「魚が待ってる、魚が待ってる」

と声が答えた。

幾つもの熱い、小さな手が、有希の腓《こむら》や足首をつかんだ。

「熱い熱い熱い熱い」

かの女は叫び、もんどりを打たんばかりに、身を反り返らせた。

ただの、こどもの手だ。熱いはずなどない。そう意識のうえでは断じているのに、感覚上は、皮膚が焼け爛れそうに熱いのである。実際、肉の焦げるにおいに鼻腔《びこう》を刺激すらされていた。

　熱い無数の手は思いがけない力で有希を引き寄せ、いずこかへと引き込みはじめた。腰が、肘が、肩が、タイルに擦れて、悲しい。

「えーんえーん」

　とかの女は泣いた。おねえちゃんに金髪のほうのジェニーをとられたときくらい悲しかった。サンタさんからの宛名は、黒髪のほうの箱に「澪ちゃんへ」、きんぱつのはこに「ゆきちゃんへ」となっていたのに、おねえちゃんは、わたしが6さいだと思って、なにもわからないと思って、さきにおとうさんに、こっちがわたしのといってみせてしまった。わたしがちがうよといったら、おとうさんは、ジェニーのかみの色にきづかないふりをして、ゆき、おなじおにんぎょうだよといった。タイルが終わって、すとんと腰が落ちて、肩も落ちて、角に頭がぶつかって、脳味噌がもっとこぼれて、ああもう、おなかいっぱい。

「もう食べられませんわ、おほほほほほほ」

　と有希は笑った。

ずるずるずるずる肥った蜥蜴《とかげ》みたいに進んでいくの。みんなの跫音がどかどか太鼓みたいにうるさいから、ここはきっと桟橋ね。ボートがいっぱい繋いであるのね。

「魚が待ってる、魚が待ってる、魚が待ってる、魚が待ってる、魚が待ってる」

魚が待ってる、魚が待ってる……有希もいっしょに声を合わせる、魚が待ってる、魚が待ってる、魚が待ってる、魚が待ってる、魚が待ってる、魚が待ってる……桟橋の外に身を送りだされながら、有希は謳《うた》う、魚が待ってる。

爪先が重たいなにかに触れ、それは重たさのわりにすっと遠のいていき、繋留されたボートの縁だったのだと気づく。数十艘のボートが二重三重に、隙間なく桟橋を囲んだボート場の情景が思いうかんで、あの舟底たちの下、わたしは大きな魚に出会うのだわ、とかの女は思う。

はじめわずかに抵抗をしめした水面が、思いなおして有希の踵を招き入れ、小さな幾つもの手が、括られた膝を、腿を、それから腰を桟橋の外側へと送りだすと、ねじれた軀は一気に没した。

不純物でざらついた水の中を有希は漂った。それから顔が泛《うか》びあがると、平たい棒のようなもの――オールだ――であちこちからつつかれ、舟底の下に押し込まれてしまった。

いくばくかを経て、剝きだしの腿が、ひらり、大きな鰭《ひれ》か鱗《うろこ》に、間近を過《よ》ぎられたような感触を得た。それが人生最後の経験となった。

三

大阪府吹田《すいた》市の自宅で首吊り自殺をはかった噺家《はなしか》の二代目桂枝雀《かつらしじゃく》が、一箇月以上にわたる昏睡ののち逝去した、翌日――アドルフ・ヒトラー百十回めの誕生日。

コロラド州デンヴァー郊外の新興住宅地リトルトンにあるコロンバイン高校では、黒覆面と黒いコートに身を包んだ生徒二人が、自動小銃を乱射し、パイプ爆弾を放って、十三人の生徒と教師を殺害、二十人以上の負傷者を出したのち、図書室で自殺した。その後、警察の爆発物処理班による捜索のさなか、かれらが遺した爆弾のうち、タイマー付きのひとつが爆発した。

NATO軍によるユーゴスラビア空爆はなお継続中で、翌未明には与党セルビア社会党が本部を置いている建物が破壊された。米大統領ウィリアム・ジェファーソン・クリントンは地上軍の投入をほのめかしている。

三重県南牟婁《みなみむろ》郡《ぐん》御浜《みはま》町では、朝霧が山肌を瀑布《ばくふ》のように海へと流れ落ちていく風伝おろしが見られた。この現象は通常、秋にのみ見られる。

全国で四百五十三人の食中毒患者を出した乾燥烏賊《いか》菓子に、原材料を提供していた青森県八戸《はちのへ》市の魚介加工施設に対し、厚生省が立入検査を敢行。烏賊の洗浄に使っていた井戸水からサルモネラ菌を検出した。

新潟県佐渡島《さどがしま》の佐渡トキ保護センターでは、中国から贈られた友友《ヨウヨウ》と洋洋《ヤンヤン》が連日一回から三回にわたる交尾を行っている。

緋沼サテライト内の各所に立てられた選挙掲示板のポスターは都知事選のそれから市会議員選のものに取り替えられ、数を増した宣伝車たちがサテライトをうるさく走りまわっている。

「酒は？　相変わらず飲んでるの」

胡麻塩頭《ごましおあたま》の心療内科医が問う。佐久間《さくま》七与《ななよ》は返答をためらった。

「飲んでるか」

「ゆうべ、すこし」

「酒はなに」

「カクテルを。シンガポールスリングと、ジンライム二杯。眠くなってきたのでそれだけでやめました」

「薬も呑んでたの」

「いいえ、とっくに切らしてましたから。きょううちを出るときもこの水晶だけ」

七与はジーンズのポケットから、消しゴムほどの無色の結晶をとり出した。医師は顎をしゃくってその煌《きら》めきを見つめた。

「効くかい」

「効きますよ。ちゃんとここまで来られたんですから」

「ちょっと見せて」

医師が掌《てのひら》をつき出す。

「だめです」

かの女は結晶を握りこんだ。

「わたしの石だから。先生は先生の石を見つけてください」

医師は脚を組み、廻転椅子の背《せ》凭《もた》れに体重を預けた。

「いったいどこで見つければいい」

「もしそういう力のある人なら、そのへんを歩いていても見つかるときは見つかるでしょう。ありそうですか」

「ないだろね」

「じゃあヒーラーのところへ。場所を教えますから」

「診療所？」

「中央公園の露店です。毎週、同じ場所に」

「石を並べて売ってるわけだ」

「ほかにもいろいろ」

「日本人？」

「さあ。日本語ですけど」

医師はカルテに向かった。

七与がふと診察室を見まわして、

「先生、ここ、傾いでますね」

医師がふり向く。

「建物が？　そうかな」

「傾いてます」

医師は取り合わず、机上に視線を戻して、

「若い人、あまり薬に依存させたくないんだよな。だいぶ快《よ》くなってるようでもあるし」

「酒量が増えてしまうのが恐ろしいので」

「薬があれば、酒は我慢できる？」

「珈琲で流し込むと落ち着きます。それで凌《しの》げます」

「薬と珈琲、併用しちゃまずいよ。胃、やられるぜ」

「ドグマチールは胃の薬なんでしょ」

医師は笑った。

「そうだけどね。莫迦食いも？」

七与はかぶりを振って、

「このところは過食も拒食も」

「順調に？」

「落ちてます。八十キロ台になりました」

医師は、七与の軀の輪郭《りんかく》を眺めおろした。

「たしかにだいぶ締まった。ドグマチールと、あとなに出しときます？」

「デパスを」

抗不安薬である。ドグマチールは、もともと胃潰瘍の治療用に開発された薬だ。のちに抗鬱作用が確認された。

「一日三錠として、二週間ぶん出しときましょう。ま、この程度で抑えられてるんだからいいか。精神科じゃあ一日二十錠ずつくらい普通に呑ませるからね」

「軀に合うみたいです。ほかだと、もっとたくさん呑まないと夜眠れないですけど」

「じゃあ眠れてるわけだ」

七与は微笑してうなずいた。

「よかったな」

「ずっと欲しいと思っていたもののほとんどを、わたし、手に入れられたような気がしてます。悪夢のない睡眠、はっきりした記憶、普通に動ける軀、生きてくうえの目標……昨日は新しい友達が出来ました。公園の中洲でダウジングをやってたの。お酒はその人と飲みました。朝までやってる居酒屋で」

「駅前に開店したね。あそこかい」

「はい。最近のああいうとこ、どういうお酒でもあるんですね」

「ダウジングというと、あの、水道工事の人らが水道管を探すのにやってる？」

「ええ、あれには二本の針金を使いますけど、わたしが会った人のは振り子でした。水脈にぶつかると廻転の仕方が変わるんだそうです」

カルテの右の余白に、ヒーラー、露店、の文字がある。その下に、ダウジング、が加わった。七与の口から変わった言葉が出てくるたび、そうやって病症録に併記しているのである。

「このへんの下、地下水脈があるんだって。その地図を作ってるんです」

「はあん、ダウジングでね。どういう人」

「漫画家。週刊ダイヤモンドとかって雑誌に一齣《ひとこま》漫画を」

「駅によく売ってるやつだね」

「そうなんですか」

「わたしはたまに買うよ。とするとあの漫画だな」

カルテ上の、ダウジング、のすぐ下に、一コママンガ、の文字が加わる。

「下水管なんかと間違えたりはしないわけ」

「廻転の感じが違うそうです」

「ダウジングってのは……なんだろうね、いったいどういう理屈で足許に流れがあるってのがわかるんだろう。なにか特別の針金や振り子？」

「いえ。いろいろと教えてくれたんだけど、普通の、本当はなんでもいいんだって。的中率は、けっきょくダウジングする人の能力だし」

「それは、じゃあ一種の超能力か」

「超能力の定義って、よくわからないけど」

　いつしか七与は指を開き、水晶を見つめている。

「本当はだれにでもある力だと思う。条件さえ揃えば引き出されて、なにか……なんだろう」

　医師のペン先は紙に接さぬよう、超、という文字を確かめかけたが、かの女ではなく自分が発した単語であることを思いだしたのか、実際に書くことはしなかった。

「今日はそんなとこかな。なにか質問は」

　七与は手をポケットに戻して、

「べつに。あ、病気のこととは別に、まえからひとつ先生に訊きたいと思ってたこと」

「どうぞ」

「耳掻きの反対側に付いてる羽毛のふわふわ、なんていうかご存知ですか」

医師は首を傾げた。

「そのことになにか意味が」

「ありません。訊いてみたかっただけ」


リヴィングでは、家主の老女がヘッドフォンを逆様にかけ、四十五型のワイドテレビに見入っていた。端子が外れているのではないかと思うほど、大きく音が洩れている。

自室のドアを閉めた七与は、さっそくパラシュートパンツを床に脱ぎ落とした。ダンガリーシャツも脱いで、ベッドに放った。ブラジャーもショーツも取り払い、全裸になった。ベッドの下の体重計を器用に足だけで引きずりだして、上に乗る。出っぱった腹部の向こうの赤いデジタル表示は、87・8で安定した。飲酒の影響をすこし心配していたが、昨日の計量から一キロ近く減っている。ゆうべといい今日といい、外をけっこう歩いたから。

裸になったついでに、軀にバスタオルを巻いて部屋を出た。そういう姿でリヴィングを横切る七与に、気づいているのかいないのか、家主は視線をよこしもしない。

短時間、熱いシャワーを浴びたあと、湿ったバスタオルを巻いて、ふたたびリヴィングを横切った。家主は微妙に坐る位置を変えていたが、やはり化石のように微動だにしない。

部屋のドアを閉め、タオルを椅子の背に掛け、火照った軀をベッドに預けた。荷重が、べッドのそこかしこに悲鳴をあげさせた。しかし以前ほど賑《にぎ》やかではない。

Ｃ２号棟の最上階の一戸の、四畳ほどの洋間を間借りしている。もうひとりの間借り人である中国からの留学生、それに家主の恐ろしく耳の遠い老婦人と、三人が同居しているかたちだが、三人が三人とも、そこに自分しか暮していないかのようにふるまうことに慣れてしまい、七与にしても、ふたりを眼前にしながらかの女らの存在を忘れていることがままある。

留学生は名前を呉 麗玲《ウー・リーリン》といい、上海《シャンハイ》で生まれ育った二十三歳の女性なのだが、ふしぎとけっして、肉体を人目から隠さない。七与が見ていようが家主がいようが平然として、風呂あがり、全裸でそこいらをうろつきまわる。トイレのドアの開け閉めもいい加減で、初めの頃はよくぎょっとさせられた。そういったかの女の性癖が、完全にではないが七与にも移った。家主は黙認している。無関心なようだ。

三人のあいだに、会話はもとより乏しい。麗玲は日本語を覚えない。大学では英語を喋っているらしい。七与も出来るには出来るから、英語でならコミュニケーションは可能なはずなのだが、お互い訛《なま》りがひどいのか、ごく単純な伝達以外はどうにも話が噛み合わなかった。そのうち互いに話しかけなくなった。家主が話すのはむろん日本語だが、なにを話しかけても母音しか伝わらない。対話の必要があれば、筆談しかない。麗玲は漢字のみを並べて伝えている。いちおう伝わるようだ。

　目を閉じ、右手を脚の間にあてがって、しばらくのあいだ、中指の腹を、肉厚な陰唇の狭間で前後させていたが、ふと、シャワーを浴びている最中からずっと脳裡をちらついている赤いものの正体に気づいて、豊満に過ぎる裸身をベッドから起こした。

　天井灯の紐を引いて部屋を暗くし、事務用の素気ないスチール机の前に腰をおろす。机の上には、ところどころ塗装の剝がれた8ミリ映写機。七与の操作に応じて、リールに掛かっていたフィルムが巻き戻り、戻りきって、ぱたぱたぱたと大きな音をたてた。

　廻転を停めた。フィルムを掛けなおし、正転させる。ドアに貼った白い模造紙の上を、無声の動画が躍りはじめた。

　赤い後ろ姿。

　中央公園の人工林を、少女が逃げていく。

本当は撮影者を導いているのだが、赤いダッフルコートに包まれた姿は、気儘《きまま》にフレームからはみ出しながら、キャメラとの距離を増していく。

木木の向こうに、ちらちら、檸檬色《レモンいろ》のノイズが覗いている。

　……………

　不意に林が失せ、少女の前方がノイズばかりになる。少女は驚いたようにふり返る。露出が補正されて少女の姿が翳《かげ》り、黄味がかったノイズがじつは、夕陽を浴びたコンクリートの壁面であったことがわかる。毛細血管のような落葉樹の枝が、その上に込みいった影を落としている。

影の中から、大きな犬が生じる。本当は画面の右端から現れたのだが、壁と似たような黄褐色なので、あたかもそのように見える。

犬の頸輪につながれた長いぺらぺらの紐を、キャメラは辿る。やがて捉えた飼い主の影は、手前に被さった木の枝ゆえに判然としない。

判然としないまま、犬を伴い、画面から去っていく。

キャメラが元の方向を見直すと、少女の姿が失せている。

画面が左右に揺れる。主役不在の不安な映像が、数秒、そのようにして続く。

画面が急に、上から下へと流れる。

黒ずんだ正方形。

焦点が合い、それが暗い小窓であることがわかる。硝子《ガラス》の向こうから、人が覗いている。

同じ少女だ。表情はつかめない。こちらを見ているということしかわからない。

窓が大写しになるのを待つことなく、顔はかき消えてしまう。

黄色い反照に囲まれた、四角い闇だけが残る。

ただゆらゆらと、闇だけが画面にある。今しも同じ顔が泛びあがってきそうなのだが、なにも現れない。

……現像されてきたこのフィルムを、初めて映写したとき、七与は、なにかをつかんだと感じて昂奮した。

明確な意図があっての撮影ではなく、ただかの女は操作を練習するつもりで、買いたてのシネカメラを中央公園に持ち出したのである。犬は偶然現れただけだし、少女の消失は、少女自身の茶目っけの所産に過ぎなかった。夕陽を浴びて輝いていた壁は、B区の棟のそれだ。少女が顔を出していた小窓は、非常用階段の上方にある。が、おとなでもまず手の届かない高さだ。

七与が犬に気をとられているのを見てとった少女は、こっそりと画面の、向かって左方向に身を隠してエントランスまで駆け、通路を戻ってきて、階段を上がり、手摺に跳び乗った。そして七与を驚かせようと、窓を叩いたのだった。階段の傾斜に合わせて壁に据えつけられたステンレスのパイプの上に数秒間しか、少女は立っていられなかった。階段の上に尻から落下した。さいわい怪我はなかったが、下手をしたら段の角で頭を割っていたところだ。

楳原あかね、が少女の名だ。そう名乗った。うめは、木偏に、甘いに、木、と云い慣れた調子で楳の字を説明した。

どういう意味の字、と七与が問うと、うめ、と答えた。

——梅の木のうめ?

——そうだよ。

小学五年生だと云っていたから、今は六年に上がっていることになる。サテライトGに住んでいると云った。他はよく知らない。8ミリのシネカメラを珍しがって、自分から七与の掛けていたベンチに近づいてきた。貌立ちが、七与を驚かせた。

けっして美形ではない。大づくりな眼と唇と、小ぶりだが存在感のある鼻が、顔の下半分の、それも中央に寄り集まっていて、いささか窮屈《きゅうくつ》そうに見えた。眉も、放射線のように、鼻梁《びりょう》の始まるところからくっきりと額の両脇に向かって伸びていた。強い貌だった。なにかを象徴した貌に思われた。自閉、嫌悪、潔癖……といった、幾つかの単語を思い浮かべてみたが、どれもぴったりこない気がした。

手が長いのにも驚かされた。手を下におろしていても、華奢《きゃしゃ》な肢体には重たげな、がっぽりとした赤いコートの袖口から、手首より先がまるまる覗いている。

——8ミリ映画を撮る機械だよ。

七与は教えて、キャメラに触れさせた。

——ビデオ？

——ビデオじゃなくフィルム。そのいちばん細いやつ。

——デジタルビデオならぜんぜん小さくて軽いのに。

——そういうので撮ってもそれを編集する機械を持ってないから。それに、フィルムならスクリーンに映して、一度に大勢に観てもらえるでしょ。

――暗くして映すやつ？

――そう。

――テレビで観られないね。

――そうね。ね、撮らせてもらっていい。

いいよ、と云って少女は腰をあげベンチから離れていった。そのうちたち止まると思いきや、どんどん距離を離していく。キャメラで追えという意味だと気づいて、七与は慌てて立ちあがった。そのようにして、この映像が得られた。

現像できたら見せてほしい、と撮影後にあかねが云い、七与は自分の電話番号を渡そうとしたのだが、ペンもメモ用紙も持ちあわせていなかった。財布の中をあらためると、古書店のスタンプカードがあった。本を売ったり買ったりするごと判をついてもらえ、それが升目いっぱいに溜まると五百円の金券になるというものだ。判はまだ、ひとつだけだった。財布を下敷きにして、カードに鍵の先端で番号を刻みつけた。

鉛筆で擦って、と云ってあかねに手渡した。が、電話はまだない。うまく文字が泛びあがらなかったのかもしれない。

夕食は、林檎一個とブラック珈琲と、ドグマチールとデパスだけで我慢した。そしてそのあと、夜開く花花の香りに誘われるように外に出た。足はおのずと中央公園へと向いた。

石段を下り、木木の中を抜け、橋を渡る。水鳥のような形状をしたあの中洲に、かれは今夜も立っていた。うつむき、表紙がよれよれになった灰色の大学ノートを小脇に、ダウジングの真最中である。揺れる錘《おもり》が、背後の常夜灯のあかりを屈曲させて、ちかちか、七与の眼を射た。振り子の錘は、きのう間近に見させてもらった。水晶の、鏃形《やじりがた》の多面体だ。七与の御守りと、まるで偶然、同じ物質。

蠣崎《かきざき》がひとしきり作業を終えるまで、邪魔にならぬようにと思い、橋の終わりでのろのろとしていると、じきに向こうが気づいて、水晶の輝きを握りこみ、

「おおい」

とその手を振ってきた。七与も手を振って返した。

「邪魔？」

声を張って訊ねる。かれは空気を手前に掻いた。大きな犬として扱われたような気がしたが、悪い感じではなかった。斜面を上った。

「また会いましたね。夜の、お散歩ですか」

七与の父親と同年輩だと思うのだが、馬革のジャンパーに細身のブラックジーンズという出立ちだ。後ろでひとつに束ねた、あまり量の多くない髪の上に、デニムの野球帽がの

っかっている。顔の下方は、疎《まば》らな髯《ひげ》に被われている。昨夜の居酒屋での観察によれば、灰色のスニーカーの甲にはYONEXと綴られており、たしかテニス用品のブランドではなかったかと思う。こんどこの人が上着を脱いだら、右腕のほうが長いかどうかよく見てみよう。若い頃にテニスをやっていた人というのは、必ず、利き腕のほうがはっきりと長い。

「成果は」

　七与の問いかけに、蠣崎は肩を竦《すく》めた。

「確実に云えるのは……日日信号が弱まって、マッピングが難しくなっているということです。ぼくの能力が衰えたんでなければ、ついこのあいだまでは網の目のように縦横にあった流れが、今はもう、だいぶ分断されています」

「涸《か》れかけてる？」

「たぶん」

「原因は」

「どこかで一気に森が減ったんでしょう。雨を溜めこむのは森ですからね。街はけっして溜めこみませんから」

　はちまん池の水面の、黒い輝きを七与は見つめて、

「池の水も減ってるんですか」

「池といってもね、これは堰き止められた川なんだ」

「そうなんだ。あ、そうか」

七与は噴水の向こうを指差した。

「流れ込んできてますもんね」

蠣崎は反対側に顔を向けた。

「こっち側の端で水が堰き止めてあって、定量以上の水は住宅地の下の暗渠《あんきょ》に流れ込むようになっている。そちらの水量に、大きな変化は見られないですね」

「地下水と繋がってないんですか」

「繋がっているはずですよ。緋沼という地名が示しているとおり、この一帯は大昔は沼地だったんです。つまり本来はぶよぶよしたお粥《かゆ》みたいな地盤であって、確乎とした岩盤は地中深くにしかない。ぶよぶよの地盤の内部を無数の地下水脈が走り、緋沼サテライトはその上に建ってるんです。もちろん基礎工事はおこなわれたんでしょうが、そういった歴史を知ってしまった今は、ぼくにはとても怖くて住めませんね。もしも工事に手抜きでもあったらと思うと。八幡川っていうのは、そのお粥の斜面を流れ落ちていく、醤油の筋みたいなものです。別物だが、分断されてはいない」

「お住まい、サテライトじゃないんですか」

「今は駅むこうです。あっち側はね、急にちゃんとした岩盤なんですよ」

「今は……じゃあ以前」

蠣崎は視線を、ちらりと上空の、たぶんまとわりついている過去へと走らせて、

「いろいろとありまして。池の水ですが、ぼくのダウジングが確かなら、ここいらの地盤が含んでいる水は減り続けている。しかし表層水の量に変化は見られない。下は激減、上は変わらず。これはどうしたことだと思われます？」

七与は首を傾げ、それから左右に振った。

「緋沼サテライトは沼地に建っている。云ってみれば岩ではなく水によって支えられてきた。基礎であるそれが急速に減少している。という状態はつまり」

蠣崎はノートを水平にしてつき出し、拇に力を入れてその中心を凹ませた。

「……沈んでる」

七与は呟《つぶや》いた。蠣崎は満足げにうなずいた。

「サテライトごと沈んでるの？」

「ぼくのダウジングが確かだとすれば、そういうことになります。地下水脈が枯渇《こかつ》したぶん、地盤も下がってるんだと考えるのが合理的じゃないですか。いわゆる地盤沈下。それも急激な」

「危険だ」

「あえてサテライト内で、どこがいちばん安全かを述べるならば、ここでしょう、この中洲。まっさきに沈下しきって固い岩盤の上に達するだろうから」

白い歯を見せた。冗談なのだと思い、七与もいちおう頬の肉を浮かせた。ところが蠣崎は急に真顔になり、左右を見渡して、

「周囲に高い建物もないし。佐久間さんはどちらですか」

「C」

「高層住宅ですね。部屋が傾いてるような気がしはじめたら、しばらくどこかに避難していたほうがいいかもしれませんね。そう一気に来はしないとは思いますが」

はっと七与は唇を開け、

「病院が。ねえ病院が」

と意気込んだ。

「きょう行ってきたの、総合病院。床が傾いでました。絶対に傾いてた」

ほお、と蠣崎は眉を動かしたが、推測の範囲らしく、驚いたようすではなかった。

「いちおう市役所にでも警告しときますか、相手にされないだろうけど。ところで、腹、減りませんか。昨日の居酒屋はいかがですか」

「なにも食べません。ダイエット中。わたし、まえはとても痩せてたの。信じられます?」

「さぞかしお綺麗だったでしょうね。今もお綺麗ですけど」

「お綺麗を通り越して木乃伊《ミイラ》。今の半分も体重がなかった。四十キロ以下。この身長で」

「高いですよね。女性にしてはずいぶん高い」

「百七十八あります」

「ぼくよりだいぶありますね」

「高校の頃はよくね、自慢みたいだけど、街を歩いてると、モデル事務所やタレント事務所の人から名刺を貰いました。でも連絡を返したことは一度もなかった。そういう世界への憧れはあったけど、人前が苦手だからわたしには無理だろうって。苦手といっても普通の苦手とは次元が違って、そうやって緊張すると、顔の左半分が痙攣《けいれん》しちゃうんです。で、そっちの眼ばかり勝手に瞬《まばた》きしちゃって、もっと悪いことに、憑《つ》かれたみたいに喋り続けるの。喋り続けるらしいです。でもなにを喋ったとか、自分ではぜんぜん憶えてない」

「こどもの頃からずっと？」

「ずっと。小学生の頃から」

「そういうお話は、いろいろと伺いたいですね」

「漫画のネタになる？」

「そのままかいたりはしないですけどね、ヒントにはなります。お酒だけ一杯くらいでは？」

　七与はかれに掌を向けた。

「薬を呑んでるんです」

「そうかあ。そうか」

　残念そうに頭を振る蠣崎。七与は思案して、

「……じゃあこうしませんか。サテライトを駅方向に出ていくと、コンビニがありますよね。そこでなにか仕入れてきて、ここでもっとお話をしませんか。桜も咲いてるし」

　池の一端を指差す。水の向こうの闇に、花をつけた若い桜が二三本、重なり合ってぼうと泛んでいる。もしあの数がもっと多ければ、この時期には花見客で賑わうのだろう。

「あの下に行きますか」

「ここからでいいです。ここがいちばん安全なんでしょう」

「そう思いますね。あのコンビニに酒はあったかな」

「最近置くようになりました。あんがいいろんな種類があります」

「詳しい」

「元依存症ですから。買うわけじゃないけど敏感なんです」

「アルコールの？」

「厭でしょう。迷惑だと思いません、体重百キロのアルコホリック」

「百キロがピークですか」

「いちばん肥ってたときは、百三十五キロありました。だから今、中間ですね。でももうすこし痩せたいな」

中洲を下り、橋を渡った。

どこかで魚が跳ねた。水鳥たちは無関心だ。

「魚が地下水脈に入り込むことはないのかしら」

「川底に棲んでる小型の鯰《なまず》のようなやつだったら、あるかもしれませんね」

蠣崎の返答に苦笑の色を感じて、七与は、よほど莫迦なことを訊ねているのだろうかと心配になったが、いっそ無邪気な調子で、

「そしたら、水脈を通じてサテライトじゅうを自由に行き来できますね」

「それは難しいでしょう。地中の小川のようなイメージをお持ちかもしれませんが、現実には、土に滲むようにして流れてるんですね。魚が泳ぎまわれるような空間は皆無でしょう、理屈上」

公園の出入口である幅広の石段を上がっていくと、サテライトの正面出入口にあたる、短い四車線道路の遊歩道に出る。会話は途切れなかった。多くは、七与の語りが占めていた。止まらなかった。また自分は病的な状態に沈みつつあるのではないかという不安がしきりに胸を掠《かす》めたが、蠣崎はそれなりに楽しげに、ん、ほう、などと相槌《あいづち》を挟んだり、不明なところを訊ねてもくるし、かの女のほうも以前とは違い、自分がなにを話しているか、はっきりとわかっていた。

「――和《わ》光《こう》大学に一年通ったあと、いったん休学して、SMC、ええとロサンゼルスのサ

ンタモニカ・カレッジという二年制の大学に入ったんです。選択したのはフィルムメイキングのコース。べつに映画に強い情熱を抱いてたとかじゃなくて、本当はなんでもよかった。ただもう、日本の学校生活には辟易《へきえき》していて」

「それは、どういう？」

「一言で云えば、淋しかったから。笑われたり、変な目で見られるのも、もうたくさんだった。そういう惨めな自分が、それでも生きようとしていることへの嫌悪感なのかな、ものが食べられなくなって、渡航の頃がさっき云った状態。木乃伊」

「拒食症ですね。でもアメリカで治った」

「治りすぎ。というか本当はぜんぜん治ってなくて、拒食と過食は同じ病気の裏表ですから、たんに向こうに行った途端、サイクルの中の過食期に突入しただけなんですよ。十箇月後にいったん帰国したときは、体重、ちょうど倍になってました。それでも今よりは細かったのか、凄い。ＳＭＣはＳＭＣでけっして楽園じゃなかったし、また日本の大学に戻ろうかという気持ちもあったんですけど、和光ではすでに新学期が始まっていて。教務課に電話で問い合せたら、授業への割り込みはできないから来年まで待てってって。なんだか、ぽかんと目の前に空白が拡がったような感じで、でもそれはそれでまあいいかという気もして、だってこんなにぶくぶくに膨《ふく》れた姿、知った人たちにさらすのもなあってね、どこかほっとしてたりもして、それからしばらくのあいだ、実家で、いちおう友達と呼べるわずかな人たちに、用事もないのに電話をかけまくって過ごしてました。起きてるあいだじゅうずっと電話してた。あれはあれで今にして思えば立派に病気。話がループしちゃうらしいです……ね、あの、繰り返してます？　今」

「話を？　いいえ」

「よかった。ああ、よかった」

　七与は握った手で乳房の上を叩いた。

「自分では話したいことがとてもいっぱいあって、話しても話しても話しても話しきれないような感じでいるんですけど、同じ話を何度も何度も繰り返してるだけなんだって。ひとり、ちょっと云い方のきつい子がいて、そう指摘してくれた。壁とでも喋ってなさい、病気が治ってから人間に話しかけなさいって」

「思いやりがある」

「そう思う。ほかの人たちには居留守を使われました。それに気づいて、悲しくなって、また逃げだすようにＳＭＣに」

「向こうでは、そういう思いはせずに？」

「慣れない言葉にいつもぱんぱんに気が張って、しょっちゅう顔の半面が痙攣してましたけど……いろんな国の人が集まってて変わった人も多いから、みんなあんまり気にしないんです。その点はとても楽だった」

「友達は？　あるいは彼氏」

「まだ辛うじて見られる体型だった頃、いっとき彼がいました。韓国からの留学生。死ぬほど厭なやつ」

「厭なやつと、でも交際していた」

「上っ面に騙《だま》されました。付き合ってるあいだは最高の人だと思ってた。わたし、レイプされたんです」

「かれに？」

「じゃなくて、ギャング団みたいな……今にして思えばこどもたち。図体は大きかったけど、みなほんのこどもだった。廃屋《はいおく》に引きずり込まれて、寄ってたかって輪姦されたの。ヴァージンだったのに。泣きたい。あ、変な話してます？」

「まあショッキングではあるけど」

「そんなことがあって、茫然自《ぼうぜんじ》失《しつ》となって過ごしていた頃、優しく接近してきたのがかれで、ほら金城武《かねしろたけし》っているでしょう、台湾とのハーフの」

「名前は、見かけたことがありますね。俳優ですか。芸能界には疎《うと》くて」

「顔は知らない？　とにかくその人をもっと色白の、華奢《きゃしゃ》にしたような外見で、気は利くし、優しいし、ＳＭＣでの成績も抜群、そのうえ適度に、苦悩や孤独の表情を振り撒いてくれて、もう云うことなしだった。そういう人に選ばれた自分を、わたし、きっとかれを花園へと導いていく妖精なんだと思いこんじゃったほど。あくまで主役はかれなんです。だれにでもそう思わせる人。熱に浮かされていた期間は過食も止まってました。気になってたことといえばただひとつだけ。ときどきこう云いかけて、やめるんです。知っておいてもらいたい、故国《くに》にいるぼくの両親は、共にとても高貴な血筋の人でね……と、そこで燦然《さんぜん》たる笑顔になって、話題が変わる」

「思わせぶりですね」

「かれが血筋をプライドに感じていることは、なんら気になりませんでした。卑下《ひげ》されたほうがよほど困ってしまう。わたしはただ単純に続きが聞きたかった。だってよほどロマンティックな物語の導入みたいじゃないですか。高貴な血筋のふたりが、まわりから祝福されて結ばれたのか、それとも駆落《かけお》ちしたのか。きっと駆落ちのほうだと思いました。理由は、そのほうが劇的だから」

コンビニエンス店のしらじらとした照明が、ふたりの頬を照らす。

七与が、漫然と店内を一周したあと雑誌棚の前にたち止まり、目についた情報誌を手にとって頁をめくっていると、蠣崎が蜜柑《みかん》色の買いもの籠をさげて近寄ってきた。安ワインの罎《びん》と白い紙コップ、それに袋菓子や惣菜《そうざい》のパックが放り込んであった。

「佐久間さん、なにか飲みものを」

「いえ、わたしは」

「なにか」

「じゃあ甘くない、お茶かなにか」

「冷たいの？　温かいの？」

「温かいのにします。すこし冷えてきましたね」

「夜はね」

レジで、ちょっとした難事にぶつかった。酒屋でなら無料で付いてくるコルク抜きが、その店には用意されていなかった。蠣崎が早足で雑貨の棚の前に行き、やがてかぶりを振りながら戻ってきて、

「ない」

「栓抜きに付いてなかった？」

「そういうのも見当たらなかったですね。ありますか」

と狐色の髪をした若い店員に訊ねる。店員はただ首を傾げた。

「これ、使ってください」

客のひとりが後ろから近づいてきて、蠣崎にスイス・アーミーナイフを差しだした。渦巻き形のオープナーが起こしてある。

「おお。うわ」

蠣崎は少年のように歓声をあげた。礼を述べてナイフを受けとった。ワインと食料の支

払いを済ませると、その場で、罎のコルクにオープナーを捩込《ねじこ》んだ。罎を股に挟んで、引き抜いた。

「ありがとう。いいですね、こういうの」

ナイフからコルクを外して、貸してくれた客の手に戻す。

「使えましたね。コルクは初めてだったな」

客ははにかんだ。たぶんまだ十代の、若者である。

店を出た。コルクを逆様にして口に捩込んだワインの罎を、蠣崎はポリ袋とは別に胸に抱えている。

「ワイン持ちましょうか」

「いえ」

「じゃあ袋のほう」

蠣崎は笑んで、ポリ袋をつき出し、

「お茶だけ取って」

七与はうなずき、袋の中を手探ると、熱せられた番茶の缶をつかみだした。

「あちち、熱う」

右手に左手にとしきりに持ちかえながら歩く。蠣崎が、

「いいなあ、あれ。高いんですかね」

「ナイフ？　あげましょうか。わたし持ってますよ」

「いやあ」

「使わないから、こんど差しあげます。たしかコルク抜きも付いてたと思います。例の、厭なやつの持ちものなんです。最後の日、部屋に残してったの。返してやる気はなかったけど棄てるのも勿体《もったい》ないと思って、たしかそのままギターのケースの中に。弦の交換にでも役立つかなとか」

「ギターを？」

「当時ね。ちょっとだけ」

「その日がふたりの最後の日になった理由、訊ねてもいいですか」

「要するに、起爆スイッチを押しちゃったんです。ベッドで、ベッドでね、かれの頭をこんなふうにして撫でながら、未来を展望しちゃったわけ。べつに結婚なんかは考えてなくて、ただＳＭＣを卒業したあと、共に映像業界に進むのか、ユニヴァーシティに編入するのか、それとも一緒に日本に来る？　なんて。そしたらやつ、がばっと頭を起こして、首を傾げて……だから、知っておいてもらいたいと云ったじゃないか。ぼくは高貴な血筋の人間で、きみとはぜんぜん身分が違うんだよ。ＳＭＣにいるあいだセックス友達でいるのはかまわないけど、その後もずっと一緒になんていられるわけないだろう」

　七与はかぶりを振り、微笑して蠣崎を見た。

「ひどくない？」

「ひどいね」

「やつの洋服も荷物も窓から放り投げて、本人も裸のままドアの外に蹴りだして、やつとはそれきり。だけどもう学校に行く気がしなくなっちゃって、ただ部屋と食料品店とを行き来して過ごしていたら二箇月で二十キロ以上も肥っちゃって、軀はだるいわ、生理は無茶苦茶だわ、自律神経も変になって物がうまくつかめなくなって、これはまずいと思って、で、いったん帰国したわけ」

「物をつかめないというと」

「コップとかね、ほんとつかめないんです。その手前の空気を掻くばっかりで、こう、つかむまでに凄く時間がかかっちゃうの。今もときどきそうなります、調子が悪いと。それから、さっき話したようにすこしのあいだ日本にいて、ふたたびＳＭＣに舞い戻ったとき、やつはもう学校にはいなかった。ハワイのカレッジに編入したとかで。今度は南国美人を捕獲しにいったってわけ。一方、どこの国の基準で見ても立派なでぶに成りはてたわたしの、過食は収まるどころかエスカレートして、九十キロ、百キロを超えてなおゾンビのようにひたすらひたすらひたすら食べ続けてたことしかね、あんまり憶えてないです。学校は休みがちだった。で、食べてるか、食料の買い出しか、寝てるか、みたいな。煉瓦みたいなチョコレートブラウニーをいくつも買いこんでは、帰り道でぜんぶ平らげてました。

頭の中にはいつもこう、荒寥《こうりょう》たる歪んだ風景。そこをずっと彷徨《さまよ》ってる感じ。ただ、ひとつだけはっきりと憶えてる授業があって、ハンス・シャイルルって監督知ってます？」

「いいえ」

「わたしも。映画は知らない。インディーズの人だと思う。その監督が、映画祭かなにかでロンドンから招かれて来てたとき、ＳＭＣで特別講義をやったんです。大教室。変わった雰囲気の人で、男か女かもよくわからなかった。その人が、こう云ってたのが凄く印象に残ってます。伝統に唾を吐きなさい。そしてあらゆる感情を撮《と》りなさい。へえ、気持ちのいいものを選んで撮るんじゃないんだって、いま考えてみたら当然のことなんだけど、そのときはとても感心して、じゃあわたしは、この頭の中の歪んだ景色でも撮るかしらと思って。でもそんなものだれが観たいんだろうとも。観たいですか、そういうの」

「どうでしょう。気分によりますね」

「でね、話はそのずっと後に飛ぶんだけど、わたし、ついに見つけちゃったんです。歪み。わたしが撮るべき景色」

「アメリカで？」

「いいえ。ここです」

七与はたち止まった。

「緋沼サテライト」

「歪み」

蠣崎もまたたち止まり、正面に立ち並んだサテライトBの高層建築群を見上げ、次いで入口を通り過ごしたばかりのサテライトAをふり返った。

もうひとつの集合住宅群であるC区は、はちまん池の対岸にあたる。以上の三区の間を、D区、E区、F区、G区が不定形に埋め、中央公園を包囲している。東京都緋沼市新興衛星住宅地区。通称、緋沼サテライトである。

「たしかに、清潔だけど異様な雰囲気を湛えてますよね。住んでいた頃は綺麗な部分にばかり目が行ってましたけど、今は出掛けてくるのにちょっと度胸がいります、異質な文明の廃墟を探検するかのような」

七与はうなずき、

「廃墟というか、とにかく変ですよ、ここ。夢の中に出てくる街の風景って、個個の建物はふつうっぽくても、繋がりとして見ると、捩《よじ》れてたり、撓《たわ》んでたり、みょうに狭かったり、逆にすごく距離があったりするでしょう。そんな感じがするの。蠣崎さんが沈んでるんだって云ったとき、すっと納得できちゃったもん。沈んでも浮かんでも、ちっともふしぎじゃない、この街」

公園への石段を下りる。先刻、出ていったときより、だいぶ園内の気温が下がっているように感じられた。

「――けっきょくSMCは卒業できずじまい。留年が決まった時点で退学して、アパートを引き払って帰国しました。体重百三十五キロ、小山のような大女になって。同時にまた拒食症。ほら、日本人って平均して細いじゃないですか。日本に帰ったら痩せなきゃ、痩せなきゃっていう切迫感があったから、来るだろうなとは予期したの。案の定、帰りの飛行機の機内食が、もうだめ。においを嗅いだだけで胸がむかついちゃって。ああ、これでようやく痩せられる、とどこかで安堵してもいた。どうせそのうち拒食になってまたがりがりに痩せこけるんだという意識があったからこそ、そんなになるまで食べ続けられたんだと思います。ところが、そうして肥れるだけ肥って、途方もない量の食事に軀が慣れてしまってるでしょう。苦しいの。焼けつくような空腹感とでもいうのか、柱に頭ぶつけてね、苦しい苦しい苦しい苦しいって大声で泣き叫ぶくらいに苦しいんです。なのに、水を飲んですら吐き気がする。なにか食べようもんならトイレに駆け込む間もなく食卓に吐いてしまう。眠れやしないし、地獄でした。例外はお酒だけ。応接間に飾られてる父親のブランデーが、その色を眺めているうち、甘くて爽やかな、夢みたいな飲みもののように思えてきて、もう居ても立ってもいられず……」

　七与は蠣崎が抱えているワインの罎を、奪い取るような身振りをして、

「罎から直接、喇叭《らっぱ》飲みしてしまった。夢みたいな味ではないものの、すっと咽に通って、胸に沁みわたりました。しばらくして多少のむかつきを覚えましたけど、嘔吐《おうと》するほどじ

ゃなかった。お酒だったら飲める、とそのときわかったんです。空腹感も収まりました。さっそく酒屋に行って、いろんな種類のお酒を買ってきて飲んでみて、どれもだいたい飲めたけど、アルコール度数の高いものほどむかつきが少ない気がして、三日でウォッカに行きつきました。それからすくなくとも一箇月、蓄えてあった脂肪とウォッカだけで、わたし、生きてた。生きられるんです」

「ご家族は、さぞご心配だったでしょうね」

「心配というか、不快だったろうし、迷惑だったでしょうね。百キロ以上の熊みたいのが、ウォッカの罎抱えて家の中をのっそりのっそりとね。気も短くなってて、だいぶ暴れたような記憶があるし……これまた、あまり憶えてないの、いつも泥酔してたから。わたしの人生ってね、だから空白だらけなんです。じき二十六ですけど、まだ半分の十三年も生きてないような気がする」

「アルコールから脱却できたのは？」

「このあいだですよ。ついこのあいだ。それまでには本当、いろんなことがありました。で、ある人からここの総合病院の心療内科がいいって教えられて、この緋沼サテライトを初めて訪れて……見つけたの、わたしの撮るべき風景」

「ああ、ずっと住まれてるんじゃないんですか」

「実家は本郷《ほんごう》です。それぞれの地区の入口に掲示板がありますよね。病院の帰りにぶらぶらと歩きまわっていて、あそこに間借人募集の貼り紙を見つけて。病院が近いからって親を説得して、それで引越してきたの、半年くらい前。それからアルバイトを見つけたり、カメラの中古店を巡って８ミリのシネカメラや映写機を探したり……」

　中洲に着いた。

「あ、なんだもう。ここに自販機ありましたね」

ボート小屋の外壁に沿って置かれたジュース販売機のあかりを、七与が指差す。

「本当だ。意識してないもんですね」

丸太のベンチに、どちらからともなく腰をおろした。

蠣崎が紙コップにワインを注いだ。七与はぬるんだ緑茶の缶を開けた。

「８ミリのフィルムというのは、今も手に入るもんなんですか」

「ヨドバシカメラなんかで買えます」

「なんとも、８ミリというのが懐かしくていいですね。こどものころ家にあったけど、あれはどうしてしまったかな」

「こんど見にきてください。作品じゃなくて機材ね。作品のほうは、まだぜんぜん習作の域で。シネカメラはＦＵＪＩＣＡのＺＣ１０００ってやつです。大きくて重いんですけど、レンズが交換できるし。映写機はエルモのＳＴ‐６００」

「エルモ！　そうそう、うちにあったのもそれだ、エルモ。懐かしいなあ。見たいです。

ぜひうかがいますよ」

「あ、あ、やっぱりわたしがどこかに持っていきます。わたしの部屋、いまものすごく狭いんだった。実家にいるような気になってました」

「じゃあぼくの、住居兼仕事場にご招待しますよ。こっちもたいして広くはありませんけど、仕事用のテーブルくらいはあります。お茶も出せます」

蠣崎は紙コップを口に運び、喉を動かしたあと、

「ぜひ」

と念を押した。七与は微笑した。

どこかでまた、魚が跳ねた。

⁂

警察ぐるみの陰謀陰謀と、金髪の男女が深刻げに繰り返すほどに、まるで巻き込まれたことを喜んでいるようで空空しく、だいいち嘘ごとなら嘘ごとなり、なぜ絢爛《けんらん》な嘘ですべてを埋めつくそうともせず、ＣＮＮから仕入れてきたような薄っぺらい現実を花瓶に飾るような真似だけで満足できるのだろうと、そんなふうに気分が画面からいったん逸れてしまうと、急激に瞼が重たくなってきた。

……声に、目を覚ますと、同じソファの端にスウェットの上下に着替えた父親が坐って、テーブルに手をついて跪《ひざまず》いた母親と、なにやら合議中である。テレビの洋画は終わっていた。陰謀も銃声も主役の男女も、音楽も、消散していた。代わりにスポーツニュースが生じている。今日の現実を羅列している。……恒例のボストンマラソンが……日本の有森は三位で……シドニーに向けての自信……西武の松坂選手……このスマイル。テレホンカード売り上げは、すでに五万枚を突破し……

「起きた」

「起きたか」

かれが動くのを見て父母が云う。

躯が熱い。いつしか自分をくるんでいた綿毛布を、かれは脇に払った。

「……起きた。お帰りなさい」

「注射は？」

と父親が、かれにではなく母親に訊ねる。

「お部屋に行く前にはちゃんとするわよね。測定も」

と母がかれにバトンを渡す。

「うん。歯を磨いたらする」

テーブル上の封筒の薄緑は、総合病院の色だ。きっとまたお金がかかるのだと察して、自分からは訊ねられなかった。

「八《やつ》ヶ岳《たけ》に行ってみたいか、晟《あきら》くんは」

と父が通知の内容をちらつかせる。呼びかけは、他のだれかの名前のように聞えた。

天才児であるところのかれは、自分が、トレチアであることを自覚している唯一のトレチアであることに気づいている。それが今のかれの名だ。トレチア。

「それどこ」

「富士山が大きく見える」

「サマーキャンプですって」

「まだ春休みだよ」

わざとこどもっぽく云い返したが、おとなたちの予定好きは百も承知だ。冬のあいだは、暖かくなればなればと云い続け、春になれば夏のことや秋のこと、ことに依《よ》ると来年のこと。

「行きたい子が多かったら開催することになって、いろいろと準備が始まるんだ。だから行く気があるかないか、もう決めなきゃいけないんだよ」

「ほかはどこの子」

「総合病院に、同じ病気の子がもうひとり来てるって先生が云ってたろう。その子は行くんだろうな。ほかはいろんなところから。みんな晟くんと同じ病気の子だ。それから看護婦さんと病院の先生と、栄養士さんと、ボランティアのお兄さんお姉さん」

「ぼく、行ったほうがいい？」

躊躇《ちゅうちょ》の色を、父親は大きなうなずきで隠した。それを見て、母もうなずいた。

「三泊だ。あっという間だね」

「登山に、ゲーム大会に、わあ、キャンプファイアもあるのね」

母がテーブルの手紙を広げなおし、今さら発見したように云う。

「うん、行くよ。楽しみだな」

天使的な微笑を泛べながら、三泊四日の精神的仮死を覚悟した。両親が支払う参加費がかれにもたらす最大のものは、のろまな連中に足並みを揃える苦痛に違いない。

一度気分が翳ってしまうと恢復《かいふく》には時間がかかる。すると肉体にも不調が出る。外界と隔たったキャンプ地が、かれ好みの血まみれB級映画の典型的な舞台装置であることを思い、気分をもち直すよう努めた。山峡《やまかい》の闇にインモラルな夢想を託して過ごす三夜と思えば、圧迫感も薄らぐ。あした久しぶりにどれかを観よう。予習だ。

かつてその種の映画の録画テープは、従兄からまわってきた複製の複製ですら禁制品で、母親に見つかるやさっさと料理番組の記録に再利用されたものだが、かれがあまり学校に行かなくなってからは黙認されている。いつでも観られるとなると、かえって情熱が薄れがちで、そのことをかれ自身、惜しんでいたところでもあった。

充足は、かれの目下の大敵である退屈を招く。気まぐれにハーモニカを欲しがったら、二万円近くもするホーナーのクロマチックを買い与えられた。サテライト中、最も手狭なＣ区の一戸のローンに喘《あえ》ぐ、共働きの夫妻にとって、気易い買いものではない。右端につき出したレバーを押し込むと、全体が半音上がる仕組みだ。レバーを押すのに力が要るので、いつもそこで演奏が止まってしまう。もどかしいが、容易に制覇できない玩具《おもちゃ》で助かったとも感じている。

……この春、五年生になる。進級できると聞いている。

来年はわからない。養護学校への転校を余儀なくされるかもしれない。

昨秋、風邪のウィルスに、膵臓《すいぞう》のランゲルハンス島を壊された。ＩＤＤＭ——インスリン依存型糖尿病。膵臓からインスリンが出なくなった。細胞内でグリコーゲンの代謝をつかさどるインスリンの欠損は、せっかく軀が吸収したブドウ糖を、いたずらに血中に溢れさせる。病気の別名は高血糖症だ。食餌に熱源を求められなくなった肉体は、内部でそれを生成しようとする。蛋白質や脂肪が分解される。脂肪の分解に伴い生まれるケトン体が血液中に蓄積し、アシドーシスすなわち血液が酸性に傾いた状態をつくる。これをケトアシドーシスという。放置すれば、嘔吐や脱水、そして昏睡を招く。さきには死が待っている。

不摂生などに起因するＮＩＤＤＭの場合と異なり、口から摂取できる血糖降下剤では効果がない。高血糖症状を抑えるには、日に数回のインスリン注射に頼るほかない。

インスリン注射による高血糖の抑制は、患者がまた、低血糖とも隣り合わせに生活することをも意味する。グリコーゲンしか代謝できない脳にそれが供給されない状態が続くと、不意に、やはり昏睡に至る。だからかれのウェストポウチには、いつもブドウ糖のキャンディが入っている。手のふるえや冷汗が危険信号といわれるが、自覚が難しい。

ままならぬ血糖値の平均台を渡り続けるのが、十万枚のとらんぷのうちの一枚を引き当ててしまった、かれの宿命だった。

終生、それは続く。

口の中の歯磨き粉をすすいで、上目づかいに鏡を見た。虹彩の澄んだ色合いに、しばらく見蕩れた。父親にも母親にも似ていない。容姿のみならず、興味の対象にも思考回路にも、愉快なくらい、かれらとは類似点がない。

桃色から青の時代のピカソが描いたような熟しきらぬ均整は、破顔によって、魔性をすら帯びた。少年らしからぬ、ふくよかな声音がそれを飾る。かれの笑いは、聞き、眺める者の心を溶かした。遺伝子の地下茎が庶民のくさむらに、ふと発芽させた美の王族が、かれだった。トレチアたる自覚は、その証明だ。

いずれぼくは、人類にとって偉大な創造を成し遂げるだろう——かれの内心の口癖である。自己暗示ではない。自己確認に過ぎない。かれには確信がある。

　問題は表現手段だ。権威を背負った学術は最初から論外で、何年何十年とうつむいたまま足場を固める気長さは、かれにはない。資金もない。マスコミやインターネットを介して天才性をちらりと発揮すれば、あとは世間を踏み台にしてそれなりのことを成せるかに見えるのが今の社会だが、そういう安っぽい、危険な真似もごめんだった。

　この最初の一歩を、多くが間違う。端緒《たんしょ》とその後の成行きは無関係であるかのように錯覚して、つまらぬチャンスを抱きしめる。高地が湛える湖の、水抜きの場所は自由に決められるが、いったん流れだした水の進路を変えるのは至難だという事実に、人はふしぎと気づきにくい。

　ほとんど登校していない現在でさえ、かれは教室で異常なくらいの人気者である。かれがなにかを思いつき、口にだそうと息を吸いあげると、周囲は静まり返る。やがて微笑交じりに言葉を発すれば、一語一語が、金言として、御告げとして人人に作用する。伝播《でんぱ》し、いつしか教師ですら恭順している。人人に、従っているという意識はないのだ。無条件の支持と擁護を得る天性がかれにはあり、それだけに、いったん生じた人の流れに制止の令をかけることの困難も知っている。軌道修正の骨折りに多大な時間を割けるほど、気儘な人生ではない。病を得て以来、かれは慎重だった。

　今はまだ、実験を重ねるべきときだ。トレチアでいられる期間は、たぶん、そう長くない。そのあいだに、自分の創意と周囲の寛容の臨界を見極めるのだ。そうしてぼくなりの、新しい表現、新しい……政治？　原理？　有りものの言葉はどうにも古い手垢だらけで、握りしめて歩きたいという気分にならない。見つけるべきは、まず方位磁石のように機能する、ぼくなりの言葉かもしれないなと、壁から吊られたタオルの端で口のまわりを拭いながら、かれは思う。

　ちらと見返した鏡の中の、耳の下、白い頸筋に、擦り傷のような跡を見つけた。洗面台にふたたび下腹を押しつけた。跡に触れて、痛みはない。なにかが附着しているだけのようだ。

　指を濡らして擦ってみた。跡は薄れた。指の腹を見ると、薄赤く汚れている。このところ熱っぽく、入浴を禁じられていた。外出中の手や顔の汚れは、この洗面台で確認し、洗い落とした。しかしこの跡には気づかなかった。なにかの折、手で触れてしまったのだろう。自分の顔色や挙動に対し過敏な父母に、よくぞ気づかれなかったものだと、ほくそ笑んだ。

　濡らしなおした手でなめらかな頸を拭いながら、かれは、

「頼もしいよ」

　と鏡に、みずからの幸運を称えた。

一九九九年四月五日付の毎日新聞夕刊より

公開捜査　2日から不明の20歳女性を　緋沼署

東京都国分寺市、大学生、岩倉有希さん（20）が2日、緋沼市中央公園内で行方不明になっており、緋沼署は本日、何らかの事件、事故に巻き込まれた可能性もあるとみて公開捜査を始めた。

調べでは、岩倉さんは2日午後4時半ごろ、緋沼総合病院に入院中の友人を見舞うため緋沼サテライトを訪れた。待ち合わせた友人男性（19）と駅ビル内のレストランで食事したのち、5時45分ごろ、病院に向かって同公園内を通過中、姿を消した。岩倉さんは数年前までサテライトの近くに住んでおり、地理には詳しいため、同行の男性は、単独で行動していると思っていたという。岩倉さんはそのまま消息を絶ち、両親が3日朝、捜索願を出した。

岩倉さんは両親との3人暮し。身長163センチ、髪は肩ほどで、七分袖の白いカーディガンに、カーキ色の半ズボン姿。足首を固定するベルトが付いたベージュ色の靴を履いていた。家族に家出の心当たりはなく、無断外泊をしたこともないという。

第二位相　追躡《ついじょう》

一

学校には顔を出している。履修登録のための顔見せ的な色合いの強い、崇のように、科目選択を済ませている者には意味のない講義が多いが、人に囲まれていたほうが、不安を紛らわせやすい。

小説は停滞している。この二週間、一行も進んでいない。どんな言葉をどう列ねても、最悪の結果を暗示した文章のようにやがて見えてきて、画面から消し去らずにはいられなくなる。

眠れない。食欲がなく、体重がだいぶ減った。本を読む気も、テレビを見る気もしない。夜明けのわずかな居眠りを待って、ひたすら机の前に坐り、エディタ上の数センチの空間を行き来しているか、思いたってはブラウザを立ちあげネットにアクセスして、同じ言葉の検索《けんさく》を繰り返しているばかりだ。

「岩倉有希」で検出される頁は、当然ながら、ひとつもない。崇自身、ネットごときで失踪した有希の足跡が辿れるとはむろん思っていない。しかし他に為しうることを思いつかない。

「トレチア」の検索結果は以下のとおり。

excite や LYCOS Japan や NTT DIRECTRY ではゼロ。思いついて「トレチヤ」としてみたが、これもゼロである。

FreshEye では、いつも六件がひっ掛かった。「トレチヤ」でも同じだ。いずれもが、トレチャコフという人物に触れた頁で、ロシア＝アバンギャルドの中心的文学者らしい。

goo の「トレチア」は十九件。「トレチヤ」では一件。ストレチアもしくはストレチヤという単語でひっ掛かっていた。花の名前である。八丈島の町花とのことで、「財団法人東京都島しょ振興公社」のサイトには解説と写真があった。

> 学名「ストレチア・レギネ」原産地：南アフリカ喜望峰
>
> ばしょう科に属し、花は葉鞘《ようしょう》からきわめて優美華麗な長い花茎を出し、その花の姿から「極楽鳥」が連想されます。

いかにも南国風の、鋭角的な、黄色い花だ。八丈への定期船が名をすとれちあ丸というようだ。そのせいで釣り関係のサイトも幾つか検出されている。

花言葉を集めたサイトもある。だれが決めたのか、一年三百六十五日にそれぞれの花があるらしい。ストレチアは十二月十六日の誕生花とされていた。花言葉は「寛容」。

たとえ見つかった有希が、骸《むくろ》と化していてもかまわないと思いはじめている。今の状態がいつまでも続くよりはましだろう。死の現実が、突風のように人を襲って、去っていくものであることを崇は知っている。五年前の祖母の死は、昏昏《こんこん》となったかの女《じょ》に施《ほどこ》されているのが積極的な癌治療ではなく延命措置であると察せられた段階で、すでに崇を激しく打ちのめしていた。だから葬儀の段にはすでに過去へと吹き過ぎていたのである。諦めが引き寄せた、澄んだ安堵《あんど》が、かれの肩を包んでいた。

だが今、昼夜なく崇の神経を蠕動《ぜんどう》させている、予感のまま現実から見放されたような重苦しい律動は、いつになれば遠ざかるとも知れない。かれを健全な状態に導くあらゆる閃《ひらめ》きが、主要回路へは入り込めず外側を迷走していた。本能は肉体的な危機を叫んでいるのに、自力ではどうにもならない。

崇が見失って以降、有希の姿を認めた人間は、今のところ見つかっていないようだ。すくなくとも崇への報告はまだない。有希の家族からも、警察からも。

崇の名前と電話番号は、有希の母親から警察に知れていた。電話があり、しばらくしてパトカーが一台、家の前に来て停《と》まった。崇は外に呼びだされ、車内で尋問を受けた。有希との関係や、当日のふたりの行動、交した会話の内容にいたるまで、根掘り葉掘り訊ねられた。

ぶつ切れの睡眠の中でみる夢は、大概、無実の罪を着せられ、罰として肉体を拘束されたり、その一部を切断される夢だった。漫画的な絵柄だと自分でも思う。しかしみているあいだの苦痛たるや名状しがたい。いっそ意識を失わせてくれ、さもなくば殺してくれ、と真剣に願いながら、脂汗にまみれて目覚めれば、もはや眼を閉じるのが恐ろしく、無意味を承知でまたネットにアクセスする。検索を繰り返す。……岩倉有希……トレチア……エイプリルフール……タンジェリン……有希……トレチア……有希……

こ、とドアが鳴った。こ、こ。反射的にパワーブックのメニューバーを見ると、八時三分。ＡＭかＰＭかを視野に入れそこねたまま椅子を立ち、夜か、昼か、と自問しながらドアに近づいた。本当にわからなくなっていた。さっきまではちゃんと認識していたのだが。

「はい」

ノブに手を掛けようとすると、すっとそれは遠ざかり、眼の高さに祖父の顔が現れた。

「夕飯は？　またいらないのか」

夜か、と崇は独《ひと》り言《ご》ちながら、ヴェランダに通じる硝子戸《ガラスど》を隠したカーテンを見返した。

もともと、パソコンへの逆光を嫌って、昼間でもカーテンを閉じて電灯を点《とも》しっぱなしのことが多い部屋だ。隙間に、外の光は見当たらなかった。そういえばさっきから見当たらなかった。

「もう、みんな食べたの」

「あかねが呼びにきただろう」

そういえば、ドアの外でなにか云っていた。うわの空で、ん、とだけ返事をしたのを思いだした。いや返事をしたのはずいぶん前の話だ。時間が経ったように感じているだけか？　それとも昨日おとといの記憶を今日のことのように感じているのか。まあ、どうでもいい。祖父の背後に、駆けつけてきたトトが控えていた。崇がドアを押すと、待っていたとばかりに頭をつき出してきた。耳の後ろを軽く搔いてやった。

階段を下りた。テレビの音が耳について、うるさい。食堂を覗《のぞ》くと、無人のテーブルに、崇ひとりぶんの食事が並べてあった。白飯が山盛りになった茶碗、クリームシチュウの入った椀、茹でた豚肉入りの野菜サラダが取り分けられた小鉢、市販の焼鳥を串から外してのせた皿、海苔《のり》の佃煮《つくだに》の罎《びん》……なぜ母のつくる食事は、いつもこう散文的なのだろう。

食堂に背を向けたかれに、ちょうどトトと一緒に階段を下りてきた祖父が、

「食べないのか」

「あとで」

と答えて玄関に進む。

「どこ行くの」

開けっ放しになった居間の引戸の向こうから、母親の声が響いてきた。

「竜んとこ」

「病院、まだ入れるの」

「入れなかったら、外からだけ見てくる」

「上着はいいのか」

と祖父。崇が焦点の定まりにくくなった眼でぼんやり見返すと、かれは思いつめたように、視線をすこし伏せた。有希の失踪を、というよりも有希という崇の恋人の存在からして、家族のなかで知っているのは祖父だけだ。パトカーがやって来たとき、運良く母は買いものに出掛けていた。家には崇と祖父だけがいた。

尋問から解放されて家の中に戻ってきた崇に対し、かれは共犯者めいた顔つきで事情を問いただした。崇は、恋人の存在とその失踪をかれに語り、説明が面倒だから両親やあかねには黙っておいてほしいと頼んだ。

——早めにまた熱海に行くから。

と祖父は答えた。かつて家族がサテライトに移るため世田谷《せたがや》の家を処分した残金は、熱海の別邸に充てられた。父が興したソフトウェア会社の都下への移転と、祖父の、かれが幼年を過ごした熱海への執着が、かれらをして古い家を見切らせた。寒さが厳しいあいだ、それから雨が続く時期は、神経痛がひどいと云って、祖父は別邸に逃げる。古びた観光地の近所づきあいは親密で、あちらのほうが居心地がいいようだ。

梅雨《つゆ》を待たずに、黙ってまた熱海に戻るから、と祖父は伝えたのである。よしんば崇の手による殺人を確信してさえ、初孫に黙っていろと云われたかぎり、かれは黙りとおすだろう。ほかの家族は、崇の憔悴《しょうすい》を、惨事に見舞われた親友への同情心からと信じ続けるだろう。

「大丈夫だよ」

ニューバランスのスニーカーをつっ掛けて、ドアを押した。夜気《やき》が、意外な冷たさで肩を包んできた。Ｔシャツの上にネルシャツ一枚だ。部屋に引き返して上着を羽織《はお》ってくるべきなのだろうが、面倒だし、体裁もわるい。ドアが内側から小さな音をたてている。トトがおいてきぼりを悔しがって、前肢でひっ掻いているのだ。崇はドアを離れた。

注文建築住宅がゆったりと建ち並んだＧ区の、西端近くにある崇の家から、Ｄ区の入口にある緋沼総合病院までは、Ｃ区のマンション群が間を隔てているのみである。徒歩で十分足らずの道のりだ。Ｇに次いでＣ、次がＤ、というこの並び順は、Ｇの位置が一見奇妙だが、Ａ、Ｂ、Ｃの三区が高層建築、あとが一戸建ての地区、というサテライトの構成を知ってさえいれば、まず高層三区がはちまん池を両側から挟み、他の土地はＣ区に隣接した地区から順に、D、E、F、Gと名付けられたことが見て取れる。気の利かない公的印刷物などでは、正式な住居表示上、最も数字の若いB区から、時計廻りに、B、F、G、C、D、E、A、と列挙されていたりするが、これではまずもって法則性が見てとれない。起点をA区として、ABそしてFGそしてCDEというふうに読む。そうすればアルファベット順に逆らっているのはF、Gの二区だけとなり、記憶しやすい。

――エイプリうフールら。

膨《ふく》れあがり、黄緑色に変色した竜介の顔を脳裡《のうり》に泛《うか》べながら、規則正しくマロニエの植わった、公園沿いの道を進む。

――きっかい十年前の、エイプリうフールら。

有希が失踪した日から、崇はさらに二度、学校帰りに竜介を見舞っている。友を慰めようという余裕に満ちた気持ちからではなく、ただ単純に、生死を確認するためだった。竜介が命を保っていることが、有希の無事を保証するかのような気がした。

莫迦《ばか》らしい。安手の推理ドラマじゃあるまいし、なんで竜介の災難と有希の失踪とをつなげて考える必要がある。そう、幾度となく割り切っては自分に云い聞かせているのに、気がつくといつも、竜介の言葉に沿って思考している。

――おえたちの期日が来たんら。

竜介の容態は冴《さ》えない。二度めの見舞いでは礼於奈が、次のそれでは母親が、奇妙なことばかり口走るのだと、崇に耳打ちした。状態が落ち着いたら、脳波を測定するという。

「キジツダ」というのは、トレチアの噂に附随してこどもたちの間で流行った、少年の決め科白《ぜりふ》だ。竜介は「期日だ」とそれを解釈したわけだが、しかし当時、それを「キジュッダ」と発音している者も少なくなかった。トレチアもキジツダも、基本的にそういう音《おん》でしかなかった。本質的な意味は空虚なまま、気がつくと学校じゅうに蔓延《まんえん》していた。無意味であるがゆえに、蔓延したのだといえる。無意味だったからこそ、おとなたちを煙に巻く絶好の言い訳として機能していた。

……厳密に云えば、「トレチア」とは本来、「トレチアから来たこども」である。

悪戯《いたずら》や盗みをはたらく。それをおとなに見つかる。

ぼくじゃないよと言い訳する。あるいはだれかに命じられたと嘘をつく。

張本人はだれだと問われる。

そこでトレチアの登場となる。帽子被《かぶ》った男の子。

どこの子だ？

トレチア。

と、そこで初めて告げるのが本来の手順だ。国名か、地名か、団体名か、とにかくその謎の少年が帰属するなにかの呼称だったのだ、トレチアというのは。

実際にトレチアという土地なり団体なりが存在するかといえば、答えはインターネットでの検索どおりだ。しかしありそうに聞える。よくよく調べれば実在しそうな名前だ。教師のような教養を自負しているおとなほど、そうか、と納得したそぶりを見せやすいとの話だった。もしそれはなんだと訊ねてきても、ただ、知らない、と答えるだけのこと。

　少年の特徴はいくらでも説明できる。今は存在しない、しかしだれもが漫画やテレビや、あるいは本の挿絵《さしえ》で見たことのある、昔のこどもの制服姿なのだ。夏服だ。白布《はくふ》を掛けた学帽、白い開襟《かいきん》シャツ、黒い半ズボン、白い靴下に……靴にまで行くとさすがに、白い布靴だったり黒い革靴だったりとばらつきが生じていたようだ。

　なにか云っていたかと訊かれれば、キジツダ、と答える。なんだそれはと意味を問われても、答えている当人が意味を知らない。どういう経緯で生じた言葉なのか、だれも知らなかった。

　キジツダ。キジツダって聞えた。そう繰り返すほかない。これ以上の言い訳はない。

　崇自身に、おとなに対してこれらのタームを弄した経験はなかった。トレチアの本格的な蔓延は、かれらが悪事に熱中していた時期より、すこし下ってのことと記憶している。竜介の中では、そのあたりの前後関係がどうもごちゃ混ぜになっているようだ。あとから反芻《はんすう》しすぎたのだろう。

　崇の認識によればトレチアは、むしろ一年二年下の連中の話によく出没していた。言い訳であると同時に、強烈な畏怖の対象でもあったようだ。赤マント、口裂け女、トイレの花子さん……そういった系譜の存在といえる。あるいは風の又三郎。

　むろん遅れてきた伝説にせよ、まだ小学生であった崇は、間違いなくその影響下にいた。おとなへの弁明に使う機会はなかったが、クラスの女子や、臆病な男子を脅しては楽しんでいた。崇自身、どこか怯《おび》えていたに違いない。だから、周囲に風邪をうつして自分だけ治ろうとするように、トレチアトレチアとくちさきで繰り返していたのだろう。

　鎮静剤でも、それはあった。もしこれまでのどの悪事がばれて、親や教師や警察に問いただされても、ぜんぶトレチアのせいにしちゃえばいいんだ。それで助かる。

　悪いのはトレチア。

　殺したのは、トレチア。

　罪に序列をもうけたうえで語るなら、崇がおかした最初の大罪は、娯楽としての仔猫殺しだった。

　黄昏の中央公園を徘徊するかれらは、いつも娯《たの》しみに飢えていた。川西《かわにし》という名の、A区に住む、崇よりひとつ上の子が、集団のリーダー格だった。下の名は知らない。「川西くん」でじゅうぶんだった。崇は「楪原くん」と呼ばれたし、有希はだれからも「岩倉さん」と呼ばれていた。学校で同級だった崇と竜介だけが、お互いを呼び捨てたり、あるいは愛称で呼び合っていた。

多い日で、十人ほどの集団だった。熱しやすく冷めやすい一団を統率せんがためか、川西という少年は、年じゅう新しい娯楽を提案していたような印象がある。憑《つ》かれているかのように。ナチスの有能な士官のように。こどもの頃だから、数度のことがよほど頻繁《ひんぱん》に感じられたのかもしれないが、ともかく崇にとってかれはそういう存在だった。

夏の夕方、グループのひとりが、仔猫の詰まった段ボール箱の発見を報告してきた。川西は全員を引き連れていこいの森に向かった。川西に、崇に、有希もいたし、竜介もいた。……ほかは名前が出てこない。今はだめだ。記憶力が、いや記憶の検索能力だ、その全般、衰えている。

箱は、遊歩道からくさむらに、かなり踏み入ったところに棄ててあった。径《みち》を歩いていてもまず視認できない場所だった。人知れずすみやかに朽ちて土に還ってほしいという、遺棄者の暗い願いが読みとれた。漫画雑誌が数冊、重しとして上に載せてあった。

——逃げないようにね、戻しといた。

発見者は誇らしげだった。

——三匹いたよ。三匹だった。

電話ごしに聞く幼児の泣き声のような声が、断続的に洩れていた。くさむらの外に届くほどの逞《たくま》しい響きではない。あえて歩きにくい進路をとりたがるこどもの習性あってこそ、聞きつけて発見できた生命だった。川西が雑誌を取り払い、蓋を開く。皆の頭が寄り集まった。崇も、強い臭気を覚悟して息を詰めながら、箱を覗きこんだ。

三匹揃って、じっと上を見返していた。間もなく口口に喚《わめ》きはじめた。救出を懇願しているとも、こちらを威嚇《いかく》しているともつかなかった。

外国製のアニメを見ているようだと崇は思った。三匹とも、ズボンのポケットに押し込めておけるほどの大きさで、四肢は鉛筆のように細い。痩せこけているぶん耳と目玉が異常に大きく見えたが、なぜか両眼とも開いているのは一匹だけで、あとの二匹はウィンクをしたきりだった。毛色はどれも平凡な雉子虎《きじとら》である。

他のこどもたちが平気で息をしているのを見てとり、崇も呼吸を再開した。悪臭があるにはあったが、想像していたほど強烈ではなかった。箱の底に敷かれた使い古しのバスタオルは、仔猫たちの尿でだいぶ湿って見えるのに、では猫の尿特有のあの異臭は、成長するほど強くなるものなのだろうかと思った。

――持ってごらん。

川西が崇に囁《ささや》く。

崇は腰をこごめて箱に手を伸ばした。いちばん手前で抗議するように喚いている一匹をつかむ。猫は段ボールに四肢の爪を立てて抵抗した。崇は力尽くで引き剝がした。

握りしめている感触は、小骨を詰めこんだ薄い革袋といったところで、けっして快いものではなかった。片眼をつむったままでいるのは、上下の瞼《まぶた》が目脂《めやに》で固まっているためだとわかった。もう一方の眼球の表面も、大半、黄色い目脂に被われている。

仔猫は懸命に身悶《みもだ》えた。

後肢の先が崇の手首を捉えた。

細い爪が皮膚に食い込んだ。声をあげて手を開いた。

猫はしばらく落ちなかった。後肢の爪を崇の手首の内側にひっ掛けて、ぶら下がっていた。崇が唖然《あぜん》として腕を振りあげると、ようやく夏草の上に落ちた。

手首を見た。皮膚は裂けているが、出血はない。痛みもない。ふしぎに思って指先で触れようとしたら、傷は、不意にずきずきと自己主張を始め、内部に赤いものを滲ませた。

手首を返して、傷に唇をあてた。舌先で傷の内部に触れて血の味を確かめながら、足場を定められずに草の中でもがいている仔猫を見下ろした。小さな頭を、川西の靴の爪先が小突く。ああ、と猫はこれまでになく低い声をあげた。

——逆襲。

かれは嬉しそうに云ってまた蹴った。猫はただもがいている。飢餓による衰弱が、小さな生きものから生得の敏捷《びんしょう》さを奪っている。

逆襲、逆襲、と川西は繰り返し、サッカーボールを敵から護るように仔猫の周囲を巡りながら、左右の靴でそれを交互に蹴り続けた。草の間から蹴りだし、かと思うとまた中に蹴りもどし、あるいは小さな頭を蹴りあげて軀《からだ》をひっくり返したり、左右の靴の間を小刻みに行き来させたりした。

仔猫はいつしか声を失っている。しかしまるっきり無力というのでもなく、蹴られてから次に蹴られるまでの短いあいだ、ぶざまにのたうっては体勢を立て直そうとする。平たく伸びてしまえばいいものを、そうやってすこしでも立体的に復元するものだから、川西は面白がって蹴るのをやめない。

面白がっているのはかれだけではなかった。全員が面白がって、笑っていた。竜介も有希も崇も笑っていた。行為への嫌悪感を払いのけるための空笑いでも、思考を無理やり停止させたとき起きる虚脱の笑いでもない。翳《かげ》りのない、澄んだ笑い声ばかりだ。朗《ほが》らかなさえずりの多重奏だ。みな心から、楽しんでいる。

――踏んづけていいよ。

川西がふり返って云い、崇に場所を譲る。

えへへえー、と咽《のど》を鳴らして前に出た……崇だったが、足許にうごめく小さな生命を、みずからの体重によって消散させるのはさすがにためらわれた。踏めば、矮小《わいしょう》な肉体ごと雲散霧消《うんさんむしょう》してしまうかのイメージだった。あるいは、ぴゅっと八方に飛び散り、地面に滲み入り、周囲の樹木の根に吸いあげられて、もっとずっと矮小な存在として枝枝に結実し、小鳥の雛のように疳高《かんだか》くみゃあみゃあみゃあみゃあ。そういった漫画的なイメージ以外、うまく懐けずにいた。

――自分で逆襲しないの。

川西が崇を促す。さっき受けた傷を思いだした。肩の高さに上げていた手首へ視線を戻してみると、血はいつの間にか腕の内側をながながとすべり、途中二叉に分岐して、一筋は肘の頂上に至っている。もう一筋はそのまま内側を落ちて、わずかながらTシャツの袖口に染み込んでいた。

――踏んだら、死ぬよね。

そう、器《うつわ》いっぱいの液体を運ぶように、扱い慣れない概念を慎重に口にすれば、

――楪原くんが踏んづけなくてもそのうち死ぬよ。夜までに死ぬ死ぬ。

と川西はそれを軽軽と弄《もてあそ》ぶ。

――そしたら?

――腐って溶けて消える。どうせなくなるんだ。

崇は頭を低めて仔猫を見つめた。うまく起きあがったかと思えば、すぐにみずから体勢を崩して、草の中に沈み、捩《ねじ》れて、白っぽい腹を見せる。起きあがりかけて、また崩れる。川西のドリブルによって三半規管でも壊されたのだろう。まともな動物の動きには見えなかった。なんだこれ。嫌悪感が少年の胸に、刻刻と嵩《かさ》を増した。

いったい幾度めの再放送か知れない『トムとジェリー』を、十歳の崇は愛好しながら、その話ごとの映像のばらつきぶりには怒りすら覚えていた。深い色彩に満ちた落ち着いた

室内を、両キャラクターが夢みるように流麗な動きで駆けまわる回があるかと思えば、一方、背景画もセル画も枚数を惜しんで、かろうじて所定の時間を埋めただけといった回もある。

同一映像の繰り返しに、こどもの目は敏感だ。トムが遭遇する災難には変化をつけてあっても、そこに至るまでの追尾が使い廻しであることに気づくや、崇の気分は白けた。ひょっとして電波受信の不具合ではあるまいかとチャンネルを替えてまた戻してみたり、副音声に切り替えてみたりしたものだ。

それから？　ねえそれから？　こどもの目は、世界に問いかける。童話の幸福に満ちた結末を聞きとどけた、直後にはもう、それから？　と次の不幸を知りたがる。安定した反復を求めない。刻刻と変容していくかれらには、同じく高速で変化していくものが心地いい。退屈なヴィデオは早送り。

――だめだよもうこれ。つまんない。

川西が云って、崇を横に押す。ふっと腰を落とした。次の瞬間にはもう、視界の中央を川西の黒い半ズボンが占めていた。軽軽と、浮かぶような跳躍だった。崇にはそう見えた。あ、と仔猫に意識を向けなおして叫ぶより早くに、川西少年はふたたび地上に降りたっていた。ふたつの黒靴のあいだに、猫はまだ生きものとしての形を保っていた。川西はふり返り、悪戯っぽくにやついた。

ふふ、と崇も安堵の笑みをこぼした。仔猫が助かったからではない。どうせ長い命ではない。あと数時間、途切れがちに動き続けるだけだ。電池の切れかけたポケットゲームのようなものだ。そしてこのゲーム機に、乾電池の入れ替えや充電は利かない。

崇が笑んだのは、自分の権利が保たれたからだ。破壊権。

学校への行きがけ、燃えないゴミの山を漁って得られた使用済みの電球を、サテライトの壁面にぶつけては、他の学童の流れに逃げ込むスリル。拾った百円ライターをアスファルトの路面に叩きつける爽快感。電球内に充填された不活性ガスは、その破裂に華華しい音響を添える。ライターの底に残った液化ブタンは、外気と接触するやたちまち気化して膨れあがり、みずからを閉じ込めてきたプラスティックの衣を液体のようにまき散らす。

粗大ゴミも御馳走だ。市役所発行のシールを輝かせているパソコンセットやテレビを見つけると、胸が躍った。力を合わせて筐体《きょうたい》を抱えあげ、掛け声とともに道路に放って破壊する。配線を毟《むし》って息の根を止める。緻密に配線された半導体付きの基板はブーメランと化し、ブラウン管は力の根源たるフェライト磁石を抉《えぐ》られる。

もろもろの叙事詩。

スピーディな笑い、怒り、恐怖、苛立ち。好奇心の触角が察知するものを片っ端から味わい、味わいつくすとみずからの手で終焉《しゅうえん》させ、小さな伝説としておのが細胞に刻みつけた日日。夜には無心で蒲団に潜り込み、翌朝になればまた、新しい物語を求めて鼻をひくつかせるのだ。

壊れた仔猫も叙事詩のひとつ。壊れた仔猫を、崇は殺した。川西ほどの跳躍は望むべくもなかったが、先刻かれが描いた軌跡をイメージしながら思いきり跳びあがり、憶えている、右足で着地した、仔猫の上に。

合成ゴムの靴底ごしにはっきりと潰陥《かいかん》の感触があり、同時に、びいい、というくぐもった音がしたが、仔猫のどこがそう鳴ったものかはわからない。崇は反射的に体重を反対の足に移し、一歩、二歩、後じさった。

結果を見た。ほかの子らの頭も集まってきた。猫は、予期したほどぺしゃんこではなかった。頭部から眼球と舌がとび出し、尻からも赤いものがすこしはみ出していたが、それらに目を瞑《つむ》れば、日向《ひなた》で、横向きに四肢を投げだして、のびのびと眠っているように見えなくもない。不意に、片方の前肢がすこし縮こまった。一同はどよめき、いっせいに距離を置いた。

しかし、それきりだった。猫は動かなくなった。

死が確信されるまで、かれらは長いこと無言で、動かなくなった猫を見下ろしていた。死とはずいぶん、なだらかな降下だと崇は感じた。

――お墓つくる？

そう発したのは有希だ。女の子らしい感傷的な弁だが、面倒なことを云うものだと辟易《へきえき》したのを憶えている。このまま放っておこうとかゴミ箱に捨てようといった、冴えない別案も他からあがった。

――池の魚に食べさせようか。

皆の意気が沈みきるのを待っていたように……川西が云った。有能な士官。感嘆の声があがった。しかし崇の耳には、違和感のある提案だった。

――食べないよ。だいいちこんなの大きすぎる。

――魚はなんでも食べるよ。口に入るものはなんでも呑み込むんだ。

――鯉《こい》の口に入らない。

――鯉よりずっと、人よりも大きい、真赤な魚がいるんだ。まえ見たよ。

――嘘だ。

――これ放ったら、きっと出てくるさ。背中が見えるよ。

――本当に見たの？

――みんなで見よう。今から。

賛同の声が重なる。深紅の怪魚のイメージがすでに集団を魅了していた。くちさきではぶつぶつと抗弁を重ねながら、崇もまたその空気に呑まれていった。

他の二匹も、生《い》き餌《え》として投げ込むことになった。命運を感じとっているのか、いつしか押し黙ってしまった箱の中の二匹の、片方を崇がつかもうとしていると、

——楳原はそれだろ。

竜介が云った。死骸に顎を向けている。

——箱に入れて運ぼう。

と崇は提案した。生きている猫は平気なのに、死骸となると急に不潔に感じられ、提げて歩くのが厭だった。

——いいよ。そうしよう。

骸になった猫を、せめて箱へと戻すのは、崇の役目に違いなかった。後肢の片方をつまんで持ちあげると、それは生きていたときよりずっと重量感があった。肘を伸ばしたまま箱の真上まで運んで、落とした。二匹の生き残りは隅に寄った。急いで蓋を閉じた。四枚の羽根が互いを押さえあうように組み、

——これで逃げない。

と、だれにともなく云った。これで見えない、が本音だった。

思いきりは要したものの、爽快ですらあった行為の残骸に、崇は自分でも驚くほど、なんの愛着も覚えられずにいた。中途半端に厭わしく、存在として不愉快だった。魚の腹にでも墓穴にでも、どこにでもいいから早く消えてもらいたかった。

——行こう。

川西が歩きはじめたので、箱を両側から持ちあげた。はちまん池への分岐を目指して、

一団は遊歩道を進んだ。

途中、箱の底が抜けた。死骸も、生きた猫たちも、敷いてあったタオルごと地面に落下した。生きている二匹が、意外な気力でその場から散っていく。ふたりは箱を放りだし、逃げ遅れているほうの一匹を追った。猫にしてはもたついた走りだったが、それでも崇たちの速度には、わずかに勝った。背に指が触れたが、つかめなかった。猫は、路傍《ろぼう》の躑躅《つつじ》の植込みに逃げ込んだ。

しゃがんで躑躅の下を覗いた。猫のほうもこちらを見返していた。両眼とも開いている一匹だった。

——もういいよ、それ。

川西の声にふり返ると、かれは二匹の猫を、両手それぞれで鷲《わし》づかみにしていた。片手で死骸、もう片手で、身悶える生きた仔猫。

——早く行こう。魚が待ってる。

崇は足を止めた。十年前、両眼の開いた一匹を取り逃がしたのは、まさにこのあたりではなかったか。屋外灯に照らされて淡く毒毒しく輝いている躑躅の若葉を眺めわたして、記憶の中の植込みの姿と重ねうる箇所を見出そうとした。しかし、さすがに十年の歳月を経て、公園全体が鬱蒼と変容していることに、改めて気づかされるばかりだった。

かつて公園はもの寂しく、また遥かに広大だった。この眼前の現実とは、異なる場所だった。道幅からして違った。

同様に今よりも長く、幅広く、また水面からの高さもある橋の上から、崇たちは赤い怪魚を眺めたのである。現在のかれの尺度でも怪魚と呼べる大きさであったかは、疑わしい。大きな錦鯉《にしきごい》に過ぎなかったのではなかろうか。今はそういう気もする。

まず川西が放ったのは、生きているほうの猫だった。崇には勿体《もったい》ない順番に思えたが、なにか確信があるのだろうと察して黙っていた。

猫はいったん没した。やがて濁った水面に頭だけが現れた。

口を大きく開いているが、声はない。同じ位置に停滞している。器用に水と戯れているかに見えた。猫が水面下ではまさしく死力を尽くしていたことがわかったのは、やがて不意にその頭がとぷと没して、代わりに黒ずんだ背が浮かびあがってきた時だ。

すると、魚が現れた。歪《ゆが》んだ色硝子《いろガラス》のような水の向こうに、大きな暗紅色の影が揺らいで、力尽きた猫へと接近してきた。次の瞬間にはもう、猫は水面から失せていた。波紋の向こうに、紅い影が乱れているばかりだった。それも間もなく消えた。

――来た来た。

川西が楽しげに云い、崇は、かれが魚を呼びよせるために、生き餌をさきに放ったのだと気づいた。

死骸が放り込まれた。今度はただ、没していくのみだ。

ややあって、また紅い影が現れた。さっきよりも深度を保って、ゆったりと身を振りながら、崇たちの下を通過していった。恐ろしく長い影に思われた。

――いただろ。

と川西が小声で発するまで、だれも口をきけずにいた。

以後、怪魚見たさにかれらは、新奇な餌の入手に腐心するようになった。ただしそれらを投げ込んだところで、必ず怪魚の姿を拝めるとは限らず、いやそれどころか、色彩まではっきりと認識できたのは、最初の、仔猫の時だけだったはずだ。ただ水面の波立つさまから水中を想像したり、あるいは餌が沈んだきりであるという事実から、その健在を信じていたに過ぎない。

捧げものが大きいほど、投げ込む時間を選ばねばならなかったという事情にも、これは因る。いくら相手が獣でも、人目があっては殺せないし、運べないし、池にも落とせない。ましてや。

だから、しぜん、夜の活動が増した。みな家を抜けだすのが上手くなった。

幻の怪魚……赤い巨大な肉食魚。今から考えてみれば、出来て四五年の人工池に、そんな生物が棲息していたはずがないのである。ところがかれらの投げ込んだ捧げものが、いずれもきれいに消失して、二度とけっして浮かびあがらなかったというのも、また客観的な事実だった。もし浮かんできたら、大騒ぎだったろう。鳥獣の死骸のみならず、人のそれすら、かれらは池に奉じたのだから。

四月一日《エイプリルフール》。

よく竜介は日付を憶えていたものだ。勉強は昔からからきしだったが、みょうなところで記憶力がいい。あの春の晩、かれらが殺し、水中に投じたのは——

崇がふたたび病院に向かって歩きはじめるなり、傍らの植込みの下から一匹の肥った猫がすべりだしてきて、径の真ん中にたち止まった。崇もびくりとたち止まった。

こちらを見ている。なにかを告げるように。

「……おまえか？」

崇は呟《つぶや》いた。

「あのとき逃げた……生きてたのか」

猫は一声低く唸《うな》って、径を横断していった。脳裡に閃くものがあった。戦慄した。幾つもの情景が重ね映しに、かれの頭の中で高速再生され、あるいは巻き戻っていく。

踵《きびす》を返した。はちまん池への分岐まで戻った。径を折れ、斜面を下る。

夜の鳥島でいちばん明るいのは、ボート小屋の壁に沿って並んだ、ジュースの自動販売機のあかりだ。その輝きを目指して橋上へ踏みだしたときには、すっかり駆け足になっていた。中洲の斜面を上がり、漠然となにかを求めてあたりを見まわしたが、反対側の橋に、帰宅を急いでいるらしい人影がふたつみっつ見えるばかりである。島を離れていく影。向かってくる影。

池は、濁った夜空を映して息をひそめている。ボート小屋への短い石段を下りた。窓格子の、ステンレスの角柱の隙間に手を入れ、窓枠に指を掛けた。

動く。窓は薄く開いた。

いったんしゃがんで、自動販売機に寄り添った。島を渡っていく跫音《あしおと》を、ひとつ、ふたつ、とやり過ごした。

あたりが静まりきるのを待って、立ちあがり、ふたたび窓格子に手を掛ける。かつては頭よりも上にあった格子だが、今はちょうど顔の高さである。かつてと同様、左下が壁から浮いている。手前に強く引いた。螺子《ねじ》はすっかり錆《さ》びついて、螺子穴と一体化していた。

格子と壁の間の隙間は、小学生の崇には身を潜らせるに充分だったが、今は頭もつっ込めそうにない。格子の下端を逆手につかみ、壁に片足をついて、力任せに曲げ起こそうとした。

ところがあんがい頑丈である。ある程度は動いてくれるのだが、曲がったかと思い力を弛《ゆる》めると、元の位置まで戻ってしまう。

意地になり、壁に両足をのせ、ぶら下がりながら引っぱりはじめた。

ば、と思いがけない音がして、崇の身は宙に躍った。背中から地面に落ちた。

しばらく、何が起きたのかわからず、自分のシャツの柄を眺めていた。

やがて身のそこここに神経を配る余裕が生じたが、異常な痛みはどこにもない。怪我はない。背から胸に、衝撃の余韻《よいん》があるのみだ。

見上げると、格子はドア状に開いて、幽《かす》かに揺らいでいる。左上の固定部も、螺子ごと壁から離れてしまったのだ。かれはすこし笑った。

起きあがり、格子を大きく引いて、サッシュ窓を開けた。小屋の中は暗いが、完全な闇《やみ》ではない。池の水面の淡いきらめきが、桟橋に面した扉の覗き窓ごしに、天井を蒼く照らすからだ。

侵入しながら、窓の意外な低さ、小ささに祟は呆《あき》れた。こんなものだったか。タイル張りの床に足を下ろすと、ふたたび窓に身をのり出し、格子をできるだけ引き寄せてから、硝子を閉じた。

屋内を見まわす。不意に動悸《どうき》を意識した。正面に売店のシャッター。右手には詰所のドア。しかし夜間、この小屋が無人であることをかれは知っている。売店の左側を奥に進むと、桟橋への扉がある。その手前右手にはボートの受付口がある。受付の窓も、夜はシャッターが下りているはずだ。

たばこを求めてシャツの胸ポケットを探った。なにも入っていないことを確認したに終わった。そういえばライターも財布も持っていない。まるきり手ぶらで出てきてしまった。

不用意さに舌打ちする。動悸はいっそう強まっている。

いったん詰所のほうに足を向けた。ドアの脇に消火器のケースが置いてあるはずだ。その上方の壁には、非常時用の懐中電灯のホルダーが螺子留めされている。十年前の、幾度かの不法侵入以来、崇はこの小屋に足を踏み入れていない。にもかかわらず、内部のじつに細細としたところまで記憶している。幼い記憶力の、意外な堅固さを実感していた。忌《いま》わしい情景もまた、かれの中に重く留まっている。

懐中電灯は記憶どおりの場所にあった。鍍金《めっき》されたプラスティック製の、いかにも古臭い代物である。面白いことに、こういう十何年か前の製品というのが、最も古臭く感じられる。より古いものだと、フォルムにしろ素材にしろむしろ新鮮だ。電池の残量を心配しつつ、拇《おやゆび》でスイッチを滑らせる。点《とも》らない。また舌打ちした。すんでに、床へと投げつけるところだった。思いとどまったのは、ふと父親の習慣を思いだしたからだ。こういったものの乾電池を、わざと正しい方向に入れないのだ。正しい方向に入れていると、不使用時も微妙な通電がある。電池は消耗し続ける。同極同士を合わせるように入れておけば、それが起きない。

底蓋を廻し、外した。電池をとり出してみると、案の定、三つが互い違いに入っていた。高等部の備品のラジカセの電池が、やはりこのように入れられていたことがある。壊れている壊れていると皆でさんざ文句を云いながら、担任教師のところに持っていったら、電池が互い違いに入ってるんだろう、と当然のことのように云われた。確かめてみるとそのとおりで驚かされたものだが、ある世代には一般的な知恵なのかもしれない。

電池を入れ直すと、電灯は点った。十年前、こういう手間を踏んだ記憶はない。当時とは管理者が替わっている。

床を照らしながら、桟橋に通じる扉の前まで進む。壁や扉を中心に、ゆっくりとあかりをすべらせた。儀式の後始末が同じ手順でおこなわれているなら、そのあたりに証拠が残っている可能性は高い。直感が的中しているとして……しょせん、こどもの仕業《しわざ》である。行動は計画性に欠け、行き当たりばったりで、またきわめてぞんざいなのだ。にもかかわらず世間がそれに気づきにくいのは、要するに相手がこどもだからだ。こどもは無垢な天使という勝手な思いこみが、人人の目を曇らせ、明白な証拠の前を素通りさせてしまう。

ひととおりの点検ではわからず、もう一度、最初から照らしなおそうとして電灯を返したとき、壁の、意外と高い位置にそれを見つけた。長い前髪を搔きあげた。

壁は、祟の腹ほどの高さを境に、上方が白、下方が緑青色に塗り分けられている。その境界線のすこし上に、三つ、インキを散らしたような汚れが並んでいた。

電灯を近づけた。黒……いや暗褐色の、立体感のある汚れだ。

咽の奥から細い声が洩れたが、悲鳴ではない。ただ鳴った。口を閉じると、水分を失った舌が周囲の粘膜に貼りついた。無理に唾液を絞りだして、飲み込んだ。咽の奥に滲《し》みた。

いつの間に口を開いて喘《あえ》いでいたのか、わからない。電灯を持ち替え、指を舐めた。いちばん大きな汚れを擦った。指の軌跡の残像そのままに、汚れは、細長く拡がった。褐色に。蛍光灯のあかりの下でなら、もっとそれは紅く見えるに違いなかった。

「やられた」

呟きが、ひとりでに洩れた。

⁂

吹いてよ、なにか吹いてよと、しきりにせがまれ、これ以上の固辞《こじ》はいたずらに期待を煽《あお》る一方になると判断した。銀色のホーナーを右の掌《てのひら》に置いた。

左手を添え、右の人差指でレバーの動きを確かめながら、唇を寄せる。

「練習中なんだ」

と小声で言い訳をして、なんの曲というつもりもなく最初の音を求めてグリッサンドした。数日前に音を確かめたばかりの、自作のメロディにうまくつながりそうだ。旋律の細部はかれ自身にも曖昧《あいまい》だったが、自作曲なのだから、いい加減を吹いたところでそうと知れはしない。調子よく、部屋の空気の「きりだし」が始まった。

ハーモニカを吹きながら、みずからの音に、かれはよくそのイメージを寄せるのだった。

イヌイットが雪の家の材料を切り出すように、音楽が、空気を分割していく。生じた無数の方体の切断面は、どれも無色でありながら、北極圏の凍りついた雪と同様、水色や瑠璃《るり》色《いろ》に翳っている。翳りは、光の加減で消えてしまうものではなく、切り出された空気のひとつひとつの個性だ。それらが最も美しく映えるよう、適所に並べ替えるのは、旋律の役割だ。端と端とをきれいに合わせねばならない。色目も合わねばならない。……

　音楽とはそのように、かれにとって、清掃であり、整頓であり、だから曲を吹き終わったあとには――演奏に、多少の拙《つたな》さがあったにせよ――周辺は井然《せいぜん》たる色調を帯びて、清《すが》清《すが》しい冷気を放った。

　ふたつめのメロディ、とかれが名付けている部分の出だしに、一音ごと、レバーを押し放しせねばならない動きがある。レバー操作を減らすために出だしの高さを移そうとしたこともあったが、そのぶん他のメロディにレバー操作が増しただけのことだった。だいいちその音程は、あきらかに違う高さなのだ、かれの脳裡に響いてやまない、よりか細く、遠い旋律と。

　しだいに減速してふたつめのメロディに備える。いざその箇所に至ると、やはりがくりとテンポが落ちた。露骨な吹き損じは……まぬがれた。曲はかろうじて、滞空している。

　楽な、一音一音が長い部分に移った。息のほうも、吸う、吐く、吸う、吐く、の繰り返しで、これという難しさはない。ところが気を抜きすぎたか、ひとつ右の穴に移るべきところで左に移ってしまうという、基本的な間違いをやらかした。グリッサンドでごまかした。ハーモニカをよく知らない者には、余裕の装飾に聞えなくもない。しかしそこばかりが耳に残りもするので、何度も使えるごまかしではない。短い曲だから、二度、できれば三度、全体を繰り返さないとさまにならないのだが、疲れたふりをして一度きりで終わった。

　ハーモニカを包んだ両手を膝に投げだすと、糸で引かれたように向谷了志《むこうやさとし》の頭も前にのめった。晟は息を吸いあげた。ほんのさわりの披露、といった結果に終わったが、かれがあてがわれている小部屋の、円い蛍光灯のあかりに白んだ空気は、さっきまでより確実に蒼く、輪郭を強めている。

「終わり？」

　晟は、いかにも疲れたふうに本棚の縦板に背をあずけて、

「ほんとは繰り返す。でも繰り返しだから」

「今の難しい？」

「途中のこれがね」

　指でレバーの頭を叩いた。

　んふんんと了志は、感心したように鼻を鳴らしたが、続き、

「新宅《しんたく》くんの指、細長いねえ」

とまたも晟の肉体に興味を戻して、かれを落胆させた。

　躯つきのわりに大きな、平たい貌《かお》をしたこの少年は、よほどかれに焦がれているらしい。学年が変わり学級が離れてからも三日にあげずこの部屋に通ってきて、夕食時まで空腹を我慢して居《い》座《すわ》っている。共に食事をとるためではない。仕事先からムーンレットでの買いものを経て帰宅し、晟の夕食をこしらえはじめた母親が、やがて遠慮がちにドアを叩くまで、腰をあげるきっかけを見つけられないだけだ。ノックは、晟に注射のタイミングを伝えるためのものだ。あと三十分で食事だから、血糖値を下げておきなさい、というわけだ。すると了志もようやく、台所からの水蒸気がこもった玄関に出ていき、流行《はや》りの過ぎた黒いプーマを履きはじめるのである。

　自分の容姿を、ねとねとと口で描写されることを晟は好まない。そのようにして美を、安易に手許に引き寄せんとする心根《こころね》が卑《いや》しい。絨緞《じゅうたん》から立ちあがり、机の抽斗《ひきだし》にホーナーを納めながら、

「あいつどうなったかな、先月の、終わりの晩の」

　と了志が興ざめるよう、美からは程遠い存在へと話題を逸らした。三月三十一日の深夜――とかれが珍しく日付を記憶しているのは、ことを起こす寸前、了志が、四月一日《エイプリルフール》に突入したことをやけに喜んで、はしゃいでいたからだ。学校にあまり顔を出さなくなった晟にとって、日付は、空を飛び去っていく鳥の群れだった。確実になにかを伝えてくれるも

のではあるが、べつに真剣に観察していなくても、どのみち季節は巡り、時は過ぎ去る。

「脚の骨、きっとぐちゃぐちゃになってるよね。二度と歩けないかも」

了志は眉をひそめたが、やがて、だわあ、と白痴的に哄笑《こうしょう》した。

「顔も、顔も潰れてたよ」

「もう女子にもてないな」

「自殺だ」

「首吊りだ」

「でももう、あの怪我で死んでるかも」

かれは込みあげた笑いを左右に揺らして、

「人はそう簡単に死なないよ」

医学が、死なせない。

「だから、ちゃんと人を殺すってのはすごく難しいんだ」

経験則に基づいているかの口ぶりは、晟の悪癖だ。しかしかれを値踏みすることのない了志のような相手に、それを抑える必要は感じない。

すると了志は、大顔に比例した大きな眼球を、ぐりと廻して、

「でも六年に、人を殺した人、いるよ」

「嘘だ」

思わず声を強めたあと、トレチアたることへの執着を見抜かれはしなかったかと、相手の双眸《そうぼう》を睨《ね》めつけた。困惑による細かな揺らぎしか、そこには見当たらない。

「ぼく、嘘じゃないよ。お姉ちゃんが教えてくれた」

年子《としご》の姉がいる。

「喋《しゃべ》ったら身の危険だから、秘密にしとけって云われた。新宅くんも秘密にして」

「自慢してる本人が嘘つきだ」

「ぼく、だれだか知らないから、わからない」

「いつどこでだれを殺した」

「最近」

夜を被《おお》った白レエスに、了志は視線を飛ばした。

「中央公園で、大学ぐらいの女の人を」

明快な回答ぶりが、なおさら晟をひっ搔きまわした。机上に手を置き、膝頭に力を込めた。新宅家はC区の一棟の、二階にある。夜、かれの部屋から覗く中央公園は、街灯に輝く他棟の狭間の、細い、藍色の闇だ。

「スパナとかで何遍も頭殴って、死ぬまでのあいだに裸にして、いろいろ嫌らしいことしたって」

「それから？　屍体は」

「知らない」

「そいつ……その人、お姉さんと同じ組？」

「知らない。訊いとこうか」

うなずきかけて、ためらい、絨緞の幾何学模様に視線を落とした。了志の姉は弟の問いかけにこう答えるかもしれない。犯人はトレチア。

晟の自覚——覚醒は、遅きに失していたことになる。渦はとっくに通過していたことになる。ぼくはまだ、なにも発していないのに。

窓の外に靴音がした。弛み、停まり、ドア向こうの廊下に響く鍵音に変わった。

「帰ってきたね」

そう云いながら了志は居住まいを正すでもない。ノックまでの数十分がこれで保証されたとでもいうように、むしろ姿勢をくつろがせた。

「訊いてみな」

針のように、強く短くかれは云い放って、了志をびくりと緊張させた。

「どうせ根も葉もないさ」

⁂

まだ生きているものの血液というのは、傷つけようによっては、ずいぶん遠くまで飛び散るものだと、白鳥舎を襲撃した晩、崇は実感した。やっとの思いで獲得した大物一羽を怪魚に捧げたあと、かれらは、人目に付きにくいプール裏の公衆便所まで遠征して、たっぷりと血の染みた衣服を洗濯せねばならなかった。秋のさなかだった。お世辞にも上首尾とはいいかねた。いや、だれしもの予想を超えた、散散な結末だった。ついに命運尽きたと感じて、逃亡中も逃亡先の公衆便所でも、全員が声もなかった。震えていた。寒さのためだけではない。

檻の中にいるところを、巡回中の警備員に発見された。やはり野良猫や学校の動物とは勝手が違った。金網を切断してつくった出入口は小さく、外に這いだせるのは一度に一人だった。それでも鼠《ねずみ》のような俊敏さで次次に脱して、白鳥の死骸もまんまと持ち出したのだが、橋の上で人数の不足に気づいた。崇より一年下の、気弱げな面差しの……名前は出てこない、その子が欠けていた。ふだんから動きに切れのない、発育が不全な感じの子だった。

その少年もけっきょく隙をついて逃げ果《おお》せたのだと、翌日学校で竜介から聞いたが、いったんは警備員に捕まった以上、他の子についてどんなことを洩らしたか知れず、ひょっとすると洩らしたからこそ逃げられたのかもしれず、絶望的な気分はしばらく続いた。

長いあいだ、その夜は、たったひとつの出来事に終始したのだと思いこもうとして、眠る前、必ずその場面だけを繰り返し思い浮かべていた。おかげで名画の一部のように、今でもたやすく脳裡に再現できる。

夢にもみる。未明の公衆便所。薄青いタイルとコンクリートの空間。血の落ち具合にも水切れにも早早に見切りをつけ、いち早く湿った衣服に袖を通した崇が、外へと出てみると、歌声がした。女子便所からだ。とすれば有希の声だ。つい入口から中を覗きこんだ。そのまま、進むも退くもできなくなった。

血がよほど気持ちわるかったのか、有希は着ていたスウェットの上下を、双方とも脱いで、下穿き一枚でいた。他には靴と靴下だけだった。洗面台に向かって洗濯をしていた。頭も洗ったようで、濡れた髪の毛が、項《うなじ》や頬に貼りついていた。そうして、本当は歌っているのではなく、かの女は啜《すす》り泣いているのだった。蛍光灯のあかりが、肌に寒色の陰影を与えていた。

かの女が白鳥の死を悼《いた》んでいるとは、崇には考えにくかった。すでに死に対して無神経な集団と化していた。ひとりひとりに散《ばら》けているあいだは、みなセンシティヴであったに違いないのだが、寄り集まった途端、日常とは別の法則に支配されるような感覚があった。ひとり性別の違う存在であった有希も例外ではなく、そもそも檻の中の白鳥が、追いつめられれば騒ぎ、押さえつけられると意外な獰猛《どうもう》さで反撃してくるさまを金網の外から見物しながら、早く首を切って、斬り落として、と命じるような声をあげていたのは、かの女なのだ。

……少年たちの手が、白いうねりに集中する。鳥は首を吊られた。しきりに羽ばたき、足を動かした。暴れるほどに、こどもたちの手には握力が加わる。おとなしくなった。ふしぎと他の白鳥たちも静まった。

宙に固定された頸部に、最初にカッターナイフの刃を食い込ませたのは、一団のうちのだれだったか。自分だったような気もする。たとえ絞め殺した獲物に対してであれ、かならず刃物を入れておくのが慣例になっていた。そのほうが魚にわかりやすいと、だれかが云ったからだ。それに、やってみると楽しかったからだ。

たちまち三本四本と数を増したナイフが、その鳥の最も特徴的な部分である、細くしなやかな器官の中程を、さきを争うように裂いていく。血がしぶいた。白鳥の肉体から力が抜けた。ぐんなりと垂れさがった。絶命の手応え。みな手の力を弛めた。

ところが、死んではいなかった。白鳥はとつぜん甦り、崇たちを振りきった。頸《くび》の腱が断たれたせいか、そこから上は極端に仰《の》けぞり、嘴《くちばし》をほとんど真後ろに向けたかたちで、開いた傷口からは大量の血を噴きあげながら、力強く羽ばたき、檻の外の有希へと突進していった。

金網に衝突し、崩れた。またすこし羽ばたいた。そして静止した。

有希は金網のすぐ向こうに立《た》ち竦《すく》んでいた。白鳥の血を顔じゅうに浴びていた。愕然《がくぜん》とした面持ちは、夜目にもあきらかだった……

女子便所の中でかの女が泣いていたのは、ひ弱だと思いこんでいた動物の、思いがけぬ逆襲にショックを受けたからだろうか。それとも鏡の向こうの血まみれの顔に、なにか感じるものがあったのだろうか。

視線に、有希は気づいた。

——見ないで。

と云って両腕で胸を包んだ。

——あっち行って。

かの女の肉体に新しい隆起が生じかけていることを、崇は初めて意識した。

その夜は、その場で解散した。こっそりと部屋に帰りついた崇は、蒲団の中に丸めておいたパジャマに着替え、濡れた衣服はただベッドの下に投げ込んでおいた。蒲団に潜り、股間に両手を挟んで目を閉じて、ひたすら有希の裸身を思った。ベッドの下の衣服のことは、そのまま数日、忘れていた。思いだしたときには、すっかり乾燥して固くなっていた。洗面所の脱衣籠の、底のほうに押し込んでおいた。

集団の意気は消沈した。仔猫、野良の成猫《せいびょう》……学校で飼育されていた鶏たち、兎……ポメラニヤン、マルティーズに似た犬、頭にリボンを結びつけられたシーズー……それまで着着とエスカレートしていた殺戮《さつりく》は、いったん止んだ。一団は教訓を得ていた。大きな生きものの殺害や解体には、それなりの舞台が必要なのだ。だから次の殺戮（竜介によれば、エイプリルフールの晩の）は、入念な打ちあわせのもとにおこなわれた。選ばれた場所が、このボート小屋だった。

　ここに出入りできるという情報を運んできた功労者は、だれだったろう。やはり川西であったような気がするが、確信はない。実際の発端がだれであれ、画期的な提案は、ことごとくあの少年の手柄のように感じられていた。かれが賛同しなければ、しょせん実現しないからだ。

　申し分ない場所と思われた。池に面しているうえ、人目からは完全に隠されている。床はタイル張りで、事後そこを掃除するための水道やデッキブラシも備わっている。翌朝、濡れたタイルや桟橋を、管理人は不審がったろう。しかし、それだけのことだったろう。

　崇が関わったのは、一人めのときだけだ。その後、たぶん些細なことから竜介と喧嘩をし、かれは集団から離れている。サテライト外の友達と遊ぶようになった。有希の足も、それを機にサテライトから遠ざかったと聞いている。

　竜介は、けっきょく何度、儀式に加わったのだろう。じつは訊ねたことがない。交流が復活したのは、お互い高校に進んでからだ。唐突に竜介が、バンドを組みたいんだが出来る楽器はないかと電話してきた。ないし、練習する気もなかったので断った。それにしてもおまえはなにをやるんだと訊ねると、ベースだと云う。いつから始めたんだと訊くと、いやこれから買って練習するんだと答えた。

バンド結成は実現しなかったようだが、ふたりの交流は復活した。申し合わせたように、過去のことはけっして口にしないまま。

竜介は何人の血を浴びたのだろう。そう多いはずはなかった。続けられたはずがないのだ。特殊な熱狂状態だった。いつまでも持続できるのは、本物の狂人だけだ。

扉の廻転錠を開いて、桟橋に出た。

わからなくなりはじめている。この小屋にたどり着き、壁に血痕を見出すまでのあいだ、崇が犯人としてイメージしていたのは、当時のあの集団そのものだった。十年前の自分をも含めたかれらが、今も夜の公園を徘徊しているかに錯覚していたのである。しかしそんなはずはない。有希、竜介、そして崇自身も、あきらかに被害者の側にいる。

あの頃の崇らの熱狂と奸知《かんち》が、サテライトの今のこどもたちに継承されているというのは、ありえるだろうか。推理しろ。ありうるだろうか？

あるいは当時の再現。十年前のあの顔ぶれのうちのだれかが、十周年を祝って……正常な思考ではないが、川西ならありうる。かれが今も、あの頃のままの人間だとしたら。

思う。川西少年は狂っていた。それがかれのカリスマ性の正体だ。踊らされていた崇らは、救いようのない愚者だ。狂者と、それにつき随《したが》う愚者たち。しばらくまえ、テレビで繰り返し眺めたような、じつに陳腐な図式じゃないか。

L字形をした桟橋の突端まで進み、繋留《けいりゅう》されたサイクルボートを見わたしながら……崇は泣きはじめた。有希を失った実感は、まだ遠い。さきざき、じわじわと強まっていくのだろう。我儘ぶりや、絶えなかった口論が思いだされるたび。

泣きだしたのは、恐怖からだ。かれはようやく気づいていた、自分の人生が、十年前からずっと、闇の中の遁走《とんそう》であったことに。猫を殺し、犬を殺し……白鳥を殺し、人を殺した。その過去を、心のどこかで、自分が高次な存在であることの証明と信じてきた。いざこうして鏡を向けられてみれば、おれの正体はまるで鼠だ。次に狙われるのは自分かもしれない。だが防御のすべはない。警察にも親にも話せない。危機を察したら、ひたすら逃げまわる。それしかない。

どこかで魚が跳ねて、とぷ、と水面を鳴らした。

崇は顔をあげ、シャツの袖で涙を拭った。絶望に浸るのは早い。疑問は山積している。疑問は希望に転じうる。推理小説から学んだ姿勢だ。チェスタトンもクイーンも横溝《よこみぞ》も綾辻も、しょせん絵空事ばかり描いているのは重重承知。それがなんだ？　この現実のほうがよほど絵空事じみている。こども時代の自分たちに、恋人を殺された男。屍体は怪魚の腹の中？

検証。十年前の犠牲者たちと同じく、有希もこの池に投げ入れられたのだとする。その遺体は発見されていない。しかし……そう、ここで「しかし」だ。思いこみを排除。客観視だ。

　現場は、この池は、浅い小さな人工池だ。天然の深く冷たい湖だったら、水死体がなかなか腐らず浮かんでこないという話を聞いたことがあるが、ここでは否応なく腐敗するはずだ。腐敗ガスが溜まって、いわゆる土左衛門《どざえもん》の状態になる。これは必ず、水に浮かぶ。にもかかわらず発見されていないとなれば、理由は限定される。限定しろ。

　回収者の存在。だれかが回収した。動機は見当もつかないが、合理的な解釈だ。

あるいは水流。遺体をどこかに引き込んで逃がさないような水流が、池の底にある。これもいちおう合理的といえる。

　それとも、本当に怪魚が食べてしまったか。かなり非合理。しかし真相がその変形でないとはいいきれない。

　他にもありうるだろうか。今は考えつかない。回収者か、水流か、怪魚だ。そいつの機能を停止させれば、いやせめて白日の下に曝すことができれば、次の屍体は警察によって確認される。殺人鬼もしくは殺人集団の存在が、世間にあきらかになる。おれが助かる公算は高くなる。

　まだ懐中電灯を握っていた。あかりを、ボートの連なりの向こうへと飛ばした。水面には漣《さざなみ》もない。不定形な揺らぎだけだ。これがはちまん池。ちょっと水流の線は考えにくい。では回収者か、怪魚か。

　崇は池を照らしながら、桟橋を戻りはじめた。Ｌ字形の角のあたりにはローボートが連ねてある。横付けにしたボートにまたボートを付けるかたちで、数珠繋ぎに繋留してある。連なりの向こうを照らしたとき、白い小さなものが浮かんでいるのに気づいた。なにか生きもののように見えたが、動きはない。ポリエチレン袋かもしれない。しかし気になった。

　思いきって、最初のボートに足を下ろした。ボートは安定している。六艘、連なっている。ボートからボートへ、四艘めにまで達して、もう一度そこから照らしてみた。形が見てとれた。

　慄然とし、わが目を疑った。

　手なのだ。それが、あたかも崇を招き寄せるように、こちら向きに浮かんでいる。もしゴム手袋や模型ではなく、本物の手だとしたら……回収者の線も薄い。

　次のボートに渡り、また渡って、端の一艘に達した。

　水面を照らした。まだすこし距離がある。腕の一部が水面に覗いているというのではなく、ただ手首から先だけのようだ。色は、とにかく白い。人の手にしては、少少大きすぎるような気もする。爪の色を確かめたかった。あの日の有希の爪は、憶えている、オレンジ色だ。花屋で買った薔薇と同じ。欲しがっていたｉＭａｃと同じ。

舟底に跪《ひざまず》いて、オールを握った。懐中電灯で水面を照らしながら、オールを物体に伸ばした。へたにつつくと遠ざかってしまうので、手前の水を掻いて引き寄せるつもりだった。右腕を伸ばしきると、ボートがぐらりと傾《かし》いだ。オールの先端を、そのとき物体に当ててしまった。

ごぼ、と大きなあぶくがそこにあがった。なにが起きたのか崇にはわからず、懐中電灯の照準を逸らさないだけで精一杯だった。水面の手は、オールでつつかれた拍子に、まるで蒲公英《たんぽぽ》が綿毛を散らすように、分解してしまったのである。腐って液化した肉と、腐敗ガスと、それらを辛うじて包んでいた薄皮と、ばらばらの小さな骨と、五つの爪に。

泡は失せ、肉の残滓《ざんし》は水面を濁らせ、骨は散《ばら》けて、嘆くように沈んでいった。最後に爪たちが、オレンジ色に翻《ひるがえ》りながら消えた。

二

のちに石《いし》ノ森《もり》と改姓した人物だ。しかし旺児《おうじ》にとっては、やはり石森章太郎《しょうたろう》でしかありえない。一度だけ、言葉を交わしたことがある。

旺児の短篇が「ビッグコミック」の、病気がちだった中堅作家の穴を埋めた翌月、東京会館で雑誌創刊五周年を祝うパーティがあった。編集部の招きに応じて、かれは奈良から上京した。若い担当編集者は、まるでその場の売込みが蠣崎旺児の将来を左右するかの熱心さで、パーティのあいだじゅう、かれを率いて有名漫画家の間を飛びまわった。青春の闇を必死で手探っていた旺児の目に、どの人物も綺羅星《きらぼし》のようであり、直視は難《かた》かった。

とりわけ緊張したのが、当時『佐武《さぶ》と市《いち》　捕物控』を手掛けていた、石森章太郎の面前に引っぱりだされた瞬間だった。旺児の当時の主観によれば、かれこそはこの世で最も美しい線画を描く人であり、今も考えに大きな変化はない。のちに親交を深めた、石森の愛《まな》弟子《でし》ともいえるすがやみつるから、石森漫画の似顔絵の投稿が、その人気を思うとふしぎなくらい少数であったという逸話を聞いたとき、然《さ》もありなんと思った。地方都市の漫画少年に過ぎなかった頃から痛感してきた。とても真似のできる線ではない。線の、微妙なふるえや途切れが生む無限の奥行きは、迸《ほとばし》る才気と清純な魂の相剋の産物だった。ゆえにこのうえなく、同様に傷つきやすい魂を魅了する。他の人間が石森のような線を描こうと思えば、方法はただひとつ、死んで石森に生まれ変わるしかないのだ。

——初めまして。「旅愁」の人だね。

と旺児に右手を差しだしてきた。おそるおそる握り返した。

——絵が上手いね。話も良かった。ちょっと『ジュン』のような雰囲気があるね。

眩暈《めまい》を感じた。

そんなふうな時代、そんなふうにして、蠣崎旺児は漫画家としてのキャリアを積みはじめた。

唾棄したくなるような漫画は、当時も多かった。しかし一方で、映画や伝統的絵画や小説の地位を脅かすほどの、野心的な傑作に満ちた時代でもあった。あの頃の躍動感をもはや漫画に感じないのは、たんに齢のせいではないのかと、自問するようには心掛けている。しかし考察のあげく、いや漫画そのものが変わったのだ、という結論に達しては、閉塞感に頭を抱えてしまうのである。

あの晩、石森は旺児を、社交辞令としてであれ、みずからの後継のひとりと認めてくれた。まるきりの嘘がつける人物ではない。たとえ一割でも、そこにはかれの本音が交じっていたはずだ。では今の若い漫画家のいったいだれに対して自分は、同様の期待の言葉を掛けられるだろうかと考える。絵についても物語についても譲歩して、ただ精神性だけを問題にしてもいい。

十年前だったら、かろうじて三人四人の名を思いつけた。

うちのひとりは、その後、主人公が出会う女性という女性をみな征服するといったふうな、男性上位的な艶笑漫画に路線を転じた。評論家の槍玉《やりだま》に上がったのをきっかけに、かえって売り上げを伸ばして、今も同じ連載を続けている。

しばらく前、会った。出版社の喫茶室で編集者を待っていたら、向こうが気づいてテーブルに寄ってきた。別人のように肥っていた。ストレス肥りです、と笑っていた。旺児からはなにも云いださぬうち、自分の作風を弁明しはじめた。

――蠣崎さんの目には莫迦げた作品に見えるでしょうが、時流をサーフィンするような感覚も必要なんですよ、長く生き残ってくためには。

なるほど、ストレス肥りだなと思った。

別のひとりは、とうに漫画家を辞め、実家の建具屋を継いでいる。毎年、往時を彷彿させる、達者な絵入りの年賀状を送ってくる。なにかの折にはぜひ当店を御用命ください、などと手書きで添えてあったりするのだが、店が遠いので呼び立ててはかえって気の毒な気がし、頼んだことはない。

ひとりは死んだ。今年に入ってのことだ。

前述のふたりよりだいぶ年上だった。インクではなく血でかいているのではなかろうかと思うほど凄絶な作風の持ち主だったが、寡作だったのか、あるいは受け入れてくれる編集部に恵まれなかったのか、終生で発表した作品は単行本一冊ぶんに満たない。それでもようやく、目の肥えた読者のあいだに名が知れはじめていた。

自室で首を吊った。訪問者もないので、遺体は腐臭を放ちはじめるまで梁にぶら下がったままだった。遺書はなかった。生活が立ち行かなかったようだと、葬儀で編集者が云っていた。しかしそれはべつに、近年始まったことではなかったろう。

年齢だろうと旺児は思った。人生は、ゲームのツキが落ちるように、ある時点でとつぜん裏返る。それまで信じられたものが信じられなくなり、みていた夢がみられなくなる。心底笑うことがなくなり、なにを見ても聞いても、もの悲しい。旺児も、その折返しを経験した。どうやらこの変化は一時的なものではなさそうだと気づいたとき、楽天家のかれでさえ強烈な鬱《うつ》に陥った。

蠣崎旺児にとってのこの十年は、手塚治虫《てづかおさむ》の訃報《ふほう》で幕を開けた、まるで期待外れの茶番劇だった。無台の進行を遮《さえぎ》るサイレンのように重鎮《じゅうちん》の訃報は相次ぎ、けっきょく最後も、ある無名漫画家の自殺によって幕を閉じたのである。閉じてしまった。そしてそのあいだに旺児自身も表舞台から、といってもたいした役は貰えずじまいだったが……去った。

今は、かつての戦友のような、気心の知れた編集者たちが持ってきてくれる仕事を、昔にすれば休日の手慰みのようなペースで淡淡と片付けて、日日を過ごしている。ビジネス誌の一齣《ひとこま》漫画や、実用書の挿絵や、昔ファンだったという小説家のための表紙絵といった、小さな仕事ばかりだ。贅沢さえしなければ、辛うじて食べていける。

時間ができた。強く興味を懐きながら、きっと来世に持ち越しだろうと諦めていた幾つかの趣味に、手を伸ばす余裕が生じた。ダウジングも、そのひとつだった。

ダウジングという言葉自体はしばしばマスコミで取り上げられてポピュラーだが、それが趣味だという旺児の言葉に首を傾げなかったのは、佐久間七与が初めてだったかもしれない。かの女にしても、旺児が愛用している振り子《ペンジュラム》が自分のお守りと同じ水晶だからという理由で、ひとり勝手に納得してしまったふしがある。

胡散《うさん》くさげな目を向けられなかったことにほっとすると、今度は、ダウジングなどあまり信じてくれるなという、さかしまな想いが生じた。旺児自身、一面においては、その有用性をまったく信じていないのである。

東村山市の水道局は地下の水道管の位置割出しにL字型ロッドを使っているとか、ベトナム戦争の戦地では地雷探しに同じ方法を使っていたといった、公的認知の例を並べてみたり、あるいは体内磁石が地下水脈中のなにかに反応して脳に信号を送り、手に持っている振り子なり針金なりを動かすのであるといった、いかにも科学的な説明から、ダウジングの有用性を語ろうとする人達がいる。旺児にとってはロールシャッハ図版がなにに見えればどういう性格、というくらいにどうでもいい話であって、そんなにも単純で普遍的な原理だと本気で信じているのなら、さっさと電磁石を利用したダウジングマシーンでも研究すればよかろうと思い、可笑《おか》しい。

当たる当たると喧伝《けんでん》されているだけで、データを蓄積してみれば山勘《やまかん》なみの的中率しかない、根拠なきオカルト信仰である、といった反対論を聞けば、だれがやっても当たると主張するダウザーなどどこにもいまいに、なにを否定しようとしているのかと、論点のずれ方がまた可笑しい。

プロのダウザーは世界中にいる。水脈、油脈、鉱脈探しから、失せもの探し、ペット探し、行方不明者の捜索、果ては食品安全性のテストに至るまで、得意とするところは多種多様だ。そしてその的中率は、むろんダウザー個人の能力に左右される。へぼと名人との間に天地ほどの開きがあるのは、どの世界でも当り前の話だ。漫画家に、石森章太郎もいれば蠣崎旺児もいるように。旺児の考えによれば、ダウジングは疑似科学ではありえても、科学ではない。個人の直感に、姿を与えただけのものに過ぎない。つまり芸術に近いし、だからこそ趣味たりうるのだ。裏返せば、信頼するに足るダウザーは、世にほとんど存在しないということでもある。

一握りの、恐ろしいまでの的中率を誇るダウザーたちが、各国政府や企業からの要請に応じて活躍しているのは事実だ。しかし雇用主にとってみれば、企画や経営の天才を雇っているようなものであって、べつにダウジング全般、かれらに信頼されているという話ではない。最新の探査機も大手の調査機関もひとりのダウザーも、雇用主の目には必要経費の一項目でしかない。なるべく安価で確実だったものに、次もお声がかかる。これは個人の実績であって、ダウジング全体の実績ではない。もしふたつをすり替えて話すプロのダウザーがいたとしたら、それは間違いなく詐欺師《さぎし》だ。

旺児が初めて出会ったダウザーは、ハロルド・ヘイスティングスというアメリカ人で、もう十五年も昔の話になる。これまでに見てきたダウザーのなかで、最高のダウザーでもある。

当時の小学館に、三京《さんきょう》という、山っ気のあるものに目がない名物編集者がいた。どの雑誌に所属しても、スプーン曲げだのＵＦＯ目撃だの心霊写真だのミステリーサークルだのについての特集を組んでは、無理やり誌面にねじ込んでいる男だった。その男が、有名なダウザーに会いにアメリカに行くから、よかったら同行しないかと旺児に誘いをかけてきた。あとでわかったのだが、ただの特集記事では企画が通りそうになかったので、かれは心安い旺児の名前を勝手に挙げ、その新境地に挑むための取材と称して、渡米のための経費と時間とを社から得ていたのである。ダウザーと云われても旺児にはまるきりぴんと来ず、三京から説明を受けているあいだも、次から次へと新手の詐欺が横行するものだと失笑気味だったが、しかし無料の海外旅行である、詐欺師との対面もまた一興だと思った。喜びいさんでパスポートを取得した。

アトランタ空港で借りたトヨタの中で、初めて、自分たちの渡米の口実を知った。すなわち旺児は帰国し次第、ダウジングを主題にした漫画に取りかからねばならないのだった。さもなくば編集部に対して、三京の面目はもちろんのこと旺児自身の面目も立たない。繊細で清潔感のある作風を売りにしている自分に、詐欺師のお先棒担ぎをやらせるつもりかと、内心、猛烈に怒った。そんな旺児の顔色を見て、三京は、

——ごねられて、出発が遅れでもしたら事だと思って、日本では黙ってた。ふふ、おれの作戦勝ちだな。

とかえって悦に入っている。そういう男だった。

ハリウッド版の『八《や》つ墓村《はかむら》』が撮影できそうな田舎町だった。わずかな家並みの間を、車はたちまち通り抜けてしまい、左右の景色はまた、いつ果てるともしれぬ鬱蒼とした湿地林に戻った。

——行きすぎですよ。

地図を見直しながら三京に云った。

——いいんだよ。

とかれはやがて車を停めた。窓を開きながら、

——蠣崎くん、パスポートすぐ出せる？

——ええ。

——見せて。

上着の内ポケットから、旅行代理店で貰ったヴィニルのパスポート入れを出して、三京に手渡した。三京はそれを窓から水平に放った。

パスポート入れは廻転しながら、湿地林に吸い込まれていった。

——三京さん！

――いいんだって。

かれは車を方向転換させた。

ヘイスティングスは大柄で快活な、初老の男だった。妻とふたり暮しだった。

応接室へと導かれているとき、三京がふり返って、

――蠣崎くん、困った顔をしてろ。

三京は英語に堪能だった。早口でヘイスティングスになにを話しているのか、旺児にはとても聞き取れなかった。しかしヘイスティングスの行動から、しだいにその企みが理解されてきた。

部屋の外からなんの書類を持ってきたのかと見ていると、テーブルに、ヘイスティングスは地図を拡げた。町の周辺一帯と思しい、縮率の小さな地図だった。ポケットから水晶のペンダントのようなものをとり出す。長椅子に掛けて身を乗りだし、ペンダントの鎖をつまんだ。鏃形《やじりがた》の水晶の下端を、地図すれすれにすべらせはじめる。これがダウジングか、とさすがに緊張した。失せもの探しもする、とは三京から聞いていたものの、地図を使うとは思ってもみなかった。せいぜい筮竹《ぜいちく》を鳴らす易者のように、どちらに有り、と方角を伝える程度のことと想像していた。

振り子は、常に微妙に揺れている。厳密には、小さく廻転している。人が握っているのだし、支点がひとつなのだから当然である。部屋の明るさと相俟《あいま》って、平凡な事務作業の

光景にも見える。神秘がかったところは、どこひとつ、ない。そういう感想を抱いた矢先のことだったから、不意に水晶の動きが力強い逆廻転に変じたときは、驚いた。

ヘイスティングスの作為は感じられなかった。むしろ、振り子を揺らさないよう苦心しているかに見えていた。もしも作為的に、鎖をつまんだ指の微妙な動きだけで廻転方向を切り替えたのだとしたら、それはそれでたいしたマジシャンである。逆廻転を確認するや、ヘイスティングスは振り子をひょいと引っぱり上げて、掌に握りこんだ。

――行コウ。

と外に出ていく。かれが運転するシヴォレーに同乗させてもらった。車は町の外に出た。湿地林の中をしばらく走って、不意に停まった。先刻、旺児たちが停まった場所に程近かった。ヘイスティングスは車を降りて歩きはじめた。いつしか振り子を提げていた。歩いてはたち止まり、また歩いてはたち止まり、を繰り返す。何度めかの停止で、

――ＯＫ。

と大声をあげた。その場で軀を左右に揺らした。それから左手の湿地に踏み込んでいった。姿が見えなくなった。旺児と三京は道路で待った。ヘイスティングスは五分ほどで戻ってきた。片手で旺児のパスポート入れを弄んでいた。

――オレヲ担イダナ。

と笑いながら云った。旺児にも聞き取れた。

今にして思えば幸運だった。ダウザーによっては、二重の意味で憤慨しただろう。ぬき打ちで試験されたこと、そしてその試験自体がフェアではなかったこと。旺児たちはアトランタ空港から来たはずなのに、途中で落としたはずのパスポートは、ルートから完全に外れた場所にあった。旺児たちはヘイスティングスの家の前を、一度通り過ぎているのである。

旺児はヘイスティングスに感服した。かれのほうもふたりの日本人を面白がっているようであった。三京によるインタビューは調子よく進み、ヘイスティングスの勧めで、翌日もう一度、家を訪れることになった。

翌日、会った瞬間からどうもヘイスティングスがにやついていると思っていたら、応接間のテーブルに、また地図が拡げてあった。昨日の振り子をふたりの眼前にぶら下げて、今日はおまえたちがダウジングをやってみろと云う。三京が、旺児のほうに顎をつき出した。

旺児は遠慮がちに手を出したが、じつはといえば昨日から、自分でもやってみたくて仕方がなかったのである。旺児の掌に、水晶の振り子が降りてきた。三京が通訳する。

――今朝、ええこの家から半径五マイル以内のどこかに、そのペンジュラムとまったく同じ物を隠したそうだ。おれのペンジュラム同士は引き合うと云ってる。だから簡単だそうだ。もし見つけられたら、そっちを蠣崎くんにくれるってさ。

ヘイスティングスは、イージー、イージー、と繰り返している。そんなはずはないのだが、ともかく昨日のかれの所作を思いだしながら、借りた振り子を地図上に垂らした。家の位置には×印が付いていた。それを意識するからだろうか、目印の上を通過させるたびに、振り子が大きく振れてしまう。何度通過させても、振れ方がそこで変わる。

はたと顔をあげた。三京に、

――この家の中を探してもいいかと訊いてください。

三京が通訳した。ヘイスティングスは目をまるくした。唇を歪めてなにか云った。

――ひっ掻きまわさないならいいとさ。おいおい、ほんとに反応してるのか。

旺児は首を傾げた。

それからがまた難儀《なんぎ》した。ヘイスティングスに案内を頼み、目の前に振り子をぶら下げたまま、家じゅうを巡った。寝室や風呂場にまで入らせてもらった。が、振り子に反応らしい反応はない。そもそも振り子のどういう動きをして「反応」と見ればいいのか、それすら旺児にはよくわかっていないのである。

応接間に戻って、もう一度地図からやり直した。さっきと同じ感触である。×印の上で振れが大きくなる。それどころか、逆廻りに転じる傾向まで出てきた。

もう一度、家の中を巡らせてくれと頼んでもらった。ヘイスティングスはさすがにうんざりした表情で、勝手にやっててくれ、ちょっと郵便局に行ってくる、と云い、台所の妻に声をかけて外へ出ていった。そのとき、振り子の動きが変わった。元気がなくなった、とでも称すべきか、不意に内在する磁力を失い、普通の物体に戻ってしまったように感じられた。旺児はヘイスティングスを追って外に出た。

——ミスタ・ヘイスティングス。

呼びかけに応え、車の前からふり返る。旺児は訊ねた。

——アンタ持ッテル？

ヘイスティングスは笑いながら、ポケットに入れていた手を胸の前に上げた。そこから輝きがこぼれ落ち、空中で停まって揺らいだ。

昼間電話があり、アルバイトの面接が入ったから、十時にはなってしまうと云ってきた。旺児としては一向にかまわなかったが、一応は若い女性だというのに、そうも遅い時間に男性の部屋を訪ねるのは不安じゃなかろうかと訝《いぶか》しんだ。家族が同居しているものと誤解しているかもしれないと気をまわして、

「こちらはひとりだから、べつに何時でも」

と云ってみると、

「よかった」

というのがその返事。

「じゃあ今晩ね」

よほど老人のように思われているのかもしれない。下心など持ちあわせていないから、なんら困ることはないのだが、いささか落胆させられる話ではある。

間もなくその十時になる。すこしはきれいにしておくかと、夕方、部屋を片付けはじめたら、二時間がかりの大掃除になった。ふだんはまったくしないだけに新鮮で、熱が入った。失くしたと思っていた物を幾つか見つけた。ダウジングより掃除のほうが確実である。

せっかくきれいになった部屋を、人に見せる前にまた散らかすのが惜しく、物に触れられない。久しぶりに全貌を現した、作業テーブルの天板の端に肘をつき、振り子を弄んでいる。あの振り子だ。

三京からヘイスティングスの訃報を聞いたのは、石森が没したと同じ冬のことだった。心筋梗塞による急逝《きゅうせい》だった。どこかの抽斗の奥に、としか在《あ》り処《か》を記憶していなかったこの振り子を、その夜、旺児は探しだした。目の届く場所に置くようになった。

貰ったときは、そうとう価値のある代物と思いこんでいたのだが、ダウジングに関する本を買い漁って学びなおすうち、百ドルほどで手に入る既製品であることを知った。その種の道具ばかりを製造販売している会社が、アメリカにはあるのだ。会社を成り立たせるほどのニーズがあるというのが面白い。

サテライトの下に水脈を見出したところで、その実在を確認するすべはない。旺児のダウジングは、しょせん郷愁に満ちた遊びに過ぎなかった。永久に見ることのない、あるいは存在しないかもしれない地下世界に、夢を馳せるのみだ。

……呼び鈴が鳴った。壁の電池時計に目をやると、長針短針がちょうど六十度を成していた。秒針も、長針を追って直立しかけている。四、三、二、一、直立した。同時にもう一度、呼び鈴が鳴った。旺児は椅子を立ち、片づいた１ＬＤＫを見まわした。自賛の笑みが泛んだ。振り子をズボンのポケットに収めて戸口に向かった。

⁂

緋沼総合病院のベッドの上で、こども時代の思い出を、テレビ画面に見ている自分の夢をみている。この間接性は、かれの夢の特徴である。

画面には小学生の楪原崇が映っている。かれが旧い記憶を辿るというと、その中心に位置しているのは、たいがい崇の姿だった。自分も、他のこどもたちも、その家来に過ぎなかったような感覚がある。

仕え甲斐のある王様だったのは確かだ。幼いながら、人を魅了する知的な陰を持ち、言葉はひねくれた創造性に満ち、突発的な行動力もあった。次次に悪事を発案しては、先陣をきって実行し、けっして周囲を飽きさせなかった。

チャンネルが（勝手に）替わる――トレチアの噂が学校に広まったとき、まるで楪原のことじゃんか、とかれは思ったものだ。そして恐ろしくなった。喧嘩別れをし、交流が途絶えたあとだった。いつか自分も、かれから、キジツダ、と囁かれるのではないかと想像したのである。敵にまわしたことを、心から後悔した。

物を壊したり盗んだりに関しては、おとなたちに隠匿されてきた権利の行使であるという感覚でいた。だが動物殺しには、内心、ずっと及び腰だった。元来が動物好きなのだ。そのときは面白い。面白いどころではない。経験はないが、乱交が集団にもたらす異常昂奮というのは、きっとあんなふうなんだろう、とテレビを見ているかれが思う。それにしても、おれはいつになったら礼於奈を抱けるのだろう、と気持ちが逸れる。

セックスのイメージと、動物殺しの記憶とが、画面上で交錯する。

罪なき命を切り裂く、加虐の悦楽。陰湿な連帯感。

自分の背徳心を他に曝けだす歓び。

周囲の狂気を煽り、みずからも煽られる可笑しさ。

だが虐殺には、いつも後悔が付きまとった。数日、どんよりとした鬱に包まれる。

岩倉有希の提案で矛先が人間に向いたときは、正直、ほっとしていた。動物に悪党はいない。だから殺すと罪悪感に囚われる。人間なら、ちゃんと悪いやつやくだらないやつを選んで生贄《いけにえ》にできる。

ひとり殺して、やっぱり人間は危険だから動物に切り替えようと、崇が云いだした。

かれは強硬に反対した。口論になった。結論は先送りになったが、以来、崇は意地悪く、露骨にかれを煙たがっている態度を重ねるようになった。しょせん勝てる相手ではないと思いつつ、意地があるから、かれもいちいち反発してみせる。どうでもいいようなことを理由に喧嘩が始まる。

ある日、つかみあいになった。

場にいた年嵩の少年が仲裁に入った。川……西くんだ。眼鏡を掛けた、見るからに温和な。

あれまた風変わりな存在だった。ときどき、遊んでいるかれらに近づいてくるものの、だれと喋るでもなく、ぼおっとそのあたりにいるばかりなのだ。そしてそのうち、またいなくなる。

なにが面白くて近づいてくるのだろうとふしぎだった。が、今にして思うに、あの少年は本当は岩倉有希と話したがっていたのだ。たぶんそうだ。

つかみあいのあと、崇は一団に見切りをつけたように、公園に姿を現さなくなった。

動物殺しも、人殺しも止んだ。

最初は、とにかくほっとしていた。

だが安堵はすぐに、退屈にとって代わった。以前が刺激的だっただけに、それは焦躁感を伴った。

発散の場を失った暴力衝動や、他者への無条件の悪意が、水垢のように体内に溜まっていく。内輪に向けた排出が始まるまでに、そう日数はかからなかった。有希が中心になり、楡《にれ》という子をずいぶんいびった。

白鳥舎を襲ったとき、逃げ遅れて警備員に捕まったうすのろだ。かれの自白によって自分たちが一網打尽にされるのではないかという、あの夜の不安を有希は掘り起こし、退屈の空虚を飾ったのである。飾られるやそれは、侮蔑と恨みの燦然《さんぜん》たる輝きを帯びた。

自分では直接手をくださないぶん、有希のやり口は陰険であったといえる。楡の言動や服装のちょっとした点に目敏《めざと》くコメントする。批判とも賛辞ともとれる云い方をする。自分がそうするだけで、楡が集団にとっての異物であることが強調され、じゅうぶん皆の顰《ひん》蹙《しゅく》を煽れること、苛《いじ》め行為への承認が生ずることを、かの女はわかっていた。

はじめは皆の苛め方も、有希のやりように色調を揃えたものだった。くちさきで楡を持ちあげて調子に乗らせ、無茶なことをやるよう仕向けては、失敗ぶりを背後で嘲笑するといった、手の込んだ苛め方である。だがどうも鈍感な子で、あまり堪えていないように見えることが多く、それでは面白くない。

無自覚を装った罵倒や、軽い暴力まではよしとする空気が生まれた。それらの口実を見出すための監視そのものが、集団の主要な娯楽になった。しまいには、楡の動作という動作が逐一口実となって、ただ歩いているといっては、皆で飛びかかって地面に押さえつけたりするまでになった。発端をつくった有希は、端で笑っている。

ある日、そうして皆で楡を押し潰していたら、ぱき、と下方で乾いた音がした。楡の鎖骨が重量に耐えかねて、折れたのである。

それきり、さすがに公園に姿を現さなくなった。しかしそれまでは苛められても苛められてもかれらの前に日参していたわけだから、苛められっ子の心理というのは面白い。

集団は玩具を失った。もともと、必ず毎日現れるでもなかった有希が、義理は果たしたと云わんばかりに、ばったりと公園に来なくなった。集団は二人めの主役を失った。かれに昇格のチャンスが巡ってきたわけだが、次の主役は、集団のこれまでの罪状を一身に背負わされかねないと予感した。だいいち、もはや魅力的な顔ぶれでもない。潮時だった。

テレビを見ているかれが思う。あの集団を解散させたのはけっきょくおれなのに、なんでおれの期日が最初なんだろう。

解散させたのが気に入らなかったんだろうか。じゃあトレチアはだれの味方なんだ？そういうのはまったく関係ないんだろうか。とテレビの前で考えているかれがテレビに映っている。手前に、こどもの白い背中が映り込む。トレチアだ。

——おい、気づけ。危ない。

と思わず発した自身の声を画面の外側に聞いて、おいおい危ないのはおれじゃないかと、背後をふり返……竜介は目覚めた。夢。

視力を残している左眼の焦点が、消灯後の病室の、天井の吸音板にじんわりと合っていく。まだおれはここにいるのか。

人の息づかいが聞える。右側にだれかいた。礼於奈？

いまだ鈍痛に満ちた顔面をそちらに向けようとするのを、まるで諭《さと》して押しとどめるように、

「キジツダ」

と気配が囁いた。

かれはふり向くのをやめた。咽にかたまりが込みあげてきて、狭い視界が滲んだ。

……なんだ。なんだよ。おれの本当の期日は今夜か。

気配の主が振りあげた腕が、病室に洩れ落ちる月あかりから、竜介の顔を隠す。

でもまだおれ、礼於奈を抱いてもいないし、いまここでは死にたくな

⁂

「暗くしてください」

七与が云った。準備ができたようだ。旺児は椅子から腰をあげ、天井灯の鎖を三回引い

た。カーテンレールからシーツを垂らしたばかりの、即席スクリーンの輝きだけが部屋に残った。映写機が、かたかたかた、音を発しはじめた。シーツの上を躍っていた淡い影が、七与の操作によって、はっきりしたノイズの連続へと収斂《しゅうれん》する。

へえ、となぜか自分で驚いている。

「大きい」

「なにが」

「画面。わたしの部屋だとテレビくらい。狭いから」

映像が始まった。斜面になった芝生。人に踏まれた径がついている。覚えのある径だ。

「中洲ですね、はちまん池の」

「うん」

通行者の姿はない。芝と径だけだ。やがてキャメラが動くのだろうと思って待っていたが、いつまでもそうなる気配はない。手ぶれ以外には変化がない。静止画のような動画だ。

まだ続いている。旺児は咳払いして、

「これは、どういう意図で」

「ちょっと暗いですね」

「お部屋でと比べて？　そりゃ光量は同じなんだから、画面が拡がれば暗くなります」

「そうか。撮影の意図ですか？」

まだ続いている。

「ずっと静止していますよね。どういう意図の試みだろうかと」

「べつに。そのうちだれか来るかと思って」

「来ましたか」

「来ません。だからこれは失敗」

次の映像は、サテライト内のコートでテニスを楽しんでいる矍鑠《かくしゃく》たる老人を撮影した、ごく短いもので、これはまあまあ、というのがかの女の自己評価だった。老人がボールを打ち合っている相手は一度も映り込まなかった。一本めのリールはそれだけで終わった。

次のリールは、ほぼ真黒な映像から始まった。

「ムーンレットの地下駐車場です」

ショッピングモールだ。解説の直後、なるほど画面の上方から車のヘッドライトが降りてきて、次第に大きくなり、最後には画面右手に去った。しばらくしてまた一台、同じように現れて、消えた。

「暗くてよく写りませんでした。だから失敗」

やがて眠ってしまって七与を怒らせるのではないかと、旺児は危ぶんだ。ところがそういう断片が五つ六つ続いて、見慣れてくると、それなりに面白くもなってきた。

いや、面白いというのとは違う。単純に面白いか面白くないかでいえば、あきらかに面白くない。だが、8ミリ独特の褪《あ》せたような色彩の向こうに、撮影者の硬質な意志がかいま見える瞬間がある。

七与がフィルムに定着させたがっているものを、あえて言葉に変換すれば、作為を寄せつけぬほどの絶対的な荒寥感《こうりょうかん》、その記憶、もしくは予感、とでもなろうか。コミュニケーション不全に苦しんできた自身の心象風景を撮《と》りたがっていることは、かの女も認めている。しかしその実践において、厳格に演出を排除しようとしている自分には、まだ無自覚かもしれない。

ボーダーコリーを追い続けた一本があった。いこいの森の中を動きまわっている。飼い主らしい人影の一部がしきりに背景に映り込む。両者を繋《つな》ぐ引き綱はない。

七与のキャメラはひたすら犬を追う。もし飼い主の笑顔にでも一度パンしておけば、明確な状況説明となり、鑑賞者に安堵を与えることができる。素人のヴィデオ撮影でも無意識に使われる技だ。しかし七与の視線は犬から逸れない。執拗《しつよう》に追い続ける。見ているこちらが疲弊してしまう。

その執拗さにさえ、いつしか演出的な意味を探し求めている自分に気づいては、つくづく、嫌らしいほど演出された映像にばかり漬かってきたことを実感した。そのうち滑稽《こっけい》な結末に至るのではないか、そう予測できるような状況をわざと画面から外しているのではないかと想像したり、これはこの犬をつけ狙っている者の視点ではないかなどと、頭の中で勝手に物語を膨らませている。しかし犬に大事は起きないし、革手袋で双眼鏡を握った怪しい人物も出てこない。

単純に、執拗なのだ。しまいに犬は疲れて、地面にへたりこむ。静止した犬を写し続けて、不意に、フィルムは終わる。

思えば人間の視線というのは、そんなもんである。執拗だし、またある時は気紛れだし、見ている対象の九分九厘、意味づけのしようがない。

という事実に、七与は懸命に忠実であろうとしている。非効率きわまりないやり方だ。観客に荒寥感をおぼえさせるための手順は、すでに無数に確立されている。しかし既存の手順を踏んで得られた映像に、七与のための扉は映り込んでいないのである。かの女の本能はそれを知っている。

「つまんないですか」

七与がふり返っている。

スクリーンには、水面の煌《きら》めき。はちまん池だろう。ただ水面しか映っていないので距離感がつかめない。見つめていると船酔いしそうになる。

「いえ、だんだん面白くなっています」

「よかった。もっと見ます？」

「拝見しましょう」

「次のはまあまあですから」

「それより、一番の自信作は？」

「一本、まあまあのがありますけど。じゃあそれ、さきにしましょうか」

失敗とまあまあの二種類しかないらしい。

七与はいったん映写機を止めた。旺児が電気を点ける。かの女は映写機を逆廻転させてフィルムを巻き取りながら、

「蠣崎さん、結婚してないんですか」

以前なら、言葉を選んで回答しているうちに首筋や額がじっとりとなった質問だが、今は最小限の返答で済ませることに慣れた。

「していますが、向こうの浮気癖に呆れて別居しています」

「あらひどい。離婚しないの」

と素朴に訊いてきた。よほど心安い間柄でも、滅多に交わす問答ではないなと思いながら、

「まだ小さなこどもがいるので、しばらくは」

「離婚したいことはしたいんだ」

「まあ、そうですね」

虚偽のつもりはなかったが、軽い胸苦しさを覚えた。

男の尊厳の最低限は固持するつもりで、家に帰らないと決めて、五年が経つ。離婚はできないから、というのが決断の前提だった。だが実際は、そうだれによって定められたでもない。旺児自身の思いこみにほかならない。

四十路を越えての、晩婚だった。芙美《ふみ》も三十路を越していた。

芙美の父親は、銅版画家の駒澤久仁夫《こまざわくにお》だ。スポットライトを浴びにくいジャンルであるにもかかわらず、多少でも美術を齧《かじ》ったことのある人間ならば、ぱっと作風が頭に泛《うか》ぶほどの人物だ。ただしパーキンソン病を患って以来、創作からは遠ざかっている。

その娘と会ってみないかと勧めてきたのは、前述したビッグコミックのパーティで、旺児を引きずりまわした、例の編集者だった。稲垣《いながき》という男だ。すでに小学館を辞して美術系の出版社に移り、専門誌の編集長に収まっていた。仕事上の付き合いが途絶えたぶん、私的な交流は深まっていた。

——ちょっと薹《とう》の立った令嬢では、あります、が、蠣崎くんには若すぎるくらいかなと。ちなみに、緋沼市というのがございますね。駒澤家ってのは、あのあたりでは有名な旧家だそうで、資産の多くは久仁夫氏が食い潰してしまったとも聞き及んでいますが、土地付き屋敷付きという好条件には違いない。久仁夫氏の版画も、むろんそれなりの資産。そういった面に心惹かれる蠣崎くんではなかろうけれど、悪い話ではないということです。はっきりと申しあげておきますが、蠣崎くんが渋られたらすぐほかに持っていくつもりのお話です。飛びついてくるであろう独り者は業界にごまんといるわけで。……

死ぬまで独り身の覚悟はできていたが、良い相手に巡りあえたならば、という希望を残していないではなかったから、快諾した。駒澤久仁夫の娘というだけで、会ってみたかった。

稲垣がしきりに強調していた資産のことだけが、逆に気がかりだった。駒澤久仁夫が没しても、そういう家には必ず親戚がごまんといる。資産に期待をかけ、入り婿のようなつもりで結婚をしたところで、周囲にとっては算盤下手な管財人に過ぎない。翻弄されて時間を奪われ、心身が疲弊するばかりで、手許になにも残りはしないのだ。

京王プラザホテルの「みやま」で初めて対面した。稲垣だけを間に立てた、略式の見合いだった。

芙美の印象は良かった。典型的な美人というわけではなかったが、生生しさのないあっさりした容貌で、絵描きとしての欲望をくすぐられた。旺児の問いかけに対してしばしば、他のなにかに心を奪われているような、素頓狂《すっとんきょう》な答を返してくるのも、好もしかった。旺児の結婚が遅れに遅れた大きな理由に、若いころ生生しい雰囲気の女とばかり付き合いすぎて、女のそういう面に飽き飽きしていたというのがある。三十代も半ばを過ぎると、女というものにすっかり及び腰になっていた。

生生しいというのはつまり、世間と折り合いすぎるという意味だ。うまく渡っているにせよ、そうでないにせよ、たやすく自分の身の置きどころを見つけて、テレビドラマからそのまま切り抜いたような科白《せりふ》を口にする、といったふうなことだ。こういうタイプを間近に観察していた経験は、必ずや漫画に役立つはずだと、信じているうちはわりあい楽しく一緒にいられる。ところがそのうち悟ってしまう。類型的な女の類型的な言動というのは、それこそ、漫画にすらならない。つまらないもののありのままの描写を、喜ぶ編集者や読者がどこにいよう。

自分はそのへんに群れを成しているような女ではなく、もっとずっと個性的なのだといわんばかりの態度を見せる女というのも、しょせんひとつの類型であって、雑誌に載った洋服を着、流行りの歌を口ずさむ快楽主義のなにが悪いと開き直っている女たちと、同じ高さから石を投げあっているに過ぎない。

そういった安易な自己アピールに陥らない、いわば身の程をわきまえすぎた女というのが、旺児の理想だった。芙美はそれに近かった。凡百ではない親によってのみ与えられる美徳であろうと感じた。さいわい芙美のほうも旺児に好感を抱いたようで、稲垣を介し、交際を望んでいると伝えてきた。

付き合いはじめて、かの女の性的情熱の旺盛さに、ちょっと吃驚《びっくり》させられた。ふたりきりになると、しきりに猥語を口にし、昼間から肉体の接触を求めて憚《はばか》らない。閨《ねや》の技術も巧みで、尋常ならざる経験量が推察された。旺児への奉仕というわけではなく、ただみずからの欲求に従ってそうふるまっているのはあきらかだった。性交を覚えたてで他に退屈しのぎの手段を持たぬ女学生ではないことを考えあわせれば、ニンフォマニアの傾向を指摘するのは容易だった。

　予想外の要素では、あった。しかしべつだん女としての評価に響きもしなかった。旺児の基準において、それらは一向に生生しいことではないのである。むしろいっそう、存在の希薄感がきわだちさえした。稀薄な肉体を貪るのは、なんら苦痛ではない。

　少なくとも芙美は、オリジナルな存在だった。だから、まるで生生しくない。だれかを模して、だれかのように愛されたいとは、思い及んだこともない女である。高邁《こうまい》の美徳に違いなかった。

　ただし――とその下方に見え隠れしていた脚注を、旺児が直視せざるをえなくなったのは、駒澤の援助を断ってのこぢんまりした挙式のあと、サテライトAの一角に新居を、こちらはさすがに援助に与《あずか》って構え、さらに仕事場としてサテライト外に古いマンションの一室を借りるなどし、新生活の基盤を整えてから、三箇月と経たぬうちのことだった。

　運命から頬を張られた思いがした。

　芙美にまつわる旺児の考察は、ひとつとして的外れではなかったのだ。生理的な抵抗感をのり越えてそれを深めていれば、おのずと可能性には気づいたはずだった。

高邁なるニンフォマニアの芙美は、それゆえ、そんな自分に対して傾けられた愛情なり劣情を、けっして拒むことができない女でもあった。自分の立場がどうであれ、相手がどこのだれであれ。媚びる知恵を持たないぶん、貞操観念の重石《おもし》も持ちあわせていなかった。最初の相手は、かの女が見合いの直前まで付き合っていたという、年下のジャズギタリストだった。男の優柔不断《ゆうじゅうふだん》さに耐えきれずに別離したことが、見合いへの踏ん切りをつけさせたと聞いたことがあった。

一緒に外で昼食をとったあと、溜った洗濯物を取りに仕事場までついてきた芙美が、椅子の上にＰＨＳを忘れていった。そういえば上着を羽織るとき床に落としていた。いったん置いただけのつもりが、そのままになってしまったのだろう。作業机に置いておいた。

午後二時を過ぎてから、しきりに鳴りはじめた。

どうせ録音サービスに切り替わるので放っていたが、電話は数分おきに鳴り続けて、それが一時間も続いた。さすがに腹を立てて出てみると、サービスセンターからの転送だった。幾つか無言のものが続いたあと、芙美？　と男が苛立った調子で呼びかけてきた。

——もうガルボで一時間くらい待ってるんだけど。

喫茶店かなにかの名前だろう。どこにある店かはわからなかった。

晩、帰宅して、芙美に鎌をかけた。

——あれがジャズギタリスト？　ガルボから一緒に出てきた。

芙美の頬が蒼白になった。罪悪感はあるのだ、旺児の前では。

――逢うのは、結婚後、何度め？

――二度めです。

――もう逢うな。けっして。

それから芙美に電話をかけさせた。かの女の口から、もう逢えません、と云わせたあとで、自分に替わらせて、

――妻のことは忘れなさい。ギターの弦が押さえられないときみは困るんだろう。

と脅した。やくざの知己などないが、いざとなったらみずから兇行に及ぶくらいの覚悟はあった。覚悟が声にこもっていたのだろう、勘弁してくださいよ、とギタリストは小声で答えた。

電話を切ると、芙美は目を潤《うる》ませて詫《わ》びながら、身をすり寄せてきた。白白しさは感じられなかった。嘘がつける人間ではないのだ。そのことはかえって、はっきりとした。妻の座に不慣れであるがゆえに気が迷ったのだと信じることにし、重ねて責めたてることはしなかった。じゅうぶん罰したつもりだった。

冷静で厳格な態度が、芙美に対してはなんら枷《かせ》として機能しないことを思い知るまでに、それから半年とかからなかった。今度はさすがに激昂《げきこう》した。情欲に身を任せた火遊びであること、明白だった。相手はエアコンの取付け業者だった。

昼間、業者が来ることはわかっていた。打ち合わせの予定があったので、取付け位置を芙美に指図してから出掛けたが、微妙なニュアンスが伝わったかどうか不安だった。いざ仕事場に着いてみれば、そろそろ訪れるはずの編集者から、約束を夕方に延ばしてほしいというファクスが届いていた。やはりエアコンの取付けに立ち会うべきなのだろうと思い、帰宅した。

自分で鍵を開けて家の中に入ると、芙美はダイニングテーブルに両手を突いていた。つき出した尻に業者の腰が繋がっていた。旺児と変わらぬ年輩で、やたらと黒く日焼けした男だった。旺児がダイニングに踏み入ってもなおふたりは気づかず、汗まみれで軀をぶつけ合っていた。流し台の前に行き、その下の扉の内側から包丁をとり出し、ようやく自分の姿を見つけて呆然としているふたりの背後にまわった。業者の項に包丁をあてて、動くな、亭主だ、と云った。

芙美の腰に添えていた両手を、業者は宙に浮かせた。

――命令するまで一ミリも動くな。

男の両手が、捲《まく》れあがったスカートの裏地にふたたび接した。震えていた。汗が、包丁の刃に滴《したた》った。芙美はテーブルに顔を伏せ、髪で表情を隠している。

――携帯、持ってるか。

――はい。ベルトに、ホルダーが。

ふたりとも動くなよ、と念を押して、旺児は男の背後に腰をかがめた。男はズボンとトランクスを足首まで下ろしていた。上は作業シャツを着たままだった。芙美も着衣のままで、脱ぎ落としたショーツが辛うじて片方の足首にまとわっていた。男のベルトに付いたナイロン地のホルダーから携帯電話を抜いた。顔をあげると男の腿の間に睾丸が見えた。腐れ落ちかけているのではないかと思われるほど、低い位置まで垂れさがっていた。包丁の鋒《きつさき》で突いてみると、たちまち収縮して上昇し、その向こうに芙美の陰毛が覗いた。

立ちあがり、包丁をまた相手の項に添えて、顔の前に電話をつき出した。

——右手だけ。会社か自宅に電話しろ。

——どっちですか。

——自分で選べ。

自宅にします、と男は云って、ダイヤルボタンを押した。旺児は電話を耳にあてた。留守番録音が返答した。

もしもし。ああ、もしもし。わたくし蠣崎と申しまして、本日、エアコンの取付けでご主人に……いえ、取付けへの苦情ではなくて、と旺児が一人芝居を始めると、業者は顔色を変えた。電話を耳から離した。血を見る覚悟で包丁に力を加えた。

——留守電だよ。わかっていてかけたな。会社だ。

——それだけは、どうか。女房の携帯にかけますから。

――最初からそうしろ。

かけさせて、また耳にあてた。はい、と女が出てきた。

もしもし、とそれを呼びとめておいて、業者に、

――名前は。

――ユキエです。

――莫迦。おまえの苗字。

奥村《おくむら》です、と答えた。

――奥村さんですね。

――そうですけど。

――蠣崎といいます。先日田嶋電機でエアコンを購入した者でして今日がその取付けなんですが、取付け位置を指示しようと思って家に戻ってみましたら作業に見えたお宅のご主人がうちの女房と番《つが》っている。今も繋がっています。迷惑なので回収に来ていただきたい。

そう一息に云った。

――……は？

――お宅のご主人がエアコンを取付けにきてうちの女房とセックスしています。どうも頭がおかしいようだ。引き取りにきてください。いま声をお聞かせします。

業者の顔に電話機を寄せて、包丁をすこし手前に引いた。黒ずんだ皮膚から血が滲みだして、刃の上に溜った。

――もしもし。

業者は裏返った声をあげた。旺児は業者の妻に住所を告げ、このまま切らずにおきますから、と云って電話機を胸ポケットに収めた。

――仕事に戻れ。さっさとエアコンを付けろ。女房が来るまでズボンは穿くな。

旺児は業者に命じた。はい、とかれはこの世の終りに臨《のぞ》んだような声をだし、ダイニングにズボンを残したまま、本来の仕事場である玄関脇の小部屋へと戻っていった。

テーブルをふり返ると、芙美がこちらを向いて涙を流していた。スカートの裾は膝に下りていたが、ショーツはまだ足首にあった。赦《ゆる》して、と唇が動いた。

――あれから、何人めだ。

旺児は訊ねた。芙美はうつむいた。

――赦しにくいね。

業者の妻は三十分ほどで来た。業者は作業シャツをスカート状に巻いて、共用通路に面した壁に室外機を吊っている最中だった。

夫を従えて玄関に入ってきて、ズボンを返してやってください、とダイニングの椅子に坐っている旺児に云った。小柄で気丈そうな女だった。旺児は包丁の先で床の衣類を示した。女は上がりこんできた。情事の際の立ち位置に、いまだ8の字を保っている夫の抜け殻を、眉を顰《ひそ》めて見下ろしていた。

――申し訳ございません。

と呟き、膝を落としてそれらを抱えると、玄関に戻っていって夫に投げつけるように渡した。

業者はその場でそそくさと衣服を着なおし、作業を続行しに外に出ていった。妻はダイニングに戻ってきた。旺児はテーブルに、いまだかの女の電話と繋がったままの携帯電話を置いた。女は手を伸ばして通話を切った。それから自分の上着の内側に収めた。

テーブルから離れず、かといって椅子を求めるでもなく、ただつっ立って旺児を見ているので、対価として自分を抱いてくれとでも云いだすのではないかと思った。女はべつに醜くはなかったが、声よりもだいぶ老けていた。芙美の半分も美しくなかった。

――家内にお会いになりますか。

旺児は訊ねてみた。女はかぶりを振りかけた。思いなおしたように顔をあげて、

――会います。

と云った。旺児は立ちあがって寝室の前に進んだ。ドアを指差した。かの女がそれを開いた。入ろうとはせず、そのままの位置から中を見つめていた。やがて一礼し、ドアを閉じた。旺児の位置からはドアが邪魔をして、中の芙美がどうしていたかは見えなかった。

ダイニングに戻った。業者の妻はふと思いついたように、玄関のほうを向いて、

――あの男、わたしが殺しましょうか。

と云った。旺児はすこし考えて、

――もし家内が妊娠していたら、ご相談します。

と答えた。だが無用な心配だった。芙美はそのとき、すでに妊娠三箇月であった。だから雄平《ゆうへい》の父親はすくなくとも、エアコンの取付け業者ではない。ジャズギタリストである可能性はある。他のだれかである可能性もある。

しかし旺児である可能性はない。

生まれたての、まだ名前もなかった雄平の足首に巻かれたヴィニル板に、自分と芙美のあいだには生まれえない血液型を見たとき、それがまだ胎内にいるうちに検査を受けさせなかった頑迷さを、かれは悔いた。

間違いなく自分の子であると確信できる瞬間の到来を空想して、それまでに芙美が味わっているであろう産みの苦しみ、育ての苦しみを加味したうえで、かれは裁定をくだしたかったのだ。すべてを許せるか、否か。

つまりは許したかった、できることなら。

膨れあがっていく下腹に、日日、精気を吸われていくような芙美を眺めながら旺児は、これは、だれにとっても水鏡のような女なのだと考えるに至っていた。とすれば、べつに

不運な結婚ではない。

深く静かに愛されれば、等しく愛し返す。優柔不断には、煮えきらぬ態度を返し、獣欲からは、ひとときの性感を盗みとることでそれに応える。ゆえに家族愛には……という類推が、かれにとっての最後の頼みの綱だった。綱のおおもとが、最初から結び目を成していなかった。

産院での芙美は旺児に誇らしげであり、産み落としたのをかれの子と目していることは疑いなかった。だから、退院まではなにも云うまいと決めた。新生児室の窓ごしに見えるだれの胤《たね》だか知れない生きものは、順風満帆《じゅんぷうまんぱん》とはいえぬものの飄飄《ひょうひょう》と人生のしがらみを避けてきた旺児の背中に、突如負ぶさってきた三千グラムの災厄だった。今は三千グラムだが、刻刻と、果ては二十倍にも成長するのである。

退院したふたりを迎えにいった車の中で、旺児は芙美に、自分の血液型はＯであり、かの女の血液型がなんであれ、ＡＢ型のこどもは生まれえないのだと教えた。

――つまりぼくは、その子の父親ではない。本当の父親はだれだ?

――わかりません。

ルームミラーの中、芙美は愕然と、目を見開いていた。母親からの認知ではなくて、生物学的事実によってこどもの父親が決定されるのが、理解しがたいという表情に見えた。

そうか、と旺児は吐息交じりに云って、ハンドルから片手を落とした。生物学的父親となると、本当に判じえないのだろう。それほど難問なのだ。

芙美たちを自宅に送り届けると、ひとりで、今度は緋沼総合病院へと車を走らせた。義父はそこにいた。数年来、自宅療養と短期の入院を交互に繰り返していたのだが、自宅にいるあいだの面倒見を引き受けていた弟子が、とうとう独立してパリに移ってしまった。しかし病状は悪化する一方であったため、しばらく前から、一帯で最も設備の整った緋沼総合病院での、長期療養を余儀なくされていた。

――残念ながら、わたしの子ではありませんでした。

電動ベッドに支えられて身を起こした義父に、旺児は神妙に報告した。駒澤久仁夫は、ふしぎと灰色がかって見えるその目で宙の一点を見つめながら、申し訳ない、と唇を動かした。

――いま、母子ともども見捨てるのは酷に過ぎますが、かといって正常な結婚生活を続ける自信もありません。当面、暮しを仕事場に移そうと思っています。

仕方ないね、と久仁夫は呟き、それからまた、申し訳ない、と繰り返した。病魔に表情を奪われた顔面から、内心の哀憐のほどは推し量りかねた。

慰めには、ならないが……と、長く一息に喋れない久仁夫は、それから途切れ途切れに、時間をかけて、ある事実を吐露したのである。

旺児くん
本当は芙美もね
おれの子じゃないんだよ　本当は
若いときから　完全に
胤なしなんだ　おれは　昔
病気をやってね
なのに　死んだ女房は　すんなり身籠って
芙美を産んだ
ちょっと変わった　女で
どこでどうやって　胤を　貰ってきたもんか
問いつめても　いくら訊いても
判然としない
沼で　こっそり泳いでいたら　大きな魚が
まとわりついてきたから　きっと
そのこどもでしょう　などと云ってる
死ぬまで云っていた
そういう　女の　芙美は娘なんだ。

黙っていて　申し訳なかった
血なんだよ
きみには　なんの
責任もない
血だ

……漫然と画面を眺めていたので、小窓から覗いている顔が、さっきまで映っていた赤いコートの少女だと気がつくまでに、すこし時間がかかった。

気づいたと同時に、少女は顔を引っ込めてしまった。直後、ちら、ともう一度覗いたような気がしたが、瞬いた拍子に視神経が捉えた、眼球内の残像であったかもしれない。

白布の上に留まるは、暗く四角い窓。陽光に黄ばんだ壁。

「これがいちばんまあまあかな。練習のつもりだったんですけど」

七与は得意げだ。なるほど、自信の映像だというのは納得できる。作為らしい作為は見当たらないのに、起伏に富んでいる。他の断片が招きかねない、あえて観客を退屈させることを目論んだのでは、という誤解には無縁だろう。

起伏が、かえって映像の素朴さを引き立てている。無計算で、冷ややかに、美しい。被写体の少女の顔立ち体付きが湛える、急激な成長期に独特の不均衡にも、負うところはあろう。ありていないい方をすれば、普通なのに異様な感触の残る映像片だった。

　七与が映写機を操作しながら、

「急に消えたでしょう、女の子。あれ階段の手《て》摺《すり》に乗ってたんです。すべり落ちちゃったの」

「そういえば高い位置にありますね。Ｂ区ですよね」

「うん。怪我しなくてよかった」

「それからまたジャンプした」

「ジャンプ？」

「してませんか。いえ、もう一度、ちらっと顔が覗いたような気がして。やっぱり錯覚か」

　七与はリールをすこしだけ巻き戻した。窓に焦点が合うあたりから、ふたたび映写しなおす。

　少女の顔。それが消える。四角い闇……が一瞬、明度を変えた。錯覚ではなかった。

「見えた」

　旺児は声をあげた。七与が映写機を止めた。

「なにか、写ってますね。わたしのほうが気づかなかった」

「一齣ずつ見られますか」

七与はうなずき、リールを手廻しで戻し、それから一齣ぶんずつフィルムを前転させていった。

少女の顔の消失後、四十数齣めから、六齣にわたり、それは写っていた。ちなみに一秒を、七与は十八齣で撮影している。

「男の子だな」

旺児は呟いた。

窓の向こうの右手から現れ、齣数からいって、瞬時に横切っている。しかし一齣ずつを見ている限り、普通の速度で通過しながら、ちらりと窓の外に顔を向けたかの風情である。走っているようには見えない。シネカメラのモーターがとつぜん狂ったのだろうか。

白か、もしくは白黒の帽子を被った、少年だった。どうやら笑っているようだ。窓の向こうはいっさいが暗いうえ、焦点もかれには合っていないのだが、口許が撓《たわ》んでいるのが辛うじて見てとれる。

「飛びあがって覗いたんじゃなくて、横切ったんですね」

「やだ、気持ちわるい」

七与が、不安げな声をあげてふり返る。

「横切るって、どこを？　これ階段の上のほうにある窓ですよ。空中を？　女の子も、だれかが一緒にいたようなこと云ってなかったし」

「本当は建物の中にいたんじゃなくて、外の影が窓に映っているとか」

「ますます怖い。じゃあこの子、わたしの頭上を歩いてんじゃないですか」

「きっとそうだ」

「やめてください、もう」

　小熊のような体軀が縮こまるさまに、旺児は破顔した。

「編集者の趣味に付き合って、心霊写真、ＵＦＯ写真の類《たぐい》はこれまでずいぶん見てきましたが、まず百パーセント、トリックもしくは撮影時現像時の偶然の所産です。この人影の場合は……たとえばシネカメラに小さな隙間があって、内部で針孔写真機のような現象が起き、それがレンズに反射してフィルムに写りこんだとかね。だとしたらこの男の子は、佐久間さんの背後を通過したのかもしれない。あるいは現像ミスで、別のフィルムとの重ね焼きになってしまったとかね。専門家だったら、もっといろんな可能性を指摘できるでしょう。気味わるがるには及びません。ただの光の悪戯ですよ」

　気を落ち着かせてやろうと思い、そう仮説をひねり出したのだが、七与は意外そうな表情で、

「蠣崎さん、万事にわたってそういう考え方の人？」

「万事とは」

「ダウジングとか、なんで水脈や探し物が見つかるのかふしぎじゃないですか。そういう

ふしぎを、ふしぎとしてそのまま受容している人かと思ってた」

「ああ。それはぼくにとっては厳密に云えば、ふしぎじゃなくて驚異ですね。ダウジングが、教科書的な意味合いで科学的か非科学的かなんてのは、ぼくにはどうでもいいことなんです。百発百中に近い確率で油脈や水脈を見つけてしまう物凄いダウザーが世の中にはいるという、自分の目で確認してきた事実こそ重要です。かれらは生まれながらにして、特殊な能力を持っている。ぼくにもちょっとはあるらしい。こういうふしぎは、ふしぎとして受容しています。優れたダウザーのダウジングが成功することは、べつにふしぎじゃない。サッカーの名選手の一試合三得点《ハットトリック》が、驚異ではあってもふしぎではないようにね。でもかれらがなぜかれらでいられるのかは、たぶんかれら自身にもふしぎなはずです。確率論的にいえば、かれらと同等かそれ以上の運動神経を持って生まれ、かれらより効率のいいトレーニングを積んできた選手というのは、いくらでもいるはずですからね。だけどだれもかれらのようにはなれない。ダウジングの原理が科学的に解きあかされる日は、遠からず訪れるかもしれません。するとダウジングの神秘は減じますが、一流ダウザーたちにとってはどこ吹く風でしょう。科学的にも実証されているとなれば、いくらか商売がやりやすくなるかな。科学的トレーニングというやつで、的中率を上げることもできるかもしれない。しかし本質的な部分は変わりようがありません。ぼくのかいた一齣漫画がなぜ面白いのか、あるいは面白くないのかを、科学者は数値に置き換えて解説できるかもしれないが、ぼくの次作のねたを予想することはできない、というのと同じです。もしそんなことが可能なんだったら、お金を払って予想してもらってますよ。いつも苦しんでますからね。……」

相槌のひとつもないので、言葉を途切らせてみたが、七与は黙って、ただ旺児の、テーブルに置いた手のあたりを見つめている。

「失敬。つまらない演説を」

「ひとつ、質問していいですか」

両の掌を、旺児は上に向けて拡げた。

「なんでも」

「耳掻きの反対側に付いてる羽毛のふわふわ、なんていうか知ってます？」

質問の意図をはかりかね、内心、首を傾げながら、

「ええとね、ああいうのは梵天《ぼんてん》というんだ、たしか」

「凄い。答えられた人、初めてです」

⁂

鳴った、窓が。晟は驚かない。かれらはいつも予告なく訪れ、曲げた指の関節でかれの

窓を叩くのだ。こつと、一度だけ鋭く。

　天井灯は、いつも豆球を残してある。晟は折り返した掛け蒲団の上を、膝立ちで進んだ。音を殺してサッシュ窓をすこし開くと、アルミニウムの格子の向こうに、期待とは違った顔ぶれが縦並びに泛びあがった。師井《もろい》義人《よしと》、香月《かづき》史朗《しろう》、林《はやし》大地《だいち》、それに数時間前帰っていったばかりの向谷了志。岡《おか》卓見《たくみ》の顔も平垣内《ひらがきうち》基《はじめ》の顔もない。精鋭部隊とはいいかねる。どの顔も、ただへらへらと無言で笑っている。晟が着替え、格子の上の隙間から抜けだして、自分たちを先導してくれるのを、ただ口を開けて待っている。

　顔ぶれを目にした途端、晟の腰は重たくなった。可能な遊びは限られよう。

「熱があるんだ」

　と、こういう晩の常套句《じょうとうく》を、かれは小声で告げた。事実でもあった。微熱だが、出たり引いたり、いまだすっきりと治りきらない。医者は、季節の変わり目だからだろうと云う。治ったと思いこんで入浴してしまうのが悪いのかもしれない。

　外出に気が進まない理由は、ほかにもあった。かれをトレチア役に押し上げた要因の、間違いなくひとつである、母親好みの白い開襟シャツ——制服じみた衣装をかの女はたいそう好んで、勝手に買ってきては着せたがる——その襟元にも、小さな、鳥の羽根の形をした血の染みが残っているのを、先日、発見した。手から項に、項からシャツに移ったようだ。

学帽や半ズボンと一緒にレインブーツの空箱に入れ、帆布張りの衣装掛けの底に潜ませてある。まだ半袖の季節ではないから、天袋に上げられたポリプロピレンの箱からそれが消えていることを、母が発見する気づかいはない。が、クリーニングなり新しいシャツを買うなりといった解決の算段がつかぬうちに、さらに染みを増やす危険を冒すのは、愚かに過ぎる。はたして血の染みはクリーニングで落ちるのか。このたび落ちても、また同じことは起こりうる。

いっそこちらは〝仮装〟用のシャツと決めてしまい、同じ新しいシャツを夏物の箱に戻しておくのが最良だが、晟には安い買いものではない。判断をつけかねている。

ことさら残念そうに眉をひそめて、

「今日はみんなだけで遊んでくれよ」

いつものかれらなら、落胆の色を気取られまいとするように、数秒後には窓辺から姿を消してしまう。が、その夜は違った。

「元気そうじゃないか。だいいち夕方、向谷くんと遊んでたじゃないか」

史朗が、声を抑えて抗議してきた。分厚い遠視眼鏡を掛けているので、薄闇に包まれていなくとも、いつもこの少年の表情は読みづらい。

「だから大丈夫と思って、せっかくみんな家を抜けだしてきたのに、新宅くん、ちょっとわがままだよ」

眉に力が入った。いっそぴしゃりと硝子を閉じてしまいたいが、あとさきなく、皆で大騒ぎを始めかねない。集団とはそういうものだ。ひとりひとりに対しては不要な注意を、細心にして払わねばならない。

「夕方もほんとは熱があったんだ。それに、べつに今夜来てくれなんて云ってないよ」

「いつでも来ていいって云ってた」

「じゃあ来てもいいけど、ぼくが出られるかどうかは別だよ」

「なら、ぼくらを中に入れろ」

無茶を云いだす。晟に代わってグループを先導しうる卓見も基も不在であることが、史朗に、不安の裏返しの奇妙な責任感を与えているようだった。

「そんな偉そうなこと云ってると……」

云い澱《よど》んで、溜息に代えた。続きは咽まで上っていた。が、逆効果を及ぼしかねない。

「どうするっていうんだよ」

晟は仕方なく、

「呪い殺すぞ」

囁くように凄んだ。史朗は、はっきりと顔を震わせた。

返す言葉を見つけられず、ただ唇の開閉を繰り返している史朗のまえに、同様に顔を強ばらせた義人と大地が入り込んで、かれを闇へと押しさげた。

「ぼくらだけで遊ぶよ」

大地が云い、窓の額縁から消える。義人が、史朗の二の腕を叩いた。

遠ざかっていった三人に代わって、了志が窓に近づいてきた。

「昼間のこと、お姉ちゃんに訊いてみた。もう同じ組の人に訊いてたよ」

殺人経験を豪語している、六年生に関する情報だというのはわかったが、そのなにを語らんとしているかがわからない。了志の話はよく、その出だしが要領を得ない。

「なにを」

「人殺しした人の組」

「だれに」

「同じ組の人。ええと、お姉ちゃんと同じ組の人が、お姉ちゃんに、人殺しした人の話を教えて、その教えてくれた人に、お姉ちゃんもちゃんと、それ何組のだれの話って訊いたんだって」

「だれだった」

「迷惑になるから云えないって。だってそのお姉ちゃんに教えた人に教えた人は、本当はトレチアが人を殺すのを見てただけだから。自分はやってないから」

顔面から血の気が失せていくのを、晟は感じた。訊ねなおした。

「トレチア？」

了志が眼を見開いたのは、話の手順違いに気づいたからか、それとも本当はその名を告げぬつもりでいたのか。

「ほんとかどうか、ぼく知らない」

腰をベッドに落とし、暗いオレンジ色にほのめく室内へと視線を返して、かれは立《た》ち眩《くら》みを回避した。意識はおのずと、衣装ラックの底に隠した箱の、中身に向いている。

白布の被いの掛かった学帽は、大地の家の納戸にあった、かれの叔父の遺品だ。街灯割りを発案してかれらを狂喜させた晟への賞賛のつもりか、ある晩、持参してきて、

——被ってよ。

と背後から王冠のように被せてきた。どのようなイメージを自分に寄せての贈りものかはあきらかだったから、しぜん、笑いが込みあげた。

街灯割りというのはその名のとおり、中央公園の遊歩道脇に並んだ瓦斯灯ふうの街灯を、石ころで次次と襲撃していくゲームだ。石ころは用意しておく。明るいうちに街灯の根元ごとに集めておく。

二手に分かれて、大きく離れる。互いが見えなくなるから、開始の合図は携帯電話で送り合う。晟は緊急時のために「本物」を持たされている。義人と史朗は受信専用を持っている。

合図を交わす。それぞれ、近い街灯から順に投石をはじめる。無言でなければならない。

笑い声をあげてもいけない。この点が、いわば晟の発案の肝で、外れた石が支柱を叩く甲高い音だけが夜に響いて、その不規則なリズムは、かれらを催眠的な昂奮へと導いた。

電球を囲んだアクリル板が割れ落ちると、裸の光が網膜を射る。投石のリズムがいっそう烈しさを増す。やがて、ときには火の粉じみた放電を夜空に残して高熱の電球がこときれると、紫や緑に縁取られた黒い不定型な残像が視界を被って、なにも見えなくなる。石を拾っては上に投げる、上下運動を繰り返していたため、三半規管が酔っている。そのぐにゃぐにゃした闇の中を、次のあかり目指して、かれらはひた走るのだ。闇の領域の、さらなる拡張のために。

ゲームに勝敗は、あるようでいてなかった。初めてそれがおこなわれた翌日、史朗が律儀に双方が制覇した街灯を数えてきて皆に報告したが、だれも問題にしなかった。問題ではなかった。ふたつの闇の勢力が、どこかで融合する。その街灯がかれらの記念碑になる。それだけのことだ。半永久的な記念碑だった。街灯は間もなく修理され、あかりをとり戻すけれど、同じ遊歩道をふたたびフィールドに選ぶ愚は、晟が許さなかったから。

……冬の初めで、晟は、薄荷色《はっかいろ》をした裏ボアのアノラックをまとっていた。これもまた母のお仕着せで、晟は色が白いから似合うはずだと云って買ってきて、ほうらやっぱり、と喜んでいた代物だった。アノラックに白布付きの学帽ではずいぶんちぐはぐに見えたはずだが、夏の清楚な白シャツのイメージは、二重写しにかれに付きまとっているらしく、

——新宅くんにはそれだ。

と義人が深くうなずき、大地が嬉しそうに前にまわってきて、

——な。

と他をふり返った。

云ってみてよ、ねえ、云ってみて、と了志や史朗が囃した。芝居がかっては、かえって皆の興が醒めはしないかと懸念したが、一種の奉仕とわりきり、

——キジツダ。

呟いた。かれらは、沸かなかった。反応らしい反応がないのを声が小さすぎたせいに思い、もう一度云いなおそうとしたとき、義人の吐息を耳にした。他も、口口に息を洩らした。しかし言葉はなかった。かれらは恐怖したのである、初めて目にした、生身のトレチアに。

「女の人を殺したのは、トレチアだって、その六年生は云ってたんだね」

晟の確認に、了志はただかぶりを振って、それから唇を結んだ。回答だった。

尻に火がついたと、かれは思った。せっかくぼくが覚醒したというのに、いま渦の芯が拡散して廻転が乱れては、どんな実験もおこなえなくなってしまう。早く中心を引き寄せないと。

「みんなに、下で待ってるよう云って」

ベッドを降りた。衣装ラックへと向かいかけてふり返ると、了志の顔はまだ窓辺にあった。

「早く。いちばん面白いゲームを、きょうやるよ」

⁂

まだ懐中電灯を握りしめていた。ボート小屋からこっち、ずっと握りっぱなしだった。あかりを点したまま。

緋沼総合病院の敷地内を歩いていることを、崇はずっと、このさき起きる出来事への予想のように捉えて、よくよくその理由にすら思い至らずにいたが、ふと手の中の筒へと意識がすべり込み、三本の単一乾電池の重量が気にかかりはじめると、リアルタイムな現実を歩いている自分をふと背後から見つけたようで、すると、自分の存在が激しくぶれているようで、生じた真空の感覚は、かれに嘔吐《おうと》の欲求を催させた。

学生コンパの安酒に悪酔いして吐いたことは数あるけれど、そういう自家中毒めいた状態を経験するのは初めてだったから、まさか、このままばたりと前のめりに倒れて死んでしまうのではないかなどと大袈裟《おおげさ》を考え、ともかくも懐中電灯のスイッチを切った。

棕櫚《しゅろ》や竜舌蘭《りゅうぜつらん》や譲葉《ゆずりは》といったどこかルソー趣味な植木たちに紛れて青白い花を咲かせて

いた街灯が、闇に勢力を増す。鈍色《にびいろ》の支柱を、誇らしげに輝かせはじめる。芝生に踏み入り支柱の中程に片腕を絡ませ体重を預けた。ひりひりするような草のにおいが立ちのぼってくる。安堵からか、腹筋が激しく収縮した。だが咽に上がってきたのはわずかな量の熱苦い液体だけだった。そういえば夕食をとっていない。昼食のことは、忘れた。

　吐いてしまえば楽になるかと思い口を開いて舌を垂らしてみたが、いざとなると難しいもので、るううと咽が食用蛙が啼くように鳴り、あとは舌の裏側から唾液がわいてくるばかりだった。それに洟《はな》。それから涙。

　洟を啜りあげて口の中に出し、唾液と一緒に吐き棄てた。それからシャツの袖で涙を拭ったのだが、どうも蛇口の締め方をど忘れしてしまったみたいで、だらだらだらだらといつまで経っても流れ続けるのである。夜のサテライトを彷徨しながら、なかば死を覚悟で、トレチアに対抗するほかないだろうと、すでに肚《はら》を括《くく》っていた。それでいてなお、なぜ涙が止まらない？　おれは壊れてる。ちょっと壊れているな。

　トレチアじゃない。それは敵の言い訳だった。この耳で聞いたわけじゃないが、いざとなったらそう云い張るくらいの、ふざけた心づもりだろう。悪いのはトレチア。殺したのはトレチア。

　実体はだれだ？　川西か。新世代のこどもか。

　まだ想像の埒外《らちがい》にいる、何者かか？

有希の屍体は、いったい魚に食われたのか。

それともばらばらにされ、あちこちに棄てられたのか。

いずれにせよ、有希はもういない。だれが敵かもわからない。

絶対の味方と断言できるのは、圧倒的な被害者である竜介だけだ。それにかれは、犯人と接してもいる。見舞いのたび、すこしずつ朦朧《もうろう》状態から脱している。同じ話の繰り返しが減り、現実と妄想を区分して語るようになってきた。記憶が整理されれば、犯人像は固まる。

会わないと。

涙をもう一度拭って、蘇鉄《そてつ》の植わった交通島《ロータリー》の向こうの、玄関口を見やれば、ただ緑色の非常灯のあかりだけがある。閉まっている。棟の東端にある夜間出入口からしか入れないようだ。崇は歩きだした。蘇鉄めざして舗装路を横切ろうとした。が、渡りきらぬうちに、また中途半端な嘔吐感がじくじくと襲いかかってきた。

島の縁に両手を突いた。胃の底から苦い液体が飛び出してきて、いちばん端の蘇鉄の株にかかった。二度三度、重ねて吐いた。軽軽と吐いた。

夜の下、若い胃液は、澄んだ沸騰水のようだった。

涙の凹レンズごしに、頭上の蛍光灯のあかりを浴びてささくれた、古代魚の剝製めいた蘇鉄の肌を見つめていた。その脇を、小さな影が揺らいだ。

舌の奥に残った胃液を唾液にくるんで吐き、瞬《しばたた》いて、眼から涙を追いだした。

だれか夜間出入口から出てきたようだ。足早にこちらに近づいてくる。

小太りした男である。ぎくしゃくと、どこか不自由そうな歩き方だ。崇の存在には気づかぬようすで、交通島の向こう側を通り過ぎていく。

少しずつ崇は位置を移して、蘇鉄の陰に身を置き続けた。病院関係者と見たからで、ただここにいたというだけで咎《とが》められることもなかろうが、面会時間はとうに終わっているに違いなく、敷地内から出ていくよう指示される可能性を予期したのである。どうあれ今夜のうちに竜介に会うつもりでいたから、いったん出ていったところでまた戻ってくるだけなのだが、手続きとして面倒くさい。

だが、歩きぶりが、どうも病院の人間ではない。しきりに背後をふり返り、あるいは建物を見上げて、そのたびせっつかれたように、また歩調を速める。

逃げている、と崇は見た。自分に先行して、時間外の見舞いを敢行した者か、それとも泥棒か。

遠ざかり夜に紛れていく後ろ姿を見つめながら、知っている、と崇は感じた。軀を左右に揺するようなそのバランスの悪い歩き方を、ごく最近……いやずっと昔……（どっちだ？）かれは見たことがあった。眼が憶えている。確かだ。

そのとき地面が明るくなった。

建物を見上げた。窓から窓へ、あかりが伝播していく。

玄関に達した。奥から看護婦たちが出てきた。

予感があった。崇は腰をかがめて交通島から離れ、躑躅の植込みを跨いで、その陰に身を隠した。看護婦たちは建物から出たり入ったりしながら、通用門の方向からやって来るなにかを待っている。崇も待った。膝を抱え、まただらだらと流れはじめた涙を拭いながら、ひたすら次の出来事を待って、待ちあぐんだ。

一台、また一台、さらに一台、パトカーが庭にすべり込んできて、玄関前に列を成した。

サイレンはない。

⁂

洋服簞笥の奥に一組、だれも知らない靴を隠してある。

自分の小遣いで買った、赤い薄っぺらな布靴。

素足をくぐらせて、夜中、ときどき、あかねは家を抜けだす。それがこのところの習慣になっている。

サッシュの音を潜めてヴェランダに出て、身軽に雨樋を伝い、庭へと降りる。

G区を貫く緩い坂を下って、中央公園に出る。

池のまわりを巡る。

水面はいつもちろちろと、密《ひそ》やかに波打っている。

冷ややかな街灯から街灯へ、じ……んという音から音へと、あかねは渡る。夜の公園を、あかりの小島が点在する藍色の海に見立てて、息を止めたり、息継ぎのように深呼吸しながら、魚のように鋭く。

景色はおぼろだが音は遥かに、遠くからも聞える。夜の公園は音だらけだ。

風が木木を揺さぶる騒《ぞめ》き。繋留されたボート同士がぶつかる、低く寂しい音。

どこかで不良少年たちが深夜のスケートボーディングに興じている。

雲に反射して届く、遠くの街のサイレン。

池に浮かんでいる鴨《かも》が、自分の夢に驚いて、か、と声をあげる。魚が跳ねる。ちゃぷ。

ジュースの自動販売機。近づいて耳を澄ませば、空の彼方のジェット機のような音。

遠い口笛。犬でも呼んでるのかしら。

じ……ん、とまた街灯に近づいた。

鳥類園の梟《ふくろう》が、ほう、と鳴く。それとも違う種類の鳥？

くさむらに寄れば、季節外れの蟋蟀《こおろぎ》。そういえば、繁みの陰で抱き合って喘ぐ恋人たちを見つけたこともある。ふたり、腰から下を蒼く剥きだし、絡めて、機械のようにぶつけ合っていた。ちゃ、ちゃ、ちゃ、と音がしていた。

……歌が聞える。池の向こうを、切れ切れに、たぶん酔っぱらいだろう。

自転車の車輪が路面の砂を踏む音を聞きつけて、道端に静止する。無灯火の自転車が近づいてきて、あかねに気づかず通り過ぎていった。

どこかのヴェランダで、病気のだれかが咳きこんでいる。

夜のサテライトの、忍びやかな殷賑《いんしん》。

でも今夜はまだ、同じく夜の散歩の趣味を持つ、あの帽子の少年に出会ってない。せっかくゼルダで〝顔の神殿〟まで行ったこと、自慢しようと思ってたのに。

目立つところをゆっくりと歩いていれば、少年のほうから見つけて、また不意に目の前に現れるのではないかという予感がし、水ぎわの草の連なりを踏みつけて進んだ。橋から遠ざかるほどに雑多な音は遠ざかり、風もなくなり、いこいの森は生気を失った。逆に、魚が跳ねる音が頻度を増した。遠くに、近くに、ほとんど絶え間なく聞えるまでになった。わたしを歓迎しているのだと、あかねは思った。

池に張り出した桜が街灯のあかりを遮って、いっそう闇になった。たち止まると、あかねと夜を共有しているのは、もはや魚たちだけになった。あかねは布靴を脱ぎ、その上に腰を落として、水面に片脚をつき出した。

踵《かかと》で水に触れた。思っていたより温かい。

足を落として、水底を探った。水は下方ほど冷たかった。ふくら脛《はぎ》がすっかり浸かったころ、踵が、薄く柔らかな泥と、その下のざらついたコンクリートの感触を得た。

　立てそうだと思った。魚たちの音は続いている。跳ねる姿は、まだひとつも見ていない。身をねじって陸を見渡して、そちらにも、動いているものはなにひとつ見つけられなかった。いったん脚を引き上げ、腰を浮かせて、スカートの中の下着を下ろした。腰を落として足から抜いた。

　スカートの裾をたくし上げて、池に入り、水の中に立った。魚たちの音が遠ざかった。にじるように岸から離れると、池は急激に深まり、膝ほどだった水面がすっかり腿まで呑み込んだ。さすがに冷たく、動悸を意識した。

　足の指が、池の底を成したコンクリートの割れを探りあてた。おそるおそるその足を、前へ前へと伸ばしたが、さきには、ただ水の感触しかなかった。途方もない深淵を覗いてしまったような気がした。

　池の幽かな対流が、あかねの身をいっそう冷やして、やがて身震いが生じた。急いで岸に戻った。そうして草の上に這いのぼると、下着と布靴を手に、身を濯《すす》ぐために公衆便所へと駆けた。

三

量こそ減じているものの、いまだ涙は止まらない。悲しいわけではない。悲しむことを娯しむほどの余裕はまだ崇の心に生じていない。友の死を見つめているともいいかねた。多くのことをなるべく曖昧な領域に保って、その触れやすい部分ばかりを撫でまわしながら、時が勝手に過ぎ去ってくれるのを待っている。

目下最大の問題は排便で、というのも帰宅途中からずっと便意を催している。強烈ではないが、普通ならさっさとトイレに向かうくらいの欲求だ。ところが排便の手順が頭の中で整理できない。それで、実行に移せずにいる。

咽も渇いているのだが、そういうときいつもどうしているかが、よく思いだせないのだった。リヴィングの長椅子に軀を沈めてテレビを見ている。帰ってきてからずっとそうしている。

見ていると下瞼に涙がどんどん溜って、画面がぼやけてくる。瞬きすればいったん明瞭になるのだが、瞬きするのも面倒だと、そのまま放っておく。そうしていても涙はやがて自重で、目尻や目頭から頰にこぼれていく。顎から頸へと落ちる。そして鎖骨のあたりでTシャツに吸いとられる。

リモコンを片手に、しきりにチャンネルを替えている。展開を認識できているのは、深夜映画の一本だけだ。主人公は二人の婦人警官。ひとりには失業者の夫がいる。こどももいる。もうひとりは独身で男好きだ。共に、娼婦に扮しての囮捜査《おとり》を命じられる。その最中になにかが起きてだれかがどうにかなったあたりから、ちょっと意味がわからなくなっている。ともかく囮捜査は中止のようだ。なぜなら、ふたりとももう娼婦の姿をしていない。

　独身で男好きの金髪よりも、夫のいる黒髪のほうが美人だと思った。でも性器を舐めてもらうとしたら金髪のほうを選ぶかもしれないと思った。問題は、どちらの女も知り合いではないということだった。そんな益体《やくたい》もないことを考えているより、さすがにそろそろトイレに行かなくては。まさか本当に手順を忘れているはずがない。ドアを開ければ、あとは無意識のうちにも上手くやれる。今だって本当は思いだせる。ズボンを下ろして、力めばいいんだ。いや、トランクスも忘れず下ろさないと、汚してしまう。便器の蓋も上げないと。便座まで上げてはいけない。水に落ちる。

　咽が渇いた。あの水は、飲んだら毒なんだろうか。中水という言葉を聞いたことがある。上水と下水の中間だ。きれいでも穢《きたな》くもない水。はちまん池の水くらいか。だったら鯉は棲める。それから紅い……コカコーラのTシャツ、そういえばどこにやったろう、ポリエステル混紡の。従兄の修《おさむ》のアメリカ土産だ。アトランタにある本社の観光センターで買ったと云っていた。こんな格好悪いTシャツが着られるかと思って莫迦にしていたが、いま着てみれば悪くないかもしれない。夏には。

このガンダムの限定ジッポーというのはどうだ。笑える。竜がちらつかせて自慢しそうだ。でも一万は高い。こいつ、なんといったっけ。

風見しんごだ。やたらと口の達者なやつだ。この番組でしか見ないな。こういう芸能人でも六本木じゃもてるんだろうな、と竜なら悔しげに吐くだろう。あいつ、本当に死んだのか？　べつに屍体を見たわけじゃない。看護婦をつかまえて、騒ぎの理由を訊ねたわけじゃない。深夜の病院であの騒ぎようは、大事件だと察しただけだ。病院だから人はしょっちゅう死ぬ。そこであれだけの大騒ぎなんだから、火事か殺人だと推察した。消防車は来なかった。姿を現してはまずいと思った。犯人だと疑われる。犯人を見たと証言してすら、きっと疑われる。ましてや、殺されたのが竜だとしたら。

おれはあの場にいることが不自然な人間だし、それに竜をよく知っている。知らないやつを殺すやつは少ない。竜を知っているおれは犯人に仕立てあげられやすい。トレチアの罠だ。魅入られた竜は殺され、犯人として疑われるのは友人のおれ。違う、それは論理的じゃない。おれが殺されたのは竜だと感じているのは、あいつが一度殺されかけているからだ。標的を殺しそこねた犯人が病院までとどめを刺しにくるというのは、自然なプロットだ。

竜は本当に死んだのか。有希のみならず竜まで死んでしまったのか？　やはり看護婦をつかまえて確認するべきだった。殺されたのは拝島竜介ですか。

いや知りたくない。看護婦の答を聞きたくなかったんだ、おれは、竜の友達として。だからひっそりと病院の前を立ち去った。繁みの中を抜けて。看護婦が軟派《なんぱ》されやすいというのは本当だろうか。人の死に立会ってばかりいると性欲が強まるのか。風見しんごが入院したらその肉体に群れるんだろうか。有希に破瓜《はか》の血を流させて以来、おれは累計何回、かの女を抱いたか。二十回はいってない。せいぜい十五六回だ。お互い自宅だからあまり機会がなかった。安ホテルの御休憩は厭だった。逢っているあいだにそこを経由してしまうと、どうしてもセックスのためだけに会ってるみたいな気がしてくる。でもたぶん有希はセックスが好きだった。好きなんじゃないかと云うと怒っていたが、性的な頼みはなんでも、けっきょくは聞き入れてくれた。としまえんの観覧車の中で性器を舐めさせたことがある。歯を立てられて痛いだけだったが烈《はげ》しく昂奮した。……

とんとんと階段が鳴って、ドアが開いて、あかねの、茶色い着ぐるみ風のパジャマが現れた。

「おはよう」

パジャマの色のみを視界の隅に置き、うなずいて返した。チャンネルを替え続けている。婦人警官の映画が見つからない。終わってしまったか。

「今の、ドラッグスターの名前じゃない」

あかねを見た。視線をテレビに向けている。崇もふたたび画面に視線を返し、目を瞬かせ、眼球の前から涙を追いだした。

「どれ」

「もう替わってる。ふたつ前」

惰性でリモコンのボタンを押し続けてきた拇の位置を、隣に移す。

「ほら」

映像は、緋沼総合病院の玄関だった。下方に白文字のテロップ。

死亡　拝島竜介さん（19）

ねぼけた色調の静止画像のようなつもりで見ていたら、キャメラの前に一羽の鴉が舞い降りてきて、跳ねた。中継だ。画面の左上に時刻表示が生じていた。五時半を廻っていた。ＮＨＫの早朝ニュースである。

アナウンサーの喋りは、崇の耳によく入らなかった。画面がスタジオに切り替わった。たしか野村という、端整で神経質そうな容貌のアナウンサーだ。微笑して、次は、スポーツです、と云った。

「殴り殺されたんだね」

あかねが云う。かの女に顔を向け、

「殴り殺されたって云ってたか」

「ベッドの上で血まみれになって亡くなっているのを、巡回中の看護婦が見つけました。眠っている拝島さんの顔面を、何者かが鈍器で殴りつけて殺害したものと見て、緋沼署では現在殺人事件として捜査中です」

「そうか」

「出入口の監視カメラに若い男が写ってたって」

「小太りの？」

あかねは首を傾げた。

「そいつ見たよ。夜中おれが行ったとき、夜間の出入口から出てきた」

「そうなんだ。警察に云う？」

「おれが疑われる」

「小太りなら体型が違うよ。あっちはカメラに写ってるんだから」

「共犯だと思われる」

「そうかもね。でもドラッグスターと仲良かったでしょ」

「喧嘩もしたさ。外、静かだな」

「小雨が降ってる。明け方、降りだした。わたし、きょう学校休む」

「そう雨のたび休んでたら卒業できないぞ」

「熱っぽいの」

「嘘つけ」

あかねは部屋の庭側に進んで、

「開けるよ」

崇が黙っていると、かの女は遮光カーテンを開いた。レエスのカーテンに、外の白濁した景色が重なっていた。テレビの画面が薄暗く遠ざかった。

「そうか、やっぱり殺されてたか」

崇は頭を背《せ》凭《もた》れに預けて、目を閉じた。便意がすっかり遠のいていることに気づいて、これはやっかいな便秘の始まりだと思った。瞼の向こうで天井灯が消えた。……

「崇」

母の声に目を開いた。室内の色調が、やや昼間のそれに近づいている。あかねの気配はもうない。テレビはついたままだった。

「あんた、きょう病院に行ってきたら」

見兼ねた口調で云う。病院。苦笑したくなったが、そうする気力もない。

「拝島、病院で殺されたよ」

と頭を背凭れにのせたまま、横目で母親を見て呟いた。かの女は驚かず、

「いま見たわよ。ゆうべ会ったの」

なんだ、知っていたのか。崇は頭を転がした。

「いや。遅かったから」

「兇器らしい物が見つかったって。一・五キロの杭《くい》打ち用のハンマーだって。どんなんだろうね、一・五キロのハンマー」

「どこで」

「近くの家の庭に投げ込んであったって。総合が気持ちわるければほかの病院にでも、ちょっと行ってきたほうがいいんじゃないの」

「何科」

「自分がわるいと思うところへ。いくらなんでも急に痩せすぎだし、眠れてないんでしょう」

「いま寝てた」

「居眠りじゃない。拝島くんのことは残念だけど、わたしはあんたにまでどうかなってほしくないわ」

母親らしい、じつにもっともな口舌《くぜつ》だ。頭の位置を戻し、母の、近ごろ頓《とみ》に弛みがちな顎の線を視野に入れた。

「母さん、川西くん、知ってる？」

ふう、とかの女は気が抜けていくような返答をした。肯定しようとして、どういう「川西くん」か特定しきれず、口を閉じられなかったようだ。

「小学生のとき、よく。一学年上の」

「憶えてるけど。そんなに遊んでた？　C区の子でしょう」

たしか、たぶんそうだ。C区あたりのイメージだ。

「こども会の、なんだったろう、お餅搗《もちつ》き？　あんたと一緒にいたら、丁寧に挨拶《あいさつ》してきたのをよく憶えてる」

眉をひそめた。あの川西が母に挨拶？　記憶にない。真面目な上級生でも気取ったか。そういう二面性も、またかれに似つかわしくはあるが。

「今頃、どうしてるだろう」

「知らない？　話したことなかった？　ルナパークにいるわよ」

崇は頭を起こした。

「どこに」

「地下のお肉屋。顔が、ほとんどこどもの頃と変わってないもんだから、会ったことあるようねと思っていたら、名札に川西って書いてあったから、あら川西くんなのねえって。今は向こうから挨拶してくるわよ」


五分後には、ヴィニル傘を差して小雨の中にいた。

　ムーンレット、ルナパークは、それぞれサテライトのＤ区とＦ区に位置する、巨大な双子のようなショッピングモールだ。パティオを擁した地上三階、地下二階の立体構造にも、中に並んだ店舗の種類にも、これといった明瞭な差異がない。そのうえ同一チェーン下の店が、入口から見てまったく同じ位置に、同じ形の店舗を構えていることすら少なくないので、もしムーンレットは黄土色、ルナパークは煉瓦色という、イメージ色に添った舗石や床タイルの使い分けがなされていなければ、サテライトの住人ですら自分がどちらにいるのかわからなくなるに違いなかった。

　双方とも、地下一階が食品店街となっている。母が言及していたのはクイックサービスという食肉量販チェーンのことだろう。ムーンレット、ルナパーク、それぞれにある。

　さきに、中庭をまっすぐ突き抜けた位置にあるＤＩＹ用品の店に足を伸ばした。あるいは必要になるかもしれない、武器を、調達するためだ。川西とこれから対面するのだと思うと、胃の腑の底が震えた。潤みがちな眼をしきりに瞬かせながら、工具の吊りさがった壁面を眺め歩いた。視線がやがて、重量のある工具が並んだ、下方の陳列台ばかりを彷徨《さまよ》いはじめる。モンキーレンチ、万力、パイプレンチ……金槌、玄能《げんのう》。

　いちばん大ぶりな玄能の、木製の柄をつかんで、厚紙のラベルが巻かれた頭の部分を左手に置き、重量をみる。コンクリートブロックくらい容易に叩き割れそうに、それはずっしりと重かった。釘打ちには重すぎる。

いったいなにに使う玄能かと、ラベルをずらしながら眺めまわしていて、その底部に、1.5Ｋという浮き彫りを発見した。崇は慄然とした。竜介の殺害に使用された兇器は、まさにこれと同じものであるとの直感を得たからだ。

しばらく、身じろぎできなかった。店内には、夢も希望も感じられない、ＭＩＤＩ音源に置き換えられた〈君を想いて〉が流れている。正確無比な伴奏はもちろん、トランペット風の合成音が奏でる主旋律の、ちょっとした遅れも、ヴィブラートも、みな小さなコンピュータが記憶した数値の為せる業だ。音色指定の数字ひとつで、サキソフォン風にもギター風にも変わる。

玄能にまつわる直感を検証する一方で、これは本当はだれが歌った曲だったろう、なぜおれは〈君を想いて〉という題名を憶えているのだろう、とも考えていた。曲にまつわる疑問が解けるより、直感の正しさを確信するほうが早かった。

この店と総合病院との距離。そして重量の一致。

そもそも、ハンマーの重量が早早に報道されたというのは不自然ではないか。疑わしきハンマーを入手した警察が、なんのためにまずその頭を外して重量をはかる？　あとに遺す記録には、あるいは必要なのかもしれないが、調べるんだったらさきに、皮膚や血液が附着しているかどうか、そしてそれらが竜介のものと一致しているかどうかだろう。微に入り細を穿《うが》つのは、兇器と断定できてからの話のはずだ。

表記されていたのだ。一・五キロというのは、むしろ視覚的特徴にまつわる表現だったのだ。

ラベルに製造元は、ただ〽豊とのみ表記されている。印刷の感じから、まずもって大会社ではない。家内工業かそれ同然の工場の製品だ。扱っている店は多くない。

他の玄能や金槌も調べてみたが、それ自身に重量が表記されているものは一本もなかった。確信はさらに深まった。こんな近場に堂堂と売られている商品だと、警察は気づいているのだろうか。

玄能を、崇は買えなかった。盗もうという気も起きなかった。他の工具も、なにひとつ買えも盗めもしないまま、店を出た。犯人と同様の行動をとるのが憚られたのと同時に、犯人は川西ではなかろうと、かれに会うまでもなく断じはじめていたからでもあった。職場のあるルナパークで兇器を調達するというのは、神経がどうのという以前に、たんに愚鈍だ。かれは異常だったが、愚鈍ではけっしてなかった。

地階への階段の途中で、歌手の名を思いだした。ナット・キング・コールだ。

ナット・キング・コールの〈君を想いて〉。

なぜそんな古い曲を知っている？　そもそもなぜ、あれが古い曲だとおれは知っているのだろう。ナット・キング・コールなど顔を見たこともない。どこの国の人間かも知らない。テレビかネットで断片的に得て、断片のまま乱雑に脳裡にストックされてきた、実体との繋がりの薄い、情報のみの情報。メロディと繋がっているだけ、これはまだましな知識といえる。

おれは爆弾の作り方を知っている、と頭の中で独《ひと》り言《ご》ちた。ネットを検索すれば、いくらでもそういう知識は手に入る。なんら現実感の伴わない、孤独な星の輝きのように、爆弾の製造法はかれの脳内宇宙にぽつねんと浮かんでいるのだった。

並べたてた生肉を計算尽くの照明効果で赤赤と染めあげた保冷ケースの向こう側では、髪を三角巾で包んで茶色いヴェストを羽織った若い女店員たちが、秤で薄切り肉を計量したり、価格のラベルを貼りつけた包みを客に渡したりしている。端の惣菜売場にぼんやりと立っている女を選んで、崇は声をかけた。その女だけが接客中ではなかった。

「川西さん、います?」

女は返事もなしに、背後をふり返って、

「川西さん」

毎秒一往復ほどのペースで逞しいスライドを繰り返している大型スライサーの向こうで、巨大な赤黒い肉塊を裂いていた男が顔をあげた。黒いセル縁の眼鏡を掛けた、馬面の男だった。白い制服に白い紙帽子。女が崇を指差した。男は肉切り包丁を俎《まないた》に置くと、緑色のタオルで手を拭いながらこちらに近づいてきた。首を傾げがちに、はい、と唇を動かした。

崇は眩暈を起こしかけた。男が、記憶の中の川西少年とは似ても似つかぬ別人であることは、瞭然としていた。のみならず、かれが、その貌が、紛れもなく川西のものであることを崇は知っていたのだ。度の強そうな眼鏡の奥で、男の眼が小さく拡がった。微笑して、

「楪原くん？」

十年前のあの集団の中に、たしかにあった顔だった。

が、この人物が動物殺しにも人殺しにも関与していないことは、ほかならぬ崇自身がはっきりと証言できる。危険な存在と見做《みな》して、関与させなかった。集団への忠誠心が怪しいうえ、言動がおとな側のルールに準じていた。盗みの話題に眉をひそめ、暴力は止めに入るこどもだった。言葉づかいも優しかった。つまりは典型的な「善い子」だった、胸糞わるくなるほどの。

崇はかれを、この男を嫌悪していた。他の子たちもみな嫌っていた。公園に現れる頻度によっては、あるいはせめて崇と同い年だったなら、熾烈《しれつ》な苛めの対象と化していたに違いない。

思いだされてきた。川西、というのはたしかに、そういう負のイメージを背負った苗字だった。畏怖ではなく侮蔑。陰での嘲笑の対象。それが川西だった。

これが川西だ。この肉屋の店員が川西だ。

畜生、いったいどこで混乱した。

いつからおれは勘違いしてきた。
してきたのだとしたら、川西
という記号が、
あの禍禍《まがまが》しい少年を
指すものではないのだとしたら、記憶に
鮮やかなあの少年……
……おれに猫殺しを勧め、怪魚の存在を教え……
有希が、
——林先生、嫌い。
と云いだしたとき、
——じゃあ殺そうよ。
と事もなげに云ってのけ、唇をぺろり
ぺろりと紅い舌で舐め
舐めながら皆の顔を見まわした、あの
あの
少年はだれだ、いったい。

「楡くんがいない」

かれがほくそ笑んで云う。

たったいま飲み込んだ水が口に逆流してきた。頬をすぼめて吐きだした。そのぶんを補充するように、胃が残りの水を押し上げてきた。

重ねて嘔吐しながら上目づかいに鏡を見直すと、そこにあるのは、痩《こ》けて肌の艶を失い、眼の下を黒ずませた、崇自身の顔である。それが眉を寄せ、洟を垂らし、舌をつき出して、透明なものを勢いよく排出している。まるで人間の姿とは思えなかったが、それでも数秒前の幻影よりは、まだしも安心できた。

少年の幻に、明瞭な目鼻はなかった。もとより記憶に薄かったその貌立ちが、現実の川西に会ってから、ますます遠ざかった感がある。

白シャツを着、帽子を被っているように見えた。川西という記号に収斂《しゅうれん》していたイメージが、行き場を失い、トレチアと重なりつつあるようだ。

吐き終えて、流し続けていた水道水で口を漱《すす》ぎ、顔を洗う。最後に洟をかみ、その手で流水を受けながら、

「楡くん？」

と小便器に向かっている川西を見た。店の前で立《た》ち眩《くら》み、血の気を失った崇を、肩に担いでこの便所まで運んでくれたのである。ついでに用を足している。

「大丈夫かい」

便器を鳴らしながら訊いてきた。崇はぞんざいにうなずいて、

「楡くんがなに」

「よく買いにきてくれるって話さ。それだけ。憶えてないかな、ちょっと下の」

思いだした。白鳥舎の襲撃で捕まった少年は、そうだ、楡という名だった。楡くんが「いない」というのは幻聴だったようだ。

——楡くんがいない。

あんがい、よく憶えているものだ。襲撃後、短期的な流行をみた、苛め交じりの冗談である。だれかがそう云ったのを合図に、皆でしばらくかれの存在を無視するのだ。

川西は小便器から後ずさり、仮性包茎の陰茎をのんびりとズボンにしまいこみながら、

「いまけっこう肥ってて、最初はわからなかったんだけどね、こう云うとかれに悪いんだけど、遠ざかっていくときの歩き方を見ていて、ああ楡くんだって思いだしたんだよ。ひょっこりひょっこりって感じで歩いてたでしょう。それが変わってなくてさ」

たしかA区だったと思うが自信はない、と川西は云った。云われてみればそのような気がしてきたものの、崇にもまた自信がない。十年前だったら、仲間のアイデンティティの一部として、何区の何号棟の何階とまで明確に記憶していた。もっとも楡に対しては、そ

こまで気を払っていたとも思えないが。

郵便受けを見てまわるつもりだった。そうある苗字ではない。

雨が強まり、ましてや風に傾きはじめた。

ジーンズの膝から下をすっかり湿らせながら、はちまん池へと足を踏みだすと、鳥島の上に、トトを連れたあかねの姿がある。傘を差さずに赤い雨合羽のフードを頭にすっぽりと被っているが、あれはあかねの合羽である。

あの雨嫌いの犬の散歩嫌いが、いったいどういう風の吹き廻しだろうとふしぎに思いながら、橋を進む。鳥島へと上がると、あかねたちはすでに次の橋を渡りきらんとしていた。ペースが速い。急ぎの用でもあるような速度だ。

もし引き綱の持ち手がのんびり歩いていれば、路のあちらにこちらにとマーキングに情熱を傾けるトトだが、人が急《せ》いているときはそれに従順だ。大きく育つ犬だけに、そういう点には仔犬の時分、崇の父が厳しかった。おかげで引き手の気分を敏感に察するよう育った。

あかねたちはA区の方角に進んでいく。たまたま向きが一致したことが尾行しているような錯覚を生んで、足に力が入った。

雑木林《ぞうきばやし》を抜けてA区に踏み入ったところで、突風に傘を奪われかけた。いわゆるビル風であり、高層建築が林立するサテライトの各所で、それはしばしば起きる。

背を向け、肩をまるめて風をやり過ごしているあいだに、傘はすっかり裏返ってしまった。柄を握っていた力を弛めると、それは半透明な鳥になり、鋪道の上を助走していった。飛び立った、と思いこむことにして、棟に向きなおった。初めの数歩は繰り出すのに難渋したが、そのあと不意に風が弱まった。ようやく顔をあげられた。あかねの赤い姿は、もうどこにもない。他の影もない。ただサテライトAの十余棟が、巨人国の衛兵よろしく果敢に風雨を受け止めている。

手前の棟に達するまでに、頭の中まで濡れそぼった。エントランスの扉を背に、手で顔を拭い、前髪を頭の天辺まで掻きあげた。

このA区の突端に知人がいるという意識の、記憶はない。しかし今はあらゆる記憶を疑ってかかるのが賢明だ。崇は、分厚い硝子の扉を押した。

上から下へ、淡色の物体がかれの視界を通過した。こもった大きな水音が聞えた。

それはとても近くに見えたので、エントランスの床になにかが落ちてきたのだと思った。入って、床の蒼白いタイルを見まわした。泥水の靴跡が、幾人ぶんか交錯しているばかりだ。

硝子に映った鏡像だったと気がついて、外を見返した。

濡れて珊瑚《さんご》色《いろ》に変わった鋪石の上に、白く細長いものが横たわっていた。動物だ。肢が一本、くの字形に起きている。

よく見ると、全体が白いわけではない。白い部分だけが、まず目に飛び込んできたに過ぎなかった。黒い部分もある。明るい褐色もある。

一端に桃色をした突起が見える。だらりと舗石の上に垂れている。そのあたりから赤いものが涌いている。とくとくと、あとからあとから涌いてくる。

崇の心臓は早鐘を打った。ふたたび扉を動かして外に出た。雨の中に立った。

同種のよその犬では、という可能性を思いつき、証拠を探そうと視線を彷徨《さまよ》わせたが、黄色い見慣れた引き綱が、死骸から逃げだそうとする蛔虫《かいちゅう》のように、地面をぬたくっているのを確認したに終わった。トトだ。

背と腹が入れ替わったような奇妙な格好で、舗石に張りついていた。張りついているように見えた。死骸は、宙を搔いているような前肢を除き、犬にしてはひどく薄っぺらかった。

墜死だ。墜ちた……いや、墜とされた。

「なあ、おい、あかね」

と妹がまだそのあたりにいるかに錯覚して呟き、はたと周囲を見まわし、それからＡ12号棟を見上げた。雨粒が眼を刺した。瞬いているあいだに、上方でなにかが動いた。だれかが瞰下《みお》ろしている。

手で顔の雨を拭い、動きを感じた高さに目を曝したが、人影は見当たらなかった。入口に向かいかけた。考えなおして足を止めた。犯人が棟の住人でなければ、いずれエレヴェータなり階段なりで、この地上に降りてくる。

　住人ではない。崇にはわかった。人に慣れた飼い犬殺しが、どの種の動機からおこなわれる犯罪であるかを、かれは知っていた。非道な娯楽を自分の庭先でおこなうことは、だれであれ避けたい。犯人は12号棟の者ではない。どこかに隠れて待ち構えていたほうが、行き違って取り逃す可能性が低い。

　トトの死骸に近づき、崩れた頭の傍らに膝を落とした。もしも瞼を開いていたら閉じてやろうと思ったのだが、両眼とも頭の下側になっており、見えなかった。眼球がとび出していたらどうしようかという思いもあったので、ほっとした。

　せめて眠って見えるよう、つっ立った前肢を曲げてやろうとした。するとまだ触れもしないうち、ゆらり、それはひとりでに前後した。

　びっくりして腰をあげた。かれは老人のようによろけ、後ずさった。

　じっと立っていられなかった。間もなく理由を悟った。地面が揺れているのである。

大きい。何年に一度の大きさだ。

　顔をあげていたら、棟のヴェランダのひとつが接近してきた。そう見えた。

　倒壊？

場を離れねばと脚を大きく動かしたとき、揺れは鎮まった。

しかし崇は身構えたままで、しばらくのあいだ同じヴェランダを凝視していた。

距離感は縮まらない。雨が、厳然と双方を隔てている。

やがて地面に視線をおろすと、濡れそぼったトトの死骸はますます平たく、流れ出した血液は、雨と混じり、公園の端へと至る苺色《いちごいろ》の小川を成していた。

⁂

摩伽羅《まから》、と旺児はその魚を名付けている。揺れが去るなり部屋を飛び出し、まっすぐにサテライトのはちまん池を目指したのは、ひとつには中洲の沈下ぶりをなんらか、目視できるかもしれないと期待したからであり、いまひとつには余震を期待したからだった。大地震でも起きれば、摩伽羅の跳ねあがる姿を拝めるかもしれないという想いは、以前からあった。

もしくは麼迦羅。胎蔵曼荼羅《まんだら》に必ず描かれている幻獣だ。かつて、仕事にまつわる調べものから分岐した、直感と想像の脇道の果てで、その名に遭った。

もう二十年だ。まだかれが若く、偏狭かつ不屈の精神を保っていた——。

調べていたのは占星術十二星座の成り立ちだった。青年誌のことではあったが女性読者の目を強く意識した作品を手掛けており、展開上、登場人物のひとりに星占いのことを詳しく語らせる必要が生じた。旺児自身の星占いへの興味は稀薄《きはく》だった。稀薄というより嫌悪気味で、ひとえにそれはテレビや雑誌の「今日のあなたの運勢」「今週の運勢」といったコーナーへの反発に起因していた。自分が作品を寄せている雑誌にそれを見つけるといつも、空気を呑み込んでしまったような鬱陶《うっとう》しいつかえが胸に生じて、気を散らすのに苦労した。

かれの感覚からいえば、なにか訊ねてきたでもない人人に対し、あなたは好調だ低調だ幸運だ不運だと決めつけるというのは、一種の罵倒であり、客を怒鳴りつけて天狗になっている飲食店や、悪ふざけで客の苦笑や嘲笑を得るしか能のないボードビリアン同様、芸としては下の下なのである。きっと腹立たしく感じている人は多いから、もっと慎重な扱いをしてはどうかと、三京に対し息巻いたことがある。だれそれ先生の文章のことか、と具体的に問い返され、そういえばとりわけ、やつの言葉づかいがおれは嫌いなのだと、思いだした。

——一般論のつもりでしたが、たしかにあの人の、あの決めつけ調はない。今週は外出をするなというのがありました。どうやって？

——なるべく、だろう。どうせ守れやしないんだから。

——今の恋愛をあきらめなさいだの、どういう楽器を習いなさいだの、だれの画集を買いなさいだの、大型犬を飼いなさいというひどいのもね。

——占星術界の新しいカリスマといわれてる。うちの本もいま監修してもらってるよ。たしかに反響が、ああいう頁のそれじゃない。手紙の量がさ、こう云っちゃわるいが蠣崎くんやらの比じゃない。

——雑誌的にはありがたい存在でしょうね。

——わかりやすいんだ。蠣崎くんのような繊細な在り方もおれは好きだよ。しかし大衆は、右か左かを自分の代わりに決めてくれる王様を支持する。あの先生はわかってる。その肝所《かんどころ》を押さえてる。

——肝所。たしかに。

内心、反駁《はんばく》していた。支持ではなく、それは恐怖心だ。みずからの命運に、興味を懐かぬ度胸の持ち主は少ない。根拠なき言いぐさと薄薄は勘づきながら、だれしもが未来を知りたい。記載されている経歴が正直な申告ならば、当時まだずいぶんと若年であった占星術師は、旺児の目に、世人の感情を揺さぶれる道具を手にして、その威力に酔い痴れていると映っていた。

しかし、もっとも、増幅された自分の声に酔い痴れることができるというのは、それ自体、偉大な才能なのだ。酔えないからおれは負けるのだと、思いあたることが折につけあった。緻密で静謐《せいひつ》な蠣崎旺児の漫画は、実世間に対し、圧倒的に閉じていた。なにを題材に描いてみても、仕上がりは品良くまとまり、箱庭的。卵のように取っ掛かりがない。わかっているが、どうにもならない。旺児の才能の、それが一面における限界だった。

三京は、宥《なだ》めるように頬を弛めて、

——蠣崎くんは汚穢《おわい》を描かないからな。

穢い、ものをですか？　もっとグロテスクな線を、と。

——というんでもいいぜ。読者が思わず目を背《そむ》けちゃうような。

旺児は小首を傾げ、かぶりを振った。

——向きませんね。鬼面《きめん》人を威《おど》すような絵柄だったら、得意な人はほかに大勢いるでしょう。わたしが無理をしてそういうのを描いても、既存の読者にそっぽを向かれて損するだけです。

——いや、そういう表層的な話じゃなくてさ、じゃあこう云うか、つまり蠣崎くんは、みずからの汚穢を作品に吐き出さない。吐き出さないだろ？　吐き出す前に消化しちまう。消化であり、昇華だ。

三京はイントネーションを使い分けた。

——汚穢が昇華されているといえば聞えはいいが、しょせん上澄みだ。読者のむなぐらをひっつかむことはない。目を背けさせることも。

——読者が目を背けたくなるような漫画、を、しかし三京さん、欲しいわけじゃないでしょう、本気で。

——いやいや欲しいよ。欲しいね。拒絶反応ってのは強烈な反響だ。そこには熱が生じる。人が集まる。ぶつかり合う。拒絶への反動は信奉だ。信者、蠣崎くん、欲しくない？

——要りません。

とかれは笑った。三京は笑わなかった。

——汚水を濾過《ろか》する設備があるだろ。あの小さいやつ、すごく高性能なのを持ってるんだろうな、たぶん。しかし本当に濾過する必要があるのかね。漫画らしい漫画をきっちり仕上げられるというのは、立派な特殊技能だ。しっかりとした捌《は》け口《ぐち》を持ってるってだけで、じゅうぶん特別なんだよきみは。どろどろの汚水を、いっぺん垂れ流してみたら、浄化作業は読者に任せて。

……自分の生まれが山羊《やぎ》座に当たることくらいは知っている。事務的な調べもののつもりでいても、山羊座にまつわる記述となると、他星座に関するそれよりも、つい熟読した。こどもじみた胸騒ぎに、いささかの嫌悪を覚えつ。

十二星座のインド版ともいえる黄道十二宮《こうどうじゅうにきゅう》において、山羊座に相当するのは磨羯宮《まかつきゅう》だ。見慣れぬこの磨羯という言葉を、旺児は山羊の別称と解した。調べごとの最中は、そう納得していた。

真夏だった。すっかり重たくなった鞄を提げて図書館を出れば、灼けついた街並みが睡眠不足の身を苛《さいな》む。日陰を求めてバス停から離れたかれの影を、喫茶店のウィンドウが透明に捉える。食器を積んだステンレスの盆を片手に、テーブルを拭っているウェイトレスの姿が見えた。中で涼みながら待てばよかろうと都合のいいことを考え、店に入った。テーブルについたとき、歩道の向こうにバスが現れ、我慢づよかった待ち人だけを乗せて、去った。

アイス珈琲を啜りおえ、水のグラスを手前に寄せ、借りた本を一冊、当てずっぽうに鞄から抜いた。左の拇で小口を押さえ、ち、ち、時計のように頁を落としていく。横書きの、左綴じのペーパーバックなので、おしまいから眺め返すかたちだ。またも山羊座に、指が反応して、止まる。地の小口が、2の字に撓んだ。小さな星星が形づくるこの逆三角形の星座は、九月の、南の空にはり付いている。周囲には、水瓶《みずがめ》座、射手《いて》座、鷲《わし》座、仔馬《こうま》座など。

少年に、半人半馬に、獣たち。

白線で連結された星星に重ねて描かれた山羊の絵は、下半身が、魚のそれとして描かれている。後肢《あとあし》はなく、その代わりに古代魚めいた尾が、しかし魚にはあり得ない柔軟さでくるりと輪を描いている。対《むか》いの頁には、年代を感じさせる星座図から、同じ範囲が小さく引用されている。図版は昔風だが紙色は鮮やかで、本当に古いものを撮影したふうではない。複製に複製を重ねて、今もヨーロッパではきっとこういった星座表が流通しているのだろう。そちらの山羊も、同様の描かれ方だった。半獣半魚である。

他にも似た生きものを見たように思い、本を膝に置いて後ろから検分しなおすと、それは十二月の鯨《くじら》座だった。名ばかりの鯨で、前肢《まえあし》があり、頸があり、開いた口の内には肉食の牙が並んでいる。見るからに獰猛な海竜で、やはり後肢がない。山羊座の山羊と同様、巻いた、鰭《ひれ》つきの尾を有している。王女アンドロメダを呑み込まんとして勇者ペルセウスに退治された化けものであると、解説にある。幻獣である。

勘違いの可能性に気づいた。山羊座の頁に戻った。星座神話。

> オリュンポスの神々がナイル川の畔で酒宴を開いていると、百頭の怪物テュフォーンが現れて襲いかかってきた。神々は散りぢりになって逃げ出した。アフロディーテとその息子エロースは魚に身を変え、ナイルに入して危うきを逃れた。これが魚座の二匹の魚であるという。
>
> ところがあまりに慌てていた牧神パーンは、水に浸かっていた部分しか魚に変身しきれなかった。山羊座の図に描かれる半魚の山羊は、そのときのパーンの姿を表したものだとされる。

なるほど、そういえば魚座の図像は、尾と尾をリボンで結びつないだ一対の魚だ。山羊座の山羊は、同席していた半獣神。その象徴？　旺児の眉間が詰まった。パーンの下半身が、いつしか山羊の前半身にすり替わっている。単純な入れ違いを、おそらくは角の、象徴性に気をとられて、見遁《みのが》すところだった。

　そもそも弁証が空転している。魚座……一対の魚……アフロディーテとエロース、という遡《そ》源《げん》は直線的だが、山羊座……半獣半魚……パーン、というそれにおいて、魚の要素はただの寄り道に過ぎない。山羊座は牧神パーンを表している、で済んだはずなのだ、図像が半魚ではない、普通の山羊であったなら。

　子引き孫引きを繰り返されてきた文章だろう。最初の説明者がどこの国のいつの時代の研究者か知らぬが、どうやら山羊座の図像に、半魚の山羊のイメージに引きずられている。さきに図像ありきだ。

　鯨座の図像が鯨ではないように、この図像は山羊ではない。パーンでもない。このモザイク、この半獣半魚が……磨羯？　いや短絡だ。ギリシャの十二星座と黄道十二宮は同根だが、シンボルまで同根とは限らない。

　金を払って店を出て、図書館に戻った。

「磨羯宮」はどの百科事典にも載っている。黄道十二宮の第十宮。紀元前は山羊座に相当――同じ文章がすでに鞄に幾つも詰まっている。ところが「磨羯」だけとなると、さきまわりしただれかに隠匿されでもしたように、見当たらない。

磨羯……磨羯……宝瓶《ほうへい》……事典の棚から離れながら、思いだしては唇に乗せていた……宝瓶（ガニメーデスだ。羊飼いの少年）……双魚（アフロディーテとエロース）……白羊……金牛……棚の前に舞い戻った。載っているはずがない。宝も双も白も金も修辞だ。たぶん磨も。調べるべきは、羯の一文字だった。最も厚い漢和辞典を抜いて、棚にのせたまま調べた。しかし記述は、旺児の視野に靄《もや》を呼び、かれの探求心を挫いた。幻獣は大河の水面を泳ぎ去った。

【羯】 漢ケツ・呉ケチ 月 jié
慣**カツ**

❶去勢したひつじ。羯羊。❷異民族の名。五胡《ゴコ》の一つで、匈奴《キョウド》の一種族。山西省に居住した。

古訓 名ヒツシ・ツミ

解字 **形声**。羊＋曷《カツ》音。音符の曷は、割に通じ、たちきるの意味。去勢したひつじの意味を表す。

篆文 

それから長らく、なにしろ十数年のあいだ、意識の水底で息を潜めていた「磨羯」が、ふたたび生生しく浮上してくるきっかけとなったのは、稲垣が社の紙袋に入れて京王プラザホテルの喫茶室に持参していた新刊本だった。芙美との見合いの寸前の、待ち合わせの席である。

――こういうのは、最近のお仕事の参考になりますか。なれば、どうぞお持ちください。

伝統的な紋様の写真を集めた、薄い、四六判の図鑑だった。よりによってこういう日に、どういった風の吹き廻しかと内心小首を傾げ、

――新しい本ですか。

薄い表紙を開くと、き、と糊の折れる音がした。

――きのう見本が上がりまして。より一般市場を意識したアプローチと申しますか、気軽に、安価に、美に接してもらいたいという趣旨の叢書の、第一弾です。

自信作のようだ。意気込んだ仕事の成果に昂奮し、醒めやらず、どこへ出掛けるにも持ち歩いてしまうことは旺児にもある。すげなく閉じられず、価格や刷り部数に関するつまらぬ質問を口にしながら、一枚ずつ頁をめくっていった。図版の隙間から隙間へ、窮屈に、飛び飛びに詰め込まれた解説のなかの、一文を眼が拾った。

　この種の図柄に描かれている魚は、一説には摩《ま》竭魚《かつぎょ》であるという。

ぎょっとして見直すと、磨羯魚ではなく摩竭魚だった。だがマカツには違いない。該当

する図版を探した。

いかにも古ぼけた、暗色の、臈纈《ろうけち》の裂《きれ》である。簡略化されて記号のようになった波と、水鳥と、大きな魚が、薄く抜き散らしてある。

赤紫地水波魚鳥文臈纈絁《あかむらさきじすいはぎょちょうもんろうけちのあしぎぬ》（正倉院）

とある。稲垣のほうに本をつき出し、

——摩竭魚というのは？　この、これは、だれでも知っているような魚ですか。

——さあ。

よくそんな言葉を見つけたものだというふうに、笑っている。

——ほかに載ってるのかな。

索引を調べたが、見当たらない。

——専門書というんじゃありませんからね。今夜、著者と祝杯をあげる予定ですから訊ねておきましょう。

よろしく頼むと云って、本を鞄にしまった。見合いを経て、その深夜、連絡があった。芙美の印象を訊ねてきた。申し分ないと答えた。

——そのように先方にお伝えしておきましょう。ところで魚ね、魚の話はご記憶ですか。

——もちろん。摩竭魚。

——それなんですが、著者に訊ねましたら、ああも古いものに関しては、よほどの専門家しか手も足も出ないらしく、ほとんど学者からの請売りで書いたというんですな。名古屋のね、女子大の先生です。仏教美術の専門家だとか。連絡先はお入り用でしょうか。

教えてくれと云った。猿渡《さるわたり》という女性の学者だった。

——作品に？

笑おうとしたら、溜息になった。

——十年前ならね、構想して、稲垣さんにご相談したでしょうが、いまはもう、だって一齣では描きようがないでしょう。

翌日の午後、電話した。女の若若しい声が、猿渡です、と返事した。

——猿渡先生でいらっしゃいますか。

——あ、学校ですけど。

娘のようだ。名と身分を告げ、ちょっとお伺いしたいことが、と云った。

——研究室の直通番号、お教えしましょうか。

——いえ、急ぎの調べごとではないので。

——じゃあ伝言しときます。なんて云っときましょうか。

——では、蠣崎という者が、摩竭魚についてお伺いしたいと。明日はご在宅ですか。

――木曜は……はい、家に居ます。念のため、お電話、伺ってよろしいですか。

伝えた。すると晩、猿渡のほうから連絡してきた。

――名古屋の猿渡です。お電話をいただきまして。摩竭魚についてお調べですか。

声音は柔らかいが、てきぱきと喋る。

――恐縮です。明日、こちらからお電話しようと思っていました。

稲垣から貰った図鑑の名を云い、摩竭魚という名がどうにも気になり、と申しますのも、以前仕事の、わたしは漫画家なんですが、作品の進行上、十二星座の……と、よろけがちな事情説明を始めたところ、遮るように、

――やっぱり註釈は載らなかったのね。摩竭魚というのは、マカラの和名です。

――マカラ？

――ええ。摩竭魚の摩に、伽羅《きやら》という字を宛てますね、お香の。仏画によく描かれています。京都の万福寺の屋根にも乗っかっています。

――屋根にというと、鯱《しやちほこ》みたいに？

――鯱との関連については諸説ありますが、わたくしは、まったく影響を与えていないとするのは、ずいぶん無理があると感じています。シビはおわかり？

――いえ。

――クツガタのことだけど。

――そちらも、寡聞《かぶん》にして。

――鯱の原型です。古代の神殿の、屋根の両端にある飾りと云ったら、イメージできますか。

――ああ、なんとなく。

――あれが装飾性を増して鯱に変じたとされてるんですけれど、その過程において摩伽羅からの影響が皆無とは考えにくいという話です。もともと、インドの古代建築には不可欠な装飾モチーフですし。

――インドの……幻獣なんですね？　摩竭魚、摩伽羅というのは。

――語源はサンスクリット語の鰐《わに》です。水陸を股にかける獰猛な存在ということでそう呼ばれたんでしょうが、遺跡に見られる摩伽羅は、必ずしも鰐に似た形態ではありません。象のような鼻を持っていたり、龍にそっくりだったり、じつに多様です。

――黄道十二宮に、磨羯宮というのがありますが。

――摩伽羅です。

乱暴に思えるほど、あっさりと断言された。

――十二星座で山羊座に当たるので、最初、わたしは山羊のことかと。

――今は羊偏の「羯」を宛てるから、そう短絡される方は少なくないですね。胎蔵曼荼羅には、摩竭魚の摩竭と同字で摩竭宮《まかつぐう》とあり、ちゃんと摩伽羅の姿が描かれていますよ。

十二星座のカプリコヌスも、わたくしに云わせれば摩伽羅です。カプリコヌスの図というのはどれも前肢《まえあし》しかなくて、尾がくるりと巻いていますでしょう。わたしの眼には摩伽羅にしか見えませんよ。大別すると、鰐型という鱗に被われたタイプ、象型という長い鼻としっかりした前肢を持ったタイプ、それから日本に多く見られる魚型つまり摩竭魚の、三つのタイプがあるんですけれど、鱗を持たず魚というより海豚《いるか》にしか見えない摩伽羅や、翼の生えた摩伽羅、それから半身が山羊の摩伽羅というのも実際に存在します。陸地を浸食する水、水陸の混沌、水にまつわる恐怖、そういったもののメタファなんです、摩伽羅というのは。混沌ですから、どんな形態も取りうるということです。

——カプリコヌス……山羊座の図は、ものの本には、パーンが魚に変身しそこねた姿であると。

猿渡はくくと笑って、

——こじつけでしょう？　もしくはパーンの本性が摩伽羅であるとか。

ただの冗談なのか、大胆な仮説のつもりか、相手の表情を想像しえないでは、判断のしようがない。

——なんでも摩伽羅なんですね。鰐に、象に、魚に……なんでも摩伽羅に吸収されてしまう。

——逆ですよ。摩伽羅が吐き出すの。胎蔵曼荼羅には摩竭宮の図像以外に、リンテルの支柱を成した一対の摩伽羅も描かれています。

——リンテルとは？　失礼。

——聖なるアーチと思ってください。図をご覧になれば、このことかとおわかりでしょうけど。それをよく見ると摩伽羅が、双方からね、リンテルを吐き出してるんです。混沌の象徴である摩伽羅は、それゆえにまた創造の象徴です。なんでも吸収するんじゃなくて、なんでも吐き出すの、きっと自分自身のイメージすら。

翌週、稲垣の会社経由で郵便が届いた。大きな封筒の口を破ると、クリップで端を留めたカラーコピーの束が出てきた。一枚めに刷られた図版は、知ったものだった。稲垣がくれた図鑑にあった、赤紫地水波魚鳥文臈纈絁の写真である。

紙をめくり、眺め進んだ。

古代魚を写したような素朴な文様。

海面に顔を出した、龍状の生きものを描いた蒔絵。

アーチを吐き出している、象の前半身……もしくは巨鳥、の図。象と見立てれば耳にあたる部分が、大きな眼をした鳥の、翼のようにも見えるのだ。

それに似た頭部を有した、魚の図。

鰭のような耳を有した鰐のレリーフ。鱗に被われた後半身は、渦を成して消失している。

その頭部を犬に近づけたようなレリーフ。前肢の先は蹄《ひづめ》を成し、後半身はくるりと一廻転半して、尾鰭となり終わっている。

さらなる変異。前二者はかろうじて畸形の鰐の態《てい》を保っていたが、このレリーフにはもはや鱗もない。象に似た頭部、馬のように細まった蹄、鋭角の胸鰭、さらに儒艮《ジュゴン》の後半身を有した、完全な合成獣である。鰐の要素は、開いた口の内側に密生した歯にのみ見られた。それらを獲物に対して誇示するように、上顎をまくっている。まくれは、曲線を保ったまま象のような鼻端に転じている。

旺児は床に、束を放り落とした。手がひとりでに痙攣《ひきつ》けて動いたような気がしていたが、その意思がかれになかったともいえない。こども騙しとたかを括って乗り込んだアトラクションの、予想だにしなかった加速に身が恐れをなし、気がついたら跳び降りてしまっていたといった具合であった。

摩伽羅、摩伽羅、摩伽羅、摩伽羅。摩伽羅。

これらすべて摩伽羅であると猿渡女史は伝えている。手紙は添付されていなかった。となれば他の意味はない。異形の群れの、重厚で非合理な形相は、漫画家の心をすっかり怖じ気づかせていた。仕事柄、醜怪としか云いようのない異端美術も、じっくりと眺める。しかし視覚を通じ、かくも黒い不安が骨身に沁み入ってきたのは初めての経験だった。

拾いあげた束を、かれは書類入れのいちばん下の抽斗に、伏せて納めた。やけに手が洗いたかった。不意を打って生活空間になだれ込んできた幻獣たちの、冷たい鼻づらの感触、吐息のなまあたたかい湿りを、最も端的な言葉で形容するならば、それは、穢い、だった。かれらの本質を猿渡は、混沌という言葉で表した。しかしいま触れたものが混沌の一端なのだとしたら、いままでおれは混沌という言葉に、むしろ整然としたイメージすら寄せてきたことになる。真の混沌は、かくもくろぐろとおぞましく、穢いか。

想いを巡らすほどに、堪えられず、手を洗いに流し台に向かった。流水に手を浸していると、この二十年、反芻し続けてきた三京の声が、またぞろ耳朶《じだ》に甦った。

――どろどろの汚水を、いっぺん垂れ流してみたら。

あの言葉がもし、無神経な連中に追従せよという意味ではなく、ここまでの穢さを吐き出してみろという挑戦だったとしたら、ずいぶん買い被られていたものだ。神業……というよりも魔の業。一方においては創造を担うという、摩伽羅の業そのものではないか。

もっとも、目にした摩伽羅の図像はそのいずれもが、魔ではなく人手による作品である。では、あれらをものした古代の絵師や彫刻家たちは、よほどの闇をかいま見たのか。みずからの内に抱えていたのか。

……咄嗟《とっさ》、はちまん池の巨魚を摩伽羅の名と結びつけたものは、唯一、そのような知的経験をへてきた蠣崎旺児の無意識の閃きだった。摩伽羅とのあいだに、いかなる共通項を見出したのでもない。そもそも変幻自在の幻獣とでは、類似も相違も探しようがない。目撃は、芙美および雄平との生活が解体し、かれがサテライト外に居を移して間もない、晩秋の早朝であった。仕事を明けてダウジングに出掛けた早朝の池に、紅い大きな揺らぎが生じたのを見た。濁った水面すれすれに、それはゆらと、素早く沈んでいった。

旺児は橋の上にいた。眼を瞬かせると、朝陽の乱反射の向こうの、目まぐるしい鱗の煌めきが、まだ瞼に残っていた。愕然としてかれが脳裡に泛べていたのは、芙美の出生にまつわる義父の告白である。

　　沼で　こっそり泳いでいたら　大きな魚が
　　まとわりついてきたからきっと
　　そのこどもでしょう　などと云ってる

なのに唇が勝手に、摩伽羅、と動いた。まから。音が、みずから生じた。無意識がおこなった見立てに、かれは戦慄した。

摩伽羅に赤色のイメージを抱いたことも、またはちまん池という卑近な場所に畏怖を寄せたことも、一度もないつもりでいたが……無意識のうちにかれはその場所を、水陸交わる魔の領域と目していたのかもしれない。

赤は、非日常色。血の色、錆色《さびいろ》。

鳥居の、色……汚穢が清澄に転ずるときの色。

眼の錯覚とは露ほども思わなかった。眼には絶対の自信がある。赤い巨大な魚を見た。見えた。見えた以上、それは旺児の現実なのである。理に合わないことは承知だ。自然湖が擁する生命の豊かさを思えば、面積も水深もない人工池は死の世界にも等しい。巨大生物が棲息できる余地などない。存在自体、非合理な、現実。ここに矛盾を感じないのが、いわば視覚で思考する、旺児という人間だった。目にしたものへの信頼の、確乎たること、敬虔な信仰心にも近い。

かといって他人の賛同を求めて腐心することも、旺児はけっしてしない。自分の視覚は特別だという自負心からには違いないが、傍目《はため》にその感覚は優越感に似て、いざ手にしてみれば程遠いのである。自嘲に近かった。見える、という言葉はかれの中でいつも孤独な輝きを帯びて、せつない。

地震のあとのはちまん池は、雨交じりの強風に白っぽく波立ち、無数の雨音が互いを打ち消し合って、むしろ閑寂《かんじゃく》として感じられた。

風向きによって位相を変える、無限の灰色に満ち満ちている。

最後には必ず摩伽羅へと収斂する、さまざまな、昂奮と屈辱の記憶が甦ってくるたび、旺児の血は沸き、頬は火照った。暴れる傘の柄を引っぱり、引っぱり、摩伽羅の頭上を渡っていくかれは、久方ぶりに猛猛《たけだけ》しい冒険心に溢れていた、若き日日のように。

唇を結んで、額を濡らし、無言でかれは叫ぶ。

摩伽羅よ、跳ねろ。

跳ねてみろ、混沌の権化よ。

この零落した画工を、おまえの闇に引きずり込むがいい。

描いてやる。

⁂

顔は見せてもらえなかった。修復がうまくないから、と竜介の母は泣いた。

葬儀社の手配した職人が、写真を見ながら、顔の欠損を石膏で足した。だがまるで違う顔だし、つくりものだと一目でわかってしまうから、どうか見ないで、ただ思いだしていてやってくださいと云った。

——殺されただけじゃないの。何度も何度も、しつこくしつこく金槌で、すっかり潰されちゃったのよ、竜介。顔。竜介の顔。この顔は違う。

——違ってて、かまいません。

気丈に、礼於奈は云ったが、白髪染めで赤茶けた頭は、左右に揺れるばかりであった。

——かまわないのに。わたし、本当にかまわないんです。

礼於奈もまた、鼻水を流して泣いた。

手は握らせてもらえた。檜《ひのき》の箱の隙間に詰められたドライアイスに、冷え、弾力を失った、若い骨と肉。血が凍っている、とかの女は思った。握り続けて溶かせば、しばらくでも動かないものか。目で腕をたどり、肩を経て、白布に至り、その微動だにせぬをじっと確かめて、これは屍体なのだと諦めた。

きっと片眼も脚も不自由なままであろうこの、怠惰で、無計画で、云うことばかり威勢のいい若者の、もうひとつの眼になり杖になりして生きようというかの女の決意は、行き場をなくし、長椅子を重ねて床を拡げた拝島家の応接間を漂い、たちまち弱りはてて、かの女の中に舞い戻ってきた。悲壮なつもりだった決意が、ちっとも悲しくも惨めでもなかったことを、かの女は知った。本当の惨めさは、これからやって来るのだ。家に帰って、ふとした拍子、かれの死を忘れ電話機のボタンに目を落としてしまったときに。枕の上、夢うつつに明日の見舞いに心を構え、それから、それはもうないのだと思いだしてしまったときに。

いつかわたしは次の恋をして、別のだれかの手を握り、抱きあい、口づけを交わすだろう。その都度、この冷たさの亡霊が——顔のない亡霊が、瞼の内に現れ、わたしの名を呼んで嘆くのだ……礼於奈……とわたしの名を……礼於奈……

降りしきる雨の狭間に、竜介の声を聞いた。顔をあげて立ち竦み、あたりを見まわした。初めて、そのとき、かれの家に傘を置いてきてしまったことに気づいた。雨だから濡れるのは仕方がないと端《はな》から諦め、傘のことなど思いつきもしなかった。

竜介はいなかった。幻聴だった。代わりに12号棟の前に、青い人影を認めた。若い男性である。長い髪の毛が、竜介の親友の楳原を思わせたが、近づいていって確かめるほどの気力はない。それに、向こうも傘を差していない。楳原だとしたら、かれもまた狂乱して雨に打たれているのだ。人影の足許には衣服のかたまりのようなものがあり、侘《わび》しく濡れそぼっていたが、なにとはわからなかった。なんでもよかった。かの女を救いうる、なにでもないのは確かだ。

いつもの裏手の道を通るため、建物脇のスロープに進路を向けた。表を通っても距離は変わらない。あまり人に会わずに済むから、こちらを通る。そういう習い性だ。

見目《みめ》をつくりこむことを覚える前は、まともに男性と話せなかった。気が小さい。容姿も、醜いほうと自認している。礼於奈という華やかな名を、幼い頃から恨んでいた。

中学受験を凌《しの》いだあとは、学業もふるわなくなった。気を抜いているつもりはないのに、同列だと思っていた友達の、いつしか背中しか見えなくなり、それすら遠ざかっていく。

希望の大学にはみな落ちて、もの悲しい気持ちで滑り止めだった短大に入学した。

それまで見たこともなかった、あっけらかんとした同世代の姿がそこにはあった。面白いかつまらないかの一点だけでものごとに優劣をつけ、娯楽の享受にも怠惰《たいだ》な時間潰しにも臆《おく》することない、南の島の鳥獣たち。

驚きと違和感は、じき憧憬に変わった。礼於奈という名前がずっと遠くに感じられていたのは、もともとこちらに咲いているべき花だったからだ。髪型を真似た。口紅やバッグのブランドを暗記した。そういった単純な事柄をパスワードに、礼於奈はかれらに承認された。派手やかな集団に属した。

集団の外には幾つもの、衛星のような男性群の存在があった。そこに竜介はいた。

渋谷での買いものの最中、集団のひとりから携帯電話で呼びだされ、表参道に移動した。ファミリーレストランに七八人の男女が集って、だらだらと時を過ごしていた。礼於奈を呼びだした級友とふたり、ボックス席からはみ出して別のテーブルにいたのが、竜介だった。礼於奈が挨拶をしてテーブルにつくと、級友は間もなくトイレに立った。しばらくして戻ってきたかの女が坐ったのは、礼於奈の隣ではなく、ボックス席の端に余った半人ぶんの空間だった。

竜介の印象は、芳《かんば》しくなかった。両肩に龍の刺繍《ししゅう》の入った別珍《べっちん》のスーヴェニア・ジャケットは面白く、おかげで名前はすぐさま記憶できたが、髪はまだ脱色の過程にあり銀髪というより中途半端な白髪のように見えたし、その下の貌立ちも、話しぶりも、愚鈍げに感じられた。真新しいワークブーツの汚れをしきりに気にして紙ナプキンで拭ったりしているのが、いじましく、見ていられないようでもあった。

金のない男と付き合うほど愚かなことはないと、日頃、周囲から云い聞かされてもいたから、男性として眼中に置いてやる筋合は微塵も感じなかった。竜介が礼於奈に抱いた印象が、そのほぼ正反対であったことを知るまでに、三日の時間を要した。三日しか要さなかった。

――ひょっとしてさ、ほかの子らと出所が違わない？

かれが両肘をテーブルに置き、手で灰色の髪をなぶりながら云ったのを憶えている。見透かされた、とそのときは思いこみ、ますます態度を頑なにしたが、じつのところ竜介はかの女を賞賛しているつもりだった。見慣れた鳥獣たちにはない「悲壮な雰囲気」をかの女に見たのだという補足が、のちになされた。なおのこと賞賛から遠ざかっていると思ったが、当たっているとも思った。

出会った晩、遅く、極楽鳥の一羽から電話があった。忘れものを預かっているといって竜介が連絡をとりたがっているが、電話番号を教えていいかと訊ねられた。礼於奈はバッグの中をあらため、小首を傾げながら、教えてくれと云っておいた。翌晩、竜介から電話があった。前置きだと思っていた、先刻まで見ていたというテレビ番組の話が漫然と、延

延と続くので、

――あの、

と思いきりよく訊ねた。

――忘れものって、嘘？

一呼吸あって、

――嘘。電話番号を知りたかった。

その一呼吸が、好もしかった。きっと、もうコンマ何秒早くても、遅くてもだめだったと、あとから繰り返し繰り返し、その間を思い返したものだ。

電話で、竜介が同じサテライトの住人であることを知った。縁だと、かの女は思った。生まれて初めてそういう言葉を、みずからの現実に重ねた。電話は、翌晩も、また翌晩もあった。回数を重ねるたび、会話はよりもどかしく、もどかしさが心地よく、長長と深夜にまで及んで、なかなか、どちらからも切れない。……

れおなぁぁ

ふたたび竜介の声を聞き、立ち竦む。

かぶりを振って、坂の続きを踏んだ途端、地面に靴をつかまれた。前のめって転びかけた。身を立て直し、気がつくと、ストッキングの片足は、坂をすべり下りていく雨の流れに浸っていた。

靴と素足とを交互に、置いてきた靴のところまで戻った。コンクリートの斜面に、手が入るほどの真新しくて長いひび割れが生じて、雨水を湛《たた》えていた。靴はそれに踵を食われていた。行きがけには見なかった。ずっと下を向いて歩いていたが、見つけなかった。あのあと大きな地震でも起きたのだろうか。

思いがけず笑いが込みあげた。竜介はこれを教えたかったのだ。この裂け目のおかげで今は前よりすこしだけ、サテライトが好きかもしれない。この街に欠けていたのはこういう風穴だ。覗き穴だ。セメントや芝生できれいに塗りこめたって、下の病んだ泥が失せるわけじゃない。

この土地はむかし泥沼だったと図書館の郷土史で読んだ。ならばサテライトは、泥に浮かんだコンクリの船だ。足の下の黒いうごめきを知らずに長らくここに生きていたのだと知った、気持ちわるさといったらなかった。

船底に穴が空いた。今が沈没の時だというなら、わたしは歓迎するよ。皆で沈みたい。

……踵の折れた靴を片手に玄関に立つと、衣服が含んできた雨が乾いたタイルを叩き、重い色に染めた。その色を見つめていた。気配をふしぎがった母親が出てきて、あきれたような声で、

「どこ行ってたの。傘は。そのまま上がらないで」

そう云われたので、礼於奈は片足に靴を履いたまま、じっとしていた。

すっと、そのとき床が沈んだ。わずかな沈下だったが、はっきりと感じられた。かの女は微笑した。

バスタオルを投げつけられた。頭に当たって、それは濡れたタイルに落ちた。腰をかがめて拾いあげた。

「どこ行ってたの」

重ねて訊ねられた。

「どこにも行ってないし、もう行かない」

とかの女は答えた。

⁂

有希、竜介、トト……それ自身が墓標のように見えるトトの前肢を視野の下方に、頭の中で、歌うがごとく犠牲者たちの名を連ねる。樅《もみ》の枝葉を叩く雨音が喝采《かっさい》のように強まって、崇の鼓膜を塞《ふさ》いだ。かれは思いいたった。トトが真の犠牲者ではない可能性に。

トトは、ついでに殺されたのだ。有希、竜介と来れば、次はあかねだ、おれに対する、これが包囲網だとすれば。

「畜生。畜生め」

木陰を出た。悠長に犯人の降臨を待っている場合ではなかったのだ。トトの骸を跳び越えがちに避け、硝子に身をぶつけて、12号棟のエントランスに入った。

エントランス内のゲート——エレヴェータや階段を侵入者から護るステンレスの格子ドアを開くには、住人に連絡をして開錠してもらうか四桁のパスワードを押すかである。が、棟の住人全員が知っているパスワードなど、いわば公然の秘密であって、サテライトで育てば、こどものあいだに余所《よそ》の棟まで覚えてしまう。G区の住人である崇に、Aの何号棟は何番、といった具体的な知識まではないが、規則性は知っている。規則性がある。この事実は、むしろこどものあいだで知られている。

まず、パスワードには必ず棟の番号が含まれている。どの桁とどの桁かは地区によって違う。B区C区ではふたつの桁が離れているが、A区の場合は中二桁、つまり12号棟ならば必ず＊１２＊という数字であるはずだった。一見乱数のような残りふたつの桁にも、じつは規則がある。四つの数字の合計が、A区の場合は必ず9になる。B区は10、C区は11になる。つまりA12のパスワードは、０１２６か、１１２５か、２１２４か、３１２３か、４１２２か、５１２１か、６１２０ということになる。規則性をもうけておいたのはおそらく、管理会社や警備会社の人間、それに新聞配達人の、度忘れ対策だろう。

部屋番号を押した後ならコールボタンとして機能する「呼」のボタンを、さきに押す。そしてパスワード、の順だ。０１２６から順に試した。２１２４で、鍵が開く音がした。ゲートを抜ける。エレヴェータのボタンを押す。

機械音の響きを待った。もどかしい無反応が続く。表示によれば、エレヴェータは四階に留まっている。早く失せろと4の輝きに念じるが、瞬きもない。

停まっている。さっきの地震のせいか。ドアの前を離れ、たち止まり、ふたたび表示板を見上げたが、やはり光っているのは4だった。階段に走った。こどもの頃の感覚からすれば、ずいぶんせせこましい、白いタイル壁の階段を、二段跳び三段跳びで駆けあがる。二階で、もう一度エレヴェータのドアの前まで足を運んでみたが、やはり動いていない。三階は走り抜けた。四階の、同じ青黒いドアは、閉じていた。喘ぎの下で舌を打った。

「いったい」

ドアに腕をぶつけた。何階まで駆けあがれと……と建物を呪ったつもりが、それは自問に転じた。おれは何階に上がろうとしているのか。

トトが、あの潰れ方からいって、ずいぶん高い位置から突き落とされたことは間違いない。漠然と屋上近くからと思っていたが……屋上にはどうしたら上がれる？　上がったことがない。エレヴェータの数字は18で終わっている。サテライト内の探索に明け暮れた日日は記憶に遠いが、たしか階段も、最上階で途切れていたはずだ。では十八階か、十七階か、十六階……そのどこから……判断の材料がない。無力だ。

腹立ち紛れにドアを蹴りつけようとしたら、寸前、その内側が低く轟《とどろ》いた。なにかが落ちた音のように聞えた。かれは脚を下ろした。

しばらくして、もう一度。だれかが叩いている。ドアの隙間に崇は耳を近づけた。

「あかねか」

鋭く放つと、ややあって、また同じ音がした。

「聞えるか」

すこし小さな音。動悸がした。閉じ込められているのはあかねだという、根拠の薄い確信がすでに生じている。

「無事か」

また間をおいて、さっきと同程度の打撃が応えてきた。肯定と、かれはそれを解釈した。

「緊急連絡用のボタンがあるだろう。わかるか。それを押したら警備会社かエレベーター会社か、とにかくどこかと話せる」

今度はなかなか応えがない。

「わからないか。暗いのか」

……しん、とまた鳴らしてきた。

「手探りで、片っ端から押せ。ぜんぶ押せ」

また反応がない。が、云われたとおりに動いているのだろう。
ドアとドアの隙間に耳を近づけて、妹の返事を待っていた。隣室の壁がせり出している向こうに、階段の踊り場が半分、額縁付きの銅版画のように眺められた。額縁の中に、のそりと黒い人影が現れ、方向転換して消えた。同じくエレヴェータ故障の被害者らしい。

いまけっこう肥ってて
最初はわからなかったんだけどね

われに返ったとき、崇はすでにエレヴェータの前を離れて、階段に向かっていた。手摺の向こうを見やると、雨はいまだ棟に重たく被さっている。手摺を打つ水音と交錯しているのは、つい先刻の川西の言葉だ。真新しい記憶にもかかわらずどうも消失しがちである。

ひょっこりひょっこりって感じで

夜の病院だけではない。同じ歩きを、おれは余所でも見ている、最近。
階段に差しかかった。傘や上着から滴ったと思しい水跡が、コンクリートの段に生じている。ぺちゅ、ぺ、ぺちゅ、と上から跫音が響いてくる。追いついてしまわぬよう、忍ばせた靴音をそれに合わせる。

五階、六階、七階……を過ぎて、跫音はまだ続いていた。水跡はさすがに乏しくなった。八階を過ぎたところで、自分の靴音だけになった。厳密には、気がつくとすでにそうなっていた。崇は足を止め、息を凝らした。楡が階段を離れたのか、それとも追尾の音に気づいて動きを止めているのか、その判断がつかない。たしか、こういった状況に出くわすのは初めてではない。いつだ？

上から見下ろされている可能性を思い、手摺の折り返しを目で辿ったが、楡の顔はない。しかし今しも現れないとは限らない。この棟の上層に住んでいることはわかったのだし、いったん退いて、あとから壁の名札を見てまわるという手もあるが、と

わたし　たぶん知ってる

視線を落としかけたとき、記憶の霞に、今度は有希の声を聞いた。視線をまた上方に戻した。逆だ。思いだしたかった情景。追尾していたのは、おれのほうではない。有希が姿を消した日、おれたちは楡を見ている。橋の上だ。カメラバッグを提げた男。

あれも楡だ。

顔面を血流が駆ける。こめかみに汗が泛ぶのを感じた。有希に付きまとっていたのも楡

だ。いいかげん疲労の溜まった脚を手で押しながら、踊り場に上がり、廻る。上がる。九階の、通路の突き当たり近くに、黒い影はあった。背中をまるめてドアの鍵を開けようとしている。駆けた。跫音に、円っこい眼鏡を載せた顔がこちらを向く。

「楡」

廻した鍵を引き抜こうと、かれは腕を激しく上下させた。崇を、何者であるかはっきりと意識している所作だった。ドアが開いた。その陰に身を隠した。

閉じる。咄嗟、消え失せかけた隙間に、崇は右手を差し入れていた。掌の先で痛みが爆《は》ぜ、肘に痺《しび》れが走った。ドアが浮いた。隙間に靴を挟んだ。楡の両手は内側のノブを握っている。靴のつっかえに気づかず、閉じようと力んでいる。崇は隙間に左手を入れた。かれの手首をつかんだ。

「楡、おまえ殺したな」

「ひゅい」

楡は咽声を発し、手をノブから離した。否定とも肯定ともとれた。綿コートの濡れた袖の下に、角張ったデジタル時計の感触がある。力任せにドアの外へと引き出すと、蒸れた衣服のにおいの向こうに、粘土のような楡の体臭を感じた。崇は怯《ひる》んだ。においへの嫌悪感は古い記憶を誘発していた。閃いたのだ、それがかつて、少年時代、崇の密やかな嘲笑の標的であったこと——竜介や有希への耳打ち。

手首が逃げた。逃げられてしまうとおよそ呆気なく、呆気なさにしばらく動作を奪われた。

足でドアを開く。玄関に、楡の姿はすでにない。濡れた傘と形の崩れたふたつの革靴がうち捨てられている。背後でドアが閉じ、気圧がわずかに上がる。崇はドアにチェーンを掛けた。

電灯のともらぬ屋内は、昼間でありながら薄暗い。そこそこに雑然たる、健全な生活感が、淡闇に包まれてまどろんでいる。下駄箱の上に積み重なったダイレクトメール。ダイニングからはみ出した食器棚。その側面に吊られた赤い縁取りの白板。黒いマーカーで、薄力粉《はくりきこ》、とあるのが読める。下に、畳んだ新聞チラシが磁石で留めてある。奥のリヴィングに出しっぱなしの掃除機は、電源コードを、ずっと手前の壁のコンセントまで延べている。

頭を低めると、板張りを模した塩化ヴィニルの床に、濡れた靴下の跡が光った。

九階だ。まず逃げようがない。みょうに気持ちが落ち着いて、あるいはそう思いこみたくて、崇は、ここでたばこを吸おうという考えを起こした。外ポケットに右手を入れた。指がこわばり、動かしにくかった。入っていたジタンの箱と一緒に取りだした指指は、すでに太く腫れあがっていた。たばこを抜く所作のひとつひとつに、指の芯が痛んだ。箱は湿っていたが、中に二本だけ潜んでいたたばこは、皺んでいる程度だった。いったいいつ買ったジタンだか。

　ライターは、左ポケットにイムコが入っていた。これまた忘れてしまうほど昔の買いものだ。この上着だから、たぶん去年の秋、新宿で、型押しされた羽根の図柄に惹かれて買い、その日、使って……それきりでいたような気がする。このウィンドブレーカーは滅多に着ない。他に雨に向いた上着が目につかなかったので袖を通したが、まるで気に入っていない。着火スイッチの固さを思いだして、ライターは左手で操《あやつ》った。火はおとなしく一度で点いた。オイルは揮発しきっていなかった。

　玄関に煙をまいて、ふたたびたばこを唇に掛け、土足のまま踏み込んだ。左手のドアの把手に指を掛ける。このドアの開閉を見遁した可能性は低い。が、間取り上、唯一通路に面した窓——退路を有する部屋のはずだ。楡の不在を視認しておきたい。

　ノブの音が、予期せぬおびき出しの効果をもたらした。気配に目を向けると、いつしかリヴィングに人の姿があった。ソファの向こうにでも隠れていたらしい。

　突進してきた。

　崇の中で、目的が入れ替わった。この部屋。追う追われるが逆転した。部屋にすべり入りながら見返したドアの内側には、公衆便所のドアに見るような閂《かんぬき》錠が後づけしてあった。閉じきると同時に、痛む右手でそれを掛けた。

　直後、ドアは激しく引かれ、閉じたときより大きな音をたてて揺らいだ。しかし耐えている。

　ドアはたて続けに揺れた。閂を固定した螺子がすこし浮いた。

　崇は部屋を見まわした。旧式のパソコンやその周辺機器や複数のゲーム機、小型のテレビ、抽斗式のディスクケース、それに雑誌の詰まった、見るからに耐荷重量値の高そうな金属棚が、無計画な街並みのように狭い空間を囲んで、あと家具らしき家具は、ベッドと小ぶりなパソコン机、それに合わせた椅子など。棚と棚の間に、わずかに押入れの襖が覗いている。机には、白青ツゥトーンのＧ３と同色のスタジオ・ディスプレイが晴れがましく並んでいる。絨緞は清潔だ。

　すこしのあいだ静まっていたドアが、また壁ごと揺れはじめた。今度の揺れは息が長い。おどろおどろしく、果てる気配がない。ひたすらそうしていれば、螺子穴を拡げられると踏んでいるのだ。部屋になにかがある。おれならどこに隠す？　ときどき、掃除したがる母親に部屋を明け渡さねばならない。どこに隠す？

　煙が顔面にまとわりついて苦しいので、たばこを指に挟みなおした。Ｇ３とディスプレイとの間には、ＵＳＢハブ、フロッピーディスク・ドライヴ、光磁気《MO》ディスク・ドライヴ、ふたつの外付けハードディスク……といった周辺機器が積みあげられ、配線をまとわりつかせている。どれもがパソコンに合わせて半透明もしくは生成《きなり》色の筐体であるなか、ひとつ、手前に野暮ったい真黒な道具がはみ出しており、近づいてみると、それは乾電池用の充電装置と思しかった。Kodakと上面に読めた。

ふたたび金属棚を見まわした。ドアに間近い棚板に、外出用の鞄がまとめて立ててある。そのいちばん端で直立している、クッション素材の黒い鞄が、視界に滲んだ。

見た、おれはあの日。

橋の上で、楡が提げていた。提げていた。

たばこをまた唇に戻し、鞄を棚から引っぱり出す。案の定、前面に、Kodakと刺繍されたタグが縫いつけられていた。かぶせ蓋を上げた。ケーブルやマニュアルブックやメモリカードに囲まれ、中型のデジタルカメラが収まっていた。ＤＣ２６０ズーム。

どこに隠す？　答えは簡単だった。カメラバッグをベッドに投げ捨て、机に向かい、Ｇ３を起動させる。この起動音を祟は、葬儀をいろどる悔みの合唱のようだといつも思う。ディスプレイが瞬く。

ドアの振動がいったん静まり、ハードディスクの読みこみ音が部屋に残った。デスクトップが生じた。壁紙は、夕暮れの街……国分寺？　広角レンズの効果で、両側のビルの壁面が内側に湾曲している。

かれの思考を妨げんとするように、ドアがまた、いっそう激しく鳴り始めた。たばこを背後に投げ捨てて、昂奮に眩みがちな眼の焦点を、画面中央の女の後ろ姿に合わせる。動悸が視線を揺らす。白地に赤い、タータンチェックのミニスカート。緩《ゆる》い裏革のブーツ。

細く染め分けた髪。去年の有希のスタイルだ……どう見ても。

ポインタをメニューバーに運んで、崇のコメットには棲みついていない新顔の検索アプリケーションを立ちあげた。英文字で「yuki」と打ちこみ、思いなおして消去し、代わりに「990402」と打った。ファイルが大量なら日付で整理しているに違いない。含んでいれば、検出される。ややあって、「何も項目が見つかりませんでした。」という、日本語としていまひとつな文の貼りついたウィンドウが生じた。

壁の振動は、刻み幅を拡げている。楡が疲れてきたというのもあろうが、螺子が浮いて、ドアの動きが大きくなっているのだ。

検索対象が本体内蔵のハードディスクのみになっていたことに気がついた。ＣＧの本職でもなかろう楡に、なぜ大容量の内蔵ハードディスクのほかに複数の外付けまで必要なのか、直感してもよさそうなものだった。舌打ちしてシステムを終了させる。ふたつのハードディスク・ドライヴの背後を指で探って、それぞれにスイッチを入れる。ＬＥＤが光る。
ふたたび起動。

……無駄な機能拡張書類が幾つも読み込まれるので、いたずらに起動に時間がかかる。たいしたパソコン使いではない。崇は椅子に掛けた。

ようやく壁紙と再会すると、映っている女を、今度はすぐさま有希と認識できた。やり場のない感情がこめかみのあたりに溜まる。熱い。990402で検索しなおす。有希が消えた日付。

43項目見つかりました。

リストをスクロールしてみると、画像ファイルのみならず音声ファイルらしきものも検出されている。ダブルクリック。4トラックのデジタルレコーダーが立ちあがった。再生。ピークメーターの輝きが増減しはじめた。楡のたてる音がうるさく、なにが再生されているのか聞き取れない。フェイダーを片っ端から押し上げ、システムのボリュームも最大にした。

「――ていうのに／やだ。くふ／がないでくれって感じ。そういう細かい人って、わたしはどうも／だね／ところで話／話は変わるんだけど、昨日の大森掲示板――」

ヒスノイズを伴った有希の声が、室内を揺らした。ドアの音がやんだ。

これは、電話の会話である。傍受されたものだ。有希の喋りだけを繋いである。というよりも、神経質に相手の声を排してある。つまりこの録音は、有希の室内に設置した盗聴器を介したものではない。であれば、最初から有希の声しか録《と》れまい。親機と子機を連絡する、弱い電波を傍受したものだ。

電話の相手を、崇は知っていた。崇だ。

一九九九年四月二日。日付変更後、ということか。憶えている。竜介の見舞いに誘った夕方の対話が重苦しく終わってしまったので、口直しのつもりで、深夜、崇からかけた。盗聴されていた。

「――いうのはよくわからない。書きこみたいと思っても、ちょっとなんだか怖くて／そういうもんなんだ／うん／んん……／そうかも／ていうことはけっきょくさ、読んでる人の大半は――」

においに、椅子を廻すと、さっき放ったたばこの火が化学繊維を含んだ絨緞に移って、大輪の菊ほどの炎が生じていた。踏み消しにいく気力はなかった。響きわたる有希の喋りが、崇を一気に疲労させていた。

「もういい」

と呟き、画面からレコーダーを消し去るつもりでメニューを探っていて、楡が最近開いたファイルを呼び出せることに気づいた。いちばん最近のものを開いてみた。再生すると、サンプリング音だらけの、しかしまっとうな音楽である。聴いたことがある。ビョーク？　しばらくすると、そこに有希の喋りが重なった。さっきのファイルと同様、盗聴音声の繋ぎ合わせだ。脈絡は失われているが、ころころと、笑いを含んで楽しげである。そのうち、お姉ちゃん、お姉ちゃんが、と会話の相手があきらかになった。ビョークの歌を後ろに、まるで複雑に、有希も歌っているようだ。素朴な盗聴録音を再生するためにしては大仰なソフトウェアを買いこんだものだと思えば、こういう娯《たの》しみ方か。

ドアの振動が復活した。秘密が暴かれていくことへの苛立ち。また、そろそろ煙に気づいていい頃でもある。火は絨緞の踏み均《なら》された一帯を避けるように端へ端へと移動して、棚の真下に至ろうとしていた。視線を上げると、部屋の空気はすでに白んでいた。

画像も、見ておこうと思った。多くは見たくない。二枚か三枚。それが最後に見る、新しい有希の姿になる。写真は家にも何枚か持っている。机の抽斗にある。家に帰ったらあれも見返して、それから処分しよう、燃やしてしまおう、さようなら、さようなら。

リストの最後の一枚を開いた。そのさまを予期できなかった思考の衰えを呪った。失踪の日の、最後の画像だ。なぜ思いつかなかった。

画面は、全体、光量不足に朱く沈んでいる。床を囲んだ蠟燭。タイルに飛散した血。引き裂かれた衣類が真紅に染まり、散り、積もって、その向こうに人体が横たわっている。口を、肌に似た色のテープで被われている。顎を上げ、頭を床に落としている。ふたつの腕を、祈るように重ねてつき出している。手首を古びた針金で縛りあげられている。衣服を裂いた刃先が達したのだろう、軀じゅうの皮膚が切りつけられ、刻まれている。しつこいほどに繰り返し傷つけられている。のみならず、ねじれた腹部には深く長い十文字が刻み描かれている。十字架もしくは小文字のｔ。縦の傷は下腹の膨らみを渡り、鼠蹊《そけい》と合わさり、鏃の形を成している。鏃を彩る陰毛は、夜が凝固したように黒い。膝からふくら脛にかけても、古い針金で幾重にも引き絞られている。

「――忘れてないからね、ジェニーちゃんの恨み／クリスマスに貰ったジェニーちゃん／ちょっとそれ失礼じゃない。しょうがないじゃん／しょうがないよ、今でも夢にみるんだから／みようと思ってみるわけじゃないもん。だからさ／うん／はい、認める／そういうこともあったね／だからわたしも同じで、こども心によっぽど悔しかったんだなって、それだけ／残るよね／目が覚めると泣いてて、驚いたり――」

　背後に四人ぶんの脚が写りこんでいる。うちふたりが半ズボンで、片方は、靴もはっきりと写っている。こども用の、紐孔の少ないエア・ジョーダンだ。

　ふたたび有希を見つめる。血が、髪の裾を濡らし、侵し、交じり乱れている。頭のまわりに散った桃色の小片は、崩れた頭蓋の一部だろうか。画像を拡大した。解像度には余裕があり、有希の眼許を明瞭に映した。朦朧と、泣いている眼だった。これは屍体ではない。まだ生きている有希だ。

「おおお」

　崇は椅子から立ちあがり、ばたばたと笑い続けているドアに向かって突進した。肩をぶつけて鍵を壊して突き開くと、楡は片方の耳から眼鏡をぶら下げたまま背後の壁に後ろ頭をぶつけて、手から包丁を取り落とした。崇は左手で拾いあげた包丁に腫れあがった右手を添えてはじめ腹を刺してやろうと狙いをつけたが唇に向かって流れ落ちはじめた楡の鼻血を見たらそういう穢い液体をさらに露呈させるのは罪悪であるという気がしたので握り替えて柄の底で楡の額を殴った。ぎゃ、と楡は声をあげた。もう一度殴ると、ぎゃ、とまた声をあげた。殴るたびに同じ声をあげた。

「おまえが頭か。餓鬼《がき》どもを仕切って。なんで殺した。惚れてたんだろう。憧れてたんだろう。じゃあなんで有希を殺す。おまえに人を殺す権利はない。それを知らないおまえは低能だ。愛情を敵意にすり替えた瞬間からおまえは無価値だ。だったら別のすり替えをおこなえ。有希を殺すんだったらおまえが死ね」

予期せぬ俊敏さで、楡の手が手首をつかんできた。それをまたつかみ返して包丁を守る。楡の力は意外に強い。わずかずつ、崇の体勢は崩れていく。

「岩倉さんを殺したのはぼくじゃないよ」

楡は低く呻《うめ》いた。崇は嚙みしめた奥歯の裏から、

「じゃあだれだ」

「トレチア」

怒りに忘我し、みずからの額を楡の額に叩きつけた。楡の眼球が、一度くるりと返ったのを間近に見た。崇の頭蓋にも衝撃が走ったが、痛みとは感じなかった。楡は腰を床に落とした。その腹を蹴った。崇の足には脂肪の緩い感触しかないのに、ぎゃ、とまたも同じような声をあげる。まるで犬用の玩具だ。ぎゃ。

「トトも殺したな。おまえがこの部屋から落としたんだろう。竜も殺した。竜も殺した。いったいおれになんの恨みがある」

「恨みぃ？」

楡が太い声をあげたので、崇は思わず退いた。楡はうつむいている。うつむいたまま、早くすべてを語りきりたくて仕方ないといった早口で、

「いや楳原くんには楳原くんにはべつに恨みはないよ。トトってさ、トトって表の犬？　あれって楳原くんの犬だったんだ、ははは。お気の毒、ははは。岩倉さんを殺したのもぼくじゃないって云ってるだろ。勘違いした説教たれてんじゃねえよこの放火魔。嘘ついてると思うならさっさと部屋の火事消して四月二日の画像を確認してみろ。そこにはたどり着いてんだろ、確認してみろ」

「もう見た。あれはボート小屋の中だ」

「それだけじゃなくて全部確認しろ。小学生たちが岩倉さんをボート小屋に引きずり込んでる写真がある。遠いけど、血のついたスパナまでくっきり写ってる。ぼくはただの目撃者だよ。写真を撮るために岩倉さんを追ってただけだ。危害を加えたいとも、話をしたいと思ったこともないね。だから刺すな。刃物を向けられるのは厭なんだ。本物の岩倉さんになんか興味はなかった。本物は好きじゃないんだよ、こどもの頃ずいぶん苛められたから。ぼくが愛情を懐けるのはさ、３００ｄｐｉのドットや16ビット44・１キロヘルツの信

号に変換されたかの女に対してなんだ。だから本物のかの女が死んじゃったことも悲しかぁないね。でもデータのほうも、もうどうでもいい。楪原くんに知られちゃったからさ、ぼくだけのものじゃなくなっちゃったら、そういうのはもう無価値なんだ無価値だ。だから欲しけりゃハードディスクごと持ってくといいよ、火の中にさ、飛び込んでさ。火、消してくれよ」

崇はかぶりを振った。

「最後の一枚はどうやって撮った」

「池の中から。決死のショットだよ。池に浸かって桟橋につかまって何十分も扉が開くのを待ってたんだ。開いた瞬間にカメラを上げて一枚だけ撮って、また桟橋の下に隠れた」

だとしたら、崇が有希を探しに鳥島に戻ったとき、楡は池の中にいたことになる。そして有希は、ボート小屋でまだ生きていた。

「あいつらが岩倉さんを引きずって桟橋を通過してくのがわかった。岩倉さんははちまん池に棄てられたんだよ、きっとまだあの大きな魚がいるんじゃ、へへ、いるんじゃないの。そのあいだにぼくは池から上がって逃げた。魚に食われるのは厭だったし、そうならなくても、あいつらに姿を見られたら次は自分が殺されると思った。倒れた岩倉さんを運んでる写真に、餓鬼のひとりの顔が写ってる。サテライトで見かけたことのある顔だから調べれば名前はわかるだろう。でもそいつを告発したってどうにもならない。たとえそいつがスパナを握ってたとしても、だれかに命令されましたとさえ云ってればさ、云ってれば、糾弾《きゅうだん》すらされない。こどもは無垢だからさ、無垢なはずだから保護される一方だ。それをこどものほうもよく知ってて、利用するやつらはしっかりと利用する。楪原くんがそうだったみたいに。ぼくや岩倉さんや拝島がそうだったみたいに。だれから殴れって命令されたんだと訊ねられたら、こう答えるだけだよ。トレチア。いぇ、凄い発明だね。何度もそう答えてるうちに、自分でもその実在を信じはじめちゃったりしてね。信じている人間がいる限りトレチアが消えることはない。実在しないから捕まることもない。かといって不在も証明できない。証明できる人間がいるとしたらさ、そりゃ世の中にぼくひとりだ。なぜってトレチアはぼくの発明だから」

「なんと云った」

「トレチアはぼくの発明だよ。白鳥を殺したときさ、白鳥舎を襲撃したとき、ぼくが警備員に捕まったの憶えてるよね？　だれが殺した、おまえか？　じゃあどこの子だ、と問い詰められた。あの晩、まず鳥島に集合したからさ、鳥島、と答えようとした。ところがびびってるもんだから口が廻らなくてさ、とりち……」

部屋の中でなにかが威勢よく爆《は》ぜた。見ると、炎の一部が金属棚半ばにまで這いあがっていた。崇は包丁の刃先を楡に向け、靴でその腿を蹴ってリヴィングのほうに移動するよう促した。楡は大儀そうに、歪んだ眼鏡を掛けなおし、腰をあげながら、

「そうしたら警備員がでっかい声で、なに？　トレチア？　あっは、うなずいたら、警備員それメモってたよ。じゃあ正確には警備員との共同作品だな。そりゃどこだって訊かれたけど知るもんか。トレチアだよ。どこでもないトレチアだ。その言葉がどこをどういうふうに巡って学校の風聞《ふうぶん》まで発展したのか、ぼくは知らない。楳原くんと岩倉さんの電話の会話で拝島がやられたのを知って、やっとトレチアがぼくらの前に戻ってきたと感じた。トレチアって楳原くん、ぼくらの学年にとっちゃ遅れてきた伝説だと思ってなかった？　違うんだよ。起点はぼくらなんだ」

　煙がたち込めて崇の呼吸を妨げはじめた。骨格を感じさせない、楡のなだらかな猫背を切先で突いて、

「早く進め。有希を殺したのがトレチアなら、竜を殺したのもトレチアか」

「そういうことだね」

「竜が殺された晩、おまえを病院の前で見たよ」

　楡はふり返りかけて、頭を戻し、会話に疲れたように距離を離した。

「トレチアだよ」

「じゃあトレチアとしよう。なぜ有希や竜が選ばれた」

「わかりきってること訊くよね。そりゃ、だれかを殺してみたかったからだよ、昔の楳原くんがそうだったようにさ、ぼくらがみんなそうだったようにさ。そういう気分が盛りあ

がってるとき、目の前にいたのが岩倉さんや拝島だった、それだけだよ。理由を求めてもしょうがない。より殺されるに相応《ふさわ》しい人間が別にいたとしても、殺されやすい人間が殺されるのさ」

「偶然有希で、偶然竜介だというのか」

「坐るよ」

黄土色をしたソファの傍らで、楡はたち止まり、肘掛けから座面へと身をすべり落とした。火災報知システムのセンサーが煙を感知し、キッチンのどこかに仕込まれたスピーカーから電子音を発しはじめた。その向こうでは、とうに終わっていいはずの有希とビョークの合唱がいまだに続いている。加えて電話。警備会社だろう。警報はあちらにも伝わる。

楡が笑う。

「ぼくら、死ぬかも」

「おれは死なない。おまえだけ死ね」

周囲の音に負けぬよう、崇は声を張った。自動応答が始まったのか電話の呼出し音が止んで、かと思うと、すぐにまた鳴りはじめた。

「そういう云い方、変わってないよ。でもぼくは楪原くんのこと、一度も嫌いじゃなかった。楪原くんの命令を聞くのは楽しかった。猫を溺れさせたり犬の腹を裂いたり、物を盗んだり、林先生を殺したりね、ああいうの、楽しかったよ」

「おれの命令じゃない。そういうのは……川西が」

楡は憐れむように眉を寄せて、

「川西くんが？ 川西くんがぼくらに命令したことなんか一度もないだろ。でもなるほど、楪原くんの中ではそういうイメージか。拝島と喧嘩してグループを抜けるときも、ぼくにそんなこと云ってたの、憶えてるかな、憶えてないか、あいつみたいに川西の云いなりにはならないとか」

云ったという記憶はないが、近いことを感じていた記憶は、崇にあった。集団は加速していた。これ以上は危険すぎると、ある時点で判断したのは事実だ。

「おれは命令してない」

「拝島は動物を殺すのを嫌がって、あとさき考えず人を殺したがった。川西くんは、岩倉さんの万引きに眉をひそめてた。あの時点で楪原くんは喧嘩の理由をもう、川西くんに追《つい》従《じゅう》するかどうかにすり替えていた」

「万引き？」

「それも憶えてないんだ。岩倉さんは文房具の万引きが得意だった。よく消しゴムをみんなに配ってた。そもそもかの女は遊びにきてたんじゃない。年下の子らに、盗品と、罪の意識とを分配するために、家から離れた公園にまで足を運んでたんだ。だれの過去にもそういう陰はある。川西くんが、泊まりにきてた従弟を連れてきたことがある。物と見れば壊したがるやつで、そのあとしばらく粗大ゴミを見つけちゃ粉粉に破壊するのがブームになった。動物殺しに執心してたのは楪原くんだ。本物のタブーに挑みたかったんだろう。今でも感心するよ。才能に溢《あふ》れて、あの頃からほかのこどもとは次元が違うって感じだった。でも殺すってさ、相手が人でも動物でも、心に大きな負荷がかかる。たとえ楪原くんであってもさ、それに耐えるのは難しかったんだよ。だからそのつど記憶を再構成して、自分にとって無難な物語に書き変えてたんだろ。今や物語のほうしか頭に残ってない。珍しいことじゃない。ぼくにもある。つまりそういう心理がトレチアの本質なんだ」

崇は包丁を左手に握りなおした。痛む右手では、なにかのはずみで取り落としてしまいそうだった。柄は、汗に生温かく濡れていた。

「自分にもあると云ったな。じゃあ再構成されてるのはおまえの記憶だ。何者にせよ、グループを殺戮に駆りたてた存在は、おれ以外にだれかいた」

「帽子を被った少年がね。それでいいんだよ、楪原くん。毎日獣肉を食らいながら野良猫の幸福権を主張するような、脳死したモラリズムが、その圧迫が、トレチアを培養する。トレチアは、抑圧された探求心や創造性に残された、最後の表現手段だよ。ということはつまり、トレチアもしくはトレチア的なものを確信することにより、ぼくらは格段に自由になれる。拝島が襲われ、岩倉さんが殺され、楪原くんの犬が殺された。これは偶然の重なりであり、同時にトレチアの帰還でもある。この部屋の火事だってさ、いずれ風聞の中でトレチアの仕業になる」

被害者意識とも義憤とも異なる、暗い感情が、崇の視界を染めはじめた。片膝を抱えた楡の姿は、かれの少年時代をたやすく偲ばせた。吹出物に囲われた童顔の、目鼻の配置もほとんど変化していない。かつて崇に眉をひそめさせていたのは、こういう楡だった。創造性などかけらも持ち合わせないくせに、過去を都合よく接ぎ合わせて、すべてわかって、操作していたかのようなポーズをとりたがる。滑稽すぎて、苦笑もできない。

「ここの火事はともかく、おまえが竜にとどめを刺したことは、トレチアの仕業じゃあ済まないだろ。病院の監視カメラにも写ってる。おれも、自分の目撃を証言するよ、警察の前でも法廷でも。竜の家族のためだ」

「証言」

頬を張られたような目つきを、楡はした。眼球を左右に揺らし、それから口角を上げ、

「できるかよ。ぼくらは秘密を共有してる。楳原くんが口を開くなら、ぼくだって……だから、できないだろ？」

「昨日の殺人と十年前の話を一緒にするなよ。こどもの頃なにをやって遊んでたかなんて、おれはもう忘れた。そういう記憶力は竜がよかった。でももういない。有希もいない。ほかの残ってるやつらを見つけてきたって、絶対に忘れてるさ。憶えてても忘れたと云うだろう。どうやって実証する？　あの頃の公園に留まって、佇《たたず》んでるのは、楡、おまえひと

りなんだ」

束の間の笑みは、楡の、すでに口許から去って、崇との空間に入り込んできた薄煙が、かれの顔色をいっそう褪せさせている。抱えた脚を細かく揺すりはじめた。

「形而上の犯人はトレチアでいい。でも竜の顔を金槌で殴ったのは、おまえだろ」

楡は眼をヴェランダに向け、うなずいた。

「そんなに竜が憎かったか」

「ぶったり蹴ったり、ずいぶんだったからね。鎖骨も折られたよ」

「知らなかった」

「楳原くんは、もう公園に来なくなってた。苛めの中心人物は拝島だった。拝島がいないと、岩倉さんはぼくに優しかった。かの女が拝島を恐れて、あいつに調子を合わせるのを見るのはつらかった。岩倉さんはいつか、ぼくのやり方で自分のものにして、拝島は殺してやるってのが、あの頃からの、夢だったといえば、夢だったかな」

「だからトレチアを手伝った」

理解を得られたと早合点して上向いた円い顔を、崇は嘲笑するように、

「そんな理屈がだれに通じる。おれにも通じない理屈が」

「……岩倉さんかな」

「死んだよ。おまえがすぐに警察へでも駆け込んでれば、一命はとり留めたかもしれない。

でもおまえは有希の命より、死にぎわの有希の写真を選んだ」

楡の脚の動きが激しくなった。

「ぼく、どうしようか」

「死ねば」

ヴェランダに視線を流す。

「そこから飛び降りれば。天罰だろ」

「本気で？」

本気で云ったわけではなかった。しかし肯定が与える恐怖は、然るべき刑罰のひとつだった。

「それぐらいしかないだろう。それとも次はおれを殺すか？　いまここで殺し合うか」

相手の目の高さに包丁をつき出す。楡は小さくかぶりを振った。

うつむいて、黙考しはじめた。そう見えた。やがて、ぎゅうと音をあげて息を吸ったので、泣いているのだとわかった。膝に涙が散った。

「ちょっと……小便してきていいかな」

迷っていると、

「ほんとにしたいんだよ」

と楡は返答を待たずに身を起こした。念のため包丁を構えて後ろを歩いたが、楡は肩を

低く落として進んだ。反抗の気配はなかった。便所のドアを開いて、

「閉めていい？」

崇はうなずいた。楡はドアの向こうに消えた。

楡の部屋から炎の音が聞える。まだ、まかれるほどの煙ではないが、新建材の燃焼ガスだろうか、刺激が鼻の裏から沁み入るようで、眼窩が痛痒《いたがゆ》い。ドアを閉じてこなかったのが悔やまれるが、今さら閉めに向かいたくもない。

放尿の音は聞えず、ただ便器に水を流す音だけがした。それからすこし、考えごとをしているような間をおいて、楡は出てきた。

「じゃあ飛び降りるよ」

楡は云って、煙に軽く咳きこみ、崇の前を過ぎていった。リヴィングを抜け、サッシュ戸の一枚を開いた。

雨を見ている。崇が近づく。逃げるように、楡はヴェランダのつっかけに足を入れた。水浸しであろう手摺に、両肘を乗せ、顔を横に向けて、

「トイレで考えたけど、たしかにもう、それしかないね。警察とか裁判とか、想像しただけでも煩わしい。死ぬことは……死は、しょっちゅう想像して、その時はどんなものを身につけてたいとか、どういう音楽を聴いてからとか、でもいざとなったら、なにも思いだせないな。楪原くん、ぼくが公園でだけ苛められてたと思ったら、大間違いだよ」

「おまえ今、なにやってる」

「どこに通ってるかって話？　だったらどこにも。高校を一年で辞めて、それからずっとうちにいたよ、いま燃えてる部屋に……ぼくも、気が変わらないうちに消えるよ。楪原くんにも好都合だ。ぼくはいろいろと記憶しすぎてるからね。更新された世界で、楪原くんは楽しく生きてよ。だけど忘れるな。その忘却の足許にくっついている影も、またトレチアなんだ」

ガスの影響か、ふらつきを、崇は感じている。寝入りばなによくある、意識だけ前転していく感覚に近い。

「はっきり云っとくけど、おまえのそういう喋り方、嫌いなんだよ」

「ぼくもだよ。だから、もっと早くてもよかったね。やっぱり楪原くん、ぜんぜん変わってないや。トレチアが、噂になって下級生のところに戻ってきたとき、そのイメージがまるきり楪原くんだったのがぼくは可笑しかった。トレチアって言葉と一緒に、ぼくの念も伝播《でんぱ》してるんだなって」

　氷砂糖を連想させる不透明な強化硝子に、靴下を擦りつけ、軀を手摺の上に持ちあげた。本当に死ぬつもりなのだとわかると、楡という存在に思いがけず懐かしみを覚えたが、裏腹、この重苦しい儀式をさっさと切り上げてもらいたくもある。こちらを向いて手摺に腰掛けた楡を、おぼつかない上下感覚ごしに睨んで、

「もう早く行っちゃえよ」

　雨の向こうにサイレンが聞え、室内ではまた電話機が目覚めた。玄関のドアが音をたて、楡さん、とチェーンの掛かった隙間から女が呼んだ。ずいぶん煙が洩れているのだろう。

「死神が呼んでる、楡」

　崇は独り言ちた。楡は意外な運動神経で、手摺にすくと、こちら向きに立った。

「キジツダ」

　と崇が呟いて顔を見上げると、

「ほうら」

　と、たぶん微笑して、後ろざまに跳んだ。

　雨。

　崇は手摺に身を寄せた。顔を出すと、楡のひしゃげた亡骸《なきがら》は、よりによってトトの死骸に被さり、ふたつの胴体が右下方から眺め上げた十字架の形を成していた。

　隣のヴェランダに人が出てきた。崇が室内に退《しさ》るより早く、

「楡さん」

　と薄いファイバー板の間仕切りの外側から、女が覗きこんできた。女が、いつか病院で話しかけてきた女だったので、崇は脚の力が抜けた。頭を横に揺らした。

　霊感を与えたか、女は地上を瞰下ろした。吸いあげた息で咽を鳴らし、眼を見開いて視

線を戻してきた。崇はまたかぶりを振った。

「自殺です」

「火事は？　警報がずっと。煙も」

「かれの部屋が……ぼくはかれの、友人です」

楡さん、と、今度は男の声が玄関から呼んだ。

「フロアの人が集まって。こっち、来られますか」

女は手を伸べてきた。

⁂

崇の母、楪原満利子《まりこ》が緋沼消防署の女性署員から連絡を受けたのは、同日の午後三時半。あかねが珍しく犬を散歩に連れだしてから、すでに四時間が経過して、先刻の短くて大きな地震のこともあり、さすがに心配しはじめ、雨の日の買いものに愛用しているL・L・ビーンのパーカを羽織ったところだった。電話が鳴った。

「電話番号だけ、なんとか教えてくれました」

そう署員は云った。満利子はヘルメットを被ると、まだ購入して日の浅い、濃いオレンジ色のオランダ製モペッドにまたがり、緋沼総合病院へと急いだ。

地震感知器が揺れを感知し緊急停止装置が作動したためでも、停電による一時的な停止でもなく、地震によって屋上機械室のエレヴェータの電源用変圧器《トランス》が壁から振り落とされ破損したという本格的な故障であり、復旧には時間を要し、Ａ12号棟の住人たちは大変な不自由を強いられているという。

四角い闇に、二時間、あかねは幽閉されていた。緊急連絡用インターフォンが不通であったためだというが、そちらは地震の影響ではなく、以前から通じていなかったようだ。

インターフォンは当初、緋沼サテライト各棟に製品が採用されているエレヴェータ製造販売保守会社ＩＣＣの〝緊急受付〟直通に設定されていた。しかし同社は一九九七年十月に倒産している。以後、保守業務は同業同規模の会社、東進昇降機に委託され、インターフォンの通話先は石丸警備保障〝ガードセンター〟に変更されている。東進昇降機には二十四時間の緊急対応態勢が整っていなかった。

東進昇降機の保守記録によれば、三月二十日の定期点検時、Ａ12号棟のエレヴェータは、すべてのチェック項目において動作良好であった。インターフォンおよび籠内《かごない》照明の電源配線には、香港製の無停電電源ユニットが介されている。屋上機械室に、取り寄せられた新しい変圧器が設置されたあと、午後八時頃、東進昇降機〝サービスチーム〟があらためておこなった点検によれば、制御パネルの内側から、この小さなユニットが取り外され、代わりにまるめた投込みチラシが詰めてあった。照明用の配線については、ピン数の違う雄雌のコンセントが、無理やり直結されていた。停電すると、インターフォンは通じなくなり、照明も消える。

夜を徹して、サテライトじゅうのエレヴェータの、インターフォンが点検しなおされた。他、A区の一基とC区の一基で、まるめたチラシが発見された。

A12のエレヴェータの故障を石丸警備保障の〝ガードセンター〟に通報したのは、九階の火災警報信号を受信した〝ガードセンター〟の要請により、消火作業に出向いた消防士の一人だった。入署して間もない、二十代の若者である。昂奮しきっており、通報ぶりは要領を得なかった。かれを昂揚させていたのは、職務でも、その現場への急行を阻んだエレヴェータ故障でもなかった。

上半分にうっすら白煙をまとった12号棟の前で、雨を浴びながら、まず消防士たちを出迎えたのは、ふたつの墜死体だったのである。ひとつは大きな犬、ひとつは若い男。男の屍体は犬の屍体の上に、毛布のように被いかぶさっていた。

墜死体を見るのは、若い消防士にとり、初めての経験だった。焼死体なら幾つか見てきた。どちらが無惨かといったふうな比較には及ばぬ、まったくの別物であるという感想を得た。焼死体というのはどこからどう見ても、惨事をくぐった、いわば人間の成れの果てだが、そのふたつの墜死体はまるで生物以前の存在だった。あたかも、生殖とは別の方法で地上の仲間に加わらんとしている、魔だった。潰れた頭蓋もそこからはみ出して消防士を睨み返している眼球も、犬の長い舌も、地面から生じて成長を試みている未知の植物のような、過剰な躍動感を放っていた。

　エレヴェータの故障報告は〝ガードセンター〟から〝サービスチーム〟に転送された。約四十分後、〝サービスチーム〟が駆けつけた現場は、梯子車、放水車、救急車、パトロールカー、消防士たち、警官たち、棟内から出てきた野次馬たちで、ごった返していた。

　〝サービスチーム〟が制御パネルの内部を操作すると、四階の外扉はいとも簡単に開いた。籠《かご》と呼ばれるエレヴェータ本体は、四階の定位置より一メートルほど下方に停まっていた。モーターが動かず位置修正が利《き》かないために安全装置の機能を解除できず、籠の扉が開かない。チームの技術者のなかで最も経験ゆたかな男が、籠の上面に身をすべり込ませ、救出口を開いて内部を懐中電灯で照らした。片隅から赤いレインコートが照り返してきた。

　少女は白眼をむいて眠っていた。周囲には嘔吐と尿失禁の痕跡があった。先刻まで籠内を満たしていたものの気配が、技術者を身震いさせた。激痛にすら似た、それは恐怖であったろう。無音の硬い闇が年端《としは》も行かぬこどもにもたらした恐怖の度合は、すでに壮年期に達しているかれがいかに察しても余りあろう。

　少女は目覚めぬまま救出口から搬《はこ》び出されて、地上までの道のりを担架で下った。救急車に運ばれた。救急救命士の所見によれば、少女の身体にこれといった外傷はなく、呼吸も確かだった。緋沼総合病院への搬送中に覚醒して、種子のような眼で救命士を見つめ返した。

もう大丈夫だよ、怖かったね、と声をかけた救命士を、かの女はまるでなじるように、約束が違う、と叫んだ。

四

「新宅くんちでさ、パソコン買う予定ある？」

卓見が背後から近づき、肩ごしに訊ねてきた。

「ないよ」

ブドウ糖キャンディを舌で転がしながら、小声で答える。軀のふるえを低血糖のせいだと思いこみ、指導されているとおり舐めはじめたが、今のところ効果は生じていない。緊張がふるえを呼んでいるに過ぎないのかもしれない。

以前はリヴィングにパソコンのカタログが揃っていた。父親が夜な夜な眺めていた。しかし晟の発病から間もなくして、どこかにしまわれたか、あるいは破棄された。当てこんでいた収入に、医療費という使い途が発したからに違いない。

「そう」

と卓見は落胆の色を押し隠した。いや、当てのひとつが外れただけで、落胆というほどのことではなかろう。新奇な品物をどこからともなく調達してきては気前よく配りたがる、面白い習性がこの小柄な少年にはある。晟が集団の規律たるアポロンならば、きっと卓見は、運と盗みと俊足を司るヘルメスの役割をもって任じているのだ。

「予定があったら？」

「無停電ユニット、ひとつあげようと思って。落雷しても電源が落ちないから便利だよ」

「ありがとう。でも予定がない」

卓見はうなずき、手にさげたスプレー缶を振り鳴らした。

晟は甘い唾液を飲んだ。水底のような黄昏が中央公園を満たしている。卓見から貸し出された、包帯を巻きつけた切出しを、ポケットの中で握りなおす。前回が派手やかな快楽殺人の試みであったとすれば、この日かれらがおこなおうとしているのは、誇りをかけた真摯《しんし》な報復である。

晟はトレチアの衣装をつけていない。そうした象徴を視界に置かなくとも、すでにトレチアの幻影はかれらと共にあった。晟の細かな指示を待つまでもなく、ひとりひとりがトレチアに背中を押され、素早く判断し、剛胆に行動するであろうことを、準備のあいだに晟は確信していた。

それでいて、トレチアの依代《よりしろ》は相変わらず晟である。号令を発するのは、かれなのだ。

集団は急速に、理想的な状態に近づきつつあった。晟の声が、視線が、トレチアという俊敏な怪物を自在に操る。結果としてもたらされたものの大きさを思えば、前回の襲撃の、屈辱に満ちた失敗は安い対価にも思えた。

前回は、なにもかも拙《まず》かった。かれらが握りしめていたのは、コンビニエンス店で万引きしたカッターナイフと、焦点の定まらぬ好奇心、漠とした使命感、切迫感。殺人の具体的なイメージをつかみきれぬまま、ベンチで酔い痴れていたホームレスに、キジツダ、と宣言し襲いかかろうとしたあの夜の五人は、男の怒声と荷物を振りまわしての抵抗に、肝を抜かれ、ちりぢりに逃げざるをえなかったのである。

今日は七人いる。卓見と基が加わっている。基が生来の参謀であることを、このたび晟は知った。滑稽な失敗談が了志あたりの口舌を経ることでより滑稽さを増すまえにと、先鋒をきってそれを披露した晟に、基はけらけらと笑いを挟みながら、周到であることと突発的であることの二面が保たれていないと、物事は成功しないのだといったふうなことを説いた。実際の話しぶりはこのようであった。

——だれか殺さないと、家に帰れないって雰囲気になってきたら、その日はもう解散したほうがいいって気がするね。いつでも殺せる準備があるけど、べつにいま殺さなくても、ほかの遊びに変更しても楽しいやって感じのときだったら、うまく行くんじゃないか、まえ工事現場で犬を穴に追い込んだときみたいにさ。爆竹とゲームボーイの両方を持って集まってれば、ポケモン対戦の合間の、今だと思ったときに爆竹を鳴らせるだろ。爆竹しか持ってなかったら、ほかに時間の潰しようがないから、仕方なく人が多い時に鳴らしちゃって、叱られたりするだろ。そういうことじゃないか。

襲撃を夕刻に繰り上げるよう主張したのも、基だった。

――狙うの、同じホームレスなんだろ。じゃあ夜はもう、絶対にだめだ。まえ夜だったろ、夜は警戒してるよ。仲間集めて待ち構えてるかもしれない。なのにこっちも、今度こそはっていう気持ちになってるだろ。やな予感がしてても、いいや、やっちゃえと思って行動しちゃうだろ。そういうのはだめな作戦なんだ。焦ってるから、だれかが捕虜になったり、怪我する確率が高い。すると今度は、次の作戦とか親への言い訳とか考えなきゃいけないだろ。次の作戦が要るかもしれない作戦ていうのは、だめな作戦なんだ。……夕方なら必ず成功するとは云ってないよ。でも夕方なら、やな予感がしたとき、すぐ別の遊びを始めて、おなかが空《す》いたら家に帰れるだろ。

遊歩道を進むかれらを、一仕事を終えた清掃車が追い越していく。腐敗臭交じりの排気ガスを吸い込みながら、晁は集団の幸先を確信していた。成り行きが、基の予測を逸脱することはあるまい。サテライトの夕暮れが、忠誠を誓う者たちに、厚い、薄墨色のマントを与えることをかれは知っている。親同士の、暮しぶりの相互監視は、あたかも同じ塾に通うこどもの点数争いだが、採点されない項目には、みな壊れたように無関心だ。そう演技する。自分が買い与えてやった上着を含まぬ集団が、どちらに歩いていくかを見極めるのは、勝ったじゃんけんを三回勝負に引き延ばすようなものだ。情景と無関係でいられることは、勝利なのだ。世間なみの希望を胸に、うつむきがちに、家庭と学校、あるいは職場とを、淡淡と往復できることは、それ自体、人生というゲームにおける辛勝であることを、晟は知っている。

　ブドウ糖が効いてきたのか、それとも肚が括れてきたのか、ふるえはやや収まったけれど、そのぶん、胸に正体の知れない黒い澱みが生じて、歩むごと増していくようである。夕方がまるごと奇妙な角度に傾いでいるような……これに似た感覚は、インスリンを打つ寸前、よく味わう。数時間おきの皮下注射のせいで変色した太腿や腹の皮膚を、消毒綿で拭いながら、いま自分は本当に針の痛みの向こうの、とり散らかった安堵を欲しているんだろうか、本当に見たいのは、ケトアシドーシスの進行が蒼く染めあげた、ひりひりと冷たい世界ではないのかと、傾いた視界の下方でぼんやり迷う。……

　歩いているこの七人が、本当にやりたい遊びはなんだろう。たとえば、布を巻いた切出しやラッカーの缶や、家庭の工具箱から持ち出したレンチや釘抜きと同じようにして、皆が楽器を手にできるとしたら、どうだろうか。基が大太鼓の桴《ばち》を握り、ピアノを習っている大地がアコーディオンを、あとの連中もめいめい好きな楽器を構えて――むろん晟はホーナーのクロマチックに口づけて――楽団になりきり、この同じ道を練り歩けるとしたら。

一人でも、音より血を選んで、楽器を放り、ふたたび工具を握りしめるかしら。

ポケットの中身を握りなおして、それが、ハーモニカではなく切出しであることを思いだす。仮に集団の気分が音楽へと向いたところで、楽器を家から取ってこられるのは晟だけだった。大地の家にピアノはあるが、アコーディオンはない。しかもかれは、ピアノとその教本に憎悪を抱いている。

見まわせば、他の六人の足取りは軽い。ばらばらの靴音がなす複雑なリズムは、晟の胸の澱みを、それに呼応して高鳴る打楽器のひとつに変えた。

サテライトのどこに巣くっているのか、数羽の蝙蝠《こうもり》が、ひらひらと少年たちの頭上を舞いはじめた。テニスコートが近づいてきた。あの向こうの、雑木林を背後に置いた、藤棚に被われたテラスを自室にでも見立てて、あの夜、あの小柄なホームレスは、廻らぬ呂律で世の中に悪態をついていた。あれ以上早急に消去されるべき存在を、C区を離れてからこっち、晟たちは見かけていなかったし、たとえ明るくなるまでサテライトを徘徊したとて、新たに見出せるとは思えなかった。

疥癬病《かいせんや》みの鳩なみに、男は弱弱しく、目障《めざわ》りだった。長年かかって死にきれず、何者かの手で消去されるのを待ち望んでいるように見えた。

だから男の果敢な抵抗は、晟たちに、まったく予想外の出来事だったのだ。息急《せ》き切って逃走した晟たちの、真新しい、殺人者としての自尊心は、あたかも汚物まみれで、それはどのような手段を講じてでも雪《そそ》がれる必要があった。今日は、仕留める。

――テレビで云ってたけどさ、ホームレス同士の縄張り争いって凄いんだよ。中央公園が広いったって、雨でも寝られる場所は多くない。長いこと場所を空けてたらほかのやつらに取られちゃう。すると空いてるのはもう、公園でいちばんひどい場所ってことになっちゃうだろ。しばらくは警戒してただろうけど、もう戻ってるよ。同じ場所にいるよ。

そう基は断言していたが、しかし並木の隙間に覗きはじめたテラスに、人影は見当たらない。テニスコートを囲んで点《とも》りたてのあかりが、ふたつのベンチに斑《まだら》模様を散らしているばかりである。

「いないよ」

と義人が寝惚けたような声をあげ、

「し」

と卓見がそれをふり返る。かれは腕を後ろに払って集団の足を止めると、斥候たることの承認を求めて晟を見た。晟はうなずいた。

卓見ひとりが、腰をこごめがちにフェンスを迂回していく。駱駝《らくだ》色《いろ》の上着が、蒼い闇に沈んで消えた。他はフェンスに身を寄せた。

ほおぅ、と間もなくコートの向こうから、たぶん梟を真似た声が響いてきた。界隈に梟が棲息しているとすれば、はちまん池を隔てた鳥類園の本園の中である。なんら偽装になっていない。

「忍者だ」

晟がわらうと、忍者、と義人がそれを鸚鵡《おうむ》返《がえ》しにした。テラスの向こうの雑木林に、男はいるのだろう。晟はポケットから右手を抜いて、切出しを額の高さに捧げた。

鋭角の影を、前方に傾けた。集団は放たれた。

ふり返りがちに自分を追い越していく史朗の、眼鏡の細い反射光が、晟の中で残像になる。

……晟は走るのが遅い。最後になった。

雑木林で、殺害は手際よく始まっていた。丸木のベンチから適度な距離を置き、跳びはねながら、縮こまった人影に向け、卓見がラッカーの霧を注いでいる。木工用の黄色いスプレーだったはずだが、テニスコートからの乏しいあかりを返して、霧は白銀色に輝いている。

最初に殴りかかったのは了志だ――小莫迦にしてきた少年の、意外な思いきりのよさを晟は見た。手にした釘抜きで、まるまった背中ごしに、頭を殴りつける。猫のような悲鳴。晟の耳は聴き分けた。愕然としてかれが叫ぶとともに、影は腐葉土に崩れた。

「その人、違う。人違い」

集団が、晟のほうを向き、凍りつく。

「こいつだろ」

卓見が確信を装う。根本的な失策を晟は恥じた。斥候に出た卓見は、あのホームレスを見たことがないのだ。声も知らない。

晟がかぶりを振ると、かれは不服げに、

「こいつでいいだろ」

「ホームレスじゃない」

「でもどうせ……」

続ける言葉を卓見は見つけられずにいる。晟は追い打ちをかけた。

「それに女だ」

さすがに想像の埒外だったらしく、今度は口答えしてこない。晟は仲間のところへと重い両足を引きずった。

女性――と晟はすでに見極めている――は祈るように手足を縮め、地面にうずくまり、動かない。卓見の放ったラッカーが、ポリエステル・ジャージのトレーニングウェアの肩に、淡いいびつな十字を描いていた。基が近づいて、その脇腹を蹴り、逃げた。女性は横ざまに倒れた。ラッカーと土に汚れた顔が、上向いた。髪の短い、老女だった。ビーズを寄せ集めた小さなバッグを胸に抱えていた。汚れた顔の中で、眼球が白く蠢《うごめ》いた。

「まだ生きてる」

と呟く傍ら、立っているのが難しいほどの身のだるさを、晟はおぼえていた。ケトアシドーシス？　インスリン注射は怠っていない。体験したことのない変調が身を襲っている。早く家に帰りたい。

「仕方がない。だれか、とどめを」

刻一刻と深まる、人工林の闇に、晟は命じた。

たぶん史朗が、今にも泣きだしそうな声をあげる。

「生き延びたら、ぼくらの声を憶えてるぞ」

基は比較的冷静だった。

「いったん襲っちゃったら、殺してしまうのが安全なんだよ」

「練習台だ」

老女の顔に向け、晟は腐葉土を蹴った。よろけた。視界が傾く。

「殺したあと、どうする。そのまま？」

だれに対してともなく、史朗が訊いた。なんでそんな面倒に思い至るのだと、傾きと戦いながら晟はかれを呪ったが、考えてもみればそれは、あらかじめ検討されていて然《しか》るべき事項だった。標的はしょせんホームレスだという、厚かましい安堵が、その瞬間まで計画の隙間を満たしていたのである。集団暴行に遭っての犬死には、少年たちのイメージの中で、ホームレスとしての自然死のひとつだった。しかしこの老女はホームレスではない。歴《れっき》としたサテライトの住人に違いない。家族もいようし知人もいよう。

「池にでも放り込んどきゃいいさ」

と自分の代わりに、だれかが答えるのを晟は耳にしたが、だれの言葉と意識するほどの余裕も、すでにかれは失っていた。

緋沼警察署から全国の警察署に配布された貼紙

この人をさがして下さい

公開　東京都緋沼警察署　平成11年4月8日　平成11年第84号

（顔写真）

【氏名】　塚崎稚子《つかざきわかこ》

【生年月日】　昭和3年12月22日生

【年齢】　70歳

【性別】　女性

【本人の特徴】　身長／１５４cm・中肉中背・左手甲に火傷痕

服装／青いジャージの上下・白い運動靴

老人性痴呆の気がある（名前は言える）

心当たりの方は、下記警察署、もしくは
最寄りの警察署・交番にお知らせ下さい。

　連絡先　東京都緋沼警察署生活安全課
　電話　０４２４−＊＊−＊＊＊＊　内線　２７５

附記——塚崎稚子の長女・中村《なかむら》一枝《かずえ》から緋沼署に捜索願が提出され、公開捜査が開始された四月七日の午前、稚子は、すでに二夜にわたって帰宅していなかった。一枝が近所の心当たりを捜したのち、さきまわりのつもりで名古屋の長男宅で待ち構えていたため、この届出までの空白は生じた。稚子には深夜徘徊のほか、現在の自宅を以前暮していた長男の家と思い違い、善意の人に名古屋まで送らせてしまった前歴がある。貼紙は一枝の要請に応えて、翌八日、版下作成、印刷された。なお稚子の消息は現在も不明のままである。

緋沼市立緋沼第三小学校五年一組担任　白倉貴代《しらくらたかよ》の「指導記録」より

四月二十二日　家庭訪問／新宅晟（小児性糖尿病ニヨリ未登校）
初対面　母親同席
印象明朗　ロジカル　知能高
母親要請→ハモニカ（専門家用）披露　器用ニ吹ク　感心
後、母親ト二者面談
病状：コノトコロ安定　節度アル活動可
不登校理由：好奇ノ目（病気ヘノ無理解）ヘノ恐レデハ？
要ハ意欲ノ問題ト説得

五月八日　家庭訪問／新宅晟（二度目）
母親同席　不登校ノ不利ヲ説明
晟、体調不良　疲労気味

不利理解　復調シ次第、登校スル約束
備考　交友関係：四年時ノママ
　　趣味娯楽：ハーモニカ　ビデオ鑑賞等

六月二日　家庭訪問／新宅晟（三度目）
母親ト二者面談　再度、不登校ノ不利ヲ説明
三者面談　晟、体調良　顔色良
問：不登校理由（何ガ気ニ入ラナイカ）＆便宜約束
答：母親ノ前／困惑顔　無言
　母親中座（宅配便）／微笑「ソウイウ理解者ヅラ」

附記――白倉貴代は当時五十七歳のベテラン教諭。「指導記録」は、かの女が初めて学級担任になった一九六六年度以来、連綿と記し続けていた、なかば通信簿のためのメモであり、なかば日記でもあった。なお貴代は、一九九九年八月四日の日中、サテライトB区にある自宅を出てショッピングモール「ルナパーク」に向かう途中、歩道につっ込んできた軽乗用車に撥ねられ、即死している。

緋沼CATVの早朝ニュース番組《サテライト6》一九九九年六月四日放送ぶんの録画テープから

映像——いまだ真新しく見える、緋沼第三小学校の正門。実際には一九八四年、緋沼市新興衛星住宅地区計画に沿って全面改築が施された際、建て替えられたもの。児童や地域住民に圧迫感を与えぬようとの配慮からか、低いスライド式の門は明るい緑色に塗装され、同じ高さの門柱は桜色のタイルで装飾されている。

女性アナウンサー　けさの最初のニュースです。きのう緋沼第三小学校で、給食のカレーシチューを食べた児童と職員が、腹痛、嘔吐などの症状を訴え、児童二名が入院するという、集団食中毒事件が起きました。

映像——中庭に設置されたコンクリートの飼育槽（四種類の魚と二種類の亀が飼育されている）から、その向こうの給食棟へと視点が移動する。給食棟は平たい一階建ての建物である。コンクリートのテラスに面した、四枚の大きな窓、その下にはステンレス板を張った低いカウンターが張り出している。窓はいずれも閉じている。

女性アナウンサー　緋沼市総合病院から連絡を受けた緋沼市保健所の職員が、立ち入り検査をおこなったところ、五年一組に配られたシチューのバケツからのみ、大量のボツリヌス菌が検出されました。

映像――窓硝子には対面して建つ校舎の、窓の連なりが、歪んで映りこんでいる。その右端から左方へと、白い人影のようなものが素早く動く。校舎の窓になにかが映り、それがまた給食棟の窓に映ったかにも見えるが、あまりに不明瞭で、なんの影とも特定できない。だれかが自分にぶつかってくると思いこんだキャメラマンが、ファインダーから眼を離したらしく、画面が揺れる。白い影は二枚めの硝子の端で消失する。三枚めには映らない。

女性アナウンサー　緋沼警察署では、何者かが意図的にバケツに腐敗物を混入させた、悪質な悪戯事件である可能性があるとして、調査を開始しています。

映像――画面の下方に白いものが一瞬、ちらりと映りこんで、消える。

附記――映像は、緋沼ＣＡＴＶ報道部記者兼キャメラマン長津《ながつ》田康《だやすし》が、一九九九年六月三日の放課後、撮影したもの。撮影時、かれの背後にはアシスタントがひとり、立ち会いの教員がふたり、立っていた。最後に映りこんだ白いものは、飼育槽の水面の反射にも、また柔らかな帽子の天辺のようにも見える。だとすればたいへん間近に、背の低い人物が立っていたことになる。しかしアシスタントと教諭たちによれば、中庭には撮影中を通じて四人しかおらず、立ち入ってきた者はいなかった。

一九九九年七月三十一日付の東京新聞夕刊より

サテライト公園に男性の刺殺体
新聞配達員が発見　東京・緋沼市

31日午前3時40分ごろ、東京都緋沼市新興衛星住宅地区の中央公園内の遊歩道で、顔じゅうに赤い塗料をかけられた男性が、胸から血を流して倒れているのを通りかかった新聞配達員が発見、119番通報した。男性は病院に運ばれたが、左の胸と腹の2カ所を鋭利な刃物のようなもので刺されており、間もなく死亡した。緋沼署は、殺人事件とみて男性の身元確認を急いでいる。

調べでは、男性は50〜60歳くらいで身長1メートル60センチ前後。中肉で頭髪が薄く、紺のジャンパーに黒いズボン姿で左足だけサンダルを履き、右目に手術跡があった。身元を示すような物は持っていなかった。

公園管理所によれば、一所に集まっていないので目立たないが、緋沼サテライト周辺のホームレスは年々数を増しており、現在、夜間を中央公園内で過ごしているホームレスだけでも、30人は下らないはずだという。

インターネットのあるBBSより

よかった〜
投稿者：**唯衣**　投稿日：08月01日（日）00時33分07秒

終わった終わった。１９９９年７の月が、たったいま終了！
予言はずれた。よかったぁ（ほっ）あたしはけっこう本気で信じてたので、
やっと一安心です。よかった〜。

終わってませんよ
投稿者：**アラバスター**　投稿日：08月01日（日）05時49分22秒

＞＞終わった終わった。１９９９年７の月が、たったいま終了！

ところがですね、ノストラダムスの言う「1999年7の月」は今の暦に直すと、8月13日までなんだそうです。

従って、予言が的中した場合、コミケの2日目と3日目は無いことになります（笑）

がっぴ～～～ん!!

投稿者：**唯衣**　投稿日：08月01日（日）14時59分17秒

まぢですか!?「1999年7の月」が8月13日までだなんて!!（涙）
まぎらわしい言い方すんなぁぁぁ!!はっきりそう言えっ!!（↑逆ギレ）

トレチアって覚えてますか

投稿者：**ぱんえもん**　投稿日：08月01日（日）22時19分46秒

本当に暑い日が続きますね。わたし、すでに見る影もなく真っ黒です。なんせバイトがプールの監視。次のオフではだれもわたしとわからないと思います。

夏といえば怪談。10年前くらい学校で流行ったトレチアの話、だれか細かく覚えてませんか？　遊びにきてる甥が話してくれたんですけど（リバイバルしてるらしい）なんだか昔のバージョンと違う気が…魔法なんて使いました？

Re：がっび～～～ん!!

投稿者：**アラバスター**　投稿日：08月01日（日）23時56分00秒

＞＞　まぢですか!?「1999年7の月」が8月13日までだなんて!!（涙）
＞＞まぎらわしい言い方すんなぁぁぁ!!はっきりそう言えっ!!（↑逆ギレ）

物の本によれば、ノストラダムスの生きていた時代はユリウス暦で、〝7の月 sept mois〟は現在使われているグレゴリオ暦で7月14日～8月13日になる。その他〝9月 septembre〟のもじりと見る説もあるそうです。

7の月っていっても

投稿者：**みなみ**　投稿日：08月02日（月）00時36分42秒

要は9月を乗り切るまで安心出来ないって事なんですね～。私も旧暦で・・・っていう話は聞いたことあります。いろんな説はあるようですが、私もそういうのをしんじてしまうタチなので、とてもどきどきです。
でも、予言っていってももとは外国語なわけだし、いろんな解釈もあるわけだから、なるべく気にしないようにはしてますが。・・・とはいってもやっぱり少しは気になりますけどね〜。

予言の鉄則
投稿者：清水　投稿日：08月02日（月）11時48分39秒

予言というのはだれにでも可能です。以下の三つを守って行いさえすれば、まず外れることはありません。

・時代も場所も人名も細かく限定しない。
・いつか起きるとわかっていることしか言わない。
・解釈が分かれるようなあいまいな言葉づかい。

これらが、いわば予言の鉄則です。ノストラダムスの予言のひとつ「イタリア北部から皇帝が出て…」はナポレオンのことを指しているなどと言われていますが、これには三つともあてはまっています。イタリア北部というのはとても広範囲だし、もっと北側のことかもしれないし、皇帝と称されるような権力者はいつの時代にもいるものです。行動が具体的に書かれているわけでもありません。これまで当たってきたと言われている予言はみんなこのレベルなので、ご心配なさらずとも大丈夫でしょう。

怖いのは、予言を信じてやけになった奴等の暴挙や、予言を実行しようとする頭のおかしい奴等の出現です。むしろそちらのほうが危険です。

あたしも大予言

投稿者：**ミーコ**　投稿日：08月02日（月）13時13分13秒

うふふ、なーんだ、だれでも出来るんですね〉大予言。

じゃあ、あたしも試しに……

みんな　そのうち　ひどい目にあう

これ、正しいですか？

第三位相　崩落《ほうらく》

一

始業のベルが鳴ってる。

ドアが開く音。講師が入ってきた。

演劇理論のアンダースンだ。なんで？　今日は終日実習じゃなかったの。

なんの準備もしてない。テキストも持ってきてない。

え、なに……みんな机の上に、なに出してるの。

ねえリタ、その分厚いレポートなに。

課題？　わたし、それ知らない。

休んでるあいだに出たの？

ちょっとリタ、無視しないでよ。

……ケイン、何度云ったらわかるの。テキストを背中にぶつけないで。肉が厚くても神経までの距離は同じなの。角が当たれば痛いの。

……ぶつけないで。ほらアンダースンが見てる。

近づいてきた。

リタ、そのレポートなに？　お願いだから無視しないで。

あう、いえ、なんでもありません。レポートは、レポートは……来週必ず。

ケイン、テキストをぶつけないで。

はい？　ミズ・アンダースン、すみませんがもう一度。

「だれかから電話だけど」

英語の夢は生理の前兆だ。理由はわからない。

目覚めると、間近に女の尻があった。霞《かす》んだ眼に青ざめた皮膚と映った砂色は、やがて生成《きなり》の風合いをまとった。腿の長い壁に、膨らんだ二重の縫目が走り、見慣れた、ドアの模造紙の白へと消失している。

麗玲の脚だとわかると、安堵《あんど》と落胆がいっしょくたに訪れた。ここはＳＭＣの教室ではない。実家の自室の、まだおとなしかった頃のかの女《じょ》の、健康を両親が気づかい、奮発してくれたウォーターベッドの上でもない。サテライトCの最上階の、エアコンのない狭苦しい一室の、窓ぎわに置かれたパイプベッドの上だ。ここで、ここに暮してわたしは……なにかを撮《と》ろうとしている。そう、これという映像作品を一本仕上げるまで、実家には足を踏み入れないと決めたのだった。気がむけば一時間の距離を、一度も帰っていない。

　もっとも実家のほうからも、声を懐かしむ電話一本、かかってくるではなかった。アルコール依存のおぼろの中で、家の物をずいぶん破壊した。生真面目で勤勉な父母は、けっして親の立場を放棄するではなかったが、きっと今でも、娘を恐れている。

　撮影は停滞している。幼児の片言のような映像たちを気前よく蠣崎旺児に披露して以降、この四箇月間にかの女が撮り溜められたフィルムは、時間にして三十分ぶんにも満たなかった。曖昧《あいまい》な心象を反映しているそれらを、未編集なまま他者の目にさらして感想を求めてしまったことで、自分はなにを表現しようとしていたのか……なにを欲しているのか、かえってわからなくなってしまった。

　とらんとしている作法の、物理的な無駄の多さは自覚している。作品の方向性がおのずとその姿を明瞭にするまで、ひたすらシネカメラを廻し続けるのみだ。しかしそのレンズを、今はどこに向ければいいのかわからない。くっきりした濃淡を伴って目に映っていたはずのサテライトの風景が、やけに均質化して、どこを撮っても、また撮らなくても同じことのように感じられてならない。

制作に対する見込みの甘さを、今は認めざるをえなかった。二十代のうちになにか取っ掛かりを、という、表現者に共通の早咲きへの希望が、このところ急速に遠ざかっている。その種の焦りは持たないようにしているが、根拠なき期待感で内心を照らしていられる時間には、やはり限りがある。数箇月前には想像もつかなかった、見つめていた軌道から離脱していく自分の姿が、今は容易に想像できてしまう。かの女は怯えていた。

「だれかから電話」

麗玲が英語で、そう繰り返す。

「……ありがとう」

汗じみたＴシャツに包まれた、重い軀を転がす。自分でも重たくて仕方がないのである。一時は六十キロ台に到達するかと思われていた体重が、このところまたも増加に転じて、八十キロ台に戻ってしまった。慢性的な苛立ちは、たやすく飢餓感に転じる。せっつかれているようにのべつ間食を口にして、部屋から食料が失せるや、気がつくと財布を握ってルナパークへの途上にいるという有様だ。抵抗できない。凹凸感を失った顔は医師に向けづらく、心療内科へも足が遠のいている。

麗玲は波でも避けるように、華奢《きゃしゃ》な軀をベッドから遠ざけた。

麗玲の部屋にも、また七与の部屋にも電話機はない。七与は携帯電話も持っていない。料金を支払う余裕がない。吉祥寺のレコード店——商品はＣＤとＭＤとヴィデオテープばかりだが、店名は〝サクラレコード〟である。昭和七年創業の老舗。主軸商品は、SP盤からドーナツ盤、LP盤、カセットテープ、そしてVHSヴィデオテープおよびCDのレンタルへと、これまでに幾度となく様変わりして、レコード盤というものをいっさい置かなくなり看板に偽りが生じてからも、すでに十余年になると聞いた——での週四日のアルバイトの給料で、ここの家賃を払い、食費をやりくりしている。

アルバイトを増やせば、専用の電話くらい手にできるだろう。そうして失う自由時間が、今はまだ惜しい。茫茫とサテライトを彷徨《さまよ》い、霊感の訪れを待つ時間が。

「だれかしら」

ベッドから足をおろして、英語で独《ひと》り言《ご》ちた。まだ、思考が英語の支配下にある。

「幼い女の子のよう。ウメラ？」

忘れた、と日本語で云い足した。

「楪原？」

表情を殺してうなずく。自信がないのだろう。

ベッドの下に脱ぎ捨ててあったパラシュートパンツに脚を通し紐を結びながら、机の上の、Gショック・フォックスファイアの文字盤を読んだ。映画のための中古機材を除けば、ここ二三年内で最も高額な、自分のための買いものだ。撮影に正確な時間測定は不可欠と思っていたからだが、いまだ時刻表示以上の機能を発揮させたことはない。時間を細かく計算しながらキャメラを廻す技術は、かの女にはまだない。時刻は九時を少少廻っていたが、七与にとっては早朝だ。上に、「8-7」と日付が表示されている。八月七日……もう八月。

麗玲を残して部屋を出た。リヴィングでは、家主がすでにヘッドフォンを掛けて、岡江久美子と薬丸裕英のかけ合いに見入っていた。電話機はテレビの上にある。呼出し音を発するとともに半透明の筐体《きょうたい》がまるごと青く発光して、かかってきたことを家主に報せる。しかしかの女はけっして腰をあげずに、麗玲さーん、佐久間さーん、と大声で店子《たなこ》たちを呼ぶのである。

視界に入り込んできた七与に対し、家主はおっとりと身を前後させて、朝の挨拶《あいさつ》に代えた。七与も頭をさげた。受話器を手にした。

「替わりました。佐久間です」

ややあって、

「8ミリのおねえさんですか」

と幼い、なにか思いつめたような声が返ってきた。

「あかねちゃん？」

「はい」

「どうしてる、元気？」

あかねは質問に答えず、

「まだ8ミリ撮ってますか」

即答できなかった。ひと呼吸、躊躇《ちゅうちょ》したあと、

「もちろん。またモデルになってくれるの」

「なってもいいけど、サテライトのこと撮ってるんでしょう」

「はは、うん、でも建物や林ばかりじゃあね、観てる人が退屈してしまう」

「撮るの、急いだほうがいいです。サテライト、もうじきなくなるかもしれないから」

「そうね、急がないとね」

と自嘲的な、明るい声をあげたが、あかねは息を詰めているようだ。七与はいったん唇を閉じた。それから、

「サテライトがなくなるって？　取り壊されるって意味かな」

「わかんないけど、もうじきなくなる。わたし、教わったの、サテライトって大きなお魚の夢なの。そのお魚のこと、わたしはよく夢でわかる」

「どこにいる魚？」

「きっとはちまん池。きたない水を泳いでる感じだから」

「その夢はよく？」

「うん。一年生のときからみるようになって、ずっと、何十遍もみてきました。お魚はど

んどん弱っていて、ゆうべその夢の中で、もうじき死ぬことがわかって、だからずっとみてきたサテライトの夢をどこかに移さなきゃあって、わたし、考えて、でも大きな夢だから、移せるくらい強いマカラが見つからないかもしれない」

「マカラ？」

「お魚の名前。男の子が教えてくれた。物識《ものし》りなの。昔からそう呼ぶよって」

「学校の子ね」

「ううん、ときどきサテライトで会うだけ。そしてその男の子はふつうとは違うの。ずっとサテライトにいるけど、マカラの夢じゃないんだって。ぼくは、サテライトがみてる夢だよって云ってた。そういう子もいないと、マカラは長生きできない」

　また夢。あかねは魚の夢をみる。魚はサテライトの夢をみる。

　サテライトは男の子の夢をみる。

「でももう、今のマカラは寿命だよって、その子も云ってた。ひどい嘘つくこともあるけど、でもそれは本当」

「マカラって魚は、世代交……代替わりするわけね？　で、今のマカラが死ぬと、次の魚に、みてきた夢がバトンタッチされる」

「お魚じゃないかも。マカラはいろいろで、同時にいっぱいいるの。だからわたしもマカラなんだって」

「あかねちゃんもマカラなの？」

「マカラの一部」

「じゃあ今度はあかねちゃんがサテライトの夢をみて。そしたらおねえさんも、またゆっくりと撮影ができるから」

とりとめもない夢想の告白に、苛立ちを感じはじめている。指先で電話機の端を小突きながら、ついそう意地悪を云った。しかしあかねは返事を澱《よど》ませるでもなく、

「できない。わたしは、いま夢みているマカラの一部だから」

指の動きを止めた。とりとめ、が生じたと感じたのである。

夢想の中のあかねは、どうやら万能ではない。ひとつの役割を担っているに過ぎないようだ。自己充足的な、閉じた体系が、この夢語りの根底にある。意外とこれは堅固な物語かもしれない。サテライトのこどもたちのフォークロアか。

あかねの写ったフィルムを初めて自室で見返したときに得たと、同質の、急浮上しているような感覚が、七与の胸に生じた。

「もう一度、最初から聞いていい？　マカラは魚。このサテライトはマカラの夢で……」

通話中のメモ書きのため、壁に白板が固定してある。七与はマーカーを手にした。

麗玲が記した英文や電話番号と重ならぬよう、下方に、マカラ、サテライト、とすこし隙間をおいて横書きし、間に矢印を書き入れようとしたが、夢にみる、を表現するのにそ

れをどちらに向けるべきか判断がつかなかった。そこで学校時代の記憶の底から、集合論に使用する記号を掘り起こし、関係式ふうに、

｛マカラ｝⊃｛サテライト｝

夢みる主体が、夢というものを含んでいる、としたわけである。


「あかねちゃんの友達の男の子は、でもマカラの夢とは違うのね。サテライトがみてる夢」

「べつに友達じゃないけど」

「ただの知り合い」

「うん」

「サテライトの夢だ」

「うん」

｛マカラ｝⊃｛サテライト｝
｛サテライト｝⊃｛少年｝

少年を括弧でくくりながら、これでは、世の男の子たちがみんなサテライトの夢だと云っているようだと思い、微笑した。｛要素，要素，要素……・集合条件｝だったはずだ、正しい表記法は。

「あかねちゃんもマカラ」

「マカラが夢にみたものは、ぜんぶ本当になるの。だからわたしは、マカラの夢から生まれたマカラ」

「あ、わかった。マカラは、きっと女の子になった自分の夢をみたのね」

「そう、そう」

思いどおりさきまわりしてもらえたことが、たいそう嬉しそうだ。

「あかねちゃんの夢も、マカラはみる……と」

｛あかね｝⊂｛マカラ｝
｛マカラ｝⊃｛サテライト｝
｛サテライト｝⊃｛少年｝

下に余白がなくなったので、あかねとマカラの関係式は上に並べた。あかねは要素か条件か。通常に考えれば要素だが、あかね的なもの、と捉えれば条件である。それは瑣末《さまつ》なこととしても、まず記号が適当ではない。あかねの側でもマカラの夢をみると云っているのだ。

「あかねちゃんは、お魚がみてる夢。でも同時に、お魚そのもの」

「はい」

「だからお魚と気持ちがつながってるんだ」

「夢のとき、思いだすの、自分がお魚だっていうこと」

属する、を意味する記号を思いだした。横棒を書き加えた。∪と同列に扱える記号ではなかったように思うが、自分にさえわかればいい。

{あかね} ∈ {マカラ}
{マカラ} ∪ {サテライト}
{サテライト} ∪ {少年}

整ってきた。会心の笑みが洩れた。気分が昂《たかぶ》っている。きっとわたしは、これを撮る。苦心惨憺《くしんさんたん》して映像化するのだ、これから。

{少年} も {あかね} 同様、固有名詞にしておこうと、

「男の子に名前訊いた？　どこで会ったんだっけ」

「夜、ひとりで公園を歩いてると、会うの」

「サテライトの子?」

「ううん、トレチア」

「それはどこ」

「知らない」

「トレチアってとこに住んでるの?」

「男の子がトレチアなの。でもそれはみんなが勝手に呼んでる名前で、本当はビヤラカ」

「どっちも名前なのね。外国の子?」

「日本人。でもわからない。知らない」

｛あかね｝∈｛マカラ｝
｛マカラ｝⊃｛サテライト｝
｛サテライト｝⊃｛トレチア＝ビヤラカ｝

今日にも、ちょっと顔を合わせないかと七与は誘いをかけたが、プールに行くからだめだと云う。明日ならいいけれど、もし雨が降っていたら家でしか会わない、と奇妙なことを云われた。理由を訊くと、たんに雨が大嫌いなのだそうだ。

「お魚の夢、水の中で厭じゃないの」

「水はいいの。雨が厭。空が」

「じゃあ曇りは」

「まあまあ」

七与は笑い、

「降っても晴れても、そっちに迎えにいくから」

と云ってかの女の住所を訊ねた。

リヴィングを離れ、自室のドアを開ける。閃光に眼を射られた。顔を背《そむ》けた。

視界の下方の緑色の蠢《うごめ》きを、かの女は、Tシャツになにかぶちまけられたのだと思いこんだ。払おうと胸の上にあげた手に、緑色はまつわりついた。かたかたかたかた……

「麗玲」

七与は手を額にかざした。

「勝手に映画の機材に触らないで」

部屋に漂う煙が、輝きの中で渦を巻いている。

「それから、この部屋ではたばこは吸わないで」

フィルムは、七与が映写機に掛けっぱなしていた、近作である。写っているのは、はちまん池の水面。ただ延延とそれを撮ったものだ。そのうち水鳥でも入ってくるかと期待していたが、なにも起きなかった。

「じゅうぶんにスクリーンになってる」

光の向こうで、けたけたと笑う。

⁂

正面玄関を避けてコンクリートのスロープを上がり、いつも裏から棟に入る。前庭の赤らんだ舗石を見るたび、なぜか海棲生物を連想するようになった。上を長く歩いていたくないのは、四月の光景を思いだすからというより、その連想が不快だからだ。

もっぱら昼間逢う。雄平が幼稚園に行っているあいだに、部屋を訪れ、かの女を抱く。夏休みは、家が共働きのこどものための託児時間が、午前からに延長される。ひとりっ子の雄平は、喜んで通っていると聞いている。

幼稚園に嘘をついている。芙美は、一度も勤めていない。代わりに別居中の夫の預金通帳がある。かれの仕事の、全部ではないが半分以上は、そこに報酬が振り込まれる。住居のローンは完済しているし、食べるに困らないという。夫の仕事を芙美は云わない。人物像を偲《しの》ばせるような品も部屋には見当たらない。

——仕事の道具は、みんな持ってっちゃったから。

崇が通うようになって、雄平の持ちものも、すっかり子供部屋へとしまい込まれた。もともとこどもに合わせて部屋を調える趣味はないらしく、いま崇の目に触れるのは、たんに女の部屋である。おとなしい色をした実用的な家具が、少なめに配されている。カーテンは灰色。薄紫の糸でひっそりと、花菖蒲の柄が織り込まれている。

ただ自分に抱かれるために生きているような女だと、崇は思う。自分のちょうど倍の年齢にいる女だという事実が、奇妙にかれの、官能を刺激してやまない。訊ねると、芙美は三十八だった。

……裸でじっとしているには、いささか寒い。二の腕の皮膚が粟立っている。

微《かす》かに漂う低い唸《うな》りは、エアコンの送風音ではなく、風がヴェランダを嬲《なぶ》る音だ。外は風が強かった。空の頂上は藍色を過ぎ、菫色《すみれいろ》を感じさせた。

ようやくうっすらと脂肪の衣をまとってきた腹の上を、年齢なりの細りが感じられる髪の毛が、しきりに上下している。好きにさせたまま、崇は天井を見ている。しぼのあるヴィニルクロスの、合わせ目がすこし捲《まく》れあがっている。あとで教えてやろう。

健康な遠近感をとり戻している視界が、頼もしかった。春、このようには、けっしてなにも見えなかった。景色も人の顔もテレビの画面も、なにもかもが、陰の色を選び損じた印象派の絵画のように、べったりと眼球に貼りついている感じで、まして、不必要にぎらぎらと輝いてさえ見えた。だからこそ、光景によっては、細部まで恐ろしく記憶に鮮明である。

たとえば黒い水に、沈んでいく爪。

たとえば、ヴェランダから失せる寸前の、楡。

楡の死はしかし、それまでの出口のない、おぞましい苛立ちを、まるごと引き裂いて記憶の残骸にし、崇から、だいぶ遠いところへと追いやってくれたようだ。いまかれが地続きの出来事として遡《さかのぼ》っていけるのは、楡が身を投げた——今は住む者がいない——この隣室のヴェランダのことまでだ。それ以前のことは、時系列すらめちゃくちゃである。大きさも紙質も不揃いな、切り抜きの寄せ集めだ。

楡が此岸《しがん》に遺した告白を信用するならば、包囲網に、なんら実体はなかった。無関係な暴発行動が重なり、竜介や崇の目にそれらしきさまを成していたに過ぎない。かれらの少年期の記憶にちらつく白い影も、しょせんそのようなものだと楡は云った。名付けたのは自分だと崇に云った。影は、なにかに映った崇自身の姿であったかもしれない。

ほうら

たて続けの嵐に荒《すさ》み、ぶつ切りになった神経が、ふたたび正常な連携を取りはじめた六月頃、崇の体重は最も落ちた。週に約二キロずつ、数週にわたって減じた。食欲の恢復《かいふく》が自分でも嬉しく、痺《しび》れた味覚ながら、食の悦びを日日再発見していたあいだである。自宅での食事以外に、芙美がつくる料理を、芙美のぶんまで食べていた。摂取した熱量は、四月五月の数倍に及んでいたはずだ。神経の再生は、それほどエネルギーを要する。心が、肉体という幹の枝葉であることを崇は実感した。

　情欲の回路もまた肉体であり、それが極度に痩せ細っていたのだと、今はよくわかる。誘いをかけてきたのは芙美だ。ヴェランダを渡ってきた若い客の軀を、斜の位置から舐めまわすように見つめて、なにも喋《しゃべ》らなかった。身を起こして近づくと、肩から力を抜いた。手が伸びてきて、かれの脚を、温めようとするみたいにさすった。

　そうして初めて芙美を、長椅子の上で不器用に抱いたとき、長らく自慰にも気持ちを向けられなかったのに、かろうじて性交が可能であることにかれは驚き、かの女に深く感謝して、顔じゅうに接吻した。ほんの一時間前まで、潔癖症の少女のように、自身が生殖器を有していることを実感するたび、吐き気すら催していた崇だった。

　欲情をかれは自分に禁じていた。もはや逢うことのない有希に狂おしい想いを寄せれば、細った回路に恐ろしく負荷がかかって、焼け切れそうになる。それは苦悶でしかない。

　芙美は、どこひとつとして有希を思い起こさせなかった。動きも、息づかいも、においも。長椅子の上の芙美はずっと眼を閉じていた。崇は閉じずに、かの女を網膜に焼きつけた。

以来、三日にあげず通っている。当初は来訪のタイミングがつかめず、夕刻を選んだら部屋に雄平がいて、期待に反していつまでも眠らず、テレビを眺めただけで帰ったりもした。二度三度失敗を重ねたあと、昼間、訪れるやまっすぐベッドに向かい、その縁に腰をおろして衣服を脱ぎ、脱がせ、身を絡めながら語らうことを覚えた。

「本当は、こんなんじゃないのよ」

と、崇から唇を離して、芙美が云う。本来は淫蕩ではないと言い訳しているのだ。よくそう言い訳する。あなたを好きだからこうしたいのだと云う。

ああ、と声にださず、納得しているふりをする。

弁解とは裏腹に、より深くかれを呑もうとしてだろう、芙美は軀の向きを転じた。崇の腕を跨《また》ぎ、角張った尻をかれに向ける。陰唇の狭間《はざま》が粘液を湛えて、輝いている。

咽《のど》の粘膜が崇を包み、撫でる。かれは思わず腕を起こし、肉の薄い腹をつかんだ。手の汗ばみに気づいて、それを女の皮膚になすりつけた。女は鼻を鳴らした。

崇は目を閉じた。粘膜の感触に意識を集中させる。

ぬるい。これは、血のぬるさだ。

シーツの擦れが、キジツダ、という自分の呟《つぶや》きのように耳に響いた。崇は身震いし、目を開いた。

芙美が見返してきた。なんでもない、と唇を動かして、細い軀を、低く抱き寄せる。芙美は崇の頭を跨ぎ、ぺったりと腹を重ね、またかれを呑み込んだ。

胸に陰毛を擦りつけてくる。粘液が濁っている。指で触れた。芙美はあきらかに歓んで、いっそう熱心に崇を啜《すす》る。可愛くなり、指を突き入れて中を掻いた。芙美は呻《うめ》いた。

縫い綴じられたような排泄器官に興味を覚えて、そちらに指を移す。ねじ込む。さすがに身を固くして逃げかけたが、やがて満更でもないように、力んで包み返してきた。

「こっちでやろうか」

崇が云うと、

「魚じゃないんだから」

と唇の端で笑った。そういえば魚は、肛門から産卵するのだ。ではこちらで芙美を妊娠させたら、魚のようなものが産まれるのだろうかと、理に合わぬことを思いながら、指を枉《ま》げた。

「痛い痛い痛い」

気の抜けた、小声で返してきた。同じだ。あのときは耳許で。耳朶《じだ》に残っている。

さっきまで中指が没していた肉の狭間に拇《おやゆび》を入れ、ふたつの孔を隔てた薄い膜をつまんで揉むと、これは気持ちがいいようで、熱い息を、繰り返し陽物の周囲に吐きかけてくる。崇はふたたび目を閉じる。上下する唇。

ぞくりと、破砕の前兆が腰骨を震わせ、ちょうどこの感じだ、と思う。

なにが？

時間を司る脳が、いまも時折、こうして混乱を来す。最近の記憶ではない。とても古い記憶だ。痛い痛いとかれに囁いた……

芙美ではない。有希でもない。

あのとき、ぞくりとかれは、生まれて初めて、この感覚を知った。

破砕のときが近づいてきた。腹筋が縮み、膝の皿が上がる。

瞼《まぶた》の内が白む。死んだ女の肌だ。

じき達する。足の指に力がこもる。

囁いたのは、思いだした、狐のような貌立《かおだ》ちの、女教師だ。ボート小屋で。

衣服を切り裂いてはガムテープを貼る。テープが切れただけ、まただれかが上から貼りつけ、自由を奪う。何本も使った。ガムテープの皮膚をした、マネキンのようにかの女はなった。

スカートは最後まで残った。幼い崇たちはかの女の下半身に興味を懐かなかった。乳房にばかり執着して、撫でまわし、握り潰し、カッターナイフで血を噴出させ、刃を伸ばして傷を深め、しまいには双方とも抉り取ってしまった。切り離したあとの乳房を、かれらはむしろありがたがって、奪い合うように乳首に吸いついた。有希も吸っていた。

両の乳房を失った、ガムテープだらけの、血まみれの林先生。壮年にすら感じていたが、今にして思えば若かった。三十代だったろう。死んだと思っていた。咽の動きに崇が気づいて、息を呑み、それから口を被ったガムテープをすこし剥がしたのだ。声が生じた。

　痛い痛い痛い

みな普通のこどもだった。なぜああも残虐になれた？　だれが煽《あお》った？

林教諭に習った経験はない。竜介にも。かの女を嫌っていたのは有希だ。それは憶えている。贔屓《ひいき》ばかりの、最悪の先生だと怒っていた。

——じゃあ次は、その先生を殺そうか。

提案し、集団を煽動したのは、おれだったのか？　楡が憶えていたとおり。

耳では憶えているが、発語した記憶はない。やはりおれではない。他のだれかだ。なにかだ。

畜生、そう云い張れば、トレチアが生じる。座敷童子《わらし》のようなものだ。頭数を数えると存在しないが、だれしもがそれらしきを記憶している。

おれが、主犯は自分だと認めればトレチアは消えるのか？　悪魔めいた囁きの主も、仔猫を踏み潰した後ろ姿も、おれ自身だったと。

　おれ自身だと。

……排泄のような、昂揚なき射精だった。しばらくの闇《やみ》を経て、気づいてみれば、芙美はまだかれに吸いついたまま、残滓《ざんし》を啜っている。使役を終えたばかりの陰茎を吸われるのは、むず痒《がゆ》いばかりで面白くもなんともない。

指はまだ二本ともかの女の中にある。動かすと、芙美は嬉しげに腰をあげた。平たい腹の向こうで、小さな乳房が揺れている。炸裂の最中、十年ぶりに鮮やかに見た林教諭の乳房は、ずっと大きくて、張りに満ちていた。こども心に、大変な収穫のように感じられたものだ。

切り取った肉の重量感が、記憶に甦ると、ぞくりとまた腰骨を線虫めいた感触が走って、疲れた陰茎がわずかに角度を変えた。

⁂

放っておけば、あと一時間は続きそうな火勢を、ボランティアの学生たちが寄ってたかってバケツの水で鎮めた。田舎の校庭でゆいいつ魅惑的だった廃材のモニュメントは、晟にすら跳び越えられそうな、侘《わび》しい小山と化した。

キャンプファイアのあいだじゅう、皆が合唱している最中にさえ、夕食どき頭に浮かんだ、新しいメロディを口ずさんでいた。音程を確かめる手だてがないから、家まで憶えて帰るほかない。一度でも吹けば、忘れないのに。

苦苦しい思いで手を重ねたウェストポウチに、入っているのはブドウ糖キャンディだけだ。ハーモニカは、失うのが怖くて家に置いてきてしまった。

短いメロディだ。しかし了志に披露した自作曲の、一番と二番の間に挟むとぴったり来そうな気がしている。うまく二番に戻れるかは不安だ。音が、気持ちわるい動きになりはしないだろうか。それもハーモニカなしでは確かめられない。

「歌ってるね」

と消火作業を終えた平賀澄絵《きよえ》が、空のバケツを提げて近づいてきて、晟の背を押す。

「さっきの歌だ」

「違います」

怒りを込めて答えた。

「そうか、ごめんごめん」

女学生は屈託なく詫び、

「晟くんの声はきれいだね」

と、安っぽく媚《こ》びた。晟は返答を省略した。

キャンプに参加した患者十二人中、晟は四番めに若い。晟より年嵩《としかさ》のこどもたちには二人に一人、晟以下には一人に一人のボランティア学生が、介添えとして配されていた。

晟にあてがわれた澄絵は、はぎれのいい喋りが聡明な印象の女だったが、縦だけは晟と大差のない短軀と、やけに長細い面相の組合せが畸形じみて見え、はじめは直視がためらわれた。容姿を自嘲するかのように、左右に高くつき出すようにつくった、短い三つ編みが救いだった。この三日間を晟は、街場《まちば》の公衆浴場にピストン輸送されての入浴と、互いがトイレに行っている時間以外、常にかの女を視界のどこかに置いて過ごしてきた。

木造校舎の入口のあかりへと、澄絵は晟を誘導する。他の子たちも同じく静かに誘導されている。拡声器で右へ左へと誘導される屈辱を参加前には覚悟していたが、杞憂《きゆう》だった。段取りを了解したボランティアたちが、ひとりひとりに静かに予定を伝えるのが、このキャンプのルールだとわかった。

「あとは就寝ですか」

澄絵はタイメックスの文字盤を光らせた。

「電気が消えるのは二十分後。注射しないとね」

「今日、何日？」

「何度も訊くね。八月七日。明日は八日。東京に帰る日」

訊くたび忘れてしまうというのではない。今日は何日、何日、と思い返しすぎての、勘違いが厭なだけだ。

「早く帰りたい？」

「疲れた」

「なにもしてないじゃない」

澄絵は笑った。

二日めの登山は、熱っぽいと云って辞退した。他のレクリエーションもおしなべて中途で疲れたと云っては抜け、けっきょく三日間のほとんどを、宿泊所である教室の簡易ベッドの上で過ごしてきた。熱っぽさも疲れも嘘ではない。しかし押して周囲に足並みを揃えられないほどのことでもなかった。周囲に実像を見せぬよう、なるべく怠惰にこの三泊を乗りきるべきだと、晟は自分で決めこんでいた。

澄絵は、静まり返った校舎の二階で美しい晟を独占できることを、あきらかに喜んで、かれのどの放棄にも厭な顔をしなかった。澄絵は会話の勘がよく、また物識りでもあり、対話はどれも有意義に感じられたが、視線のやり場には困る。

馬面とはいえ、目鼻立ちが醜いわけではない。肉と内臓を小さく詰め込んだような軀や短い手足との、極端な不均衡がもの珍しく、つい眺めまわしてしまうのである。だから消灯後のひそひそ話が気楽だった。

ふたりのベッドは並んでいる。机と椅子は教室の後ろに寄せて、一部屋に、四床のベッドが並んでいた。あと二つのベッドは、より年下の少年と、その介添え役のやはり女学生が使っている。澄絵より長身で美しいのが、最初、なんとなく羨ましかったが、澄絵との会話を聞き、喋りがのろのろとして要領を得ないのがわかるなり、興味がなくなった。

流し場にバケツを返しにいった澄絵を、玄関で待っていたら、九条《くじよう》医師が看護婦と連れだって入ってきて、晟の姿に驚いたふりをし、

「初めて最後までいたね。坐ってうつむいてるくらいはできるんだ」

と嫌味を云った。緋沼総合の医師ではなく、他の多くの参加者を主治している若い専門医で、また言動から察するに、このキャンプの発案者でもある。野外活動ということでか派手なスポーツウェアを初日から着こんで、医師というより体育の教師のように見える。

「疲れました」

と晟は莫迦《ばか》のひとつ覚えを演じた。九条は息を吸い、なにか訓誡《くんかい》をたれようとした。幸いそこに澄絵が戻ってきた。九条と看護婦はかの女に会釈《えしやく》をして、去った。

二階に上がると、余所者《よそもの》たちの歩みを痛がるように、板張りの廊下がひときわ大きな音を立てた。日頃から踏まれている音ではないなと晟は思う。教室にしても、机や椅子は揃っているものの、貼紙が一枚もなく、黒板のチョーク入れも空っぽで、どうもふだんから使われている教室ではない。二階の教室はどれも同じ気配だ。この大井《おおい》ヶ森《もり》小学校に、生徒はいま少ないようだ。

同室の少年は、苗字を木村《きむら》といった。下は忘れてしまった。晟と違い、就寝前に効き目の遅いインスリンを注射しているようすがない。ということは、食前三度のインスリンの

速効遅効の配合が、晟とはまったく違う組合せなのだ。毎日一回の差は大きい。こんど医師に、自分にも同じやり方は可能かどうか、訊ねてみようと思っている。

パジャマに着替えた。

「計測しようね。それから注射」

澄絵が、血糖値計測器と注射器の袋をベッドに運んできた。キャンプのあいだは介添え人に預けてある。計測器といっても大きな代物ではない。使い捨てのセンサー・チップを装着して使う、石鹸ほどのサイズの電子機器だ。採血器――穿刺《せんし》針《しん》を付けたペン状の器具――で指先に小さな傷をつけ、泛《うか》んだ血液にセンサーを触れさせる。結果は、一分で出る。

澄絵が木村少年の介添え学生に呼ばれてベッドを離れ、なにやらふたりで教室を出ていったところで、計測器が鳴った。昨夜と同じ数値だった。廊下から澄絵の笑い声が響いてきた。注射は勝手に済ませてしまおうと、就寝前用の注射器をケースから出した。カートリッジ内のインスリン残量を見、針を装着する。ズボンを下ろして消毒綿で腿を拭っている最中に、ごめんごめん、と澄絵が教室に帰ってきた。

計測器を覗いて、よし、とうなずく。晟は作業を続けた。針の被《おお》いを外し、空打ちして空気を追いだす。ダイヤルを合わせる。澄絵が手許を覗きこんでいる。腿をつまんで、その皮膚を刺す。この小さな銀色の宇宙ロケットは、ノッキング・ペンシルと同じ要領で、ダイヤル調整に応じた分量のインスリンを、正確に晟の体内に押し出すのである。……

注射する姿を他人に見られるのは苦痛だ。しかし見届けるのが澄絵の義務なのだった。

「痛かった？」

ズボンを引き上げている晟に問う。毎回、問う。礼儀と思っているようだ。

返事したことはない。慣れてはいても、皮膚に針を通すのは痛いに決まっている。

注射器を片づけ、自分のリュックから洗面具のポウチを出して、

「歯、磨いてきます」

とデッキシューズをつっ掛けた。


レクリエーションに真面目に参加しているせいもあろう、窓側のふたりは寝付きがいい。消灯係の跫音《あしおと》がまだ晟の耳朶から消え去らぬうち、揃って寝息をたてはじめる。澄絵もだろうかと思い、なんとなく不安になって、おねえさん、と闇に囁けば、なに、と、かの女はベッドを降りてくる。今夜も、降りてきた。

「なに。眠れない？」

と床に膝をついてかれのベッドに両の肘をのせる。澄絵は、容姿は滑稽《こつけい》なのに、そうして髪をほどいて間近に寄ってくると、申し分のない、いいにおいがする。晟は軀を横にした。ベッドのスプリングが軋《きし》んだ。

「こういうキャンプ、よく参加するんですか」

「ボランティア活動ということだったら、可能なかぎりは。そういうサークルに入ってるのよ」

「病人の相手ばっかり？」

「病人というか、ハンディキャップを背負った人達ね」

「楽しいですか」

「つらいことも多いし、嬉しい出来事もあるし……わたし自身、勉強をさせてもらってるつもりだから、面白可《おもしろお》笑《か》しい経験ばかり、期待してるわけじゃない。つらい思いも、あとで自分の栄養になるでしょう」

「ならないよ」

「そうは思わない」

「病人ばかり相手だったら、これまでにだいぶ死んだでしょう」

澄絵は返事に窮して、長い顎を手前に引いた。消し残されたトイレ前の蛍光灯のあかりが、廊下に乱反射して、教室の天井を幽《かす》かに照らしている。薄闇に見る澄絵の影が、思慮ぶかげな彫像を思わせ、必ずしも滑稽ではないことに晟は気づきはじめている。異国の彫像は、軽やかな弁舌よりも沈黙によって、神神しさをまとう。晟は無意識に、両手を脚の間に挟んだ。

「人はみな死ぬわ」

「ぼくも」

「晟くんも、わたしも」

澄絵はまた返答につまり、やがて可笑しげに息を吐いて、

「立派な仕事と、素敵な結婚。可能性は訊かないで。晟くんは？」

「偉大な創造」

「とびきり、きっと晟くんは賢いのね、わたしなんか足許にも及ばないほど」

むろんだと思ったが、黙っていた。

「晟くんはなんになるのかな。歌が上手だから音楽家かしら」

「歌はあまり。ハーモニカのほうが」

「わあ、ハーモニカ吹けるの。いま学校で教えないでしょう？　こんど聴かせてほしい」

「いつか」

澄絵に聴かせるとしたら、例の自作曲の完成形こそ相応《ふさわ》しかろうとかれは思い、念のため、思いついた橋渡しの部分を頭の中で再生して、ちゃんと記憶していることに安堵し、安堵しながら、もし不運な美の王族である自分が、トレチアという蛹《さなぎ》を経て、これから音楽家に至るのだとしたら、それはなかなか痛快なことだと悦に入った。

ぼくにはきっと時間がない。人並みの、勉強の時間も訓練の時間もない。でもトレチア

だ。まわりを動かす力がある。全力で進みながら、景色のほうも手前に引き寄せることができる。

澄絵のにおいは、時が落ちるとともにいっそう強まり、複雑さを増して、晟の思考を分断する。抗するように晟は、霞んで闇に同化していく女の横顔を見ながら、もしぼくがトレチアの本性をかいま見せたら、この学生はぼくに隷属するだろうかと考えてみた。隷属させて、どうしたいというのでもない。このにおいを、ただ夜ごと嗅げたらと思うばかりで。

……夢の中、澄絵を殺した。

せめて鋭利な切出しで胴を切り裂き、生きた内臓を覗きたかったのにと後悔しながら、夢の中の晟がとった方法は、不器用な撲殺だった。呼んでもふり返らなかった澄絵が悪い。ふり返らないから、握りしめていたものが、釘抜きに変わってしまった。

振りあげて、了志は釘抜きの背を使って殴ったのだ、老婆を、なぜなら、殴打のさまは林が暗くて見えなかったが、池に運ばれていく老婆は、どこからも血を流していなかった、と思いだしたけれど、すでに勢いづいて、釘抜きの向きを確かめる間もなく、澄絵の後ろ頭に撃ちつけてしまった。釘抜きは尖ったほうが前を向いていた。頭蓋にくい込んで、澄絵の痛みを晟に伝えてきた。

澄絵はいつしか衣類を失っている。いや初めから裸だった。背筋を深く窪ませて、全身を震わせている。釘抜きの柄を逆手に持ち替え、引き抜くと、頭は固い果実のように破れて中の蜜がとろけ出た。啜らなければ、と気が焦って、釘抜きを握ったまま裸身に飛びつく。澄絵は短軀を巧みに捻って少年を振りまわす。物凄い力だ。

無性に腹立たしくなり、めくら滅法に殴り続けたら、澄絵は虫のようにうずくまって死んだ。各所から溢れていた蜜は、みるみる色づき腐った血になった。もう内臓も腐っているだろう。皮膚まで腐りきる前に、すこしでもにおいを移そうと、躍起になって固い背に身を擦りつけた……

「キジツダ」

身を擦りながら、かれは、自分が洩らしたのだと思った。そうしてかれが夢に留まっていることに、かれらは焦れて、顔や肩に触ってきた。

夢と現《うつつ》の境界がはっきりした。言葉を洩らしたのは、ぼくじゃない。

眼を薄く開くと、教室の暗がりを人影が遮っていた。

「新宅くん、キジツダ」

と影は繰り返し、声を殺して、く……と笑った。晟は跳ね起きた。

開襟シャツが薄闇に蒼い。庇《ひさし》の付いた帽子を目深に被《かぶ》っている。心臓が早鐘を打ちはじめ、次いで、老婆を襲ったときのように、また視界が傾いてきた。

押し殺した笑いが、ベッドの反対側からも聞えてきた。ふり返り、そこに三つの影を見て、ようやっと状況を把握した。影のひとつが眼鏡を掛けている。レンズが淡く輝いている。香月史朗だ。

トレチアを見返した。すでに帽子をとっている。平垣内基の特徴である、こわい髪の毛が天を衝《つ》いていた。他の影に目を凝らすと、それぞれ、向谷了志と岡卓見のようだ。

晟は息をつき、それから、

「どうして」

と基に訊いた。基は低く、楽しげに、

「遊びにきたんだよ。新宅くんのお母さんが、ここ教えてくれてさ」

「その服」

「借りたよ。みんなで、預けてあるって云いに行ったら、部屋に入れてくれた」

絶句した。かれらを自分の部屋に導いている母親の姿を思い浮かべ、下唇を噛《か》んだ。

「なにしにきたの、こんな」

「だから遊びに」

「いちばん面白い遊び」

と反対側で締まりのない声があがる。了志だ。

「大地と師井くんは来られなかった。新宅くんは一緒に遊ぶだろ」

その隣の卓見が囁く。

「もう始めるよ」

　基の宣言に、晟は生唾を飲んだ。

「だれを」

「だれでも。あの女でも」

　基は手を上げて背後のベッドを示した。

「だめだ」

　咄嗟《とっさ》に強く云い、感情をあらわにしすぎたと悔いた。人が嫌がることを見つけると、嬉嬉としてそれをやり、相手の反応を娯しむ悪癖が基にはある。

「ぼくの世話役だから、ぼくが疑われる」

「じゃあだれを殺したい？　いいよ、新宅くんが決めて」

　物言いは親切だが、場を仕切るべきは自分だという矜持《きょうじ》が感じられた。衣装がかれに自信を与えているのだろうか。

　黒い怒りが込みあげてきた。なぜ基が着ている。帽子の所有権は林大地にあるが、シャツは晟の持ちものだ。それとなく首を伸ばしてみると、ズボンまで晟のもののようだ。

「服、返してよ。自分の服あるんだろ」

「怒るなって怒るなって。遊びが終わったらね。これ気に入ったから、ぼくも同じの買ってもらうよ」

「なんで……トレチアは、トレチアの役は」

「だれでもいいだろ」

と笑い交じりに軽く吐き、基はまた帽子を被った。ふたたび生じたシルエットはトレチアそのものだった。反対側の三人を見た。みな顔をあげ、新しいトレチアを、視界の中心に受け容れている。構図の移行に戸惑っている気配は、どの影にもない。

また動悸《どうき》がし、手にふるえがきた。低血糖の症状にも思えるが、また勘違いかもしれない。額に手をあてると、すでに冷汗で濡れていた。

「ペットボトルに灯油入れてきたよ。今夜は人を燃やす。新宅くん、だれを燃やしたい？」

晟は顔を揺らした。

「べつに、だれも」

「じゃあぼくらだけで適当に選ぶ」

「二十人以上が泊まってる。姿を見られる。危険だよ」

「見られてもぼくらは安全なんだ。ここにいるのがぼくらだとはさ、だれも思わない。最終電車に乗って、駅からは歩いてここまで来た、地図見て。遊んだらすぐにここを離れて、朝一番の列車でサテライトに戻る。もし遅くなったら、ラジオ体操のあと、遊んでたって云うさ。変だとは思われても、まさか八ヶ岳にいたとは思われないよ。新宅くん、もし姿を見られるのが怖かったらさ、ここでおとなしくしてな。火が拡がるかもしれないから、眠っちゃって、焼け死なないようにな」

「こどもは殺すな。ぼくと同じ病気なんだ」

「いいけど、逃げ遅れたら死ぬかもね」

「なんでわざわざ……遊ぶんだったら、サテライトでいくらでも」

「ここで遊ぶか？　意味なんかない。たまたまだよ。新宅くんのお母さんがこの学校の名前をぼくらに教えなかったらさ、ここには来らんなかった。でも聞いちゃったし、そのあとなんとなくみんなで盛り上がったから、ぼくらはここにいる。それだけ。トレチアなんかだれでもいいし、殺されるのも、だれでもいい。遊びなんだ。今からぼくらは夜の校舎を歩きまわって、適当な人間を選んで、キジツダって耳許で囁いて、灯油をかけて火をつける。人が燃えるのってどんなだか、みんなで見物するよ。人が集まるかもしれない。そうしたら笑いながら逃げだすよ、きっと窓から」

　ふるえを抑えるために、両手を毛布の上で握り合わせている。パジャマの襟が湿っているのを感じる。視線は、海の残像のように緩くうねった毛布を漂っているが、意識はひたすら視界の端の人影に吸い寄せられていた。借りものの衣装に縁取られたシルエットは、晟の目にも、トレチアそのものだ。基は十全に役割を果たしている。かくも薄っぺらな概念に過ぎなかったのか、トレチアというのは。

胸底に、この半年、甘美に漂ってきた記憶が、苦苦しく裏返った。冬の真夜中、はちまん池の、中洲に至る橋の上で、ぶらぶらとこちらに歩いてくる赤いダッフルコートに、同好の士がいるものだと、内心ほくそ笑んでいたら、そのうち少女はたち止まり、どうも晟の接近を待っている。視線を合わせぬように近づいていくと、

――また会った。トレチア。

と声をかけてきた。ぎょっとして顔を見た。いくらか年上らしい、つり上がり気味の大きな眼をした、強い貌立ちの少女だが、見知らない。

仲間内での戴冠式《たいかんしき》は済んでいた。冠は、白布の掛かった学帽。しかし日頃からそれを被ることはしなかった。ましてや夜の孤独な散歩には。だから驚いた。晟は無帽で、薄荷《はっか》色《いろ》のアノラックを被り、ナイロンの、裏地付きの長いズボンを穿いていた。にもかかわらず少女は、かれをトレチアと見做《みな》したのである。

――会ったことないよ。

と晟は云った。欄干《らんかん》の下に仕込まれた電灯が、ふたりの息を淡く照らしあげている。しかし少女の口許から、確信の笑みは失われなかった。

――会ってますよ、何度も何度も。お話しする？　寒いけど。

晟は顔を左右に振った。トレチアという綽名《あだな》の、だれかと間違えているのだろうか。こうも間近に、声さえ耳にしていながら。

戴冠式を経ていたとはいえ、本気でトレチアに自己投影していたわけではない。あくまでそれは「ごっこ」の域のことであり、一時でも雰囲気に呑まれてしまった自分に対し、晟は自嘲的だった。トレチアというイメージへの愛着もなかった。ホラー映画の勤勉な殺人鬼たちには、精密機器の動きを眺めているような、ある種の爽快を感じる。しかし衣装ばかりが風聞の中をちらつき、何をしたいのかもよくわからない、顔なき少年に、伴うのは薄ら寒さばかりだった。

少女が勘違いに気づいて落胆するさまを見たくなかった。晟は場を離れようとした。動きを読んでいたように悠然と、かの女は行く手を遮り、

――そうだ、教えて。トレチアは、みんなが勝手に呼んでる名前だからって、本当の名前を教えてくれたでしょう。でも忘れちゃった。もう一度教えて。

晟は返答に窮した。少女は独白のように、

――ビヤ……ビヤ……なんだっけ、思いだせない。

――ヴィヤーラカ。

晟は連想を呟いたが、かれ自身、その意を思いだせてはいなかった。なのに少女は、

――ビヤラカ。憶えてる。

とおかしなイントネーションで復唱して、納得してしまった。

晟の肘をつかんで、自分のほうに引き寄せる。かれがアノラックのポケットから右手を

出すと、両手で挟みこんできた。それから頭を落として、かれの手の甲に頬ずりをした。まず長い髪が腕に被さり、甲に、冷えた柔らかな皮膚が密着した、懐かしげに。

頭をあげてからも、晟の手をとったままで、

——トレチアはビヤラカ。わたしは、マカラ。

かの女がそう云ったので、ヴィヤーラカのなんたるかが思いだされた。母親と眺めていたNHKの番組で耳にした言葉だ。国立博物館にあるという浮き彫りの石仏の、背後に彫りこまれた、精悍な獣の名である。実在の獣ではない。

鷲の眼と嘴《くちばし》を有した、仔馬のような獣が、外側を向いて後肢《あとあし》でたち上がり、仏の大きな肩に身を添わせていた。晟はナレーターにさきんじて、あれはグリフォンだと母に教えた。鷲の上半身と獅子の下半身を合わせ持ったギリシャ神話の幻獣は、食玩やトレーディングカードの戦闘ロボットのモチーフとして馴染みがあった。

ヴィヤーラカ、と石の獣は紹介された。晟は赤面して、きっと西洋と東洋で呼び方が違うのだと云いつくろった。本来は、羊頭の獅子であるとナレーターは続けた。それがさまざまに変形して描かれるのだと。グリフォンにしては翼が見当たらないことに気づいていたのに、注意を向けなかったことへの羞恥《しゅうち》が、かれの胸にヴィヤーラカの名を刻みつけた。まるで自分の名前の書き間違いを、他から指摘されたようだった。

ヴィヤーラカに支えられるように、そのすぐ上にもう一匹、胴のない幻獣が彫刻されて

いた。ヴィヤーラカほど強い印象は受けなかったが、マカラ、という歯切れのいい響きは耳に残っている。一見、飾りたてられた象の頭部のようで、しかし眼が異様に大きく、また頬の端に、魚の胸鰭《むなびれ》のような三角形の飾りがあったのを憶えている。胴体は、省略されているようにも、端から存在していないようにも見えた。

――象の頭？　マカラ。

晟が問うと、少女は首を傾げ、それからかぶりを振って、

――ううん、お魚。赤くて大きな。

奇異な返答だった。胸鰭状の装飾をして、あの象の頭を魚と見做すのは、たいそう無理がある。石の浮き彫りには色もなかった。かの女自身は番組を見ていないのだろう。ヴィヤーラカもマカラも又聞きの知識だとすれば、ビヤラカという訛《なま》りも納得がいく。ＮＨＫのアナウンサーは、大袈裟なほど明瞭に、ヴィヤーラカ、と発音していた。

――うう、寒い。わたしも帰る。またね。

と少女は笑んで、晟があとにしてきた方へと歩きだした。晟は家を抜けだしてきたばかりだったから、つまりかれと両親が暮しているＣ区の方向だ。橋を渡りきってそのまま遊歩道を直進したら、Ｃ区かＤ区の可能性が高い。右に折れたらＥ区。左に折れたらＧ区かＦ区。

中洲の斜面からふり返ると、ダッフルコートの赤が、橋の左手の立木の間に暗く覗いた。

一戸建ての区の子か。

夜を、歩き歩き、脳裡《のうり》にちらつく少女の笑顔に抗するように、晟は石の獣たちのことを考え続けた。ヴィヤーラカが支えているマカラは、胴体を持たないということは、なにか思念のようなものだろうか。少女が、マカラとヴィヤーラカの位置的な上下を知ってあ宣《のたま》いていたのなら、わたしの奉仕者たれという驕慢《きょうまん》な命令を下していたとも受けとれる。愚かな少女には見えなかったから、しかし、そう単純な話ではあるまい。

手足を持たないマカラは無力な存在かもしれないが、爛爛《らんらん》たる光すら錯覚させる、くわと見開かれた眼に、哀れさはなかった。種子のように堅牢な思念だろう。たとえば――少女の笑顔がまたちらつく――美のような。

偉大な創造、という内心の口癖が、思索に連鎖した。霊感の強そうな少女だった。かの女にとってトレチアは、昔から、なにかへの奉仕者という位置づけだったのかもしれない。ふと現実に見出したトレチアに対し、二匹の幻獣の在りように託して、向かうべき方向を示したとは考えられないか？　そうしているという自覚がかの女に、あったにせよ、なかったにせよ。

中洲を下ってもうひとつの橋に差しかかる頃には、より冷静で合理的な思弁に到達していた。かの女にとってのヴィヤーラカがなんであれ、無力な一少女が新しいトレチアを求めているという事実に、変わりはないのだ。今宵、ふたたび、ぼくはトレチアと承認された。風聞はこうしていつも実体を求めるのだろう。ならばトレチアになりきればいい。ぼくは遠慮なくその力を行使しよう、偉大な創造への足掛かりとして。……

「だれでもいいんだよ、トレチアも、殺される人間も」

帽子の庇の下から、基が、諭《さと》すように繰り返す。

「もう一度訊くよ。新宅くんは、だれが、燃えるところ見たい？」

自分にゲームを仕掛けているのだと気づいた。消極的な返答には、逆の行為で応じるつもりだ。基の習性だ。

澄絵の寝息に耳を澄ませれば、いくらか落ち着きをとり戻せるのではないかと期待し、息を止めてみた。基は息づかいを殺しているものの、反対側の三人がはあはあとうるさく、かの女の寝息だけを聞き分けるのは難しかった。汗が眼に流れ込んできた。指で目頭を擦りながら晟は、基を瞠目させるような新奇な返事を考えた。

面白ければ、かれはそちらに動くはずだ。ずっとそうやって、この厄介な少年を操作してきた。今も動かせるはずだ。基に顔を向けた。

「医者。わりかし若い。でもつまらない嫌味を云うやつなんだ。一階の保健室に泊まってるはずだよ」

全員の息づかいが変わった。晟は勝利を悟った。

「だけどぼくは行けない。みんなと違ってぼくは、このキャンプにいるから、服をだれかに見られただけで、ぼくだとわかっちゃう。みんなも危なくなる」

「保健室にひとり？」

「ひとりのはず。階段を降りて、そのまままっすぐ、廊下の端のほうだよ」

「わかった」

基の囁きは、上擦りはじめている。

「ぼくら火をつけたらすぐに逃げるからさ、新宅くん、あとで屍体がどんな感じだったか教えてくれ。行こう」

ベッドを隔てたところの三人に命じる。まず三人が、続いて基の白い衣装が、ほとんど音もなくベッドから離れて、細く開いたままになっていた木製の引き戸の向こうに消えた。

手のふるえは収まっている。動悸はまだ残っているが、一時ほどではない。だが早くも新しい恐怖が胸に渦巻きはじめて、毛布に潜り込もうという気が起きなかった。医師は殺されるだろう。この世から失せる瞬間、かれはなにを思うだろうか。

生死不明のまま中洲からはちまん池に放り込まれた老婆……視力を失い、胸を深深と刺されながらも、果敢に晟たちを追い散らしたホームレス（死亡はテレビで確認した）……そして、今から生きながらにして焼かれる九條。数数の失策への含羞《がんしゅう》の向こうに、とりとめなく漂っていたふたつの死が、そこに九條の死の予定が重なることにより、ひとつの大きな象形《しょうけい》を成した。ぼくは殺人者なのだと、晟は初めて実感している。

意外と呆気ないものだ。初めてのジェットコースターや家族旅行の昂奮と同じく、あるいは音をつなげていけば必ず音楽になることを発見したときの驚嘆と同じく、しばらく自分はこの想念に憑かれたままだろうが、経験の記憶というのは必ず薄れる。忘れて過ごす時間のほうが、じき増すはずだ。

かといって経験は、失せるでもない。知らずと皮膚の裏側に黴《かび》のように蔓延《はびこ》り、ほんの些細な感情さえ支配するに至るに違いない。たとえば映画を観ていてぼくはもう、架空の殺人者には恐怖しないだろう。同情もしないだろう。

感情を殺した眸《ひとみ》で、出会った人の眼を見つめては、人を殺したことのある同類かどうかを推し量るのだろう。頬笑みは歪《ゆが》みがちだろう。路は塀ぎわしか歩かず、背後の跫音に敏感だろう。それが新しいぼくだ。

「晟くん」

思いつめたような掠《かす》れ声が澄絵のベッドからあがり、かれは驚いて身を縮めた。

「いまいたのだれ」

返答できずにいると、

「白い服着た子が、いま出てったよね？」

基の姿しか見えなかったようだ。

「目が覚めたら、部屋にいた」

と、かれは控え目に事実を描写した。

「キャンプの子？」

「違ってた」

「ここいらの子かしら」

「トレチア」

「え？」

「トレチアから来たって」

「どこ」

「知らない」

そのまま口を噤《つぐ》もうとした。しかし澄絵が次の言葉を待って息を詰めているので、

「キジツダって云ってたよ」

と加えた。会話は途絶えた。澄絵はもう訊ね返してこなかった。

横臥《おうが》し、このキャンプで得た旋律をまた頭の中で繰り返していると、廊下から異音が響いてきた。なにか重たいものを引きずる音にも、動物の咆吼《ほうこう》のようにも聞えた。澄絵がベッドから起きあがった。晟は寝入ったふりを続けていた。においが来た。

⁂

電話。

理由なく七与ではなかろうかと予期したが、出てみると芙美だった。泣いている。

「父が死にました」

と云った。旺児は湯呑みの中の焼酎を睨み、呷《あお》った。

「いつ」

「二十分くらい前。容態がわるいと連絡があったので、来てみたら、もう昏睡していました。それから何分ももちませんでした。今、まだ病院です」

「そうか」

「来てもらえますか」

「綾埜《あやの》さんには」

と旺児は訊いた。両国に住む久仁夫の妹である。

「ここにいます。出る前に電話をしたので」

「雄平は」

「眠っていたから置いてきました」

「綾埜さんに、今夜は泊まってもらいなさい。お義父《とう》さんはもう霊安室だろう」

「はい、今」

「今から行っても、たぶん今夜はもう、どうしようもない。明日、お義父さんには、会いにいくよ。葬儀の手配も、明日にならないとどうにもならんだろう」

「来てくれないんですか」

焼酎を罎《びん》から注いで、また胃袋へと流す。大きく息をした。

「お義父さんのことは、ぼくも悲しい。今夜、このうえ綾埜さんになじられたくないよ」

別居の真相を綾埜は知らない。旺児の身勝手と思いこんで、女性関係を勘ぐっているようだ。

「来てくれないの」

「明日は厭でも顔を合わせることになるだろう。葬儀の手配は、こちらで朝一番にしておく。お義父さんは、たぶん寿命だったんだろう。きみにはとても感謝していたはずだ。だからあまり、気を落とすな」

なにか言葉を返してきたが、聞き取れなかった。糸が切れるように、通話は途絶えた。

発信音の向こうに、久仁夫の声が甦った。

　　黙っていて　申し訳なかった

　　血なんだよ

久仁夫のイメージにずっと付随してきた漠たる不安が、かれの死そのものでも、死がこれから引き起こすに違いない親類間のいざこざでもなく、やはり芙美のありようを核としていたことを、旺児は悟った。焼酎を呷る勢いは増した。

芙美を魚の仔であると述べて憚《はばか》らなかったという芙美の母は、旺児の中で芙美の姿と重なりがちで、気がつけばふたりは、ひとりの女として脳裡に立っている。久仁夫が云うように遺伝性のものであろうかの女らの特質を、旺児は欠損とは捉えていない。常人よりどこかにおいて過剰な眷属《けんぞく》なのだと思っている。現実に被さるもうひとつの世界を見つめて、あきらかにそちらに重きを置いて生きている。著名な銅版画家の妻女の立場は、いくらかでもかの女らを律してきたことだろう。それが世間や、また旺児とも折り合う部分であったろう。重石を失った芙美は、これからどこへ彷徨いでていくか知れない。想像すると空恐ろしくもあるし、つかず離れず、あとを追ってみたくもある。

　いきなり量を飲みすぎたか、すこし眩暈《めまい》を覚えはじめた。目を閉じて、腕を組み、かれはしばらく椅子の上で眠った。

　夢の闇には芙美の後ろ姿があり、その向こうを雄平が駆けている。わが子でないとはいえ、親類のこどもらよりは、よほど可愛い。いや可愛いというのは適当ではない。興味ぶかい。執着がある。しかし執着は嫌悪と裏腹で、ふたつの感情は必ず連動して、強まり弱まる。

このまえ雄平と会ったのは、幼稚園の保護者参観だ、五月の。記憶の中の幼児よりも背丈があり、しっかりと歩いていた。貌立ちが間延びしたように見えた。旺児を、見知ったおとなとは思っても、父親とはよく認識できていないようだった。髪に以前はなかった癖が生じていた。大きなウェイヴがかかって、先端がどこも撥ねあがっていた。旺児にも芙美にもない癖だ。

久仁夫の、一般に最も人気の作品は、四十代にものした〈夢想〉だろう。眠りを画題にとった連作だ。新婚時代、まとめて間近にする機会があった。シャガールの猿真似、と久仁夫は韜晦《とうかい》していると聞いていたが、すでに独自の表現に到達している。画壇での評価も鰻登りだった時代だ。

なかの一枚が、気に入ったというのではなく、ただ奇異に感じて印象に残った。こどもを大きく、画の中心に据えてあった。周囲には獣や魚や建物が遠近感なく鏤《ちりば》められて、一見するとこどもをその夢の情景が囲んでいるようだが、こどもは横たわっていながら、眼を見開いていた。〈夢想〉の一枚でありながら、主役は目覚めているのである。

覚醒の瞬間を描いたものですかと、後日、久仁夫に訊ねたら、……いや、と否定された。なんでも、アトリエを訪れた小学生の芙美が、試し刷りを見てひどく懼《おそ》れたのだという。最初、画の中の少年は眼を閉じていた。心配だから開けさせてくれと云って芙美は泣いたという。啓示のように感じて、出来心で、瞼の上に眼を入れてしまった、とかれは回顧した。云われてみれば、そのような不自然な眼である。芙美は満足して、よく眺めるようになったというが、コクトー映画の素朴なトリックと同じ手順で画中に生じた眼球は、男の子を画中の現実から、二重虚構の領域へと追いやっている。眼球ゆえに、男の子は〈夢想〉の主体から、夢みられる側へと立場を移してしまったのである。眼を開いて眠る子もあるからよかろうという安易な想いでの彫り足しを、久仁夫は後悔しているようすだったが、展覧会が始まって評論家のひとりに指摘されるまで、自分のしでかしたことの大きさにふしぎと気づかなかったという。男の子は半ズボンを穿いている。髪はあちこちの方向に撥ねて、角のように見える房もある。雄平と同じ髪だ。

……目覚めて、湯呑みに残っていた焼酎を干す気になれず、流しに運んで棄てた。代わりに水を汲んで飲んだ。寝室に使っている洋間のあかりを点け、洋服箪笥の木炭色の背広を確かめた。十五年も昔のブルックス・ブラザーズだ。礼服は持っていない。この背広でさえ、触れるのは首を吊った漫画家の告別式以来だ。外ポケットに手を入れると、案の定、丸めた黒ネクタイが押し込んであった。数珠《じゅず》もポケットだろうと見当をつけて探したが、見つからない。芙美のところに置いてきたようだ。

　告別式の日取りはあちこちと相談してから決めるとして、まずはひっそり身内だけで弔うことになろう。自分の服装や手許にじろじろと注がれるに違いない、綾埜の視線を想像すると嫌気がさした。しかし芙美に数珠を探させて斎場に持参させるというのが、そのために必要な一本の電話が、今は重労働に感じられる。片方の扉を閉め、把手に吊ってある綿ジャンパーのポケットを確かめた。ヘイスティングスから貰ったペンジュラムが、まえ持ち出した時のまま入っていた。それを背広のポケットに収めた。鎖だけ手の甲に覗かせていれば、風変わりな数珠か、十字架か、と勘違いしてくれるだろう。久仁夫に対しても、等閑《なおざり》にしてきた数珠を握って祈るより、このほうがよほど礼儀というものだ。

二

中央公園の正面口にあたる、大小の丸っこい石にコンクリートを混ぜて成形した、緩やかな石段の片側には、週末、行楽客を当てこんだ露店が並ぶ。真剣な商売が成立するほどの人出ではないから、敷物の上に手作りの品や廃品を値札もなく並べてあるばかりの、若者の小遣い稼ぎがほとんどだ。もしくは工芸家の卵の野外ギャラリーといったところ。

「いい曲ね。だれ」

と七与がたち止まって訊ねると、かれは片膝を抱えたまま、惚《ほう》けたように唇を開いた。必ず色の濃いサングラスを付けているので、表情は口許から察するほかないのだが、唇の動きも、かれはまた乏しい。剃りあげた頭を廻して、七与に、日陰に入るよう指示した。

無数の輝きを湛えた花筵《はなむしろ》を跳び越え、植込みの土を堰《せ》き止《と》めた石に、腰をおろす。

「肥ったか」

筵の前で足を止めた、別の通行人の動きを気にしながら、かれは、痩せた軀をかの女のほうに揺らした。たち止まったのは、顔を褐色に焼いた女子高校生風のふたり組だ。

「売りもの？」

ひとりがしゃがんで、筵に重ねた黒い毛氈《もうせん》の上の、紫水晶に手を伸ばそうとする。

「触るな」

かれが低く鋭く命じた。少女はびくりと腕を縮めた。かれを見返した。

「なんでよう」

「あんたには強すぎる。体調狂うぜ。透明じゃないのから選びな。いちばん好きなのを、ひとつだけ。ひとつだけ」

小さな石は空豆ほど、大きなものでも手に握り込める範囲だ。目立つのは、透明であったり色鮮やかであったりの石だが、平凡な、そこいらの河原で拾ってきたようにしか見えない石も少なくない。

筵は下方の段まで延び、そちらには、あまり価値のなさそうな古物から、それどころではない、どう見ても拾ってきたままの廃品までが、雑多に並べてある。食器、小鑵、招き猫、トランジスタラジオ、山高帽、表面がぼろぼろに捲れあがった楽器のケース、表紙の褪《あ》せたル＝グインのペイパーバック、銀色の鍍金《めっき》が剥がれた旧式のトースター、配線基板、裸のジェニー人形……。

　間奏で、ようやくかれは七与を見返し、

「レイ・ノーブルの曲だ。〈The Very Thought of You〉。邦題は……〈君を想いて〉か。最初に歌ったのは楽団の歌手アル・ボウリーのはずだが、有名なのはナット・キング・コールだろう。いや今はむしろ娘のほうかな。ドリス・デイもビング・クロスビーも歌った。サラ・ヴォーンもダイアン・シューアもエルヴィス・コステロも歌った。ジミー・スミスはオルガンで弾いた。いま歌ってるのはジョニー・ハートマン」

　足許の、銀色黄色ツウトーンのケンウッドばかりが、異星から訪れたように真新しい。流れているのはＦＭ番組ではなく、かれが編集したらしいＭＤだが、音源はどれも古い。石ほどではないものの、他の商品なみかそれ以上には、古い歌ばかりだ。

　商売上、音楽が必要なのだと、まえ聞いた。客寄せということではなく、石を選定させるときの心理効果のためだろうと七与は想像したが、考えすぎだったかしらとも、今は思う。

「調子わるいなら、石、換えてみるか」

　すこし考えたが、かぶりを振った。ジーンズのポケットに右手を入れると、指は水晶ではなく畳んだアーミーナイフに触れた。いつまた蠣崎に出会っても手渡せるよう、このところ持ち歩いている。反対のポケットから自分の水晶をつまみ出して、握った。

「これでいい。気に入ってるのよ」

「自分がそう思うなら」

と、かれはうなずいた。ふと、老けこんだ表情がかいま見えた。初めてかれの年齢が気になり、見当をつけようとしてみた。蠣崎あたりを引合いに出してしまえば、間違いなく七与の同族だが、かつて近い年代に、このような人を見ただろうかと考えはじめると、蠣崎よりさらに遠方の生きものに思えてくる。なにかの事情で老けこんでしまった少年、もしくはなにかの事情で老けそこね続けている老人が、かの女の隣にいる。

「これ」

高校生が掌《てのひら》をつき出してきた。青金石《ラピス・ラズリ》が、珍しい甲虫のようにうずくまっている。

「それが気に入ったか」

うなずく少女の口許には、確信の色がみなぎっていた。真剣に選んだのだろう。

「針金でうまく巻いたらアクセサリになりそうだし。いいんでしょ」

「好きなように持ちな。部屋に置いといてもいい。他人には触らせるな」

「お守り？　なんに効くの」

「あんたがなりたいようになれる」

少女は失笑した。

「安くして」

「ああ、もちろん。いまいくら持ってる」

「あんまりないよ。スカート買わなきゃ」

「正確に、いくら持ってる」

面倒くさそうにかの女は、裏革のショルダーバッグからルイ・ヴィトンの財布を出して中を覗き、

「だいたい一万五千円」

「じゃあその半分でいい。七千五百円」

少女の眉間《みけん》に皺が生じた。財布を収めた。

「いらない」

青金石を、投げつけるように毛氈に戻す。

「なにその値段。ただのちょっと変わった石ころじゃない」

「そうだよ。ただの石ころだ」

少女たちは公園の方向に去った。風が出てきた。かれはラメの入ったシャツの胸ポケットから、ピースの小さな箱をとり出した。

「商売になってる？」

かれはたばこを手で囲って火をつけた。南の鳥の飾り羽よろしく、頭の中央にだけ剃り

残された赤い髪が、風に大きく傾いた。顔をあげて、煙と一緒に、

「きっと買いにくる」

「ひとつ訊いていい？」

黒眼鏡が七与を映した。

「髪、それだけだと、部分染めの料金で済む？」

「生まれつきこの色だよ」

「なんだ」

半信半疑のまま、笑う。

「ほかは毎日、自分で剃るの」

「髭と一緒に」

かれが一本を吸い終わらぬうち、息急き切って石段を駆けあがってきたのは、背後で黙って友達とかれのやりとりを眺めていた、もうひとりの少女だった。毛氈から同じ青金石を拾い、

「あの、わたし、買います。お金、ありますから」

「欲しいのか」

「七千五百円ですよね」

友達とほとんどお揃いのショルダーバッグから、色違いのルイ・ヴィトンが出てきた。

「だれがあんたにもそれで売ると云った。財布の中身は」

眦《めじり》の下がった、愛嬌のある貌をした少女だ。その眼が、困惑に歪んだ。かの女は財布を開いた。

「二万、三千円くらいです。あ、もっと少ないかも」

「一万一千五百円」

少女は財布を閉じて、掌の石に視線を落とした。もう一度、財布を開いた。

「払えば、わたしの石ですよね」

「あんたの石だよ」

少女は一万二千円を払った。札を、かれはジーンズのポケットにしまい込み、代わりに五百円玉を投げ返した。

「ずっと、いつもここに？」

「日曜だけ。この公園があるあいだは」

「なにさん？」

名前を訊いてきた。かつて七与も、まったく同じ問い方をした。

「治療師《ヒーラー》」

とかれは同じく答えた。少女は小首を傾げた。

「日本語の歌だ。珍しい」

初めての道を歩くように、足許に気を払いながら、少女が石段を下りていく。

「だれこれ」

「井上順」

「ちょっと下手？　でもいい歌だ。バイト先に売ってるかしら」

「ないと思うね」

「じゃあ最後まで聴いていこう。ラピス - ラズリでしょう、あれ」

「ああ」

「あの子に売っちゃってよかったの。合わない石じゃないの」

「友達のようになりたいというのが願いなんだから、仕方がない。他人にはどうにもできんよ」

ポケットの中の水晶を七与は握った。歌が終わると同時に、かの女は石から腰をあげた。

「約束があるから、それじゃ」

「水晶」

「ん？」

七与はふり向いた。

「あんたも忘れるな。それ、ただの石ころだぜ」

「売っといて」

「別の料金だ」

よく意味がとれなかった。訊き返さず、石段を下りた。公園の地面に降りたとき、思いがけない落下感があり、驚いてたち止まった。見返すと、石段と湿った土との間に、細いくろぐろとした溝があった。最後の段だけが、他の段よりもだいぶ高くも見えた。

外を歩いていて体感できるほどの沈下についに至ったかと、それだけでも唖然《あぜん》となった七与だったが、やがて、石段の露出は沈下の絶対値ではなく、公園とその周囲との沈下の差、いわばサテライトの撓《たわ》みに過ぎないことに気がついた。地盤はひと続きなのだ。

慄然として道を急ぎながら、数日中に部屋の荷物をまとめるべきか、それとも踏みとどまってなにかを撮るべきか、かの女は迷いはじめた。

⁂

緋沼駅に両親が揃って迎えにきていたのが、晟は恥ずかしかった。

元気いっぱいでしたよ、と澄絵はふたりに嘘をつき、じゃあまたね、きっと会おうね、と晟の肩を撫でたり叩いたりした。カラフルなリュックサックと一緒に、かの女はプラットフォームに居残った。晟の荷物は父親が抱えている。晟は澄絵に、無言で野球帽を振った。

両親には小火《ぼや》のことが伝わっているかもしれないと思っていたが、ふたりともなにを訊ねてくるでもなかった。晟は教室にいてはっきりと煙を感じたし、澄絵も慌てて飛び出していったわけだが、きっと警察の要請かなにかで、当面は伏せておくことになっているのだろう。朝、澄絵に、火事だった？　と訊ねたときも、かの女は表情を押し殺して、すぐ消えたから大丈夫、とだけ答えた。

校庭での集合時、やっぱりトイレに行ってくると晟は云って玄関で引き返し、保健室の前まで足を運んでみたが、べつだん昨日までと変わらぬさまだった。戸に指をかけると、鍵が締まっていた。外に出て窓をふり返ると、ただカーテンが引いてあった。

九條の焼死は確信している。校庭に明け方まで響いていたタイヤの音は、パトカーのものに違いない。きょう九條は最後まで晟たちの前に姿を現さず、本来かれの役目であったに違いない締め括りの演説は、ボランティアの代表がおこなった。惨死が発表される瞬間を晟は待っていたが、けっきょくそれは訪れることがなかった。

駅ビルの冷房の中は、週末特有の雑然さが鼻についた。一度に視界に入る人数自体がふだんよりも多いのだが、どの動きも効率的ではないぶん、さらに混乱して感じられる。学校ではかれが口を開けば、周囲は即座に静まり、整然となったものだ。こういう場所に馴染めないのは、きっとあの感じから程遠いからだろうと、かれは以前を懐かしみ、それから、トレチア役を基に易易《やすやす》と取って代わられてしまったことを、また思いだした。整然となっていたのは目の前の数人だけで、その外側へは、なんら自分は影響していなかったんじゃないかと訝《いぶか》った。本当は、ぼくのような小さな王族の勢力圏は無数にひしめき合っていて、だからいったん後ろをふり返られてしまったら、おしまいなのかもしれない。無数のうちのひとりなんだとしたら、これからは、こういう場所の無名のひとりでいることにも、慣れないといけないな。

「食べてから帰ろう。なにがいい」

父親が晟の背を抱いた。そうして晟に選ばせるのを両親は好むが、たいして選択肢があるわけではないのだ。最上階の小さなレストラン街の、鮨屋は旨くないし、とんかつ屋では豚肉を食べられない母が困りはてる。駅ビルの中にも外にもファストフード店はあるが、椅子が小さくてくつろげないし、そもそもハンバーガーやフライドポテトを、両親はまっとうな食事と見做していない。イタリア料理店に入るか、ビヤホールのランチか、あるいは外の蕎麦屋で丼ものを食べるかといった、ささやかな選択の自由だ。

「スパゲティ」

と仕方なく答えた。

「よし」

父親の手がかれを引き寄せる。家族はエスカレータに向かった。

フロアの突き当たりに設置された、郵便局のキャッシュディスペンサーの前に、晟は、少女の後ろ姿を見つけた。布の帽子を被り、キュロットスカートの上に白いTシャツの裾を出した恰好で、長い腕を退屈げに振りまわしていた。ディスペンサーを操作している小柄な婦人が母親だろう。ステップに足をのせる寸前、手摺《てすり》の外に顔を出してもう一度突き当たりを見ると、かの女もこちらを見ていた。間違いなく、はちまん池の橋で言葉を交わした少女だった。

「さきに行ってて。クラスの子」

父親の腕から身を剝がし、跳《と》び退《すさ》った。続いて乗り込んだ母親と入れ違うかたちになった。驚いた顔でふり返っているので、

「ボロネーゼ」

と笑顔で思いつきを云った。実際の注文はインスリン注射のあとだ。さもないと、血糖値が下がりきらないうちに料理が来てしまう。

晟が近づいていくと、機嫌がわるいのか少女はそっぽを向いた。かまわず近づいていくと、その気配を察して母親から離れ、晟を睨みつけながら、下りのエスカレータに乗り込んでしまった。

晟は追った。少女がエスカレータのステップを下りていくのを見て、それより速い歩調で間合いを詰めた。地上階に足を降ろしたかの女は、晟のほうを見返しながら、厚い硝子《ガラス》のドアを押して、外の歩道に出ていった。晟は残りのステップを駆けおりた。外に出た。

いったん冷えていた軀に街の白い熱気が襲いかかり、かれは前後を忘れた。網膜上の景色を、しばらくは、なにがなにとも認識できなかった。

「嘘つき」

と、ぎらつく空気の向こうから少女が罵《ののし》ってきた。

「わたし約束守ったのに、お魚、もう死にそうじゃない」

晟は眼を細めてかぶりを振った。

「なんのこと。わからない。約束なんかしてない」

「三度めに公園で会ったとき云った。手伝ってくれたらお魚は助かるってトレチアが云った。なのに、あれからも夢のたんびに弱ってる。もう死ぬよ。知らないよ。あんなに大きなマカラっていない。だれもあんなにたくさんの夢はみられない。サテライトなくなるよ。わたしだって死ぬかも」

「だれかと間違えてる。ぼくはいっぺんだけしか会ったことない」

視界が傾いている。ただ外に出ただけでこうなってしまうなんて、サボってばかりのキャンプだったというのに、意外と疲れはてているようだ。手近な日陰を求めて地面を見まわした。背後に、花屋の簷《のき》から張り出したテントの陰を見つけた。後じさった。

「それにぼくは、トレチアでもヴィヤーラカでもない。新宅晟っていうんだ。普通のこどもだよ。きみも魚の分身なんかじゃないと思うよ。そういう話してんだろ。でもトレチアなんか……トレチアなんか流行遅れだよ。もうそんな時代じゃないんだ。じき二十一世紀が来る」

靴の踵がなにかに当たったのでふり返った。花花を湛えたバケツだった。

「きみもほんとの名前」

と晟がふたたび顔をあげたとき、少女の姿は前方から失せていた。かれのすぐ右脇を白い帽子が通過して、背後へと抜けていった。はっとなって目で追った。こどもの後ろ姿だったが、その背に長い髪は見当たらなかった。少女ではなく少年のようだ。帽子が白布を掛けた学帽であることを見てとり、晟の視界は震えた。基？　それとも……。

晟が眼を瞬《しばたた》かせているあいだに、花屋から出てきた三人連れの年寄りが、歩道の景色を隠してしまった。日向まで出てみたが、ただアスファルトの輝きが、次の日陰まで伸びているばかりだった。

⁂

やむなく遅い朝食を中断した芥川《あくたがわ》警部が桶井《おけい》青年を露払いに大温室の前へ威容を現すや、すでに十人ばかり集まっていた物見高い客人たちと使用人たちの顔にそれまでとは別種の緊張が走って、中庭はすっかり静まり返った。島津《しまづ》助手の屍体に容易には近づきえないこことをすでに知っている警部の動きに、いたずらに周囲を煽りたてかねない軽佻《けいちょう》さは微塵もなく、また予《あらかじ》め筋書きが用意されているかのように無駄もなかった。彼はメフィストフェレスを思わせる鋭い眼差しで一同を見廻したあと、悠然たる歩調で、紺色のペンキがあちこち剝げ落ちて、代わりに赤錆の浮いた巨大な鉄のドアの前へと進んでいった。ドアの把手に警部はまず背広の胸から引き出した薔薇色《ばらいろ》のポケットチーフを掛け、その上から筋張った大きな手を被せて感触を確かめた。やがて低い声をこう響かせた――「びくとも動きませんな。複数の鍵が必要なのかね」

「ええ。ひとつはここに」桶井が警部の近くに進みでて一本の古めかしい――もしくは古めかしさを装ったつくりの――大ぶりな鍵を彼の視線のもとに晒《さら》した。「しかしただ鍵が揃ったからといって、易々と開いてくれるような錠前ではないのです。枕崎庄助《まくらざきしょうすけ》という伝説的な職人の最後の作が、じつはこの錠前なのです」

「ほう」青年の口から唐突に飛び出してきた名前は、経験ゆたかな警部からただならぬ反応を引き出した。それまでの沈着ぶりとは打って変わった若々しい熱っぽさが魁偉《かいい》な軀全体からにじんで、周囲がしばし直面している事態の深刻さを忘れてしまったほどだった。

「名前はよく存じておりますよ。国立博物館の旧地下秘蔵庫の、二重扉の設計に携わった人物ですな。かつて一度、扉を見学させてもらう機会に恵まれ、堅牢かつ独創的なつくりに舌を巻いたものです。あの格の扉や錠前に出会うことはもはや生涯あるまいと思っていましたが、まさかこのような辺鄙《へんぴ》な——いや失礼、東京から遥か離れた土地に彼の作品が残っていようとは」

中尊寺《ちゅうそんじ》邸大温室に据えられた錠前が、由緒ある博物館の地下で息を潜めている逸物に勝るとも劣らぬ風変わりな構造を有していることは、外見からも明らかであった。把手から二十センチくらい上部に硯箱ほどの大きさのステンレス鋼の箱が、ドアからだいぶはみ出して据えつけられている。そしてその表面には三つの微妙に形の違う鍵穴が配され、鍵穴同士がいびつな三角形を形成している。さらに右側面の下方にも、もうひとつの鍵穴を見出すことができる。

「この錠前を開くには三本の鍵が必要です。一本はこうして私が預かっています。もう一本は島津さんがお持ちです。今も遺体が身につけているかもしれません。最後の一本は中尊寺博士ご自身が肌身離さず持っておいでです」青年は手振りを交えながら警部に説明した。「この錠前を開けるためには、まず三つの鍵穴に三本の鍵を同時に差し込まねばなりません。そうして三本の鍵を三本とも同時に半廻転以上まわさねばならないのです。約二百七十度です。鍵ひとつひとつに両手を使う必要がありますから三人がかりでなければ出来ない作業です。仮に手許に三本の鍵が揃っていたとしても、一本ずつ廻して開錠せんとしようものなら即座に安全装置が働き、この脇の穴に解除用の鍵を差したうえで同じ手順を踏まない限りけっして開かなくなります。ただし中からは自由に開閉できます。施錠はドアを閉じるだけで自動的に行われます」

込み入った説明に警部はいささか表情を険しくし、それから思いついたように訊ねた――「解除用の鍵というのはどこにあるのですか」

「銀行の金庫に預けてあり、金庫は博士の後ろ盾である大門《だいもん》氏の立会いの許でしか開けないと聞いています。もっとも現在大門氏は大変なご高齢ですから、ご子息の将人《まさと》氏がその権限を有していらっしゃるのでしょう――いえこれは私の想像に過ぎません。実際のところがどうなっているのかは博士に直接ご確認をお願いします」

「つまりこういうことですかな」と警部は言い、続けて重々しく咳払いした。「水遣りや温度調整といった日々の管理のためにも、お三方がいちいちここに集まる必要があると」

「はい、たしかに以前は、朝な夕な鍵を持った三人の人間が集合せねばならなかったと聞いています。しかし今では水遣りにしろ天窓の開閉にしろ完全に自動化されています。ですから週に一回か二回、博士が内部を検分されるときだけ、私と島津さんとで付き従えばよかったのです。多様な自動装置が導入されたときドアも一新することが検討されたそうなのですが、大門氏の許可がおりなかったとのことです。植物の健康管理は二十四時間つきっきりでいてくれる機械を利用するほうが確実だろうけれど、それまで長きに亘りしっかりと役目を果たしてきた設備をわざわざ新参者に代替わりさせるというのは愚鈍であると仰《おっしゃ》って」

「筋の通った意見ですな」警部はうつろな眼差しをして、繊細に整った顎鬚をつまんだ。一旦は考えこんでしまった風情だったが、やがて気をとり直そうとする気配とともにこう述べた。「三つばかり確認しておきたい事項があります。よろしいかな」

　桶井青年は血色のいい頬に微笑すら泛べながら頷いたが、べつに島津に対する弔意を欠いているふうではなかった。どのような状況であっても他人の役に立つことを喜びに感じる種類の、風評どおりに実直で親切な人柄を偲《しの》ばせる表情であった。警部が屋敷を訪れる前に部下に準備させた例の資料によれば、三十路よりまだ幾らか手前にいるこの青年は、幼くして母を亡くした博士の母親代わりとなって彼を育てあげた乳母・香坂《こうざか》ミチの孫にあたり、ゆえに博士からも実の息子のように可愛がられて大学院までの学費も全面的に援助されたというのである。ただし卒業後、企業に就職するでもなく、また島津のように隣接した中尊寺植物研究所で国から依頼された研究をこなしているでもなく、まるで利子生活者のようにこの屋敷内に隠遁しながら博士の私的な研究だけを手伝っているという中途半端な立場を保っており、島津助手らもそれを当然のこととして容認してきたというのが、警部にはどこかしら解せない点であった。

　警部は訊ねた――「まず第一の点は、今あなたが手にお持ちの美しい鍵に関することです。その鍵は、そして島津氏が預かられている鍵や中尊寺博士ご自身がお持ちの鍵は、はたして世の中に一本ずつしか存在しないものなのでしょうか。つまり三本の鍵に対する合鍵が存在する可能性を私は訊ねているのです。続いては温室の内部に関する質問です。植物の世話が自動化されているということは、植物たちの生育ぶりを見張るためのキャメラなども設置されているわけでしょうかな。設置されているとしたら、映像は屋敷のいったいどの部屋で見ることができますか？　また映像は記録されていますか？　最後の質問は、ひょっとするとこの温室の秘密事項に抵触するものかもしれませんが、このさい正直にお答えいただく必要がある。きのう邸内をご案内くださった中尊寺博士は、この大温室を望みながら私に対しかように仰った――これほどしっかりした防犯設備を擁した温室は、私設のものとしては国内に稀有《けう》でしょう――と。しかしながら私の目にこの温室は、造りこそ立派なものの、だいぶ古びているうえ外見上これといった変哲も見当たりません。たとえば壁面になっている硝子を割ったり取り外したりすることにより容易に内部に侵入できるでしょうし、今現在も温度調節のために天窓のみならず壁面の一部までが開いていますね？　あれらの幅がどこまで拡がるのか存じませんが、子供であれば隙間から忍び入ることも不可能ではないでしょう。とすれば博士が仰った防犯設備というのはこの錠前のことなんでしょうか。それとも他に特別な工夫が施されているわけですか」

　秘密事項――という言いぐさを耳にした瞬間、桶井は唇を開きかけたが、けっきょくのところ黙ったままで警部の弁を聞き届けた。それからおもむろに両手を拡げて話しはじめた――「まず最後のご質問から答えさせていただきましょう。秘密事項などはありませんよ。今となっては古めかしい代物かもしれませんが、ほら」と青年は温室の屋根を指差した。「樋のところに拳銃のような形をした装置が並んでいるでしょう。赤外線を発しています。警部さんがもしその後ろの植込みまで後退《あとずさ》りなさったら、たちどころに警報が鳴り響きますよ。一度うっかりと私が手を伸ばして光線に触れてしまったことがあるのですが、それはもう村じゅうに轟きわたるほどの音量で、麓の消防署から車が上ってきたほどでした。お聴きになりたいですか」

　警部は幅広な肩をすぼめがちにして頭を左右に振った。

「光線はドアの正面――つまりいま私と警部さんが立っている場所を除く、温室の周囲すべてに張り巡らされています。この温室が建てられた昭和四十年代当時は最新鋭の防犯設備でしてね、わざわざ合衆国から取り寄せたと聞いています。さてひとつ手前のご質問に遡りましょうか。温室内には四台の小型キャメラが設置されています。画像は博士の居室に送られて博士の任意で静止画像がフィルムとして保存されます。とりわけて貴重な植物の健康状態を博士が自室に居ながらにして視認するための設備ですから、当然ながらレンズは植物に向いていますし焦点も植物に合っています。警部さんが期待なさっているような画像が保存されている可能性といったら絶望的でしょうね。最後に第一のご質問への回答ですが、どの鍵にも合鍵は存在しません。いったいどういう仕組みになっているのか、寸分たがわぬ合鍵でもこの錠前はけっして開かないのだそうです。ですから作ったところで無駄というわけです」

　彼らの遥か上空で鳶《とび》が長い歌声をあげ、警部はあきらかにその旋律が途切れるのを待ってから周囲の人々を見渡し、いっそう重々しく美声を響かせた――「ところで博士はどちらに」

「今日はまだぐっすりとお休みのようです」近くに立っていた老執事の南島《みなみしま》が返事をした。「先刻もお部屋のドアを叩きましたが、お返事はありませんでした。昨夜が遅くまででしたからお疲れなんでございましょう」

「そうですか」と警部はまた顎鬚をつまみ、それからあまり気の進まないようすで桶井青年に告げた。「逆さ吊りの不幸な遺体を拝見しましょう。どこからならよく見えますかな」

　青年は歩きだしながら――「ちょうど頭が、株分かれした蘇鉄《そてつ》の葉の重なりの中に突っ込んでしまっているのです。最もよく見えそうなのはあの植込みの向こうの花壇からですね。靴が汚れてしまいますが」

「構いませんとも。職務ですから」警部も歩きだした。「ではひょっとして、まだどなたも遺体の顔をご覧になっていないのですか」

「ええ。しかしあの白っぽい夏ズボンは間違いなく島津さんのものです。ゆうべ警部さんもお気づきになったことでしょうが大変な洒落者《しゃれもの》でしてね、土に接することが多い仕事にもかかわらず、いつも非常にきちんとした恰好で」

仮に警部一人で踏み込もうものなら何時間となく迷い続けてしまったであろう、もともと不規則に植えられているうえに伸び放題で放置されている椿の植込みによって形成された細い迷路を、桶井青年は各所に番地表示でも読んでいるかのようにすいすいと進んでいく。警部は、実際のところ自分はこの青年から敬意を払われていないのではないかという懸念を懐く一方で、まだ午前中だというのに縦長の汗滲みが出来た灰色のシャツを緑一色の視界のいずこかに見失ってしまわぬよう懸命だった。

「この中庭は、なんだってこう椿だらけなんですか」

するると青年は立ち止まって警部を振り返り――「昔、椿油に関する研究をしていたのだそうです。大量に必要とする研究だったとかで。今は無用の長物であるのみならず、冬から春にかけては落ちた花の処分が大変です。しかし博士は愛着があるようで伐《き》らせてくれません」

ようやく二人が花壇に出てみると、彼らの正面で夏の日射しに輝いている大温室の姿は壮麗の一言だった。花々の間を進んでいくうち、不意に、すっかり細まっていた芥川警部の眼が見開かれた。ついに反射光の狭間に逆さ吊りになった屍体らしき物体を認識できたのである。それはまるで蘇鉄に咲いた奇怪で大きな花のようだった。

警部は呼吸を荒くした――「温室の天井から吊られているわけですか」

「そのようです。殺人者はいったいどういうつもりで、島津さんにこんな惨《むご》たらしい仕打ちを」

「桶井さん」と二人がいっそう温室に近づいたとき、青年を場に凍りつかせんとするかのごとき大きな鋭い声が、警部のほうからあがった。「ちょっとあなたは性急に結論しすぎたようですぞ。島津さんの衣類を身につけているからといって遺体が島津さんであるとは限らないというあたりまえの事実に、たったいま私は思い至りました。私がこうして目の当たりにしたところ、あの遺体はどうやら島津さんのものではない」

振り返った青年の眉根はたちまちに近接し、彼の顔つきをこれまでになく陰鬱にした——「いったい誰だと仰るんですか」

「あれは中尊寺博士ですよ」

「扉」は六百枚を超えてようやくふたつめの屍体の登場場面へと至り、物語が推理ものらしい緊迫感を漂わせはじめた。しかし真の探偵役はまだ登場していない。

切りのいい科白《せりふ》までの推敲が終わった。試し買いしてみたものの蓋に付属した爪が不具合らしくて開けられずにいるピースの缶を手に、JTに対処法を問い合わせようかそれとも別のたばこを買いに出ようかと迷っていた。階下でインターフォンの呼出し音が響いた。崇はエディタのウィンドウを縮小し、「扉」のアイコンをフロッピーディスクのアイコンに重ねた。フロッピーにデータが書きこまれる音を確かめたあと、コメットの蓋を閉じた。

コメットというのは、あらかじめ世間に広まっていたこのノートパソコンの開発コードネームで、販売時の正式名称は、〝パワーブック〟のあとに数字がついただけの、平凡なものに過ぎない。このところ頓に調子が良くない。不意に終了して電源が落ちてしまうのである。カライドスコープを外し、無駄な拡張類を手当り次第に外して、執筆とウェブ検索にのみ不自由がない程度までシステムを細らせてみたが、それでも落ちる。ハードウェアのトラブルかもしれない。小ぶりで持ち運びやすい筐体には愛着があるが、キイボードにも不調を感じているし、ハードディスクの容量にも不満がある。部分部分を交換して使い続けるよりも、買い換え時と見切るべきかもしれない。

階段を下りてダイニングでインターフォンを受けた。左手にピースの缶を握ったままであることに気づいて、独り笑いした。かれが短く返事をすると、こんにちは、と女の声がした。

「どちらさま」

「佐久間です」

崇は首を傾げた。佐久間という知人はないではないが、性別が違う。

「失礼ですがどちらの」

「ええと、C区です」

ふたたび首を傾げた。

「だれに御用でしょうか」

「あかねちゃんと約束があるんですけど」

「留守です」

通話スイッチを切った。ダイニングをあとにし、階段を上っていると、ふたたび呼出し音が聞えてきた。しつこい女だ。どういう言葉で撃退してやろうかと考えながら、一階に下りなおしてダイニングに向かった背後から、ドアを激しく引く音が追ってきた。かれは驚いて足を止めた。

ダイニングで呼出し音がたて続けに鳴った。ドアがまた苛立たしげな音をあげた。女がヒステリー発作でも起こしたかと思いこみ、いったん表情を強張《こわば》らせた崇だったが、ふとそれを弛《ゆる》めて、玄関に向かった。出しっ放しになった家族の靴を踏んで、ドア錠のつまみを廻した。

「すぐに出てよ」

ドアの前に入り込んできて、白い帽子をとった。開けてもらったことへの礼もない。あかねは背後に、母親ではなく、大柄な若い女を従えていた。崇は手で前髪を掻きあげて、女を観察した。

インターフォンの声の正体だろう。貌立ちは華やかだが、あまりにも肥りすぎている。

おれより二十キロは重い……いや三十キロ、と崇は見積もった。そう見積もられているのを察しているらしい固い面持ちで、女は玄関に入ってきた。

「おかあさんは」

「ルナパーク。約束あったから、さき帰ってきた」

「靴買ったのか」

「いいのなかった。田舎だから」

　あかねはキャンバス地のスニーカーを脱いだ。小さくなって爪先がきついと云って、しばらく前から新しいスニーカーを欲しがっていた。他人と同じ物を欲しがるでもブランドにこだわるでもないが、あかねの買いものは難しい。きょうまた熱海に出掛けていった祖父を見送ったあと、駅ビルの靴屋で選ぶのだと意気込んでいたが、あの品数のなかからでは難しかろうと崇は睨んでいた。父親は早朝からゴルフに出掛けている。接待だという。

　崇が握っている紺色の缶に、あかねは興味を示した。指差して、

「それなに」

「たばこだよ。缶切りどこか知ってるか」

「知らない。たばこの缶詰？　ジャム？」

「そうだよ。食って死ぬか」

「ありますけど」

ドアの前に立ったままでいた女が声をあげ、ズボンのポケットからウェンガーのスイス・アーミーナイフをとり出して見せた。

「缶切りも付いてたはず」

あかねが歓声をあげて飛びついた。

「なにとなにが付いてる？」

女は、ひとつひとつ刃を引き出しては、これは……なになに、と確認しはじめた。自分でもよく機能を把握できていないようだ。

「缶切りはこれかしら。あ、普通のナイフだ」

「見せて」

下駄箱の上で、父親が旅行帰りの社員から貰ってきた、富を象徴したあれこれを頸《くび》からぶら下げ、頭には毛糸の帽子を被ったメキシコ製の人形が、踊りはじめた。ドア横の、あかり取りの磨《すり》硝子に亀裂が入った。玄関の靴が勝手に動いた。床が崇を撥ねあげた。

崇は宙に浮いた状態で、家じゅうが折れ、割れ、破裂する音を聞いた。落下して床に膝をつきながら、大地震の到来を悟った。床はすでに大きく傾いでいた。あかねが落ちてきた――ように見えた。受けとめると、かれも一緒になって廊下をすべった。

安全なのは、最も柱が密集しているトイレだと、なにかの本で読んだことがあった。かれは傾斜への抵抗をやめ、あかねの衣服をつかんだまま、反対の手でつき当たりのドアを求めた。

⁂

関東大震災がマグニチュード7.9、阪神淡路大震災は7.2であったと云われている。一方、のちに緋沼地震と称されるに至ったその地震の規模は、じつのところマグニチュード7に満たなかったのである。

　にもかかわらず地震が緋沼サテライトに甚大な被害を与えた理由として、まず震源が、緋沼市の真下約七キロメートルに位置するという、超直下型地震であったことが挙げられる。地震後の調査はまた、サテライトから北東約十六キロメートルにわたる地下活断層の存在もあきらかにしている。サテライトは活断層の端に位置していた。地震エネルギーの放出口だ。

　加えてサテライトは、地下伏流水の枯渇に起因する地盤沈下現象を呈していた。緋沼サテライトと周辺地域の極端な被害差は当時物議をかもし、何者かによる人為的な破壊工作だったのではないかという風聞が囁かれたり、あるいは創世記に一夜で消えたとあるふたつの都を引き合いに出し、元住人たちの罪業と称する誹謗中傷をインターネット・ウェブにまき散らす輩《やから》が出現するといった、虚しい一幕もあったけれど、現在では、そもそもあの人工の小都市が、都市などあってはならない特殊な場所に位置していたのだというのが定説となっている。

地名が示すとおり、緋沼市はもともと泥沼に近い湿地だらけの土地だった。のちに緋沼サテライトが造成されることになる大沼地区は、まさに大きな泥沼だった。大正期以降、大沼地区は、周辺から順次地質改良がおこなわれ、水田として利用されるようになった。しかし土地に住居を構える農民はなかった。元は泥沼だとわかっていたからだ。かつての沼地の景色を記憶しながら、暮しの糧を得るためにこわごわとそこを利用している者たちばかりだった。自分たちの農業が蓮の葉に稲を植えているようなものであることを、かれらは知っていた。

戦後の復興期、とつぜん禁忌《きんき》が破られた。交通が整備され都心との行き来が簡便になるや、たちまち近接した田畑や山林が企業に買い取られて、ベッドタウン化しはじめた。住宅地は癌細胞よろしく倍倍に増殖して、田園は減じた。しかし大沼地区はまだ後者に含まれていた。また時が流れて、緋沼市の住人がすっかり世代交代し、沼地の記憶が薄れきったころ、円高不況、次いでバブル経済が訪れた。蓮の葉のような土地に、銀山なみの金銭的価値が生じた。

緋沼市新興衛星住宅地区計画が突然のように持ちあがった背景には、高騰していく地価が、懸案であった緋沼駅南口整備事業の長期的試算を大きく狂わせてしまったという事情がある。一自治体では手がつけられなくなるほど地価が暴れ狂う前に、南口事業を包括する大規模な事業計画を発表して、目先の利を追った土地の転売に歯止めをかける必要ありとされたのである。

大急ぎで土地の買収が始まった。老人たちの記憶にさえおぼろな沼地の景色を、瞼に泛べられた市職員は一人もいなかったろう。着着と進行していく買収劇を、ゼネコン業者たちがてぐすね引いて見つめていた。構想上必要な土地の半分も買収されぬうちから、工事は始まっていた。工期が切り詰められていた。緋沼市が事業のために国から借り入れた金の、利子が膨《ふく》れあがるまえに、サテライトに人を集めて金を回収する必要があったのだ。

泥沼に浮かんだ街――緋沼サテライトは、そのようにして生まれた。そして大地震によって崩れ、沈んだ。沈下は、地震後、ひどい所で四メートルに及んでいたというデータが手許にあるが、どの時点でのサテライトと比較した数値かは不明だ。

緋沼サテライトの興亡に、なんらかの象徴的な意味を見出したいとは思わない。東京都下に、ひとつの奇妙で短命な都市があった。わたしはそこに暮し、次いでそばから眺め暮して、その最期を見届けた。都市には寿命がある。サテライトは短命だった、夢想のように。

それ以上のことを訳知り顔で語りたいとは、わたしは思わない。

わたし？

わたしは蠣崎だ。蠣崎旺児だ。零落《おちぶ》れ漫画家、素人ダウザー、蠣崎芙美の寝取られ亭主、蠣崎旺児だ。物語の語り手は、最初からこのわたしなのだ。

本書の、表紙にも奥付にも他の名前が著者として記されている齟齬《そご》に、首を傾《かし》げられた読者は少なくあるまい。物語中の一人物が全知ぶった語り手を兼ねているからには、このさきよほどの凝った仕掛けが用意されているのだろうと、期待を懐かれているすれっからしの本読みもおいでだろう。

残念ながらこれは仕掛けではない。これから書かねばならないある場面への、導入のようなものだ。しばらくのちわたしは、地震直後のはちまん池における私的な経験を、この第一人称のままで語る。語りの構造を歪めてでも、それは第一人称で語られるべき場面だからだ、他の部分が、第三人称で語られるべきであるのと同様。

蠣崎旺児自身の経験についても、第三人称を用いての一見客観的な描写をおこなってきたのは、他との統一のためばかりではない。わたしは客体化されねばならなかった。なぜならこれまで描いてきたわたしの経験は、わたしの主観であると同時に、客観でもあるからだ。詳しい説明はあとに譲る——はちまん池の場面に。

著者名について。それが蠣崎旺児となっていないおかげで、作家蠣崎旺児が登場者蠣崎旺児を客体として、他の登場者と同列に語る不自然は回避されよう。作家イコール登場者の図式は推理小説にたまに見られるが、あれは物語の最後に作中の名探偵が事の全貌を知り、細部まで推察するに至ることを前提としているのだとわたしは想像している。ゆえに一登場者たる作家が、べつだん立ち会ってもいない事件の発端からして仔細に描写することができる、という理屈なのだと。しかしこの物語に名探偵は登場しない。

ちなみに表紙や奥付にあるのは、大昔のわたしの連載漫画の主人公の名である。即座に打ち切られ、単行本にもならなかった。こうして明記しておかない限り、だれにも出自はわかるまい。

著者名を蠣崎旺児とし、登場人物のほうを昔の主人公の名前としても、不自然さは等しく回避されたことになる。しかしそちらの選択肢はあらかじめ排されていた、編集人三京公英《きみひで》によって。

本書はわたしの、小説デビュー作だ。運良く出版されたなら、そういうことになる。だが、小説や漫画のエージェント会社を設立してその社長に収まっている三京によれば、すでに名前に色のついた新人を、小説の世界は歓迎してくれないのだそうだ。わたしのことだ。真偽のほどはわからない。ともかく蠣崎旺児名義の、漫画ならともかく小説を出版する気はないとかれは云い、あまつさえ、その名は作中に登場するであろう零落れ漫画家にくれてやれとすら吐いた。

自分から執筆を持ちかけておいて、こちらが作業に本腰を入れはじめたのを見計い、そういう重要なことを述べてくるあたりがいかにもかれらしい。と、今では笑えるが、云われたときは傷つきも、怒りもした。しかししばらくして、三京の弁はあるいは、小さな蠣崎旺児の名前に甘えるなという訓誡であり激励でもあったかもしれないと思いなおした。どうもわたしには、他人の言葉に、勝手に善意の可能性を探してしまう傾向があるようだ。三京云うところの濾過装置の働きかもしれない。真意を、三京に問いかけたことはないし、問いかけたところで正直な答が返ってくるとも思われない。かれの真意がどこにあろうが、いったん別名義での発表に前向きな意味を見出した以上、蠣崎旺児を作中に閉じ込めることに躊躇はなかった。

もっとも零落れ漫画家にもわずかな意地はある。ここまでの一連の文章は、はちまん池の場への導入であると同時に、これはわたしの著書であるという署名でもある。読んだ三京がどう出てくるか楽しみだが、もしも本作が無事出版され、しかもこのあたりの文章が乱暴に削除されていなければ、かれの反応は苦笑程度であったということだ。わたし自身の手で削除する気は、金輪際《こんりんざい》ない。

もうすこしだけ、現在のわたしについて語らせていただきたい。

西暦二〇〇九年現在のわたしは、緋沼市からだいぶ遠く、神奈川県は逗子《ずし》市に、ささやかな住居を構えている。逗子には以前から住んでみたかった。一度、高校時代の同級生を訪ねたとき、バスの窓を流れる景色がやけに故郷に似ている気がしたからだ。植生が似ているのではないかと思う。木木や雑草の、緑の色が。訪ねた友人も、同じことを感じて逗子に居を構えたと云った。

　中古で購入した家屋だ。購入費用の内訳を述べれば、国と都からの被災扶助、わたし自身のわずかな貯え、それに駒澤久仁夫の遺産である。

　一九九九年当時わたしが暮していた、緋沼駅の北側にある古い五階建てのマンションが地震から受けた被害は、サテライト内の被害を思えば微微たるものだったといえる。ちょっと傾いて、人が住むことを禁じられた程度だ――次に大きな地震が来たら確実に倒壊するという、専門家の判断がくだったのである。しかしそうと知れるまでのまるひと月、次の地震に怯え、慌てて親許や親類のところに身を寄せていった人達を除く住人の大半が、床の傾きに文句を云いながらも平然とあの中で生活を続けていた。

　わずか数秒のあいだに、わたしの室内の家具はずいぶん位置を変えてしまったし、壁には大きな亀裂が走って、壁紙に皺ができていたのも事実だ。しかし書棚には半分以上の本が残っていたし、ガス管も水道管も破裂しなかった。揺れが始まったとき、わたしは珈琲を淹《い》れるべくガスコンロで湯を沸かしながら、袖まくりをして珈琲茶碗を洗っていたのである。激しい揺れが収まって、ようやくとガスの元栓へと手を伸ばしたとき、台からすっかりはみ出してしまったガス焜炉の上では、奇跡的にバランスを保ち続けた薬缶が蒸気を噴きあげていたし、水道からは水が流れ続けていた。電気も問題なく通じていた。エアコンは部屋に冷風を供給し続けており、テレビ画面では和田アキ子がきょろきょろとあたりを見まわしていた。

――大きかったねえ。みんな大丈夫？

駒澤久仁夫はわたしの予想に反して、此岸に不愉快な置き土産をいっさい遺さなかった。入院前、家を処分したとき、驚いたことにかれは、作品をもすべて処分していた。かれ自身がいたく気に入って手許に残していた、云うなれば傑作、代表作ばかりだ。わたしは、どこかに預けてあるのだと思っていた。

そうして出来た金を銀行口座に置いて、入院費用を引き落とさせ、いずれ生じるであろう使い残しに関しては、シンプルな遺言状をしたためていた――蠣崎旺児、蠣崎芙美、蠣崎雄平で三等分。使い残しは、周囲の漠然とした予想を大きく超えていた。久仁夫自身の予想も超えていただろう。

逗子のこの小さな家には、わたしと妻、それにスキッパーキという犬種の、尾のない黒い犬が暮している。小さな犬だが独立心が旺盛で、躾《しつけ》には手を焼いた。名前はエルモという。

文筆は、漫画の仕事がすっかり減じてしまうまでは、来世に持ち越しと諦めていた趣味のひとつだ。つまりこの物語の背景である一九九九年、すでにわたしは文筆の苦悩をたっぷりと味わうだけの時間的余裕を得ていた。一齣《ひとこま》漫画や他人の小説の表紙を描きながら、水晶を揺らしていたばかりではないのだ。

実話とも創作ともつかない短い小説を、山ほど書き溜めていた。はっきりした意図があってのスタイルではなかったが、結果としてそういう形式をとってしまうことが多かった。緋沼市を離れ、いったん新高円寺《しんこうえんじ》の小さなマンションで暮しはじめてからは、いっそう文筆に熱が入った。多くは、あまり思いだしたくない出来映えである。しかし気に入っているものもあった。

エージェント業を始めた三京にそれらを読ませたのは、むろん職業的な文筆活動への橋渡しを期待してのことだったが、かれの反応は芳《かんば》しくなかった。ほかにはないのか、と云った。不出来なものならあると答えると、むしろそちらを読みたいと云ってきた。わたしは手許の原稿の残りすべてをかれに送った。返信はなかった。あとで顔を合わせたとき、どうだったかと訊ねてみたが、まだよく読んでいないから、と言葉を濁された。

二年ほどして、不意に長篇を依頼された。幾つかの短篇を元にして、今なら書けるだろう、と云うのだ。

――帽子の少年の話や、芙美さんの話や、魚の話。

わたしは書きはじめた、この小説を。いくぶん脚色したり、事情により変形を施した部分はあるが、これまで書き綴ってきたのは、基本的に、現実に起きたことばかりである。

にもかかわらず、顧《かえり》みてそれをわたしが、ルポルタージュではなく小説であると強く感じるのは、いずれの出来事もこの蠣崎旺児にとっての現実に過ぎず、そこに伴う現実感はけっして他と共有しうるものではない、という理由による。わたしがなにを云い表さんとしているかは、やがてきわめて具体的なかたちであきらかになるだろう。はちまん池の場で。

……ほんの導入のつもりが、ずいぶん饒舌になってしまった。次なる一幕の終了とともに、わたしは、と語るこのわたしは消え、小説の語りは客観的な第三人称へと復帰する。

いましばらくご辛抱いただきたい。

ガスの元栓を閉じ、水道を止め、わたしは外に飛び出した。住居は四階にある。揺れ戻しを危惧してエレヴェータは使わなかった。階段を駆けおりながら、すでにブルックス・ブラザーズに袖を通していたというのに、テニスシューズを履いてきてしまったことに気がついた。

サテライトが拡がる、駅の南側の風景は、ともすると近未来映画のマット画のように見えて距離感覚が狂ってしまうほどだが、北側はいかにも無計画で、駅の周囲は雑然としてタクシーの排気ガスに満ち、あとは閑散としている。真夏の太陽が頭皮を焼き、木炭色の上着はたちまち熱を持ったが、蒸すというほどの湿度ではなかった。風もあった。遠目にした駅前がみょうに混雑しているふうだったので、進路を逆にとり、線路の南側に直結した隧道《ずいどう》を目指した。

二車線道路の片側に歩道があるだけの、細く短い隧道だ。下りきって間もなくして、向こう側にただならぬ異変が生じていることが予想できた。出口のあかりを、わたしは低く感じていた。本来、下った深さだけ、またあとで上らねばならない路のはずである。その出口がこうも手前からよく見えるというのはおかしいと思ったのだ。進んでいくと、上り坂の始まりに地割れが生じていた。地割れのさきは、コンクリートの壁面が路面から浮いていた。むろん浮いたのではなく、路面のほうが下がってしまっているのだ。

船にでも乗り込むようなつもりで、わたしは地割れを跳び越えた。いずれサテライトが大きな災害に見舞われるであろうことは、かねてからのわたしの予想であり持論だった。青天《せいてん》の霹靂《へきれき》ではなかった。にもかかわらず隧道の出口でわたしは、口を開き両手をだらりとぶら下げて、何十秒も立ちつくさねばならなかった。

隧道から見て最も手前に位置する、B区の高層マンションが、根元から倒れていた。いや、倒れそこねていた。端の3号棟が2号棟に、2号棟は1号棟に凭《もた》れかかっていた。1号棟が傾ぎながら持ちこたえているのは幸いだった。さきに凭れられる建物はない。中央公園めがけて三棟がドミノ倒しになっていたところだ。3号棟は、倒れたときの衝撃のためだろう、さらに半ばで折れて、逆様のへの字になっていた。

はたと芙美たちの暮すA区の方向に顔を向けたが、近くの雑多な建物に遮られて天辺のあたりしか見えなかった。南側でも駅前からあるていど離れると、開発計画以前の街並みがそのまま残っている。手近なビルの壁面に、鉄の非常階段がしがみついているのを見出した。

　隧道の出口の前を横切りながら、そういえばまだ動いている自動車を一台も見ていないと思った。矢先、隧道の中からエンジン音が響いてきた。急停止の音に変わった。地割れを見て異変を悟ったようだ。斜面の下方の暗がりに、タクシーの黄色い車体が見えた。停止していた。直後に衝突音が吹きあげてきた。ふたたび視線を落とすと、タクシーの黄色は地割れのこちら側に移動していた。背後から追突されたのだ。

　非常階段を上っているあいだに、何台かのタクシーが駅前を離れていくのを見た。逃げだすのと場に留まるのとではどちらが安全なのか、どの運転手も判断をつけかねていたようだ。階段を四階半まで上ったところで、五階から上は、建物との接合箇所が壁面から浮いてしまっていることに気づいた。壁面の傷はまだ生生しい。おそるおそる四階まで降りて、そこからサテライトを見渡した。

　各所で火の手があがっていた。はちまん池が煙っていた。風がどのように吹こうが、いずれかの煙が公園に流れ込むのだ。

　Ｂ区は、他の六棟も激しく傾いでいた。全部が公園に向かってお辞儀しているわけではなく、反対側に傾いている棟も複数あった。単純な擂鉢《すりばち》状の大陥没をわたしは想像していたのだが、のみならず、どうやら軟弱で水気の多い地盤が、コロイド状になって対流するような事態が発生したらしいと、考えを修正した。B区の向こうには、建売住宅が並んだF区が見える。さすがに遠くて一戸一戸がどうとまでは見えないが、サテライトに住んでいた頃は公園向こうに気持ちよく整列して眺められた家家の屋根が、今は不揃いであるところから、すくなからぬ家屋が倒壊していることが想像された。

A区の棟にB区ほどの事態は生じていないことを視認して、安堵を覚えた。A区の棟のほうが背が低いから大丈夫だった、という話ではあるまい。証拠に、はちまん池を隔てた対岸にあるC区では目に触れる棟のすべてが崩れて、まったく原形を留めていなかった。B区のありさまと同じくらい、その光景はわたしを啞然とさせた。佐久間七与の笑顔が脳裡を掠めた。たしかかの女はC区だと云っていなかったか。C区はサテライトの集合住宅としては最も背が低く、四階建てから十二階建てまでの、多様な高さのユニットをいろんな方向に組み合わせた、複雑な形をしている——していた。しかし形状の問題とも、また云いきれない。

C区の棟は地震のエネルギーを建物に溜めて、それに耐えられるほどの堅牢さを持たなかった。B区の棟は地盤の動きにひたすら翻弄された。A区の棟は翻弄されにくかった。これらは客観的な事実だ。高さなり形なり構造上のどこかに分岐点があって、明暗を分けたには違いない。だが、どこそこにその点があると見定めるのは、専門家にも難しかろう。

こうもいえる。もし別の地震だったら、いちばん被害を受けたのはA区の棟だったかもしれない。もしサテライトが駅の北側に位置していたら、結果はまた大きく違ったはずだ。地震は一様ではない。地盤も一様ではない。

A区が、住居としてまっとうな状態を保っていたというのではない。B区やC区の惨状に較べたら遥かにましだったというだけだ。A区だけを視界に置いてみれば、歯列矯正が裕福な家庭のこどもの特権だった時代、学校でよく見かけていた乱杭歯《らんぐいば》のように、それらは、がたがただった。煙があがってもいた。だが火元は芙美と雄平が暮している12号棟ではなかった。12号棟は毅然と直立していた。いったん傾いで、また揺り返したのかもしれないが、ともかく垂直に見えた。ゆえにわたしは、ひとまず自分を安堵させることにしたのだ。他にはどうすることもできなかった。それまでの人生で最も、わたしは無力だった。遠くに複数のサイレンの音を聞いた。ようやく消防署が動きだしたようだ。

階段を降りている最中、真夏の太陽を悠然とはじき返して、サテライトでゆいいつ平穏を保っているかであったはちまん池に、じつは大異変が起きていることを悟った。煙をまとっているせいでそれまで気づかずにいた。中洲がまったく変わっている。見慣れた、水ぎわぎりぎりまで緑に被われた姿ではなくて、その下の赤らんだ土や、さらに下の石組みまでが、すっかり露出しているのである。水が減っている。人工池を成り立たしめていた下流側の水門が、地震によって決壊したようだ。

階段の残りを駆けおり、サテライトへと走りはじめた。道義的には、まっさきにA12号棟を目指して妻子の安否を確認すべきだったろう。しかしわたしは進路をはちまん池にとっていた。現在の池を間近にしたい誘惑に抗《あらが》えなかった。

　B区の中を通って池に近づくのがいちばん近道だったが、さすがに怖かった。その経路と、駅からの広広とした経路との、中間の経路をわたしは選んだ。やや駅寄りの路地のひとつが、サテライトの造成以前からあったらしい小公園に突き当たる。奥に進んでいくと、雑草に囲まれた小径に至り、さらに進むと、いつしかいこいの森に入り込んでいる。あまり知られていない小径らしく、わたしが発見して以降、通るたびに周囲の雑草が高さと生息域とを増して、今ではうつむきながらでないととても進める状態ではない。

　小径はずたずたに分断されていた。幾つもの地割れを跳び越えたあと、とうとう、いったん底まで降りねば越えようのない壮大な地割れに遭遇した。誤ってテニスシューズに足を通した自分の迂《う》闊《かつ》さを、わたしは内心賞賛した。裂け目の深さは二メートルほどで、底には水が溜まっていた。たった二メートルの深さでこれだけ水が出る土地に、どうやって高層マンションの基礎工事などおこなえたのかと訝った。思えば現代の建築技術は、海底にさえ道路や線路を通してしまうのだが。

　裂け目にすべり降りるときバランスを崩して、水溜まりの中に足をつっ込んだのみならず、水底の泥に靴をとられて前のめりに転んでしまった。ブルックス・ブラザーズが泥水にまみれた。ふたたび地上によじ登るとき、手足と背広はいっそう泥をまとい、わたしは塹壕《ざんごう》の兵士のような姿になった。

いこいの森は煙っていた。雑木林を用心ぶかく進んでいるとき、好き勝手な角度に傾いだ木木の向こうに、人が大勢集まっているのを見た。帰るところを失ったB区の住人たちが、為すすべなくただ寄り集まっているようだった。みな立ちつくして、倒れた棟に顔を向けていた。声はなかった。

細かな瞬きが水面の照り返しではないことには、林の中を進みながら気づいていた。林の設計者の言いなりに進んでいるのがもどかしく、丸木を組んだ柵を踏み越えて芝地をつっ切り、遊歩道の、ひび割れの少ない場所を選んで下りた。腐臭とも生臭さともつかない強いにおいが、煙のにおいに混じった。

輝いていたのは魚だった。はや水の大半を失い干《ひ》潟《がた》のようになった池の緑色がかった泥の上で、無数の鯉《こい》やら鮒《ふな》が跳ねていた。視界いっぱいに、ぎらぎらと跳ねている。泥を叩く無数の音が耳を被う。わたしは眩惑され、よろめいた。鷺《さぎ》たちがここぞと泥の上を歩きまわって、八方からの誘惑に迷っている。白鳥も混じっている。鳥類園から逃げてきたのだ。岸から遥かに離れた水溜まりから、赤い錦鯉が宙に跳びあがった。わたしの期待は膨らんだ。

遊歩道は荒波を凍らせたようにうねっていた。薄煙の中を見晴らして、同じく茫然と池を眺めている人人が、すくなからずいるのを知った。命が助かった安堵からか、それとも自棄《やけ》になっているのか、けたけたと笑い声をあげている若い男女がいた。親からはぐれたか、ひとりで岸にしゃがんで魚を見つめている幼児がいた。中洲に至る橋の影は、岸のすぐさきで折れて泥の中に没している。

その方向から駆けてくる男の姿があった。障害物競争のために仕立てられたような状態になった遊歩道を、ときには地面に手をつき、ときには脇の植込みや芝地へと迂回しながら、懸命に走ってくる。男の顔も、着ている白いポロシャツも、血だらけだった。近づいてきた。男はわたしと同年輩だった。血まみれであるのみならず、ぐっしょりと汗まみれでもあった。わたしに目礼をして走り過ぎていった。懸命に、家族のために走っているのだろうか。わたしはわたしで、泥に落ちた橋を目指して急ぐことにした。

よく鳩が群れていた欄干に今は一羽の鳩もおらず、代わりにぽつねんと白い大きな鸚鵡《おうむ》がとまっている。これもまた鳥類園からの脱走者である。欄干に手を置いて橋上に踏みだしてみた。人ひとりの体重で、易易と沈下が進むような感触ではない。さきに進んだ。遠目にはさしたる傾斜に思われなかったが、いざ乗ってみると、転がり落ちてしまいそうな急傾斜だ。

池の左右を見た。噴水は止まっている。いつもは風に揺らいでしきりにぶつかり合っているボート場のボートが、泥に底をとられて死んだように静止している。中洲の土台を成している石組みから、だいぶ石が抜け落ちているのが視認できる。中洲が歪んで見えるのを、最初、老いた歯のように根元が大きく覗いているがための錯覚かと思ったが、よく眺めるとそうではない。表面を被った緑が、見慣れたこんもりした形ではなくなってしまっている。凹凸に満ちて、まさしく人の臼歯《きゅうし》を連想させた。ドーム状の檻を擁した鸚鵡・小鳥舎は、激しく変形しながらもその上に姿を留めている。ボート小屋は消え失せている。

　水の支えを失って中洲に引きずられているように見える桟橋のさきに、赤いぎらつきを見たように思い、慌てて急斜面を戻った。輝きは、桟橋に寄り添ったボート群の向こうにたしかにあった。大きい。わたしの胸は高鳴った。

　泥に没した橋の断絶部は、間近に見るとあんがい長く、渡るには本格的な幅跳びが要求されそうだった。しかし、泥に没したところで今さら惜しい風体ではないとも思った。斜面を駆け、ここぞと思ったところで掛け声とともに跳んだ。

　意気込みとは裏腹に、飛距離は伸びなかった。腿から下がどぶ臭い泥の中につっ込み、肘と胸とを橋の斜面にしたたかぶつけて悲鳴をあげるという、ぶざまきわまりない着地になった。が、それでも上半身が対岸に達していただけ幸いだったのだ。みじめな境遇から脱すべく泥に沈んだ橋の上面を爪先で探りあてて力を込めたところ、靴がすべって柔らかい泥を踏みつけたかたちになった。わたしは橋に胸を打ちつけ、気がつくと、さらに下半身が泥に没していた。泥も泥にまみれた橋も、踏めば踏んだだけ身が沈むのだ。魚が跳ね、鳥が歩いていることで、自分もそうできるかのように錯覚していた。わたしはかれらほど軽くはないのだ。人間にとり今のはちまん池は、底なし沼なのである。そこにわたしは、すでに身の半分近く、没している。

脚を使えばまた沈む。肘をつっ張り、路面に手の爪を立て、腕の力だけでじりじりと這いあがるほかなかった。泥は重く、粘っこかった。存外の重労働で、また、ことによっては死にうると意識したせいもあろう、吹きだした汗が顔の下の路面をたちまち湿らせた。ふと膝から下が軽くなったのを幸い、枉《ま》げて、身の外側に置いてみた膝が、ざらっと乾いた音をたてたときは、心底ほっとした。

以前はなかった上り下りの生じた橋づたいに、中洲に近づいていくにつれ、池の底には、泥が上澄んだような水の層が生じて、小魚が泳ぎまわる波紋が確認できるようになった。橋の最後の部分が、またわずかに中洲と断絶していた。それを跳び越えて、とうとうわたしは中洲に上陸した。

芝も、花壇も、大勢が掘り返したように乱れて、その上を青や黄色の小鳥たちが跳ねている。鳥類園の倒れかけたフェンスに鸚鵡が何羽もとまって、口口に叫び声をあげている。ボート小屋の残骸の前に、倒れそこねたふたつの自動販売機が見えた。桟橋の向こうを確認すべく、わたしは小島を巡りはじめた。あかりの落ちた自動販売機の背後に、赤い輝きが覗いた。わたしは息を呑み、しばし立ちつくした。想像を凌《しの》ぐ、燦然《さんぜん》たるぎらつきだった。

恐るべき巨魚であることは、間違いない。それが、桟橋に二重に繋留《けいりゅう》されたサイクルボートのさきの泥の中から、巨体の、ほんの一部を覗かせているのである。横倒しだった。露出しているのは、盛りあがった眼のあたりから凧《たこ》を思わせる胸鰭あたりまでだ。

一歩、また一歩、わたしは巨魚に近づいていった。眼《ま》の当たりにすることも許されぬ存在に対し、それ以上の行為をおこなっている、そんな、強烈な冒瀆感に身を包まれていた。ボート小屋の残骸の端に達した。従業員は下敷きだろうか。万が一、潰されずにいたら……と思い、耳を澄ませてみた。鸚鵡たちの声や、風が運んでくるサイレンが聞えるばかりだった。目に触れる残骸は多くが薄緑色の石瓦《スレート》である。屋根だ。間もなくそれらに行く手を塞《ふさ》がれた。

やむなくわたしは瓦礫《がれき》の山によじ登った。石瓦を踏み進んで、桟橋の急傾斜へと飛び降り、平坦になっているところまで一気に駆けた。

生きているのか死んでいるのかわからないが、巨魚は、不動を保っている。わたしとの間はもはや、ボート二艘の幅と、その向こうの、簡単に跳び越えられそうな泥の海とが隔てているのみである。全体像を想像すると身震いがした。泥の上に露出している部分だけでも、大のおとなの背中よりも大きい。しかしそれは、頭部から胸にかけての、ごく一部分なのである。

腹側をこちらに向けているのが、胸鰭のようすからわかる。金に赤を混ぜたような色彩がひたすら目立つが、単色ではない。盥《たらい》を伏せたような眼の向こう側、つまり背の側は、紫色に近い。胸鰭の向こうに伸びている鰓《えら》の縁や、そこに隣り合って並んだ大きな鱗《うろこ》の、たしか鱗底と呼ばれる根元の部分も、同様の色合いである。眼よりもこちら側は、ペンキが剝がれたように色が薄れて、淡い黄緑色に輝いている。手前に覗いている裂け目が口の延長だとしたら、ずいぶん大きく裂けていることになる。胸鰭は、薄紅色に透けていた。

「アロワナ？」

……魚らしい燻銀色の個体なら、水族館で幾度か目にしていたから、ちょっとタクシーを飛ばしてアロワナを観にいきませんか、東京タワーの下にいい店が、と小学館時代の稲垣から誘われたときは、ずいぶん面白いことを云う男だと思った。魚好きというのは、あんなものの右へ左への往復を眺めるためにタクシーを飛ばすものかと可笑しかった。そういえば、わたしの夭死《ようし》した叔父が魚を飼うのを好きな人で、水槽を幾つも並べてさまざまな種類の熱帯魚を飼っていた。ピラニアが印象に残っているが、じつのところ想像よりもずっと小さな口をした地味な魚であった。胸のあたりにだけ橙色が差しているさまも含め、幼いわたしの目には魚屋の食用魚と大差なく映って、なぜこんなものに手間暇をかけられるのかとふしぎだった。

東京タワーの真下に熱帯魚店があるということも、あのとき、初めて知った。なかば水族館を兼ねているらしい、だだっ広い店だった。見学順路があり、無数の水槽のあいだを長く歩まなくては、ふたたび外には出られない。アジアアロワナの水槽は出口に近かった。辣椒紅龍《らっしょうこうりゅう》であると、稲垣が教えてくれた。

——辛辣の辣、山椒の椒、紅色の、龍と書きます。赤唐辛子のように赤い龍である、というわけです。そのままの英語で、チリ・レッドと呼んだりもいたします。

魚の色に、わたしは唖然として見蕩《みと》れた。いま目にしている巨魚に近いが、ずっと暗い色合いだったと記憶している。照明の加減か、頭の上部や腹の底が濃緑色に見えていたので、余計にそういう印象だったのかもしれない。それだけに、頬や鱗一枚一枚の縁の赤さが毒毒しかった。色合いは、しかし一定していなかった。見る角度によってずいぶんと変わる。水槽の端で方向を転換するときは、まるで赤緑が入れ替わったように見えた。

比して、これはまず、異様な大きさである。しかし水陸を股にかける幻獣などではないのは間違いない。巨大とはいえ、魚らしい眼をし、魚らしい鰭と鱗を有している。魚でしかない。たしか東南アジア原産である、あの貪欲げで美しい魚が、いったいこれほどにまで成長しうるものだろうか。稲垣と観た辣椒紅龍は、尾鰭の先までで五十センチほどだった。稲垣が飼いたがっていたのも憶えている。個人が水槽で飼おうというのだから、まさか一メートルを超えてしまうということはあるまい。

では突然変異か？　それともこうも巨大な眷属が、あの龍魚にはいるのだろうか。

ともかくも、よくぞ育ったものだ。いったいなにを食べてきた？　この池はさぞや窮屈だったろう。それとも佐久間七与が想像したように、本当にここいらの土地は、魚たちが自由に地下を行き来できるのか。

　サイクルボートに移った。アロワナかそれに類する魚だと見当がついてしまうと、畏怖《いふ》する気持ちは消散して、残るは好奇心だけだった。ボートは泥の上で穏やかに揺らいだ。次のボートに移った。中洲の上から眺めおろしたときより、魚は、だいぶ小さく見えた。

　そうして小莫迦にするような気分が生じはじめていただけに、魚の胸鰭が動いたときは、驚愕にひっくり返らんばかりになった。続いて眼が揺れ、それから泥が盛大に跳ねあがった。巨魚が身をよじったのだ。生きていた。空に吸われていくような泥のカーテンの向こうで、魚は頭の角度を変えて尖った鼻先をもたげ、口を開いた。おとなをひと呑みにできそうな口だ。視界の端には撥ねあがった赤い尾鰭が見えた。大きな自動車ぶんはゆうに隔てた位置だ。まるで、別の巨大な生きものが現れたようだった。

　前兆だった。顔を伏せて泥の雨をやりすごしているあいだに、また地震が起きた。轟音に驚いて泥まみれの顔を中洲に向けると、ボート小屋の残骸が池へと雪崩《なだ》れつつあった。泥とその上澄みが波立った。サイクルボートが、最初は緩やかに、次いで激しく上下に揺れた。ボートの天井に何度も頭をぶつけた。

　ボートの中で跳びはねながら、巨魚が口の端からなにか得体の知れないものを吐き出しているさまを見つめていた。嘔吐のようでも、半透明の内臓器官を吐き出しているようでもあったが、たぶん、どちらでもない。なぜならそれら――多数のものの集合体に見えた――は、魚の口からこぼれ出ながら、目まぐるしい速度でみずから運動していたからだ。

魚の頭が倒れると、半透明の集合体は、連なったまま宙に弧を描き、太陽光を透かして、虹色に輝いた。巨魚はふたたび暗色の泥に浸かった。

虹色の、濡れた生きものたちが、波打つ泥の上にちらばる。吐き出された瞬間より、だいぶ数が増しているようだった。そのぶんひとつひとつは透明度を増して、存在感が薄れたようでもある。

ひとつひとつと云ったけれど、どこまでがひとつの個体なのかは、よくわからない。共通しているのは泡のように捉えどころのない質感だけで、ある部分は人の軀の部位を縮めたようだし、ある部分は獣の胎児のようだし、ある部分は見たこともない甲虫のようだし、すこし離れた別のひとかたまりは、もっと小さな虫の寄り集まりのようだ。植物的なかたまりも、畸形魚のようなかたまりも、また機械部品を捏《こ》ねあわせたようなかたまりもある。いずれも未完成ななにかのようであるが、育てばどうなるともつかない。まさか本当に人や動物や虫になるわけではあるまい。形も大きさもまちまちなそれらを、やはり虹色に輝く粘液が包み、無数の糸で繋ぎ合わせている。

なんでも吸収するんじゃなくて　なんでも吐き出すの
きっと自分自身のイメージすら

不意に散った。気がつけば、泥の上には、粘液のきらめきが残っているばかりだった。それらもやがて泥のうねりが呑み込んでしまった。

　左手の痛みに気づいて視線を落とした。無意識に片手を上着のポケットに入れ、ヘイスティングスから貰ったペンジュラムを強く握りしめていた。とり出してみると、水晶の内部にびっしりとひび割れが生じていた。役目を終えたように。

　地震が泥を対流させている。巨魚の胸鰭がゆったりと逆進して、サイクルボートの前を通り過ぎていく。ふたたび動きを失った、泥まみれの巨大な眼を、わたしは見つめていた。間もなく没した。胸鰭も没した。

　ボートはまだ大きく上下している。泥が海水よろしく波立っているさまというのはひたすら異様で、感覚を攪拌《かくはん》された。焦点を外していると、本当に夜の海のように見えはじめる。はたと瞬きをして、重量感に満ちた泥であることを再認識する。

　間近な波の上に赤い輝きが見えた。巨魚から剝がれた鱗だと思い、咄嗟に手を伸ばした。触れられるとは思っていなかったが、たしかに指先に堅いものが当たり、そしてその瞬間、脳裡に物語が炸裂した。

驚いて悲鳴をあげた。衝撃がわたしを座席に押し倒しているあいだにも、炸裂は連鎖し、わたしの脳内に曼荼羅のような小宇宙を映しだした。いずれも緋沼サテライトの物語だった。知った人人も見知らぬ人人も登場した。わたし自身も登場した。

わたしの位置からの認識ではなかった。わたしは、無数のなかのひとりに過ぎなかった。幾つかの物語の中に、小さく佇《たたず》んでいるだけの存在だった。無数の物語があたかも奔流となって、わたしというわたしを呑み込み、渦巻く。情報量に身がひきつけ、視界が廻転した。若い時分の痛烈な悪酔いが思い返された。昔も、きっと酒に酔っていたわけではないのだ。わたしはいつも情報に掻き乱されていたのだ。ボートの外に顔を出し、嘔吐した。朝からなにも食べていないので少量の胃液が上がってきただけだったが、すこしは気分がましになった。

座席に尻を落とした。曼荼羅はすでに霞んで、いくらかでも自分に関係した物語ばかりが、残滓のように脳裡に留まっていた。残滓といっても、容易に咀嚼《そしゃく》しうる情報量ではない。気を向けていると、また嘔吐してしまいそうだ。思考をいったん封じた。

泥の波に揺られながら、ちょうどたばこのハイライトの色をした空や、いこいの森の向こうに聳《そび》える、遠近法を間違えたような高層マンション群を眺めた。中洲の下から見ているせいか、建物はいずれも傾ぎながら、これまで見覚えてきた姿よりもずっと高いものに感じられた。こちらの沈下ゆえかもしれない。泥の揺れがすっかり鎮まってしまうまで、わたしはそうしてボートの中にいた。

……やはり摩伽羅であったのだと、ここで結論を急《せ》く気はない。わたしが固く信じ続けられるのは、みずからの視覚的体験のみだ。今後ともわたしはそこに留まり、さきに踏みだすことも、また退くこともあるまいと思う。

書き綴ってきたはちまん池での体験を、わたしがこれまでに語った相手は、身内を除けば、ゆいいつ猿渡女史のみである。あっさりとかの女はこう結論して、またもやわたしを絶句させた。

――摩伽羅が吐きちらしたその虹色のものは、きっと果たしえなかったサテライトの未来ね。

女史のこの弁は、サテライトは一個の摩伽羅の夢想に過ぎなかったのだという、かの女らしい想定に基づいている。だからサテライトは、その死とともに滅んだのだと、かの女は云う。

では今現在、復興を果たしつつあるサテライトの跡地を、支配しているのは、また別の摩伽羅か？　世界は、遍在する摩伽羅たちの、夢の相剋により成り立っていることになる。

面白い考え方だ。賛同はしないが、かといって反駁する気もない。

女史のように日常的に神話世界に足を踏み入れているではない通常の人人を、もしわたしが聞き手に選んでいたとすれば、アロワナの大きさひとつにしても、大地震により昂った神経が視覚に及ぼした錯覚であると判じられるのが落ちだったろう。他は、すべて妄想と云われただろう。それが常識的な反応というものだ。

女史との対話を堪能したのち、同じ話を三京にしてみたらどうだろうかと、想像してみた。すくなくともかれは、面白がるはずだ。のみならず、アブダクションと呼ばれるところのＵＦＯに拉致された体験談や、心臓停止した自分を病室の天井から見下ろしていたといった臨死体験談を、幾つも引き合いに出してくるに違いない……とまで想像が及んだところで、自分が望んでいる反応ではないと確信できた。直接は、語るまいと決めた。

小説は間もなく終焉を迎える。次節以降は、わたしが当事者たちから聞いて胸に収めてきた体験談と、執筆に準備しておこなった追跡取材の成果を元に構成されている。しかしわたしの想像や演出も多分に加わっている。

ぐったりとボートの底に身を沈めているとき、中洲に見えた人影のことのみ、本節の最後に附して記す。その段においてわたしはすでに物語を得ていたし、肉体の状態も状態だったから、さすがに錯覚ではないとはいいきれない。

半袖の白シャツを着た、こどもだった。頭にも白っぽい帽子を載せていた。

影は、崩れきったボート小屋の残骸の上に立っていた。

わたしが軀を返して頭をあげたときには、すでに失せていた。

みるみる傾ぎ沈んでいく楪原家の廊下に恐れをなした佐久間七与は、ドアを押して玄関から飛び出した。目の前で庭が割れた。跳び越えて道路に出た。黒い大型の乗用車が襲いかかってきた。

撥ねられた。身が宙に躍った。日光に熱されたアスファルトに、背中から落ち、しばらくのあいだ気を失っていた。自動車は、楪原家の斜《はす》に位置した家に突入していった。

かの女は空中でそのさまを見た。

⁂

巨大な虫が、いがいがした肢で腿のあたりにしがみついて、しばらく進んでは、後戻りをし、別の方向に進んで、また戻ってくる……そんな夢想を薄め、かの女を覚醒させたのは、針のようにそそいで身に沁み入る、周囲からも皮膚に絡みついてくる、熱だった。

皮膚が熱に悲鳴をあげている。しかし覚醒は、むしろかの女の瞼を——眩しい——いったん強く閉じさせた。追うように、翳《かげ》が瞼を覆った。他人のにおいを感じた。だれかに見下ろされている。

目を開いた。はじめ白い太陽が、次いで黒い頭の影と紫色をした太陽の残像とが、細い視界を被った。

「起きた」

頭のシルエットが形を変え、男の声が、別のだれかに報告した。

「大丈夫か。わかるか」

うなずいて、顔じゅうに泛んだ汗を掌で拭った。軀を起こそうとすると、右の腿に激しい痛みが走った。声をあげ、アスファルトに背を打ちつけた。車に撥ねられたことを思いだした。

右脚に触れた。腿が、ゆったりとしていたジーンズを、今は張り裂かんほどに腫れあがっている。

身を動かさなくとも、重低音のような鈍痛は途切れなかった。痛みの芯は腿の中程だが、脚全体、力が入らない。大腿骨が砕けてしまっているようだ。気味わるい夢想の源は、この疼《うず》きか。

寝転んだまま頭を動かして、さらにあと二人の人間が、自分を囲んでいることを知った。話しかけてきた男は若い。たぶん七与と同程度だ。長髪を脱色して、顎鬚を細く鬢《びん》までつなげている。その傍らに、やはり同じ年頃の女がいる。そっくり同じ色の髪をして、楕円形の眼鏡を掛けている。美人ではないが、好奇心の強そうな大きな眼がレンズの向こうで、好もしく輝いている。

すこし離れて、初老の男女がかの女を見下ろしていた。男のほうは、血だらけになったハンカチで額を押さえている。女は、顔の半面が大きく腫れあがっている。自分を撥ねた車の運転者とその連れだと察した。夫婦だろう。

　みな汗で衣服をべとつかせている。七与の、袖を切り落としたネルシャツも、喉元にじっとりと重たい。

「起きたいか」

　若い男が訊ねてきた。顎を引いた。男女は跪《ひざまず》いて七与の肩を抱えあげようとした。右の腿が撓んだ。七与は悲鳴をあげ、身悶えた。男はかの女を取り落とした。体内で暴れ狂う激痛を怺《こら》えるため、七与は握り拳を口にあてて、人差指の肉を嚙んだ。指から血が滲んだ。

「ちょっと待ってろ」

　若い男が云って荷物を地面に置き、一団から離れていった。

　呼吸が落ち着くまで、しばらくかかった。日射しが強すぎるせいか、空はエメラルド色がかって見えた。大地震に見舞われたという意識ははっきりと保っていたから、自分を囲んだ景色を意外とは感じなかった。だが現実感に乏しい、またみょうに閑寂とした景色だった。家家の屋根は低まり、目にする壁という壁が異様な角度を成している。路面には無数の亀裂が走り、だいぶさきのほうまで、起伏の多い下り坂になりはてていた。楪原家に向かって歩いているときは、存在しなかった坂だ。遠くに、幾つかの佇んでいる影が見える。なにをしているでもない。きっと茫然としているのだろう。

楪原家の外観は、本来の半分に圧縮されていた。二階は崩れ、全体、背後にそっくり返っている。比して隣家は、傾きつつも形を保っていた。ただし割れ窓が煙を吐いている。火が、近接した楪原家に燃え移るのは時間の問題と見えた。

「そこの家に友達が。まだ小さな女の子なの。助けてあげて」

片手をあげ、跪いている初老の男に頼んだ。男は倒壊した楪原家を見返すと、困惑のこもった視線を七与に返した。言葉は発さず、足も動かさなかった。ただ唇を舐めていた。

生死も不明な赤の他人のため、いつ崩れ落ちるか知れない家屋に踏み入れというのは、たしかに酷に過ぎる。あかねのことはしばらく忘れていることにして、代わりに同居人たちの安否を思った。しかし考えるほど、状況は絶望的だった。かの女らがふだんどおりの日曜を過ごしていたとすれば、十二階という高所で、さっきの地震に見舞われたのだ。

若い男が、どこから剝がしてきたものか、畳を半分に狭めたほどの細長い薄板を引きずって戻ってきた。板を七与の左隣に敷き、

「力を抜いてろ」

と命じた。今度は初老の男女も含めた四人がかりで、かの女を板の上に移した。身を弛緩させて為されるがままでいるのは難しかったが、わずかな移動だと思い、怺えた。

若い男女が、薄板の頭側の端を持ちあげ、七与を引きずった。程近くに街灯が根こそぎ

倒れており、かれらはその支柱をのり越えて、薄板ごと、七与の上半身を持ちあげた。板は何箇所かで折れ、薄っぺらな座椅子に変わった。

「撥ねたのはわたしです。これが倒れてきたもので、避けようとして……すみませんでした」

　初老の男が腰を落として、聞き取りにくい小声で七与に詫びた。若い男に聞かせまいとしているように思えた。

　ふたたび地面が大きく振動しはじめた。ああ、とふたりの女が裏返りそうな声を重ねた。揺れは七与の右脚に響いた。奥歯を噛みしめた。

「動くな動くな」

　若い男が沈着に云い、腰を低める。

「ここでだめなら、もう、どこに行ってもだめだろう」

　他も腰を屈めた。

　一団は、Ｇ区の幅広い通りの、ほぼ中央に寄り集まっていた。男が云うように、ここで怖いとしたら、さらなる地割れくらいのものだ。まっさきに沈下しきる池の中洲が最も安全だという、蠣崎旺児の、冗談とも真剣ともつかぬ弁を七与は思いだしていた。サテライトを支えてきた水が下流に流出しているのだとすれば、実際、そのとおりかもしれない。だが真に最も危険なのは、迂闊な移動だろう。

直立を保っていた一本の街灯が、嵐の中の椰子のように揺らいだあげく、近くの屋根めがけて倒れこむのを七与は見た。家家はさらに傾き、崩れて、視界に空の比率が増した。楳原家の二階は完全に崩れ落ちた。隣家も崩れて、大量の火の粉を吹きあげた。

揺れが鎮まっても、五人は長らく沈黙を保ったままでいた、ときおり男たちが腰をあげて、煙に澱んだ空気ごしに周囲の島島——と感じられるほど、路面はずたずたに分断されている——のさまを見渡したが、またすぐ腰をおろしてしまう。為すべきすべを思いつかないのだ。

七与の意識も、また空白に近かった。思うところがあるとすれば、シネカメラを持ち歩いていなくてよかった、ということくらいだった。撮影者の自覚は堅固でも、けっしてかの女は報道者ではない。自分は記録を最優先すべき人間であるとし、惨劇に対し疑念なくキャメラを廻していられるほどの覚悟はなかった。同じくキャメラを抱えていても、似て非なる立場だ。

しかしこの異世界のパノラマに、撮影者としての欲求は抗《あらが》えまい。無数の死と激痛が染み込んだこの景色を、かの女はきっと、ただ視覚的な好奇心から撮り続けてしまうに違いなかった。自責は、あとから来る。キャメラを支えていた手で、レンズごしに消えていく命のひとつでも救えなかったものかと、消せない過去をみずからなじることになろう。片脚を砕かれ、キャメラもなく、ただ茫然としていられる現状に、七与はほのかな幸福を感じた。

　ぽたり、またぽたり、虹色のものが降ってきて、路面で潰れた。痕跡はたちまち薄れて消えた。特殊な状況にさらされ続けている精神が、強烈な幻覚を招いているのだと、かの女は思った。小さなかたまりで、ピンポン球ほど、大きなものは、なにか紙ゴミのように見えた。一様に、水たまりに拡がった油のような虹色を、ねっとりとまとっていた。形状は多様で、また複雑だった。

　かくのごとし、とその多様さを形容するのは難しい。だいいち虹色にぎらつきながら落ちてきては、消えてしまうのだから、ろくに観察している暇がない。昆虫や獣の臓物を中途半端に挽《ひ》き合わせたような、生物的な混濁が共通の特徴かと思いきや、工業製品を彷彿させる直線やら均一さがかいま見えたりもする。しかしいずれも瞬時の印象に過ぎない。

　不明瞭さの向こうにちらつく、緻密な奇怪さは、七与を眩惑した。かつて、初めてここを訪れた日のかの女が幻視したとおり、いまやサテライトは歪み、ことごとく傾き、靄《もや》に包まれている。同じ小都市を、蠣崎は異文明の廃墟に譬えた。文明の果てには、こうして奇怪な虹が降るのだ、そうなのだ、と七与は独り合点し、じゃあわたしの映画の最後も虹色に染めるべきだろうか、となど考えはじめた。

　起立していた初老の男が、なにかが泡立っているような奇声を発した。助けてくれ、と聞えた。かれを見上げて、七与はようやく、自分が見ていたものがただの幻覚ではないことを悟った。男は両眼を見開き、口から虹色の物体を吐いていた——と見えた。だがそれにしては、かれの頬にも、耳にも、薄い頭髪にも、鳥黐《とりもち》のように薄べったくまとわりついて、ましてやぐるぐると、目まぐるしく色彩の位相を動かしている。

生きている。物体みずから、かれの口中へと侵入しているのだ。

体内でどんな事態が生じたものか、男の鼻孔が大量の血を吹いた。口の端からも吹きだした。ふたりの女がかれの異状に気づいて、口口に悲鳴を発した。

七与に背を向けてしゃがんでいた若いほうの男が、かの女の下腹にどさりと頭を落としてきた。衝撃は脚に響いたが、痛みよりも驚きに、かの女は全身を固くした。男の顔は虹色に被われていた。

初めて物体を間近にした。膠質《こうしつ》の液体にまみれた、高速で動きまわる不揃いな鱗かもしくは微小な動物の集合体に見えたが、かといってどんな形状の鱗とも虫ともつかない。遠目にしていたときと同様、焦点をうまく合わせられないのである。半透明だった。

虹色のぎらつきの向こうで、男は眼を見開いている。頭を細かく左右に震わせている。口も大きく開いている。口の中は虹色が濃い。侵入している。男は獣のように呻いた。口の両端が血で汚れた。声は辛うじて、助けて、と聞えた。

初老の男が路面に倒れるのを視界の端に見た。かれに寄り添っていた妻も腰を落とした。夫は七与のほうに顔を向け、すでに死んでいた。そう明白にわかった。虹色のものは男を見捨てたように路面に流れ、拡がっている。消えた。男の顔は、先刻までと同一人物とは思えぬほど憔悴《しょうすい》し、また激烈な感情を示していた。恐怖。

　妻のほうはいままさに苦しんで、助けて助けてよ助けてください、と鼻声で叫びちらしながら転げ廻っている。顔の上半分を虹色に被われている。やがて口まで被われて、叫びは不明瞭な咽声に変わった。その腹のあたりにまたひとつ、虹色のかたまりが落ちてきて、スカートがはだけて剝きだしになった両脚の間へと素早く流れていくのを七与は見た。女は吠えた。

　手前で、それまで茫然と路面に膝をついていた眼鏡の女が、ジンちゃん、と恋人の名を呼び、這い進んできた。七与が視線を落とすと、若い男もすでに動かなくなっていた。憔悴しきって、生きていた頃より十は老けて見えた。

　嘘、嘘、なんで？　なんで？　とか細い声で問いかけながら、女は恋人の頬に触れようとした。物体の感触に驚いたようすで、あ、と手を離した。かの女の反応は七与を驚かせた。見えていない？

　ふたたび七与が見下ろした男の顔から、虹色のものはすでに失せていた。下腹に、死の重みだけがあった。死者の恋人に視線を返した。その肩がいつしか虹色に濡れていた。細かく、うじゃうじゃと色彩を動かしながら、女の項《うなじ》を這いあがった。ひ、と女は肩を竦めたが、強い反応ではなかった。

感触はあるのだ。そして見えていない。ではなぜわたしには見えるのだろうと訝って、七与は身を震わせた。片手は無意識のうちにジーンズのポケットにすべり込んで、固く水晶を握りしめていた。

「ジンちゃん」

女が呟いて、死んだ恋人の手を握る。薄く開いた唇の間に、虹色のものが潜入していく。この人も死んでしまうと七与は思った。ぐ、と女が咽声をあげた。顔を伏せた。肩にはもう虹色の輝きは見られない。大部分、かの女の口中に入り込んでしまった。

七与の予想に反して、間もなく女は顔をあげた。それから、ついに恋人の死が実感できたような風情で、鼻を赤らめ、涙を流しはじめたのだった。女は死ななかった。

かの女の背後で、初老の女は動きを止めている。路面に濡れたような黒い影。やがてそれも消えた。

「ね」

と七与は若い女に顔を向け、震えがちな声をかけた。虹色の物体をどのように知覚したのか、それを呑み込んで苦しくないのか、訊ねたかったのだが、うまい言葉が見つからず、そのまま口籠った。女は屍体を抱き、引き寄せて、自分の膝へと移した。指で瞼を閉じさせようとしている。うまく閉じない。顔面の筋肉をひき攣《つ》らせたまま、かれは死んでいた。

ふたりのさまを神妙に見つめる七与の視界の、底がぎらついた。厭な予感にかられながら視線を動かした。左の腿の脇に、若い男の顔から流れ落ちたらしい虹色が、ひとかたまり、附着していた。気づくなり、軽い、蠢きの感触がそこに生じた。物体はうるうると、腿の内側に達した。

それがジーンズの股に浸透し、下着を透過し、性器の細い隙間にすべり入るのを感じて、かの女は身をわななかせた。異物感は、追って肛門にも生じた。思考が白く爆《は》ぜた。絶叫のさなか、頭皮にもべたりと、なにかが被さる感触を得た。

⁂

倒れてきた本棚は巧みに避けた。壁が歪み、天井が下がり、轟音がし、闇が訪れた。粉塵に咽せながら立ちあがると、天井に頭がついた。地震がＣ４号棟を崩落させたことを、新宅晟は察した。ドアを求めて闇を手探ったが、じき諦めた。ドアの方向に進むごと天井は低まり、とうとう前方が天井そのものになった。ダイニングにいるはずの父母に向かって叫んだが、返事はなかった。

部屋を覗きこんできた母から、リュックサックを部屋に片づけておくよう、尻を叩かれたばかりだった。注射器の袋はその中にある。父親が玄関におろして、そのままだ。ブドウ糖キャンディが入ったウェストポウチは、リヴィングのソファに放った。

戸棚に、予備の注射器やカートリッジがある。たしかキャンディの袋も。戸棚があるはずの方向に進んでみた。すぐまた天井につき当たった。戸棚に触れるどころか、本来の部屋の広さの半ばほどまでしか進めない。外壁のおかげで奇跡的に保たれた低い空間に身を置いていることを、かれは悟った。

窓に寄ってみた。靴下ごしに硝子の破片を感じた。歪みきった窓枠の外に手を伸ばすと、枠よりも手前で、ざらついたコンクリートに触れた。塞いでいるばかりかこちら側にめり込んでいる。上の階の壁だろうか。両手で押してみたが、びくとも動かなかった。大きなかたまりだ。

死への恐怖が背筋を這いあがってきた。両親を呼んで、晟は泣いた。長いあいだ泣き、泣き疲れて絨緞《じゅうたん》に坐った。目を閉じて膝に額を置いた。これは悪夢で、目が覚めたらいつもの日曜日なのだというふうに思いこもうとした。父か母かに名前を呼ばれるまでは顔をあげない覚悟でいた。

……ふたたび、部屋が大きく揺れはじめた。思わず顔をあげてしまった晟にとって、襲ってきた揺れよりも、自分が未だ闇の中にいることのほうが重大だった。もはや室内に倒れるものは残っていなかったようだが、窓枠の周辺の、外界と通じていたわずかな隙間も瓦礫に塞がれたらしく、闇はさらに濃くなった。本当に、なにも見えなくなった。

捨鉢な気分すら生じて、相変わらず不安ではあったが、当初よりもだいぶ落ち着いてきた。しょせん自力ではどうにもならないのだ。なにも考えずに救出を待つほかない。いや、待つことすらしないほうがいい。かれはベッドを確認した。掛け蒲団の上に瓦礫や砂や硝子の破片が散らばっている以外は、無事を保っているようだった。掛け蒲団ごと床に落とした。マットに乗り、膝を抱えた。

インスリンもブドウ糖も手の届くところにないとわかったからか、やけに咽が渇いて、腹もすこし痛みだしたような気がした。気を紛らわせようと、きのう思いついたメロディをまた頭の中で繰り返した。最後までちゃんと憶えていた。

ハーモニカ!

立ちあがって、木製の勉強机を手探った。外壁側だから無事なはずだ。先刻、ドアを探したとき、天板に手を置いたような記憶もある。

見つけた。二度めの振動でそうとう動いて、落ちてきた天井の近くまで移動していた。抜け落ちている抽斗《ひきだし》もあったが、大切な物ばかり納めてある一番上の段は、ちゃんと本来の位置に留まっていた。手を入れると、手前にプラスティック・ケースの感触があった。安堵とまでは行かないものの、小さな焰に胸の内を照らされたような気がした。

ケースから楽器をとり出しながら、ベッドに戻った。ハーモニカの冷たさと重さは、頬を濡らしていた自分を叱咤しているようだった。指でレバーを押せば、そのたび心地よい弾力で押し返してくる。試し吹いたグリッサンドは、狭い空間にふだん以上の音量で響いた。

目を閉じて、一音一音、昨日のメロディを辿ってみた。思いのほか演奏しやすい音づかいだとわかった。何度か繰り返して、演奏のこつが呑めてきたので、最後の音から、思いきって例の曲の出だしに繋いだ。終わりの音と初めの音は、半音だけ違った。半音、上がった。

一緒に上昇したような気がした。ハーモニカを吹いていてそういう感覚を得るのは初めてだった。鳥肌が立った。吹き続けた。

古いメロディから、ふたたび短い、新しいメロディへ。今度は低いほうへの移動だ。だが陰気な感じはしない。思いがけないドアが開いたようだ。この繋がりも美しい。偶然の産物だが、とても気に入った。

もう一度、古いメロディに戻って、終わりまで吹いて、唇を楽器から離した。大きく何度も息をして、薄い胸を達成感に膨らませた。出来た。完成した。

テレビで聴くような曲と較べたら、まだ、ずっと短い。素気ないほどだ。メロディは反復が多いし、独奏だから、吹きながら音を物足りなく感じる箇所もある。かれが好きで口ずさんできたどの曲より、単純で、地味で、気弱げだ。だが晟は出来に満足していた。これからもっと好きになるだろうとも予感していた。

ひとつには、その曲と似た曲を、ほかに一曲も思いつけないからだった。どれそれに似た曲をと思って作った曲ではない。独り言のようにしぜんに出てきて、繋がったメロディだ。もしなにかに似せようとして音符をひねり出したのだとしたら、メロディを幾つ継ぎ足そうが構成を工夫しようが、結果に不満足だったろう。けっきょくのところそれは、目標の、憧れの曲ではない。

もうひとつには、世の中の事物のなかで唯一その曲だけは、間違いなく自分の分身だということが確信できるからだった。だれかが、自分もその曲を吹いてみたいと云ってきたなら、かれは頬笑んで許可を与えるだろう。貸したハーモニカなら盗られるかもしれない。衣装や役割だって簡単に人に奪われてしまう。だがその曲はかれの一部だった。だから絶対に剝奪されることはない。たとえ他人が自作だと偽って演奏しても、生じるメロディはかれなのだ。草花が、別の名で呼ばれても姿は変えないように。

曲作りを晟はずっと、いつか自分がおこなうであろう、大勢を巻き込んでの大がかりな創造的行為の、シミュレーションのように捉えていた。帆船を製造する希望を懐きながら、資金が得られるまでは罎の中のミニチュアで本物の感触を想像し、その日に備えているようなものだと。

すこし、今日、考えが変わった。もちろん音楽は、大勢を動かす。動かせる。でも大勢を動かそうとして音楽を作ったら、この曲のような硬い小さな輝きにはならない。この曲は、人を打ち負かしはしないけれど、突き崩されもしない。汚れない。そういうぼくが、いま生じた。

偉大な創造なんてものは、本当はどこにもないのかもしれない。だとしたら……創造というのがどれも、こうしたうつむきがちの作業によって生じる、小さな星星だとしたら……ぼくも今、その小さな小さなひとつだ。

額に痒みを感じて指で触れると、うっすらと汗に濡れていた。日は射さないが密閉された小空間だ。室温がだいぶ上がって、息苦しさを感じはじめている。ハーモニカに唇をつけて不安を追い払う。

ふたたびメロディを辿るために息を吸いあげながら、この曲は、自分をどういう名で呼ばれたがっているだろうかと想像してみた。

⁂

死んだ、死んでしまった、と泣きじゃくっている。なにが、と訊いても、まから、まからあ、とばかり繰り返して、要領を得ない。

暑さと、ドアの隙間から入り込みはじめた煙のにおいとが、かの女を恐慌させ幻想を見させているのだと楪原崇は判断し、華奢《きやしや》な肩を手で探りあて両手で押しさげ、もう一度、便器の蓋に坐らせた。

顔にはり付いた髪を頭頂へと掻きあげ、もう妹がなにを云おうが意に介さないと心に決めた。他に考えるべきことがある。いかにして、大きく傾き、そのうえ間違いなく火事に見舞われているこの家から、脱出するか。まだ方法は見えていない。かれ自身もすでに冷静ではない。

トイレは闇に包まれている。ドアは動かない。突き破ろうと体当たりを重ねたが、楡の部屋でおこなったようにはたやすくはなかった。触れると表面はすっかり凹んでいるが、それ以上のことが起きない。ドア一枚の重さではない。二度めの揺れのとき大きな音がして、ドアの向こうに巨大ななにかが落ちてきたのを感じた。かれが動かそうとしているのは、二階そのものかもしれなかった。

窓をすっかり塞いでかれらからあかりを奪っている瓦礫も、もとは二階の一部を成していたに違いない。逃げ込んできたときすでにひび割れていた二枚の磨硝子を、貯水槽の蓋を振るって破壊してみたものの、うずたかいコンクリート片とタイルの重なりの向こうに、重厚な土砂の感触を得たに終わった。家の外壁は煉瓦色のタイル張りだ。しかしあれらが剝がれただけで窓の高さまで積もるとは考えにくい。家全体がだいぶ土中に没しているのだ。粗い手触りのコンクリート片は、きっと裏庭の舗装だ。

天井の換気口の蓋を押し上げ、上に昇ろうとも試みてみた。すぐ上に換気扇のプロペラがあった。軸や羽根を押してみたがびくともしないし、かりに換気扇を除きえたところで、人の通れる幅の穴ではない。が、まったく役立たずの穴というわけでもなかった。窓から冷えた空気が流れ込んでくるのは、換気口がなんらかの形で外に通じて、対流に一役買っているからだ。窒息死だけは免れそうだ。

壁一枚を隔てたダイニングが炎に包まれているのは、暑さからも、ときどきなにかが爆ぜる音が響いてくることからもわかる。壁はすでに触れていられないほど熱せられて、室温は上昇する一方だ。すでに四十度を超えているだろう。衣服が汗で重たくなっている。さっきつかんだあかねの肩もじっとりとしていた。

かの女の声はくぐもり、ときどき洟《はな》を吸いあげる音と、大差ないまでに小さくなっている。まから……まからが……マカラとはなんだろう。テレビアニメのキャラクターだろうか。

ドアか壁が燃えはじめるのを待つほかないと、崇は覚悟を決めはじめた。そうなれば、靴下を穿いただけの足でも蹴破れるかもしれない。炎が襲ってくるだろう。だが貯水槽に、わずかながら水がある。衣服を浸すことも、髪を濡らすこともできる。

トトを……とそのとき、殺された愛犬の名前を妹の呟きに聞いた。

「なんだって」

闇にしゃがんで訊ねた。声の近さに、あかねは驚いたようだ。

「トトを、あげたのに」

と、やがて繰り返した。

「なのに、マカラは死んでしまった。だからもう、サテライトは消えるの。みんな消えるよ」

「マカラってだれだ。トトをあげたってどういうことだ」

「はちまん池の、お魚」

「トトを、どうやって」

「墜《お》とした、Aの12から。血が、池に流れて、マカラが助かるって――」

頭に、急速に昇った血が、耳に蓋をして、あかねの言葉は続いているにもかかわらず、頭蓋に響く自分の息づかいしか聞えなくなった。

「なんでそんな……好きだったろ？　おまえ、本当に墜としたのか」

自分の声すらあまりに遠いので、乾きがちな舌から、無理やり唾液を吸いだして飲んだ。質問を重ねた。

「何階から」

「十三階……十四階……忘れた。郵便受け見て、空き家になってたとこのベランダから」

「どうして入れた」

「ガスメーターのとこ開けたら、鍵、テープで貼ってあるよ。みんな知ってるよ」

そのとおりだ。だれでも知っている。マンション購入のための下見を経験した者なら、だれでも……そして、サテライトに育ったこどもたちなら。おとなはすぐに忘れてしまう。大半が忘れているだろう。いつまでも握りしめている価値のない、些末な知識だ。まっとうな社会生活の、なんの役にも立たない。崇は、忘れていた。

「トト、好きだったろうに」

「べつに」

と妹はためらうでもなく、力を込めるでもなく、云った。身に風穴を空けられたような気がした。

「家族だった」

「おにいちゃんとおじいちゃんはそう思ってたかもしれないけど、わたしはべつに。仔犬の頃は可愛かったけど、おとなになったら涎《よだれ》だらけだったし、臭かったし。でも嫌いだから墜としたんじゃないよ。そうやったらマカラが元気になるかもって、トレチアが……」

云った、とまで口の中で呟いて、あかねは言葉を途切らせた。

崇の闇が、小刻みに震えはじめた。

悪いのはトレチア。

殺したのはトレチア。

息づかいから察して、どうもあかねは話しながら、自分の言葉のなかになにかを発見したようである。しかし続きを——かの女が新たに思いついた言い訳を、聞き届けようとするほどの余裕は、崇になかった。理性を司る細胞群が、激情の毒にまみれて壊死《えし》していくのを、頭の中に感じている。思考のかたちで排出されなくなった感情が、頭蓋の内側に溜まり、脳を圧迫して、痛い。楡と差し向かいでいたとき、生まれて初めて、遠くに感じた痛みだ。この痛みだ。畜生、此岸に置いていったな。これは楡の呪いだ。

唇を結び、震える肺で、きな臭い空気を深く吸い、気を落ち着かせんとした。楡の呪いだ。楡に負けるか。

「違う。違う」

閃きに、生き返り、妹の肩を探る。揺さぶる。

「おまえじゃない。思いだした。おまえはエレベーターに閉じ込められてたんだ。おまえにはできない」

「それ、墜としたあとだよ」

懺悔の言葉にほかならないというのに、ふしぎと、かれを責めたてているかに響いた。

「下を見たら、おにいちゃんが建物から出てきた。トトを見てた。それからこっちを見上げてきた。きっと怒って昇ってくると思って、部屋の外に出て、急いでエレベーターを呼んだ。エレベーターが来て、ドアが開いた。だれかに背中を押されて、わたし、トレチアだと思って乗ってふり返ったら、だれもいなかった。ドアが閉まった。怖くなって、早く建物から逃げようと思って、一階のボタンを押した。そしたら地震が来て、まっ暗になった。トレチアが話しかけてきた」

キジツダ、と、かの女が例の科白を口にするのを、崇は待った。しかし続いた言葉は違った。

「ボクジャナイって云った。ちょっと笑いながら、ヤッタノ、ボクジャナイ。びっくりして、どこって訊いたけど、返事はなかった。あちこち手で探っても、わたしひとりしかいなかった。見捨てられたみたいで、声が聞えてくるまえよりずっと怖くなって、大声をだしたり壁を叩いたり泣いたりしてたら、だんだん訳がわからなくなってきて、いつの間にか夢になってて、わたし、また、マカラで、でも、ちっとも、元気じゃなくて、泳げなくて、軀、くねらせたら、骨がきしきし、痛いし、鰓とか、鱗の、付け根とか、腐りかけ、てる感じで、そういうの、ぜんぶ、気が、狂うくらい、痛くて、痛くて、たまんなかった。そしたら、やっぱり、死んじゃ」

声がしだいに鼻にかかり、低まってきた。それから不意に途切れて、あかねは強く咳きこんだ。崇は驚いて手を離した。それまで自分がぬるぬるした妹の喉に、両の拇を押しつけていたことに気づいた。

壁が大きく鳴った。なにかが爆ぜたのだが、壁そのものが騒いだように感じられた。もうじき火が攻め入ってくるだろう。空気はすでに湯のように熱い。

汗が、顔や、後ろ頭や、Tシャツの下の脇腹を、さかんに這いおりていく。

頸を絞められて、無抵抗のまま話し続けていた妹が、崇には空恐ろしかった。手を離した直後から、頭の片隅で、こういうのをなんといっただろうと考えていた。また壁向こうが爆ぜた拍子、重い気体のように漂っていた想念が、闇に、魔、の一文字を成した。

思えばトレチアの、名をまず崇にささやいたのは竜介だったが、連れてきたのはあかねだ。まずは言葉で。次いで行動で。やすやすとかの女がそれをおこなえたのは、トレチアの存在を確信しているからだ。いつもトレチアと共にいて、そうあることの全能を、知らずと行使している。

楡ふうに云えば、あかねこそまさしくトレチアによって解放された魂の、典型だ。そしてその対価を、かの女はまだ一度として支払っていない。かの女にはいま実際にトレチアが見え、声が聞えるからだ。そうであるあいだは、けっして債務は生じないのだ。

おれにもきっと、かつては見えていたんだろう。だれかの影に重なって。あるいは硝子の上に、昏《くら》い水面に、集合写真に。

あの声は、聞えていたのだ、校庭の喧噪に。

サテライトを吹きすさぶビル風に。

昨日の記憶の荘園に。

ばちばちと、壁の向こうが、いまや土砂降りのように騒がしい。あかねの呟きが甦り、重なった。ところどころ崇の意識にすべり込んでくるその内容は、述懐というより呪詛に近い。しきりに、嘘をついた、嘘つき、とトレチアを罵っている。

「うるさい。黙れ」

「嘘つき嘘つき嘘つき」

あかねはかえって声を強めた。壁の向こうのざわめきと重なり、耳に障って仕方がない。

「うるさい。天罰だ」

口論のときの口癖が、閃きにつながった。そうか。

あかねに対するしっぺ返しが、トレチアの逆襲が、いま始まったのだ。

あかねのキジツが訪れたのだ。

「トレチアの嘘つき嘘つき。あんなのビヤラカじゃないビヤラカじゃないビヤラカじゃない」

「そうだよ、信じたおまえが悪い」

崇はふたたび妹の頸部を手で被い、力を込めた。静かにさせるためには順当な手順だった。他意はなかった。疑念もなかった。かの女のキジツなのだ。期日が訪れただけだ。

いっそう力を込めるため、頸を手前に引き寄せると、体重が両手に掛かってきた。取り落とさないように、脇を締めて頭を持ちあげる。かつて——十年前、ボート小屋の床に坐らせた林教諭に、片膝を立ててそうしたように。

あかねの喉は柔らかく、絞め心地がよかった。さっきとは比較にならぬほど苦しいようで、やたらと手足をばたつかせる。身にぶつかってくるが、力が入らぬらしい、痛くもない。

声にならない声で、あかねは喋り続けている。わかった、わかった、と云っているようだ。

「なにがわかった」

わたし、マカラじゃない、と云う。手に直接響いてくる。

「あたりまえだ」

夢、みるのは、自分が、マカラ、だからじゃ、なくて、マカラ、守るためだった、と云う。

手足のばたつきが収まった。喋りが遅くなった。

あの、トレチア、贋物、と云う。

「本物のトレチアがいるか」

いた、と云う。

「どこに」

わたし。

闇の中、左の眼球が炸裂光を見た。軀の左半分だけ、粉粉に弾け散ったような気がしたが、痛みは左右に均等で、かつ隅隅にまで及んだ。足指の一本一本に至るまで、激痛に痺れ、反り返った。肉体そのものが痛みで出来ており、それを薄く、理性の皮が被っているように感じられた。

咽の奥から飛び出してくる裏声が、あは、あは、と、まるで笑い声に聞える。自分の声だというのは認識できるが、発しようとして発しているものではなく、そもそも発しているという感覚が肉体の側にない。

薄い理性が、情況を把握しはじめた。おれは、刺されたのだ。

妹に、眼を。

左手を——いつもいつも、前髪を掻きあげてきた調子で——顔に近づけると、頬の前で固い物にぶつかり、同時に頭の中を無数の無意味が飛び交った。あがった長い悲鳴は、かれ自身のものに違いない。

薄っぺらな理性の判断によれば、かれの眼窩からつき出しているのは、小さなナイフの柄だった。むかし欲しかったスイス・アーミーナイフだという気がした。最近もどこかで見た。あれはあかねのだったのか。ぼくだってずっと欲しかったのに、あかねにだけ買ってやって、おとうさん、ずるいや。でも、

「キジツダ」

と、そのとき大好きな科白がどこからか聞えてきて、崇はちょっと素敵な気分になった。いつもの仲間の、秘密の合い言葉だった。ゲームが始まる。

「ぼくも行くよ」

崇は返事をし、あたりを見まわした。しかし夕陽に照らされた中央公園の一角に、話しかけてきた少年の姿は見当たらず、ただ見知らぬ女の子がひとり、ぽつねんと立っているばかりだった。

＊＊＊

地震の時刻、三池礼於奈は新宿を脱しかけていた。どん、という、近くに巨大なものが落ちてきたような音がしたかと思うと、それからしばらく、車内は奇妙な縦揺れに支配された。

緊急停止した。大規模な地震が起きた、これは安全のための措置である、という車内アナウンスがあった。窓外の景色は整然としていた。

長引く停車が、混んだ車内にみっしりとした喧噪を招いて、二度めのアナウンスは礼於奈に聞き取りにくかった。声は、緋沼市かその付近が大規模な地震に襲われた模様であると、歪めた発音で述べた。

緋沼市というのが聞き違えでなければ、サテライトは無事ではあるまいと思った。母親の安否を気づかう一方で、かの女は、サテライトと一緒に沈みそこねた自分の運に、どこかしら落胆を覚えていた。

　学校が休みに入ってからは、家を一歩も出ることなく、自堕落に過ごしていた。竜介の墓参りすらしていない。目が覚めるたび、かれが生きているようなつもりで電話を待ってしまうほど、心が時を遡っている。死を認めて、墓石にでも会いたいと思いはじめた頃には、日が暮れている。

　きょう久しぶりに外出したのは、家の事情から学期いっぱいで学校を辞めてしまった極楽鳥の一羽が、不意に電話をよこしたからだった。田舎に帰ろうと荷物を整理していたら、竜介も写っている写真が出てきたが、要るかと訊かれた。欲しいと、答えてしまった。礼於奈はかれの写真を持っていなかった。

　先方の予定に合わせて、午前のうちに、中村屋の地階で会った。

　これ一枚だけど、と手渡された写真には、カラオケボックスで歌う極楽鳥たちの前に、おどけて身をのり出した竜介がいた。髪はまだ黒かった。礼於奈の知らない竜介だった。見てしまったことを、すこし後悔した。しばらく見つめて、バッグに収めた。

　窮屈な座席での退屈をまぎらわせるのに、写真を眺め返そうとは、思わなかった。たぶんもう、滅多に眺めることはあるまい。

　列車がようやく動きはじめたとき、揺り返しが来た。今度の揺れも大きかった。

　ふたたび緊急停止した。車内はため息に満ちた。

地震の瞬間、川西季之《としゆき》は職場にいた。諦め交じりの愛着をいだいてきたルナパーク地下食料品街の、悪夢的な崩壊のさまをかれは眼の当たりにした。

まず、長年の埃のかたまりやらコンクリート片が、雪のように舞い落ちてきた。続いて訪れた本格的な揺れが、かれが操作していた巨大なスライサーを躍らせた。激しい揺れへの驚きの声が四方から聞えたが、すぐ、身を揺さぶるほどの轟音に打ち消された。ルナパークの、断末魔の咆吼だった。

かれは怖じ気づき、後じさり、濡れたタイルに靴底をすべらせ、尻餅をついた。ずれた眼鏡のレンズを通し、腰を落として保冷ケースにしがみついていた加藤《かとう》という女店員にスライサーが襲いかかるのを見た。保冷ケースが外向きに倒れて、老いた女性客を押し倒すのを見た。惨劇の背景は、極彩色だった。棚という棚から商品が次次に飛び出しては、宙に舞ったり、床を転がりまわったりしていた。

食肉加工室と売場とを隔てた窓の硝子が割れて、かれのほうに流れ落ちてきた。身を縮めて避けた。おろおろと定まらなかった視線が、会計場のあたりに、天井そのものが降りそそいでいるさまを捉えて、その情景に釘付けになった。天井を成していた石膏板や、照明装置や、それを支えていた鉄骨が、屑籠をひっくり返したように落ちてきた。悲鳴が飛び交った。かれは半べそをかきながら、神様、神様、とこども時代からの口癖を、繰り返し唇にのせていた。

揺れが鎮まった。

ほんの数秒、無音があり、それからあちこちに人が動きはじめた気配が生じた。話し声が生じた。

かれも、頭や肩から硝子片を落として立ちあがった。

「加藤さん」

若い女店員の背中に向かって声をかけた。倒れて硝子を失った保冷ケースに身の大半を収め、顔を、傍らにうずくまったスライサーの底面に押しつけている。客であった老婆の下半身も、今はケースの中にある。上半身は万歳の姿勢をとり、目を見開いたまま、かの女は死んでいた。大量の生肉がふたりを赤く飾っていた。

血まみれの顔をした少年が、老婆の顔を跨ぎ、ゆらゆらと視界を横切っていった。思わず目で追いかけた。同じく血まみれの影を幾つも見た。どの動きも、水中にいるように緩慢だった。坐りこんだままでいる者も、横たわっている者もいる。

陳列棚は半分以上が倒れている。いったいどれほどの人が下敷きになっているのだろうと考えると、薄ら寒さも恐ろしさも超えて、ひたすら気分がわるかった。上方に視線を送れば、天井はすっかり膨れあがって、巨大な哺乳類の乳房のようである。

肩に触れられた。短い悲鳴をあげてふり返り、加工室にいた上司の、血の気の失せた大きな顔と対面した。硝子を失った窓から身をのり出し、懸命に手を伸べている。

「志《し》村《むら》さん、大丈夫すか」

巨漢の上司は答えぬまま、ステンレスの調理台につっ伏した。心臓がわるいのだと云い、食後、何種類もの錠剤を掌に並べていたさまを思いだした。

巨体を外に担ぎだすのを手伝ってくれそうな人影を求めて、従業員用の出入口に向かった。これほどの地震の直後では、救急車など呼ぶべくもないが、こちらで総合病院まで連れていけば――たとえ建物が傾ききっていようが――医者はいるだろう。薬品もある。

ドアを引き店舗の外に出かけて、立ち竦んだ。かれと同年輩の女が床に這いつくばって、朦朧とした目つきでかれを見上げていた。女はジーンズを穿いていたが、裾よりさきに足と呼べるものは見当たらなかった。片方の、血に濡れそぼった裾口からは、赤黒い小さな肉塊が覗いているばかり。もう一方は、ただ裾で終わっている。それらを大きな血溜まりが囲んでいる。

血溜まりは、リノリウムの上に長い尾を引いていた。紅い道筋は、多数の自動販売機を備えた休憩所――今はスクラップ置き場と化している――へと延びていた。

女の手がかれの足首をつかんで、強く握りしめてきた。地獄絵そのままの情況が、かれから思考力を奪った。手を振りきって女の軀を跨ぐことも、しゃがんで女に言葉をかけることもできなかった。女の気力が尽きて床に顔を伏せるまで、ただうつろに見つめ合っていた。顔を伏せてからも、女の手の力は弛まなかった。

二度めの揺れがきた。また轟音がして、生存者たちの叫喚を煽った。かれは壁に身を寄せた。女の手もついてきた。張りつめていた天井がとうとう破れる瞬間を、かれは見た。一階がなだれ落ちてきた。

神様神様神様……もはや現実味を失いつつある五感の中、自分の呟きばかりが明瞭だった。かれはまたべそをかきはじめた……もう殺さないで。殺さないでください。


呉麗玲は自室で眠っていた。激しい揺れと、物がどたばたと跳ねまわる音を感じて覚醒したものの、いっさいが鎮まるまでは眼を開かなかった。死んでしまうほどの大地震だったら、起きて慌てふためいてみても仕方がない、眠りながら死んだほうがまし、と、寝起きの倦怠の波間で開き直っていた。

やがて訪れた静寂の中、おもむろに眼を開いて、部屋全体がヴェランダ側に向かって大きく傾いていることに気づいた。起きてまっさきに気づくのだから、そうとうな傾きだと思った。

ベッドに寄せて置いてあった小さな円テーブルと、書籍や小さなオーディオセットや衣類を詰め込んであった、パイン材の大きな棚が倒れていた。他に被害はなかった。他には家具がないのだ。隅に大きなスーツケースがふたつ並んでいる。壁に木螺子《もくねじ》を打って、月《げっ》琴《きん》をぶら下げてある。それだけだ。月琴は上海から持ち込んできたものではない。吉祥寺の古道具屋で叩き売られていたものだ。中華風の持ちもののひとつもあったほうが、周囲の日本人が喜ぶだろうと思って買った。調弦もできない。

スーツケースは位置が動いているだけだった。月琴もぶじ壁にあった。

ベッドから起きあがり、床の、たばこの吸い殻が散乱しているあたりから、中南海《ちゅうなんかい》の函《はこ》と使い捨てライターを拾った。胸ポケットにつっ込んでおこうとして、全裸であることを思いだした。床に就いたときはたしかパジャマを着ていた。寝苦しいと、眠ったまま下着ごと脱ぎ捨ててしまう。

パジャマとショーツはベッドの足許につくねられていた。身につけ、たばことライターをあらためて胸のポケットに収める。たばこを吸いはじめたのは日本に来てからだ。中南海とは、北京の、政治機関が集中している地帯のことだから、上海人であることへの矜持が強い麗玲に、面白い名称ではない。最初はマイルドセブンを吸っていた。気紛れに買ったら、こちらのほうが旨いと感じた。他の中国たばこも試して、どれもマイルドセブンより旨いと思ったが、中南海がいちばん手に入りやすい。

月琴を壁から外し、弦を撫でおろす。相変わらずの不協和音が響いた。棹を握ったまま、倒れた棚を身軽に跳び越えると、サッシュ戸のカーテンを開いた。対《むか》いの棟がなかった。

近くで火事が起きているようで、空は青青としているのに、空気が薄く煙っている。対いの棟に遮られ上層部しか見えないはずのB区の棟が、根元まで見えた。どれも好き勝手な角度に傾き、将棋倒しになっているところもある。

ヴェランダに出た。漂う煙は、つんと厭なにおいがした。手摺の向こうに、対いの棟の屋上が覗いた。屋上への立ち入りは禁じられているので、そこがべったりと緑色に塗られていることを、そのとき初めて知った。元の平坦な姿が想像しにくいほど激しく波打ち、本来の高さより確実に二階ぶんは低まっている。手摺に近づくと、フォークで強引に切断されたショートケーキのようになった、棟の全貌が見られた。

右手の隣家のヴェランダも消失していた。日当たりを得るため、こちらのヴェランダよりも公園に向かって張り出していた。その張り出していたぶんがなくなっている。近づくと、手摺の外側——下方に、緑色のものが見えた。ヴェランダが消えているだけではない。壁一枚を残して、隣家そのものがなくなっているのだ。このC2号棟そのもの、崩落しかけているのだ。

揺り返しが来たら、今度こそ助からない。ぼやぼやしていられない。屋内に戻り、リヴィングに通じるドアを押し開いた。箪笥が倒れ、応接セットが移動し、床には落下物が散乱している中で、家主は相変わらず長椅子に身を置いて、テレビを見ていた。テレビは台から大きくはみ出していたが、うまい具合に落ちもせず、ちゃんと番組を映しだしていた。

麗玲は長椅子に近づいていてかの女の肩を揺さぶり、小さな頭から逆様にぶら下がったヘッドフォンを叩き落とした。

「快逃吧《クアイトヴア》。Let's get out of here !!」

耳許で叫んだ。かの女は意味を察したらしく、めんどくさそうに腰をあげはじめた。ナナヨ、ナナヨ、ともうひとりの同居人の名を呼びながら、その部屋に向かう。ドアを開いた。乱れた狭い室内に、同居人の大きな姿は見当たらなかった。ベッドの上にもない。踏み入って、映写機が置かれたスチール机の抽斗を順に確かめた。フィルムの函は、ふたつの抽斗にごっそりとあった。意味があって分類されているのかもしれないが、麗玲には見当のつけようがない。室内を見まわし、次いでベッドの下を覗きこんで、黒いディパックを見つけた。引っぱり出すと、長らく使用されていないらしく繊維ゴミまみれで、平たく、固くなっていた。フィルムの函を片っ端からその中に放り込み、肩に掛け、月琴の棹を握って部屋を出た。

家主はすでに、見慣れないショルダーバッグをたすきに掛け、靴を履いて玄関で待っていた。バッグには貴重品が入っているのだろう。一方、麗玲の所持品といったら、七与のフィルムに月琴、あとはたばことライターだけだ。財布はいつも本の上に置いている。今は倒れた棚の下だ。パスポートはスーツケースの中。諦めた。取りに戻っている時間が命取りになるような予感がした。なんとかなる。命さえあれば。

かの女が青いリーボックに足を通しているあいだに、家主が玄関のドアを押し開けた。

はあ、と気が抜けたような声を洩らした。麗玲は顔をあげた。玄関の外は吹き曝しの廊下。ドアを出てまっすぐ進めばエレヴェータに至る。階段の下り口はエレヴェータの脇にある。それが本来だった。

　しかしエレヴェータはなかった。下り口の暗がりもない。そこへと至る廊下すらない。幅一メートルほどの廊下の痕跡だけドアの外に残して、あとはいっさいが失せて代わりにサテライト外の景色が低く拡がっていた。

　自分たちの住居が高い空中に位置していることを、麗玲は真に実感せねばならなかった。他は崩れて、遥か下方にある。ここは奇跡的に無傷を保ったのだ。外は地獄だったのだ。

　家主がドアを閉じた。麗玲を見上げて、かぶりを振りながら微笑した。落胆している表情ではあったが、失望している表情ではなかった。麗玲はうなずいた。では他から降りるまでだ——地面へ。

　指でヴェランダを示した。自分からさきに、土足のままそちらに向かいながら、ディパックのピッケル差しをほどいて、月琴の棹に巻きつけた。そして両肩で背負った。苦心を覚悟で、弾けもしない月琴を運び出そうとしている自分が可笑しかった。理由はない。あえて求めるとすれば、それが今のかの女の持ちものだからだ。命を保とうとするのと同じだった。

　家主が好んで皐月《さつき》の鉢を並べている雛壇の下に、下のヴェランダに通じる非常用の鎖梯《くさりばし》子《ご》が仕込まれているのを知っていた。隣との間仕切りに貼られた説明書きのシールに、住みはじめた当初から気づいていた。英訳が添えてあるのだ。ヴェランダに出るたびについ読んで、今では暗唱できるほどだ。

　ヴェランダに出て雛壇を手前にひっくり返した。しぶとく花を残していた皐月の群れが、いっせいに転がり落ちた。家主がため息をついた。

　昇降口の蓋が現れた。把手を起こすための窪みには、鉢から落ちた土がぎっしりと詰まり、硬化していた。指で掘り返そうとしている麗玲の肩を、固い物が叩いた。ふり返ると、家主の手には棒状の缶切りが握られていた。

　缶切りの爪で把手を起こし、蓋を引き上げながら、これまではエレヴェータで一足飛びに移動してきた、十二という階数を思った。一階に達するまで、十一回、この同じ作業を繰り返さねばならない。残りのヴェランダがどういう有様になっているか、今は予想がつかない。昇降口が塞がれていたら、もしくはヴェランダごと崩れ落ちていたら、その都度、別の算段を講じねばならない。

　身震いがした。

⁂

傍らの女のようには凌げなかった。苦しい。

頭に落ちてきた虹色の生きものは、七与の額を這い鼻梁を被い、鼻孔に侵入してかの女の息を詰めさせた。呼吸のため開いた唇の間からも侵攻してきた。悲鳴は醜悪な咽声に変わった。ぬるい水でも噛んでいるように、明瞭な質感というものがない。なのに力強い。口を閉じられない。溺れる。

股間に侵攻してきたほうの一塊は、かの女の膣に、子宮頸管に、直腸に入り込み、蠕動《ぜんどう》している。のみならず、各器官の内壁を溶かしはじめた。火に焼かれるような熱さが、そのことをかの女に伝えてきた。

浸透してくる。居場所を求めている。

舌や咽や気管の粘膜も溶かされた。鼻孔や口の端の隙間から、体液が赤く迸《ほとばし》った。かれらの突端が胃袋に達したのを感じた。伸縮性に富んだ器官の中に、かれらは一気になだれ込んできた。新しい異物感が、かの女の身を上下に躍らせた。

耳からも入ってきた。鼓膜が溶かされていく。七与は転げまわり、眼鏡の女の膝や、屍体や、倒れた街灯に身を打ちつけた。

　しかしそのとき七与の脳裡を巡っていたのは、肉体的な苦悶とはなんら関連のない、雑多で膨大な情景群であった。無計画に齣撮りしたフィルムを廻しているような、高密度の奔湍《ほんたん》だった。

齣のひとつにおいて七与は穏やかな幸福の苑に、また他のひとつにおいては絶望的な孤独の牢にいた。他では怒り、他では奢《おご》り、他では愉悦し、他では疲れ、他では悼《いた》み、他では嘲り、他では献身し、他では憐憫し、他では無心で、他では愚劣で、そうしてそのいずれもが、初めて経験する斬新な自分なのだった。過去ではなく未来だ。理不尽な苦界《くがい》に存《ながら》えていくこれからの自身を、そのひとつのありようを、かの女は高速度で予見させられていた。肉体の痛みを怺えるほどに、脳内のフィルムは速度を増し、音響を高めた。

ただのフィルムとは違い、においも味も感じられる。

魅惑的悪臭。郷愁の温度。悲しい味。

不安の視界。

悦楽と苦悶。苦悶の比率が増していく。老いる。

何度も老いた。怒りと恨みがつのる。

凄まじい重力加速度、もしくは爆風。脳細胞が崩れ、吹き飛ばされていく。

男の……人たちや……おばさん……に……助けて……と叫ばせた……のは……肉体の……痛みよりも……むしろ……これ、と風に泳ぐ蜘蛛の糸のように細まった理性で察する。

これ……ここから……助けてと……かれらは云って……終焉を……みずから望んだ。

同じ叫びを発したいという欲求を、七与は覚えなかった。願いというものの無力さを重ねて思い知らされてきて、自分でも気づかぬうち、その種の言葉は七与の語彙《ごい》から消え去っていた。

以前は違った。級友の嘲笑にさらされながら、餓鬼に憑かれて冷蔵庫の中身を片っ端から口に詰め込みながら、輪姦されながら、アルコールの朦朧の波間でみずからの凶暴性と対峙しながら、心の底で、あるいは口にだして、何度も何度も何度も何度も何度も、何千回、何万回、かの女は叫んできたのだ。助けて。

助けて、と、しかし二十六歳の七与は云わなかった。云えなかった。ただ左の手に水晶片を握りしめ、がむしゃらに耐えていた。地面でのたくるかの女を、眼鏡の女が為すすべなく見下ろしている。降ってきた未来を苦もなく呑み込んでしまった女の姿は、七与の目に愚かしくも、また神神しくもあった。周囲と同じ生きものでありながら、うまく未来を孕《はら》めない自分を、かつては呪い、それから諦めた。ともかく自分は違うのだと。むしろ誇るような気持ちが芽生えた。わたしは違う。わたしは特別。

映画に愛はなかった。ただ依怙地《いこじ》なプライドに見合うような、なにかを成し遂げたいばかりだった。人から目を瞠られたかった。目標と思い定めている映画はないし、いつかのり越えんと敵視している製作者もいない。留学先をＳＭＣと決意させた記憶も、また映画のそれではなかった。

……幼い頃から苛められっ子の自覚はあったが、かといって自分では解決のしようがない。もとより差異に敏感なこどもたちが、一箇所に集められ、画一の美徳を教えこまれる。

他人への畏怖心の大きさにおいて、七与は規格外のこどもだった。過度の緊張は、しばしば奇矯な言動と顔面の攣《ひきつ》れを生んだ。

　周囲の悪感情には鈍感なほうだから、苛めに遭っていることに気づかないまま次のクラス替えを迎えてしまうことが多かった。他人から指摘されて初めて、そうか、あれもあれもわたしに対する嫌がらせだったのか、と気づく。しかし中一の年、上級の暴力的な一派の標的にされたときばかりは、悠長にしてはいられなかった。

　身近にいただれがかれらと通じていたのか、どういう呪文を唱えて、あそこまでの憎悪を七与に対して懐かせたのか、今もわからぬままでいる。今のように肥っても、また不健康に痩せてもいなかった時代だが、当時から背は高かった。集団に紛れていようにも、否応なく目立った。廊下や校庭にいて、見つけた、あるいは、佐久間だ、といった声を耳にする。鬨《とき》の声があがって、たちまち囲まれ、退路を断たれる。突かれ、尻を蹴られ、髪を毟《むし》られ、衣服に汚物をなすりられた。しかし暴力よりも、罵りのほうが耐えがたかった。集団でいることの全能感に酔いしれた少年少女は、嬉嬉として言葉の禁忌を破った。七与のささやかな尊厳に唾棄して、存在を否定した。

　いつもジラフのように頸を伸ばして警戒しているほかなかった。背が高いぶん、相手の発見には七与のほうに分があった。視力もあった。特定の顔を見つけたら、即座に身を縮める。物陰に身を隠す。校舎の中なら、そのまま廊下の端まで駆けて、階段を上がるか下りるに限った。教室に逃げ込んでも、教師が見ていないかぎり中まで追ってくる。むしろ退路を失う。

　階段に逃げてもなお数人に追いかけられて、疲れ、判断を失い、最上階の女子トイレに飛び込んでしまったことがある。放課後で、トイレは空っぽだった。背後のドアごしに、教室の戸を開いては中を確かめている音がした。慌てて端の個室に入って、ともかくも錠を掛けた。しかしドアの上は空いている。きっと上から水や汚物を浴びせられる。身を隠す場所を求めて、狭い個室の八方に視線を配った。天井に、四角く、別の板が塡め込まれた箇所があった。洋式便器の上に立つと手が届いた。すこし力を入れただけで、板は簡単に浮いた。入れる。これは人が出入りするための穴だ。

　便器の上から跳んで頭で板を押しあげ、生じた穴の縁を両手でつかむという離れ業で、天井裏の闇に頭を突き入れた七与だったが、思いなおして、いったん便器の上に降りた。ドアの錠を開けてから、ふたたび天井裏に突入した。穴の周囲には角材が渡してあった。一辺に沿わせてある材がとりわけ太く、しっかりした手応えだった。天井にというよりも、その太い角材の上に、七与はみずからの身を引きずり上げた。蓋になっていた合板を元の位置に戻す間もなく、下界からドアの軋みが聞えてきた。物音をたてる危険を冒すより、身動きせずに祈っていることを七与は選んだ。いるか？　いない、全部空いてる、といった男女の声がし、ドアが、ふたたび甲高く軋んだ。

蓋を閉じても、天井裏に真の闇は訪れなかった。床——下界にとっては天井——は隙間に満ちていた。傍らの壁の、コンクリートの凹凸まで見てとれた。窓側の、壁が途切れているあたりがいっそう明るい。格子に渡された他の角材に手を置いてバランスをとりながら、上に頭をぶつけがちな平たい空間を、七与は進んだ。

左手に新たな空間が生じた。そのまま男子トイレの上に続いているのかと思ったが、すぐに行き止まっていた。壁にぽつりと、輝きが点っていた。小さな孔だった。建造当初からのものか、時の流れの産物かはわからない。

寝床にも足りない小空間は、しかし、孔からの光を浴びているというよりも、空間そのものが柔らかく輝いているようだった。その内部に身を移そうとして、孔の反対側の壁に目をやり、息を呑んだ。大きな絵が掛かっていた。いや、壁に直接描いてあるのだろうか。もっと近づいて眺めないとわからない。

描かれているのは、曇った海の景色だった。いったいだれが、こんなところに。

絵の下方を、一羽の、おそらく鴉が、ゆったりと渡っていく。かの女は唖然としてそれを見つめた。勘違いを悟った。

海ではない。空だ。

絵でもない。これは現実の風景だ——逆様の。

頭の中で反転させてみれば、たしかにそれは、校舎を囲んだ街の景色に過ぎなかった。

針穴写真の原理で、外界のそれが上下左右が入れ違えに、壁に映しだされていたのである。

孔の空いた壁に近づき、手をあててみると、薄い合板の感触がした。四階建ての校舎は、それまでかの女がイメージしてきたようなコンクリートの巣箱ではなくて、必要最低限の骨組みに薄板を渡した、いわば堅牢な張り子のような構造らしかった。孔を手で塞ぐと映像は消えた。手をのけると、また生じた。

静かに眺めていると、壁の映像は細やかな動きに満ちていた。下方では雲がゆったりと形を変えた。上方でときおり動いては消えていく小さなものは、通りを抜けていく自動車や単車だろう。ベニヤの向こうで強い風の音がすると、絵の中にぶら下がった木木が左右に揺らいだ。薄闇に裏返った、淡い現実は、映画やテレビの中の虚構より、よほど遠く、異国めいて感じられた。

日本の大学を見切ったつもりで留学を意識しはじめたとき、すでに、わたしは撮り方を学びに行くのだと思いこんでいた。遠い国に。そして今度は自分の手で、あの天井裏を再現するのだと。

撮るべき陰影を、空気を、わたしはすでに知っている。だれもが目を瞠るだろう。

わたしは撮る。撮らないと。

侵攻を免れていた右の鼓膜に、澄んだ甲高い音が響いた。夢が次の位相へと移行するように、ちりぢりに砕けていた自己意識が、シネカメラを構えているイメージに収斂《しゅうれん》した。

切り刻まれた未来はあたかもファインダーごしの情景へと遠ざかり、口中の異物が躍動を失った。なかば本能的に、七与はそれを嚙みちぎった。咀嚼した。

呑みくだした。

地面に肘をつき上体を起こすと、盛大に咳が出た。血と、血にまみれた侵略者の残骸が、アスファルトに飛び散った。

胃袋が暴れていたが、間もなく収まった。顔に附着しているかたまりも蠢きを失い、ただ糊のようにへばりついているばかりになった。耳からも、膣や腸からも、熱さが消えた。

「あかねちゃんを」

と溶けた舌で呟いて、かの女は地面を這いはじめた。握っていることを忘れた左手から、こなごなになった水晶がこぼれた。さっきの甲高い音はこれが爆ぜた音だったのかと七与はびっくりして、血の滲んだ掌を見つめた。貼りついたかけらは真夏の陽光を集め、血まみれになったかの女の顔を照らした。

眼鏡の女が近づいてきて膝をついた。見上げると、唇を開いては、噤《つぐ》んでいる。それを繰り返している。言葉が出てこない。

「支えになるもの。なにか」

と頼んだ。不明瞭な発音にもかかわらず、女は強くうなずいて、七与から離れていった。

風が出て、楪原家を煽り、鈍色の煙が通りに渦巻く。七与は匍匐《ほふく》を続けた。ときどき、自分がなんのために地面を這いずっているのか、わからなくなりかけた。茫然と目の前の煙の流れを見つめていると、変化のさまが面白く、これを撮りたいと感じる。シネカメラの感触を思いだし、逃げていくあかねの赤いコートを思いだし、また進みはじめる。

いったん液状化を起こした庭は、全体に窪んで、そのうえ近くで水道管でも割れたものか、大量の泥水を湛えていた。水に、七与は身を没した。水たまりの意外な深さに、はじめ焦り、すんでのことで溺れかけた。這うのではなく泳ぐべきだと悟ると、むしろそれまでより速く進んで、簡単に渡りきることができた。

玄関のドアは、半開きのまま、上昇した地面によって固定され、暗い空間は白煙を吹きあげている。パズルのように分断された、タイル張りの三和土《たたき》に身を引き上げ、荒い呼吸を重ねるうち、咽の奥に熱いものを感じた。さっき呑み込んだ異物が上がってきたのだと思い、舌を出し、咽を膨らませて嘔吐した。白いタイルが広範囲にわたり血に染まった。しかし虹色の生きものの、影も形もない。

七与は可笑しくなった。消化した。わたしは侵略者を消化してしまった。丈夫なのだ、わたしの胃袋は。凄絶な過食にも、水のように流し込まれるウォッカにも耐え続けて、一度も壊れなかった。

吐血にも、ジーンズから流れ出る泥水がしだいに朱色がかっていくさまにも、かの女は恐怖を感じなかった。十リットル？　二十リットル？　まだまだ。わたしは九十キロもある。大量の水分を貯え、分厚い肉の鎧《よろい》をまとっているのだ。ちょっとやそっとの出血でも、火傷《やけど》でも、死ぬものか。片脚は折れているが、もう一本の脚があり、逞《たくま》しい両腕もある。

　この両腕であかねちゃんを助けだし、ふたりで元気になって、それからまた撮るのだ、映画を。わたしは死なない。

　眼鏡の女に杖を頼んだことは、もう忘れていた。ドアごしに見える赤い闇を目指して、七与はふたたび匍匐を始めた。


　七与から杖を頼まれた女は、板本藍子《いたもとらんこ》という、一般には知られていないが、出版業界では無名というわけでもない、グラフィックデザイナーだった。七与の目には同年代と映ったけれど、現実には三十路を超えている。専門学校時代の恩師の還暦《かんれき》を祝う集まりのために、初めて緋沼サテライトを訪れた矢先、地震に遭遇した。準備をと、教え子たちは午後一番の集合を云いつけられていた。

　連れの男は恋人ではなく、後輩格の、奈良岡仁《ならおかひとし》というやはりデザイナーだった。学校の後輩というのではなかったが、藍子が今も先生と呼んで慕っている霜邑紅葉《しもむらこうよう》に、一度は会ってみたいと云って、強引につき従ってきた。本当の目的は、夕方から霜邑邸に集ってくるはずだった編集者たちへの顔つなぎにあったろう。とりわけ風韻《ふういん》書房の仕事を、仁は欲しがっていた。小さな美術出版社だが、趣味のいい叢書を数多く出し、業界での注目度が高い。

もっともそれは最近の話で、藍子が数年前、同社叢書のアートディレクションを引き受けたときは、相場よりもギャランティはいいものの、人目につかない、つまり次の仕事には繫がりにくい仕事というイメージだった。古い紋様に、盆栽に、焼きもの、仏像……多くの人に手にしてもらえるとは考えにくかったが、紅葉からの紹介で断れなかった。小学館を退職して風韻に入ったという担当者が、かれらから見れば下請業者である自分に対して非常に礼儀正しいのを、救いに感じていた。稲垣といった。かれも今日は顔を出すだろうと紅葉から聞いていた。地震がなければ、あの仕事以来の再会となるはずだった。

大地震よりも、自分から幾つも若い仁が急速に変わりはて、息絶えてしまったことが、藍子を放心させていた。電車の中で、いま進めている企業サイトの仕事について熱っぽい調子で語っていた。ＨＴＭＬも打てるしアニメーションも作れるから自分は有利だと云っていた。まわり道に感じた時期もあったが、コンピュータを勉強しておいてよかったと云っていた。すくなくとも三人ぶんの働きはしているんだから、それくらい請求しても罰は当たらないだろうと云って笑っていた。まとまった金が入ったら引っ越すのだとも云っていた。もっと広い、大きなキッチンテーブルが置ける部屋に。

原因不明の突然死を免れたもうひとり——若い大柄な女から命じられたまま、ふらふらと煙の中を彷徨いはじめた自分に対し、なぜ、と問いかけられる程度の理性は保っている。

女の呟きは、あかねちゃんを、と聞えた。激しく苦悶していたかと思うと、自力で立ち直り、天啓でも得たように炎上している家を目指しはじめた。突入していく覚悟だろうか。娘？　母親には見えない。親友か、親類の子か。

なぜ、わたしはかの女の杖を探しているんだろう。燃え落ちかけた家へ、かの女を急き立てるだけなのに。戻っていって説得して引き止めるのが正しい、たぶん。

しかし、それからどれほど生き延びるだろう。口からも鼻からも耳からも血を垂らし、あまつさえジーンズの内股すら赤赤と染めていた。伝染病？　わたしにも移っているかも。早く病院へ。いや、病院も壊れている。医者も死んでいる。ああ、考えるのがめんどくさい。

真上からの強い日射しが、奇妙に静かだった。当てずっぽうに通りを進んでいると、他にも炎上している家があり、煙が流れてきて周囲が白くなった。柔らかいものを踏んで、はっと足を引っ込めた。見ると、小さな男が路上に仰向けになっていた。死んだ眼を見開いていた。

屍体から藍子は目を逸らせられなかった。驚愕、いや怖れに、引き攣りしわばんだ顔を、はじめは自分よりずっと年齢を経た者のそれと認識したのだが、よく見てみると服装が幼い。サイズが緩い綿ズボンの裾は何重にも捲られ、紐穴の少ない、こども用のエア・ジョーダンを履いている。藍子も少年用のジーンズを穿く。足の小さな人ならこども用の靴も履こう。しかし、具体的な理由は思いつかなかったけれど、そういう履き方ではないと感じた。こどもが親から買い与えられたズボンや靴だと感じた。

急にもの悲しく、心許なくなり、藍子は路を引き返しはじめた。人は死ぬ。年齢も事情も問わず、昼夜も季節も場所も問わず。なにを今さら驚いている。三十年も前からわかっていたことだ。足を早めながら、手ぶらで戻っては女から叱咤されはしないかと気に病んだ。そのうち、べつに杖を探してきてくれと頼まれたのではなかったことが思いだされると、すこし気持ちが休まった。支えになるなにか、とかの女は云ったのだ。わたしが肩を貸せばいいのだ。

……通りにたちこめた煙の、悪臭に咳きこみかけ、ハンカチを出して鼻孔と口を被った。倒れた街灯と三人ぶんの屍体が見えてきたが、あの女が這っている姿は見当たらない。通りはすっかり熱されていた。二軒とも、そのためだけに造られた映画のセットさながらの仰々しい炎をあげ、空に大量の煙を送っている。片側の玄関先に人影が生じたのを、藍子は幻だと思い、ハンカチを手の中に握りしめた。

少女だった。煤でだんだらになったTシャツを着ている。ほんのこどもに見える。黒く平たい、鞄のようなものを胸に抱えていた。でこぼこになった三和土から庭が湛えている泥水のなかへと躊躇なく入って、前のめり気味にこちらに進んできた。庭の凹みは、藍子が思っていたよりもずっと深かった。珈琲牛乳色の水に、少女の身はときとして腰まで浸かった。

　アップルのノートパソコンだった。泥水から上がって通りに出てくると、少女はしゃがんで、地面にそれを置いた。蓋はひび割れ、本体部分にも欠けた箇所があった。なにかの下敷きになったか、あるいは高い場所から落下したようだ。

　近づいて腰を落とした藍子を、少女の青ざめた顔が見上げた。大きな眼もその上の眉もV字に傾斜した、個性的な面差しだった。

「おなかが痛い」

　と少女は云った。幻ではなさそうだ。

「これは」

　藍子はパソコンの前に腰を落とした。

「廊下に落ちてた。おにいちゃんの」

「おにいちゃんは？　それからおねえさん、助けにきてくれたでしょう。まだ中に？」

　少女は燃え落ちかけた家を見返し、次いで通りを見渡した。初めて気づいた風情で、そこかしこに横たわっている骸《むくろ》から骸へ、視線を往き来させた。呆然と、視線を藍子に戻して、

「おにいちゃん死んでた。8ミリのおねえさん、トイレの壁を破って外に出してくれて、さきに逃げなさいって云ったから」

藍子はうつむき、少女の顔を視線から外した。パソコンのフロッピードライヴに白いディスクが入っているのを見つけ、にじり寄った。イジェクトボタンを押し込むと、フロッピーディスクは正常に吐き出された。見たところ無傷だった。

また少女に話しかけようとして、その足許に出来た水溜まりが、薄赤いことに気づいた。藍子が見つめているなか、水は、刻刻と赤味を増した。

少女自身はまだ気づいていない。初めてなのだろう。同じ色彩を、藍子はここしばらく得ていなかった。初夏、懇意な編集者が、ある作家の仕事場に連れていってくれた。ペダンティックな随想は今も人気が高い。藍子が学生の頃はちょっとしたブームですらあった。編集者は、ずっと紹介の機を窺ってくれていたようだ。読み漁った時期があると、話したことがあった。

作家の顔を、今はふしぎとまったく思いだせない。かつて幾度となく凝視した、文庫本のカヴァー袖の、若い時代のモノクロの近影が思い浮かぶばかりだ。訪問は夕刻で、作家はすでにウィスキー・ソーダのグラスを鳴らしていた。編集者が新しい文庫本の出来への作家の評価を傾聴しているあいだ、藍子は台所を借りて手土産の果物を剝いていた。やがて編集者がウィスキーに手を出すと、藍子も円テーブルに招かれた。いたく緊張して、作家のどの質問にもうまく答えられなかった。小一時間で、編集者は藍子を残して社に戻っていった。かれが鞄に手を伸ばしたとき、藍子は気づかぬふりをして応じなかったのである。

作家は、氷を取りに席を立つとき、首を伸ばして藍子の頬にキスをした。かれがテーブルに戻ってくるのを藍子はただ待っていた。近づいてきた跫音は、背後で止まった。肩の上を濡れたグラスが通過した。そのあとの記憶は、順序に確信が持てない。仮眠用の小さなベッドに引き込まれた時、すでにふたりとも衣服を取り払っていたから、床の上で抱かれたのがさきということになる。どの時点で入浴したのだろう。椅子に掛けて酒を飲んでいる作家の、脚の間にうずくまっていたのは、一度胎内に精水を放たれた後だったか、それとも前だったか。思いだせない。明け方、ベッドの上で目を覚ました。作家を起こさぬよう静かに身を整えて帰った。それきり会っていない。連絡もしていない。

検査もおこなっていない。結果を怖れてというよりも、ずるずると手遅れになるのを待ってきたような気がする。二十代で一度、堕胎を経験している。作家には家庭があるから産めばひとりで育てることになろうが、また堕ろしたら、次はないかもしれない。

爆発音が轟いた。少女が立ちあがった。藍子もわれに返って顔をあげ、少女の家が煙と火の粉を巻き上げながら一気に崩れ落ちるさまを眼の当たりにした。煙が押し寄せてきて、なにも見えなくなった。藍子はハンカチを鼻にあて、しきりに瞬きをして凌いだ。

煙の狭間のすっかり原形を失った家影は、藍子に、別の場所へと移動してしまったような錯覚を与えた。ふと少女の背中が遠のき、煙に紛れた。水に入る音がした。驚いて、藍子も水ぎわに進んだ。煙の向こうの、細かく波立った泥水の只中に、人の背中が見えた。少女の後ろ姿がそれを隠した。

三

　九條の包帯だらけの顔が視界の端に入ったので、気づかぬそぶりで手にしていた本を棚に戻して、反対側のドアから中庭に出た。手入れの行き届いた中庭にすぐに出られることと、意外と新しい本が豊富であることが、この古い病院の小さな図書室の、ふたつの大きな美点だ。病院で揃えたのは百科事典くらいのもので、あとは患者たちが退院時に残していった本ばかりなのだと、ある看護婦が教えてくれた。

　病院が買い入れたと思しい古めかしい書籍は、実際にはもっと数がある。童話風の小説や動物写真集や趣味のいい絵本から成る穏やかな一角からは、患者の精神状態への、神経質なまでの配慮が感じられる。一方、患者たちが読んで残していった書籍は無神経きわまりない。たわいなく、頼りなく、刺激的でかつ狂騒的。陰惨なものも多い。おびただしい数の推理小説。流行《はや》りの怪奇小説。イラスト入りのＳＦ。莫迦莫迦しい投稿写真を集めた本。実話と称する怪談集、ＵＦＯ目撃談集。芸能人の伝記や回想録。……

曇天が街の暖気を溜めこんで、昼間はみょうに暖かかったが、暮れ方が近づくとやはり季節なりに寒い。歩みを止め、松葉杖に体重を預けて、カーディガンのボタンを留めた。この軽装では長く戸外にはいられない。図書室に戻れば九條につかまるから、病棟を迂回して表玄関から入りなおすほかない。あの図書室の最大の欠点は、九條にも開放されていることだ。

松葉杖に頼っての歩みには、まだ慣れない。看護婦に車椅子を押されていた頃を思えば、翼が生えたような自由さだが、軀の重みを一方の肩に預けるため、わずかな移動でも疲弊する。うつむいて、ただ歩くことにばかり懸命で、自分がいったいどこに向かっているのか、忘れてしまいそうになる。

「ナナヨ」

前方の暗がりから呼びつけられた。声だけで麗玲とわかった。人か自転車が通れるばかりのその細い空間だけが、中庭と前庭とを直接橋渡ししている。細い隙間からよく見つけられたものだと感心しながら、

「そっちに出ていくところだから」

と久久に使う英語で制したが、影はかまわず暗い空間を通り抜けてきて、紫色のダウンジャケットを羽織った麗玲の姿になった。機嫌よさげな足さばきだ。

「調子どう？　そんな恰好で寒くないの」

「いま表にまわって中に入るところ」

「なんだ。じゃあ呼ばないで」

「そっちに行くって云ったの」

　麗玲は肩を動かし、七与に合わせて後ろ歩き気味に後戻りを始めた。七与の目にも贋物くさいエルメスの小さなバッグをたすき掛けにしているほかは、手ぶらだ。七与に会いにくることすなわち見舞いという意識はないようで、花束ひとつ持ってきたためしがない。

　ともあれ、会話はずいぶん通じるようになった。かつての麗玲は、あるいはわざと、七与の言葉がわからぬ素振りでいたのかもしれない。

「上着は？」

「ない。さっきまで図書室にいたの。厭なやつが入ってきたから逃げてきた。全身火傷で一時は瀕死だったというから、つい同情して話し相手になっていたら、これが恐ろしく鼻持ちならない男で。しかも話が長くて、なかなか解放してもらえない」

「気に入られちゃったわけね」

　と笑う。七与は顔をしかめた。

「でも痩せた女が好みなんだって。痩せればって何度云われたか。顔は、その程度ならい今は美容整形できれいになるからって。自分も医者だとか」

「その顔、治るの」

　同じく英語で喋っていても、七与とは異なり、云いまわしに遠慮がない。文化の違いというより、かの女の性格だろう。だが、腫れものに触るような話し方をされるより気が楽だった。うなずいて、

「それなりにはなるみたい。この顔にも慣れてきたからどうでもいいかと思ってたんだけど、このあいだロビーにいたら、近くのこどもに泣かれちゃった」

　楪原あかねを救うため、炎に包まれたダイニングの床を這った。呼べば、トイレの中からあかねは応えたが、崩れ落ちた二階が進路を塞いでいた。暑い、暑い、とあかねが繰り返すので、進路は炎の中にあると直感した。軀が濡れているからしばらくは保つだろう。

　炎の狭間を選んで進んだ。建物がすでに半壊しているからか、煙は充満していなかったが、空気そのものの熱さが予想を絶していた。水の皮膜はたちまち蒸発し、髪も衣服も焦げた。声が聞える壁は、烈しく燃えさかりつつ、しかし厳としてトイレとダイニングとを隔てていた。そこで七与はやむなく、片脚立ちでダイニングテーブルをつかみ上げ、振るって、壁を成している厚い合板を叩き割ったのである。そのあとさらに素手で板を毟《むし》って、人がくぐれるだけの穴を作った。

　あんな物凄い真似がどうして出来たのか、思いだすだにふしぎになる。作業を終えると、さすがにへたり込んだ。穴の向こうには、あかねの兄の姿もあった。便器を抱えるようにうつぶせ、床は血溜まりになっていた。死んでるよ、と出てきたあかねは云って、もはや

ふり返らなかった。かれに息があろうがなかろうが、自力で外を目指せない者にかまっている余裕はなかった。七与自身、気を保っていられるのは奇跡だった。にもかかわらず、ここからさらに自力で、燃え落ちかけた家から脱出せねばならないのだ。ぼろ雑巾《ぞうきん》のようになった身を、ほとんど腕だけで引きずって。……

女としては運のないことに、火傷は、顔が最もひどかった。右の頬に大きな瘢痕《はんこん》が残っている。わたしの右半分はぼろぼろだと、初めは強がって自嘲していたが、今はその必要もないくらい慣れた。この新しい自分も、そう悪くない。

もしヒーラーや緋沼総合病院の心療内科医や、あるいは蠣崎旺児が今のかの女を見かけたとして、はたして同じ佐久間七与だと気づくかしらと思う。火傷に加え、入院以来、十五キロも体重が落ちた。流動食のころ一気に落ちたものだが、病院食が合うのか合わないのかリバウンドの気配もない。九條好みの痩身には程遠いが、そうある必要も感じない。しぜんに任せていようと思う。

正面入口の二重ドアの一枚めをくぐったところで、病院を出てきた親子連れとかち合い、たたらを踏んだ。若い夫婦と、小学校に入りたてくらいの女の子。女の子は、赤い不織布《ふしょくふ》を張ったブーツ型の紙箱を胸に抱えていた。中身は駄菓子の寄せ集めだろう。二十年前は、七与の胸にもあった。

「クリスマスイヴだ」

という七与の呟きに対し、麗玲はロビーの暖気に一息ついてから、

「クリスマスイヴの予定はないの？」

「ベッドで夕食。ベッドで読書。そのうち消灯」

「家族は？」

「おととい来たから、次は来週でしょう」

つい見栄を張った。母親はもう年内は訪れまい。不意にやって来て、次の見舞いを遠ざけるかのように大量の着替えを置き、そそくさと帰っていくのがかの女の流儀だ。どうしても着るものが不足する。自分で洗う習慣がついた。

父親に至っては、意識が戻って以来、まだ一度しか顔を見ていない。見舞いの義理は果たしたと云わんばかりの無音《ぶいん》ぶりだ。わたしの両親は、わたしに対して我慢強いのみならず冷淡でもあったのだと、この入院で再確認した。しかし恨みがましい想いはない。家族の在り方はそれぞれだろう。

待合の長椅子に腰をおろして松葉杖を脇に放りだし、大きく息をついた。急に暖かな場所に入ったせいもあり、顔がほのかに汗ばんでいる。麗玲に合わせて無理な速度で歩いた。

麗玲は坐らず、そのまま自動販売機へと近づいていき、

「なに飲む？　奢るわよ」

「スプライト。やっぱりココア。麗玲」

「麗玲は売り切れ」

「ココア。あなたがどこかに行きたいなら、外出許可を取るけれど」

「残念ね」

とかの女は販売機のボタンを押しながらふり返り、

「食事の先約が」

「ふうん……だれと」

「家主さん。ほかの人たちが遠出してしまうから、わたしたちは近所のレストランに」

かつてふたりの家主であった老女は、世田谷の親戚の家に身を寄せている。麗玲は、その家から目と鼻の先のアパートを世話され、移った。だがいつしか一家と半同居の状態になって、今やアパートには寝に帰るだけだという。

家主のみならず親族からも歓待されて然るべき活躍が、地震の際の麗玲にはあった。最初の大きな揺れのあと、家主を従え、ヴェランダの非常梯子づたいに、大急ぎで建物を下った。巨大な捩れの力が建物に及んだと見え、途中からは床にひび割れが目立つようになり、降りるほどにそれはひどさを増した。かろうじて三階までは降りられたが、そこで行き詰まった。二階のヴェランダはまるごと崩れ落ちていた。

麗玲は別の避難路を求めて、上から押し潰されて変形したサッシュ戸の、割れ残った硝子を蹴散らし、なにもかもが倒れ惨憺たるさまになった室内へと踏み入った。人の気配はなく、ただ床を、数匹のジャンガリアン・ハムスターが走りまわっていた。玄関側に進むほどに、どうも天井が低まっている。玄関のドアは開かなかった。通路に面した窓がある、脇の部屋のドアも動かなかった。打ち破るか？　しかし首尾よく部屋に入れたところで、窓を叩き割ったところで、その向こうにはさらにステンレスの格子がある。

麗玲は決断した。ヴェランダに戻り、その床に散乱していた洗濯物同士を結び合わせはじめた。意図を察した家主も手伝った。そうして出来上がった即席のロープで、かの女は家主の軀を括り、独力で、地面まで吊り降ろしたのである。家主は、麗玲の月琴が結びつけられ中には七与のフィルムが詰まったディパックを背負っていた。ロープの強度にも長さにも不安はあったが、余震は間もなく必ず襲ってくるという、確信めいた予感が麗玲の胸にはあった。次に大きく揺れたら、助からない。救出を待っている余裕などない。

ロープは切れなかった。地面にも届いた。かの女が顔の汗を拭った瞬間、次の揺れが始まった。大きい。とっさの判断で、かの女は手摺によじ登り、地面めがけて飛び降りた。かの女がまだ空中にいるあいだに、Ｃ区の本格的な倒壊が始まった。轟音が、落下中の麗玲を揺さぶった。

下が芝生だったおかげで、大きな負傷はなかった。歩けた。家主の手をつかむと、捻挫した両脚で、上下する地面を駆けた。粉塵がふたりの背を押した。……

「家主さんは元気？」

七与は訊ねた。麗玲は答を保留にし、さきにもうひとつの飲みものを買いはじめた。馴染みの若い看護婦が、七与の視界に入り込んできた。

「佐久間さん、ここにいた。図書室かと思ったら。お友達から電話なんだけど」

「だれかしら」

と呟きながら、あかねの母親だろうと見当をつけていた。熱海の仮住まいから、ときどき電話をかけてくる。まず七与の体調を訊ね、あかねを救ったことへの礼を云い、かの女の勇気を称え、しかし必ず、息子の思い出話へと至って、それからが長い。

あかね自身も一度、ここに来た。何度も練習したらしい調子で堅苦しい謝辞を述べる一方、あきらかにこちらの顔を気味わるがって、しきりに視線を泳がせていた。しかし七与は七与で、こう相手を訝っていたのである。だれ？

若い命を救うことが出来た満足に、揺らぎはない。しかしこの少女の姿態をなぜフィルムに写し取りたいと願い、それが使命感にまで高まっていたのか、対面しているあいだついに一度も、七与はかつての自分に共鳴しなかった。造作は醜悪すれすれに個性的だが、今や七与の顔面のほうがずっとユニークだし、なにより不平不満に縫い絞られたような目や口許の表情が、凡俗でいただけない。

カタストロフィの大混乱の中、自分はあのあかねではない、別の家の少女を救ってしまったのではないか？

　この突飛な想いを払拭せんと、後日、麗玲が運び出してくれたフィルムの中のあかねを見直した。すると思いがけなくも、疑念はかえって強まったのである。似ている。しかしどうしても見舞いの少女には見えない。こちらの本当のあかねは死んでしまい、大災害を生き延びたものの孤児となってしまった別な少女が、自分と似ていたかの女に成り済まし、楪原家もそれを容認して……とまで想像を膨らませてみたものの、むろん理に合わない事柄を数えあげればきりがない。

　たしかなことはひとつ。フィルムの少女はもう七与の世界にいない。飛び去ってしまった。緋沼サテライトの崩落とともに。……

　看護婦は早くも相手の名を忘れていた。

「あ、なんて聞いたっけ。男性だけど」

「男性？」

　七与が松葉杖を引き寄せていると、麗玲がふたつの紙コップを持って戻ってきた。

「なに？」

「電話だって」

「そう。じゃあわたしは帰る」

「もう？」

　麗玲は七与のココアを看護婦に押しつけ、バッグから折り畳んだ紙片をとり出して七与に突きつけた。

「家主さんから。これを渡しにきたの」

七与が紙片を拡げているあいだに、麗玲は挨拶もなく長椅子を離れて、そのまま玄関へと出ていった。もう一枚のドアを押し、ふり返りもせず遠ざかる。七与は視線を手許に返した。

薬局名が印刷されたメモ用紙の上に、鉛筆書きの癖字が躍っている。

　佐久間様

　被災扶助金、這入ります。

　今度は何処に住みますか。

⁂

一匹だけ飼われている赤い大きな金魚がお気に入りで、母親の迎えを待っている時間のほとんどを、水槽の前に頬杖をついて過ごすのだった。先生たちが飼い方のこつを知らず、ほかの金魚はどんどん死なせてしまったのに、この一匹だけは平気で生き延びて、死んでしまった金魚のぶんも食べて、こんなに大きくなってしまったのだと園長先生が教えてくれた。その話を雄平は、この金魚がほかの金魚の死骸を食べてしまったというふうに聞き、驚いて、先生に訊ね返した。

――友達、食べた？

先生は笑って、

――餌よ。死んでしまった金魚たちが食べるはずだった餌。金魚の数が減っても、ついそれまでと同じ量をあげてしまうでしょう。ぜんぶこの一匹が食べちゃった。凄いわね。

まるまるとした琉金《りゅうきん》を、視界の中心から外さぬようにずっと追い続けていると、やがて鮮やかな色に眼が毒されて、青緑色の影が見えてくる。影と金魚に重ね続ける。金魚が逃げる。追ってまた重ねる。繰り返しているうちに、金魚は極彩色に輝いて、白み、ついには消え失せてしまう。大きな水槽でもないのに、本当にすっかりと雄平は見失ってしまうのだ。

だが見つけ方は知っている。いったん眼を閉じたり視線をよそに移したあとで、もう一度、なにげなく水槽を見直せばいい。金魚はちゃんとそこにいて、心地よさそうに身を揺すっている。ふしぎだ。でも怖くはない。

地震のあとの出来事に似ていると、かれは思う。あれもびっくりしたけど、べつに恐ろしくはなかった。総合病院でおとうさんと待ち合わせて、それからいろんな手続きをするのだと教えられていた。よそ行きの服を着せられ、母親も黒い綺麗な服を着ていた。かんかん照りを避けていこいの森を通り抜けているとき、地震が起きた。雑木林が騒いだ。途端に母は呆然と、いっさいの気力を失ってしまったていで、雄平の手を握ったまま近くのベンチに坐りこんだ。動こうとしなかった。おなかが空いた、と雄平は云った。病院に着く前にムーンレットでなにかを食べようねと、家を出る前に約束していた。

――そうねえ、おかあさんも。

かの女は機械のように呟いて、立ちあがり、

――ここにいなさい。絶対にここを動いちゃだめよ。

とかれに命じてベンチから離れていった。

雄平は辛抱づよく坐り続けた。そのあいだにもう一度大きな揺れがあり、林の景色がまたすこし変わった。おかあさんにはここがわかるかしらと心配になった。幾人かがベンチの前を通り過ぎていった。懸命に人の名前を叫んでいる人。頭から血を流している人。地震がそうも痛快だったのか、顔を見合わせては歓声をあげている若い男女。

母親は、包みが色違いのハンバーガーを三つと烏龍茶の紙パックを二本、腕に抱えて戻ってきた。紙袋がないことに雄平が怪訝な顔つきでいると、察して、かの女はこう説明した。

――ロッテリア、だれもいなかったからお金だけ置いてきちゃった。ムーンレットね、いっぱい壊れてたよ。

雄平はチーズバーガーの包みを開けた。あ、と母が声をあげた。見返すと、その顔の上半分が虹色の蠢きに被われていた。次の瞬間、それは消え、平常の母の顔に戻った。気のせいではなかった。雄平は食べることを忘れて、母を見つめ続けた。ん、と云ってかの女は見つめ返してきた。顔を、また虹色が、さっきとは違ったふうに被った。空から降ってくるのだと気づいた。上を見ると、まさしくかれの真上にも落下中のかたまりがあった。首を竦めた。

しかし、かれの上には落ちなかった。物体は進路を逸らしてまた母へとそそいだ。次から次へと降ってくる。そのいずれもが、吸い寄せられるように母にばかりそそいで、かの女の頭や顔や肩を被い、次の瞬間には消え失せてしまうのだった。

ときどき、びっくりしたふうに声をあげたり上を向いたりしているから、なにかが自分にそそがれているのは感じているらしいが、なにが起きているのかをわかって、平然としているようすでもない。現象はしばらく続いた。かの女はハンバーガーをふたつ食べた。

「雄平くん、もうすぐだからね」

年長組を受け持つ追水《さこみず》先生が近づいてきて、かれの背中に手を置いた。先生のこの科白を聞かない日はない。雄平のお迎えは、いつもいちばん遅い。ふり返ってうなずいた。壁ぎわに置かれた低いクリスマスツリーの、電球がすでに消されているのが目に入った。

母親が働いていないこどもは、全員での大きなクリスマス会しか知らない。働いているこどもには、本当のクリスマスイヴの小さなクリスマス会がある。雄平の母は働いていないけれど、とても用事が多いので、雄平は去年も今年も、小さなクリスマス会に参加できた。デコレーションケーキを切り分けて食べるのだ。今年はじゃんけんに勝ち残って、サンタクロースの飾りが載った部分を獲得した。

「一年生になったーら、一年生になったーら」

雄平のそばを離れて椅子を運びながら、追水先生が謡う。追水先生はいつもこの歌だ。今日くらいはクリスマスの歌にすればいいのに。

「ともだち百人できるかな」

椅子に上がっては、色紙の鎖を留めた画鋲を、天井から外している。

「ひゃーくにーんで食べたいな……」

金魚の水槽に視線を返して、その表面にうっすらと映り込んだ自分自身の影を見た。伸びすぎた癖毛が耳の上で撥ねて、猛禽の飾り羽根か、羊の角のように見える。かれは密やかに微笑した。

ある音大生のウェブサイトから

＃12 Satellite

じつはこの短い曲だけ、私のオリジナルじゃありません。「Satellite」というタイトルは、仮に付けているものに過ぎず、本当のタイトルも作曲者の名前も不明です。

この曲に私が出会い、ＭＩＤＩ化したものをサイトにアップしようと考えたのは、これから書きますようないわくによります。

私の兄は自衛隊員で、二年前、東京都下を襲った緋沼地震の、生存者の救出作業におもむいた一人です。倒潰した家やマンションの下の生存者の気配を察して、慎重に、出来るかぎり早く掘り出してあげるのです。ほとんどが人手による作業なので、ときには何日もかかり、結果的に救えなかった生存者も多かったと聞いています。

この曲は、そういう生存者の一人が、瓦《が》礫《れき》の下、ハーモニカで吹き続けていた曲です。

居場所を報せたかったのでしょうか。数十時間に及ぶ作業のあいだ、祈りのように何度も繰り返されていたといいます。

　兄は音楽の素養はまるでない人ですが、救出作業から戻ってきて、「あのメロディだけは忘れられない」と鼻歌で聞かせてくれました。兄は音痴ぎみなので、初めは長調なのか短調なのかさえわかりませんでした。私がピアノで音をとると、どう弾いてあげても「ちょっと違う」といいます。

　そこで、愛用のEnsoniq KS-32にプリセットされているハーモニカ音で、たぶん正解じゃないかというメロディを弾いてみて、それを内蔵シーケンサに入力したものを、流して聴かせてみました。私が目の前で弾いているのが先入観になっているかもしれないと思ったのです。兄を部屋の前に待たせて、再生を始めて、廊下に出て「こんなだった？」と聞きました。兄は「そうだよ」といって男泣きしました。

　ハーモニカを吹いていたのは、小学生の男の子だったそうです。倒潰による怪我はありませんでしたが、もともと重い病気の持ち主だったらしく、救出時すでに昏睡状態で、病院に運ばれたときには亡くなっていたそうです。

　繰り返し聴くほど、透明感と、魅力的な不安定さを湛えたメロディなので、作曲者と曲名を知りたくて、大学の先生や友達に聴かせてみましたが、知っていた人は一人もありませんでした。子供向け番組のテーマかもしれないと思って、先輩に頼んでピアノ教室の生徒たちにも聴いてもらったんですが、やはりだれも知らなかったそうです。

　どなたか、この曲のことをご存じじゃありませんか？

　もしご存知の方がおいででしたら、**このアドレス**までご一報ください。


〉〉〉〉〉〉〉〉〉〉〉〉〉〉〉〉〉〉〉〉〉〉〉　〈〈〈〈〈〈〈〈〈〈〈〈〈〈〈〈〈〈〈〈〈〈〈

　上の文章と共にこの曲をアップしてから、半年が過ぎました。何人かの方から「この曲ではないか」というメールを頂き、そのつど確認してみましたが、私の耳に同一曲と感じられるものは、残念ながら一曲もありませんでした。

　これは、ここにしかないメロディなんでしょうか。作曲者は、亡くなった男の子自身なんでしょうか。真相がわかるときまで、サイトを維持している限り、この曲はここに置き続けておこうと思っています。

　一年前より、私はもっとこの曲が好きになっています。引き続き、みなさまからの情報をお待ちしています。聴いてみてください。

PLAY

あとがき

既読者はご承知のとおり、本書はある晩成作家の著作の体裁をとっている。本当の著者はむろん、わたくし津原泰水である。作中の作家に特定のモデルはないけれど、一九九九年のあの奇怪で凄惨な災害の取材中、面識を得たり、電話や電子メールをやり取りした、複数の人物の合成像であることは間違いない。同時にまた、かれを含む主要登場人物がことごとく、印象ぶかかった数人の方の分解像だともいえる。被災経験を人生の欠損と見做《みな》すことなく、悲劇を経ることでつかんだ魂の輝きを、言葉や映像の美に昇華させんとしていた、不屈の人たちだ。かれらに敬意を表すべく、被災者でもその関係者でもないわたしの小説からは、なるたけルポルタージュ色を排除しようと決めた。緋沼サテライトを巡る風聞、事件、謎、それらの陰を跳梁していたらしい「なにか」の存在、ある人物が目撃を云い張っていた「摩伽羅」などを結びつけて、今はなきサテライトの小曼荼羅を描きだすという方針を立てた。

執筆が停滞するたび、サテライトにまつわる新たな発見が詩神の囁《ささや》きのように生じては、思いがけなかった方向にわたしを導いてくれたのは、幸運であったというよりほかない。発見は、たとえば、友人がふと発した言葉がそのいとぐちとなった。次はこっちかと、またがむしゃらに突き進む。次の壁にぶつかる。そういうことを繰り返しているうち、物語はおのずと輪郭を現した。人智を超えた何物かが、かれらの口を借りては自分を導いていたのではないかという、奇妙な想いに囚われることがある。とすればかれらこそ、わたしの詩神そのものだともいえる。何人かには作中でも活躍してもらったが、前述したようにそこには必ず他の人物の要素が入り込んでいるし、年齢や社会的な立場も現実からだいぶ遠ざけてある。しかし、けっして迷惑は及ぶまいという判断のもと、ほぼ現実どおりに描かせていただいた例外もある。

　詩神のひとり、摩伽羅に関する知識のありったけをわたしに伝授せんと、電話口で幾度も声を嗄《か》らしてくださった猿渡律子女史に対し、またもや儲けにならぬであろう小説のため骨身を削り続ける侘《わび》しさを、吐露してしまったことがあった。

――楽に書けるものを楽に書けばいいじゃないかと思うことがあります。そういう文章を接ぎ合わせても小説のていは成すし、売れ行きはむしろいいかもしれない。でも、この小説には自分が嫌悪しているあのイメージが必要なんじゃないかなんてことを、うっかり思いついてしまうとね、書いてやろうと決意しないうちは眠れないんですよ。自分を痛めつけるだけの結果になっても、そこから目を背けているよりはましだという気がしてしまって。そうして自分の胸を抉るようなことを書きはじめると、やっぱり恐ろしく時間がかかるし、苦しい。時間をかけて自虐し、苦しみゆえにその時間が長引く。人生を浪費しているとしかいいようがない。無意味です。

笑いながらだったが、そんなふうなことを云った。陰鬱な執筆作業に気が滅入っていたのだ。応じての女史の言葉はわたしの頬を張り、それから物語の続きを書いているあいだじゅう、けっして耳朶を離れることはなかった。こう云われた。

――あら津原さん、世の中に無意味なことなんかひとつもないの。それとも全部、なにもかもが無意味かのどっちかなんだから、安心して、今日はもうお休みなさい。

TY

附記

以上の物語はすべてフィクションです。

津原泰水

解説

ミステリ評論家
千街晶之

東京をはじめ大阪、名古屋、横浜、神戸、広島など、海に面した日本の都市の大部分は、海や浅瀬や湿地帯を治水工事によって埋め立て、ひとの住める土地に変えてきた歴史を有している。今では多くの住人が、自分たちが生活を送っている場所が昔は陸地ではなく海や沼地だったことなど意識していない筈だ。都市の近代化とは、水場が失われてゆく過程に他ならない。

しかし、古くから伝わる地名は、私たちに対して密かに歴史を囁きかける。「沼」や「谷」などの水や低地に関係ある字がつく地名は、かつてその場所がどのような状態であったかを物語っている。東京都緋沼《ひぬま》市がまさにそうであるように。

……急いでお断りしておくと、東京都に緋沼市という地名は実在していない。津原泰水の長篇小説『少年トレチア』（二〇〇二年一月、講談社から書き下ろしで刊行。二〇〇五年二月、集英社文庫版が刊行）の舞台となる、架空のベッドタウンの名前である。そこには一九八四年に高層団地群「緋沼サテライト」が造営され、それ自体が小都市と言っていいくらい住民が集まった。住宅地区計画に基づいてショッピングモール、公園、文化施設、スポーツ施設などが造成され、整備の行き届いた清潔な街。しかし、地名が物語るように、そこはかつて沼地だった。粥のような地盤に建てられたバベルの塔。

この地では、以前から「トレチア」という都市伝説が囁かれてきた。「キジツダ」という謎の言葉を残す、白布に被われた学帽と白い開襟シャツ姿の少年。子供たちは、悪戯や悪事を大人に責められそうになるとトレチアの仕業だと言い逃れをしてきた。本書のプロローグにあたる部分では、さまざまな証言や雑誌記事などのかたちで、一九八八年から一九九八年にかけてのトレチアらしき存在の怪談めいた見聞が記されている。

そして一九九九年。緋沼サテライトの住人である拝島竜介という若者が、夜道で白い人影に襲われ重傷を負った。その際、彼は襲撃者が「キジツダ」と囁くのを耳にしている。続いて、竜介の友人・楳原《うめはら》崇の恋人である岩倉有希が行方不明になった。崇は入院した竜介から襲撃時の様子を聞いて、ちょうど十年前の自分たちの所業を思い出す。

当時、まだ小学生だった崇や竜介や有希は、他の数人の少年とともにグループを組み、密かに残虐行為を繰り返していた。仔猫を殺し、白鳥を殺し、ついに殺害対象は人間にまでエスカレートする。その時彼らは、自分たちの悪行をトレチアのせいということにした。曖昧な都市伝説に責任を押しつけ、自分たちの行為からは目を背ける。そんな少年たちの目論見は的中し、長いあいだ、彼らの罪は暴かれることはなかった。にもかかわらず、十年の歳月を経てトレチア伝説は忘却の沼の底から再び蘇り、今度は彼らを狩りはじめる。罪の報いを受ける「キジツ（期日）」がやってきたのだ……。

　本書は著者の作品中、津原泰水名義での第一作『妖都』（一九九七年）に最も印象が似ている。ホラー度が高い点もそうだし、多くの登場人物が入り乱れて特定の主人公が存在しない構成もそうだ。といっても、何人かの主要登場人物は存在する。古屋兎丸の漫画『ライチ☆光クラブ』（二〇〇六年）に先駆けたかのような陰湿な悪行を繰り広げる元少年グループの中では崇がメインの登場人物となっており、彼をめぐる部分は一種のサイコ・サスペンスとしても読めるだろう。だが、かつての非行少年たちが罪の報いを受ける物語――と単純化するには、本書はあまりにも多くのエピソードを含んでいる。確かにそれは物語の太い経糸《たていと》だし、そこだけ取り出しても極めて興味深い展開ではある。だが、本書には他にも多くの人物が登場する。

　例えば、崇の妹で小学六年生の楪原あかね、小児性糖尿病で不登校を続ける天才児の新《しん》宅晟《たくあきら》ら、十年前の崇たちと同じような子供世代。彼らのあいだでは、トレチアに関する噂が再び復活している（特に晟は、自分こそがトレチアの依代《よりしろ》だと考えている）。一方、過食症と拒食症を繰り返す佐久間七与《ななよ》は、売れない漫画家でダウジングに熱中している蠣崎《かきざき》旺児《おうじ》（主要登場人物では、彼だけがサテライトの住人ではない）とめぐり合う。

崇が入院中の竜介を見舞うシーンで、彼は病院の建物が異様に傾いていることに気づくのだが、この地盤の異変により意識的なのは七与と蠣崎だ。蠣崎はダウジングによって、サテライトの地下の水脈が枯渇し、地盤が危うくなっていることを察知する。また、作中でしばしば言及される謎の巨魚のイメージも、物語に不穏さを付与している。例えば、崇たちは最初に仔猫を殺して公園の池に投げ込んだ際、巨大な赤い魚らしき姿を見ている（その後の凶行の際にはそこまではっきり目撃されていないものの、まるで巨魚に呑み込まれでもしたかのように、犠牲者たちの骸は見つかっていない）。あかねは池に巨大な魚がいて死にかけているので、それを助けなければと七与に訴える。作中では絶えず、何かがその存在を誇示しているかのように魚の跳ねる音が聞こえる。蠣崎は以前から摩《ま》伽羅《から》という幻獣に興味を持って調べていたが、それに協力した名古屋の猿渡《さるわたり》律子という学者は、世界各地で語り継がれるさまざまな空想上の生き物の多くが摩伽羅であるという、諸星大二郎もびっくりの壮大な説を唱える。

この巨魚にまつわるくだりは、本書の中でも最も幻想小説としての要素が濃厚な部分だ。また、崇が自分たちを襲っているのが誰なのかを突きとめようとするくだりはミステリの要素が濃いけれども、そこに整然たる謎解きを期待してはならないだろう。後半、確かに意外な〝真実〟は次々と明らかになるのだが、そこには偶然の要素がかなり介在しているし、合理的な説明が難しい部分も残る。作品の雰囲気自体はかなり異なるにせよ、ある意味、中井英夫の『虚無への供物』（一九六四年）やウンベルト・エーコの『薔薇の名前』（一九八〇年）を想起させるようなアンチ・ミステリの要素が感じられるのだ（少なくとも、緋沼サテライトという名前が『虚無への供物』の氷沼《ひぬま》家から着想した可能性はかなり高いように思える。中井英夫が氷沼家という当時はありふれた文化住宅にゴシック建築さながらの荘厳耽美なイメージを纏わせたように、津原泰水も一見平凡な団地である緋沼サテライトを濃密な死と性の瘴気でくるんでみせた）。

　そもそもトレチアという都市伝説からして、実体が存在せず、世代を超えた言葉のリレーによって生命を得る代物だ。なろうと思えば誰もがトレチアになれるが、逆に誰もが本当のトレチアにはなれない。我こそはトレチアだと自負し、かつての祟たちのような悪事を繰り返している晟が、メンバー内の他の少年に主導権を奪われてしまうエピソードは象徴的である。トレチアを名乗ろうが、トレチアに悪事の責任を押しつけようが、自分だけ「キジツ」から逃れて安全地帯にいることは不可能なのだ。社会のはみ出し者であり、緋沼サテライトに蠢く人間模様から距離をおいている七与と蠣崎は、その忌まわしい磁場を多少は遠巻きに眺めていられるとしても。

　終盤、緋沼サテライトは恐ろしいカタストロフィに見舞われる。エドガー・アラン・ポー「アッシャー家の崩壊」（一八三九年）の魔邸アッシャー館がその住人もろとも淀んだ沼の中に崩れ落ちていったように、本書でも水場が惨劇を招来するのだ。小野不由美『東《とう》京《けい》異聞』（一九九四年）のような都市論的伝奇ミステリや、韓国発の世界的大ヒット映画である『パラサイト　半地下の家族』（ポン・ジュノ監督、二〇一九年）の水没する街路の光景や、『インフェルノ』（ダリオ・アルジェント監督、一九八〇年）や『ビヨンド』（ルチオ・フルチ監督、一九八一年）といったホラー映画に頻出する水浸しの地下室などにも通じる、水が引き起こすカタストロフィのイメージが、本書では大々的に繰り広げられる。その凄絶な大混乱の中、登場人物たちはそれぞれに相応しい最期を迎え、あるいはしぶとく生き残る。これを夢見る巨魚の仕業と解釈するのもいいだろう。その場合、本書は『うる星やつら2　ビューティフル・ドリーマー』（押井守監督、一九八四年）などの系譜に連なる「夢の物語」ということになる。それとも、「キジッ」が悪事を犯した者たちばかりでなく、その他多くの人々にまで追いついたのか。あるいは、建てるべきではない地に住まいを建てた当然の結果――それが答えなのだろうか。だが、そのような解釈をいくら紡ぎ出そうとも、もしかするとそれはトレチアに責任を押しつけた子供たちの思考と変わらないのかも知れない。物語の主な舞台が一九九九年に設定されているのは、作中でも言及されるノストラダムスの予言を意識したからだろうが、かつて一世を風靡したあの予言がいかようにも解釈可能であったように、この物語も幾つもの読み解き方を内包し、読者を眩惑する。

　物語がどのような意図のもとに綴られてきたのかが最後に明かされ、この異形の曼荼羅のような小説は終わる。だが、テキストの外部との関連という点では、気になる箇所も残っている。例えば、猿渡律子という学者は、『蘆屋家の崩壊』（一九九九年）に始まる「幽明志怪シリーズ」の語り手である猿渡とは何か関係があるのだろうか。また、作中の三京公英《さんきょうきみひで》という編集者は、著者が津原やすみ名義で発表した少女小説「あたしのエイリアン」シリーズ（一九八九〜一九九四年）や、近年の代表作『ヒッキーヒッキーシェイク』（二〇一六年。こちらの三京はスケート選手という設定）に登場した同名のキャラクターとどのような関係なのか。著者の小説では作品やシリーズを架橋するかたちで同名の人物が出没することがあるので、これらの名前の符合もさまざまな深読みを誘うのだが、このあたりは著者のファンひとりひとりが解釈すべきことかも知れない。

　ともあれ、この小説は、都市に潜む水の歴史の記憶から、現代における人心の荒廃に至るまで、さまざまな時間の層が折り畳まれた幻視の文学である。それは、平穏な社会の裏に淀む悪意の闇と、その闇すらも呑み込む巨大な災禍の予兆を、この国に住む私たちに意識させる。一九九五年と二〇一一年、日本を襲った二度の大災厄を記憶する私たちにとって、本書の内容は幻想であって幻想でない。都市文化というアスファルトで覆われた上に成り立つ私たちの生も、地下水脈が涸れ、摩伽羅の夢が終わるとともに破局を迎えるのだろうか――という怯えが、最後のページを閉じた後も微かな余韻として残るだろう。

本書は、二〇〇二年一月に講談社より単行本で、二〇〇五年二月に集英社より文庫で刊行された作品を、再文庫化したものです。

著者略歴　1964年広島県生，青山学院大学卒，作家　著書『妖都』『ペニス』『ヒッキーヒッキーシェイク』『バレエ・メカニック』（以上早川書房刊）『蘆屋家の崩壊』『ルピナス探偵団の当惑』『綺譚集』『赤い竪琴』『ブラバン』『たまさか人形堂物語』『11』他多数

HM=Hayakawa Mystery
SF=Science Fiction
JA=Japanese Author
NV=Novel
NF=Nonfiction
FT=Fantasy

少年《しょうねん》トレチア

〈JA1423〉

二〇二〇年四月二十日　印刷
二〇二〇年四月二十五日　発行

（定価はカバーに表示してあります）

著者　津《つ》原《はら》泰《やす》水《み》
発行者　早川浩
印刷者　白井肇
発行所　株式会社　早川書房

郵便番号　一〇一 - 〇〇四六
東京都千代田区神田多町二ノ二
電話　〇三 - 三二五二 - 三一一一
振替　〇〇一六〇 - 三 - 四七七九九
https://www.hayakawa-online.co.jp

印刷・株式会社精興社　製本・株式会社川島製本所

ISBN978-4-15-031423-1 C0193

本書は活字が大きく読みやすい〈トールサイズ〉です。